Marcia Willett

Ein unverhoffter Gast

Roman

Aus dem Englischen von
Barbara Röhl

BASTEI LÜBBE TASCHENBUCH
Band 17591

Dieser Titel ist auch als E-Book erschienen

Vollständige Taschenbuchausgabe

Deutsche Erstausgabe

Für die Originalausgabe:
Copyright © 2009 by Marcia Willett
Titel der englischen Originalausgabe: »The Prodigal Wife«
Originalverlag: Bantam Press an imprint of Transworld Publishers

Für die deutschsprachige Ausgabe:
Copyright © 2017 by Bastei Lübbe AG, Köln
Titelillustration: © shutterstock/detchana wangkheeree;
© getty-images/Chris Mansfield; © shutterstock/Steve Meese
Umschlaggestaltung: Kirstin Osenau
Satz: two-up, Düsseldorf
Gesetzt aus der Garamond
Druck und Verarbeitung: CPI books GmbH, Leck – Germany
Printed in Germany
ISBN 978-3-404-17591-8

1 3 5 7 6 4 2

Sie finden uns im Internet unter www.luebbe.de
Bitte beachten Sie auch: www.lesejury.de

Ein verlagsneues Buch kostet in Deutschland und Österreich jeweils überall dasselbe.
Damit die kulturelle Vielfalt erhalten und für die Leser bezahlbar bleibt, gibt es
die gesetzliche Buchpreisbindung. Ob im Internet, in der Großbuchhandlung,
beim lokalen Buchhändler, im Dorf oder in der Großstadt – überall bekommen Sie
Ihre verlagsneuen Bücher zum selben Preis.

Für die Kinder und Enkel meiner Schwestern

Erster Teil

1. Kapitel

Der Wind frischte auf. Rastlos zerrte er an den verwitterten Steinmauern und heulte im Kamin. Er peitsche die glitzernde, mondbeschienene Meeresoberfläche zu kleinen Wellenkämmen auf und raschelte trocken in dem abgestorbenen Farn auf der Klippe. Die kleine Häuserreihe, die früher der Küstenwache gehört hatte, schien ausdruckslos auf die langen Wellen hinauszusehen, die weißlich über den Strand strömten und an der Flutgrenze als zarter salziger Schaum versickerten. Eine Wolke zog vor der runden leuchtenden Mondscheibe vorüber. Auf dem steilen, glatten Klippenpfad, auf dem man Ginster pflücken konnte, flackerte ein gelbes Licht auf, hüpfte auf und ab und verschwand.

Mit einem Ruck war Cordelia, die zwischen unruhigem Schlaf und Wachen dahingetrieben war, hellwach und versuchte angestrengt, in der Dunkelheit etwas zu erkennen. Als sie aus dem Bett glitt und ans Fenster trat, glitt der Mond hinter der Wolke hervor und warf silbrige und schwarze Muster über den Boden. Draußen auf dem Meer tauchte sein hell leuchtender Pfad, der glitzerte wie gesplittertes Glas, das Wasser zu beiden Seiten in ölige Schwärze. Früher einmal hätte Cordelia ein paar Kleidungsstücke übergeworfen und wäre die steile Granittreppe zu der winzigen Bucht unterhalb des Cottages hinuntergestiegen, aber jetzt gewann die Vernunft die Oberhand. Sie hatte morgen früh eine lange Autofahrt vor sich. Doch sie verweilte noch, denn sie war wie immer verzaubert von dieser Magie, die nicht von dieser Welt war, und beobachtete die schwarzen Wirbel, die die einlaufende Flut rund um die schimmernden Felsbrocken erzeugte.

Bewegte sich da jemand auf dem Pfad unter ihr, oder waren das nur die Schatten von Wolken, die vor dem Mond herzogen? Aufmerksam geworden, spähte sie in die bewegte, von Schemen erfüllte Dunkelheit hinunter, in der sich Umrisse zusammenzogen und wieder auflösten, wo Dunst dahintrieb und sich am Rand der Klippe festhängte. Hinter ihr schwang die Schlafzimmertür lautlos auf, und ein großer heller Schatten schob sich herein. Sie spürte eine Präsenz, warf einen Blick hinter sich und unterdrückte einen leisen Aufschrei.

»McGregor, du Halunke. Ich wünschte, du würdest das nicht tun.«

Der große magere Windhund kam leise an ihre Seite getappt, und sie legte eine Hand auf seinen weichen Kopf. Zusammen sahen sie in die Nacht hinaus. Im Westen, hinter Stoke Point, schob sich die plumpe, hell erleuchtete Fähre aus Plymouth in Cordelias Blickfeld und tuckerte in Richtung Roscoff. Ansonsten war kein Licht zu sehen.

»Du hättest doch gebellt, oder? Wenn da draußen jemand wäre, hättest du gebellt. Na, jetzt kannst du ebenso gut hierbleiben. Du sollst nicht im Dunkeln durchs Haus schleichen. Ab auf deine Decke. Mach schon.«

Der große Windhund gehorchte und ließ sich leise auf eine karierte Fleecedecke fallen. Seine Augen glänzten wachsam. Cordelia kletterte wieder ins Bett, zog sich die Steppdecke bis unters Kinn und lächelte beim Gedanken an den nächsten Morgen verstohlen in sich hinein. Selbst nach dreißig Jahren als Journalistin konnte die Aussicht auf Reisen und neue Aufträge sie immer noch in Aufregung versetzen, und dieser versprach, amüsant zu werden. Eine Fahrt nach Gloucestershire zu einem alten *soke*, einem historischen Gerichtsgebäude, ein Interview mit seinem fast ebenso »antiken« Besitzer – und ein Treffen mit ihrem Liebhaber auf einem Kanalboot.

Endlich schlief sie ein, doch der Windhund hob ab und zu den schmalen Kopf und lauschte. Ein- oder zweimal knurrte er tief in der Kehle, aber Cordelia schlief jetzt fest und hörte ihn nicht.

Sie wachte früh auf, und um Viertel vor acht war sie schon unterwegs und fuhr gen Norden. Es regnete stark. McGregor ruhte elegant auf dem Rücksitz ihres kleinen Kombis. Mit majestätischer Gleichgültigkeit sah er in die durchweichte Landschaft hinaus, und als Cordelia in Wrangaton auf die A38 auffuhr und sich nach Norden, in Richtung Exeter, wandte, legte er seufzend den Kopf auf die Vorderpfoten. Offensichtlich war der kurze Auslauf vorhin auf der Klippe für längere Zeit alles gewesen, was er an Bewegung bekommen würde.

Cordelia plauderte mit ihm, brach ab und zu spontan in Gesang aus – beim Fahren brauchte sie Musik – und bemerkte im Rückspiegel, dass etwas unter dem Heckscheibenwischer klemmte. Sie schaltete ihn ein, und das Fragment – ein Blatt? – wurde über die Scheibe mitgezogen, löste sich aber nicht.

Cordelia stellte die Scheibenwischanlage aus, summte einen oder zwei Takte aus *Every Time We Say Goodbye* von Ella Fitzgerald und dachte über den *soke* und seinen Besitzer nach, einen älteren Herrn, der offenbar begeistert über die Aussicht war, dass die *Country Illustrated* über ihn schreiben würde. Cordelia hatte mit ihm telefoniert, und er klang wie ein ganz Netter. Im Kopf ging sie rasch noch einmal alles durch: Hatte sie daran gedacht, die Ersatzbatterien für ihr Aufnahmegerät einzupacken? An der Tankstelle in Sedgemoor fuhr sie raus und stieg aus, damit McGregor sich bewegen konnte. Während er elegant an der Hecke entlangschritt, zog Cordelia das kleine durchweichte Papierstück unter dem Wischerblatt hervor. Es löste sich fast in ihren Fingern auf, aber sie konnte bunte Farben erkennen, und sie versuchte, es auf der Motorhaube glatt zu streichen und die Feuchtigkeit herauszudrücken. Dabei zerbrach sie sich den Kopf darüber, wie es sich da eingeklemmt haben mochte. Sie nahm an, dass es ein Werbezettel war, den jemand auf dem Parkplatz vor dem Supermarkt unter den Scheibenwischer gesteckt hatte. Es wunderte sie nur, dass ihr das vorher nicht aufgefallen war. Der Regen hatte ganze Arbeit geleistet, und jetzt konnte man unmöglich darüber spekulieren, was es einmal gewesen war. Cordelia knüllte das Fragment zusammen und steckte es in ihre Tasche.

Es hatte aufgehört zu regnen, und zwischen den Wolkenfetzen, die der Wind aus Südwest vor sich hertrieb, leuchtete wässriges Licht. Sie öffnete McGregor die Tür, damit er auf die Rückbank klettern konnte, und ging sich dann einen Mokka und ein Schokoladencroissant holen.

Angus meldete sich am Telefon, kurz nachdem sie die M5 am Autobahnkreuz 13 verlassen hatte und den Wagen in Richtung Stroud lenkte. Sie fuhr links heran und griff nach dem Handy.

»Wo bist du?«, fragte sie. »Sind die Jungs weg?«

»Ja, sie sind sicher auf dem Rückweg. Keine Sorge. Die Luft ist rein. Ich bin unterwegs nach Tewkesbury und hoffe, dass ich über Nacht im Jachthafen anlegen kann. Hast du die Karte?«

»Ja. Ich rufe an, wenn ich im *soke* fertig bin. Keine Ahnung, wie lange das dauern wird. Hat es ihnen auf dem Kanalboot gefallen?«

»Es war ein großer Erfolg. Wir waren uns alle einig, dass wir das wiederholen wollen. Reden wir später noch einmal? Viel Glück.«

Sie fuhr durch Stoud und weiter über die Landstraßen, die

nach Frampton Parva führten, wobei sie ein- oder zweimal anhielt, um die Wegbeschreibung zu überprüfen. Als sie in die Straße einbog, die der Beschilderung zufolge ins Dorf führte, sah sie den *soke* sofort und hielt am Straßenrand unter der Hecke an. Er stand auf der anderen Seite der Felder und besaß eine eigene Auffahrt. Goldgelber Stein, drei Stockwerke hoch, Butzenfenster; und nur ein paar Meter weiter lag an der Straße eine winzige wunderschöne Kirche. Kirche und Haus bildeten eine perfekte Kombination, und Cordelia fragte sich, ob das dem Fotografen schon aufgefallen war.

Sie ließ McGregor heraus, da sie wusste, dass er vielleicht eine Zeit lang im Wagen würde warten müssen, und stand da und genoss die Szenerie und den warmen Sonnenschein. Jetzt konnte sie zwei Gestalten erkennen, die sich vor dem *soke* bewegten; eine von ihnen gestikulierte, die andere trug schwere Ausrüstung umgehängt. Dann war der Fotograf also schon da. Cordelia hoffte, dass es Will Goddard war. Sie arbeitete gern mit Will zusammen. Als sie die Hände in die Taschen steckte, berührten ihre Finger das zusammengeknüllte Papier. Sie zog es hervor und versuchte, es so flach zu drücken, dass sie einen identifizierbaren Umriss erkennen konnte. Jetzt war es trocken, und sie konnte gerade eben ein Bild erkennen. Es sah aus wie ein schlechtes Foto: zwei Menschen, die in einem imposanten Portal standen, oben auf einer Treppe – ein Hotel vielleicht? – und sich einander zuwandten. Sie meinte, die bestickte Jeansjacke als ihre eigene zu erkennen, aber warum sollte sie das sein? Cordelia drehte das Papier um, um festzustellen, ob die Rückseite einen Hinweis lieferte. Dort hatte etwas geschrieben gestanden, doch die Tinte war verwischt und unleserlich. Dieses Mal faltete sie das Papier sorgfältiger zusammen und steckte es wieder in ihre Tasche.

McGregor kam auf sie zugesprungen, und sie lockte ihn mit der Aussicht auf einen Hundekuchen ins Auto und brachte ihn dazu, sich wieder hinzulegen. Sie überprüfte ihre Tasche: Aufnahmegerät, Notizbuch, Bleistift. Cordelia überflog eine Liste von Fragen, um ihr Gedächtnis aufzufrischen, und fuhr dann zum Tor von Charteris Soke.

Drei Stunden später auf dem Kanalboot beschrieb sie Angus, der Tee aufbrühte, den *soke*: den Gerichtssaal mit seinem wunderschönen Richterstuhl, der in ein antikes, vergittertes Fenster integriert war, den Kamin aus behauenem Stein mit seinem Wappen und die Geheimtür, die zum Turm führte, der einst eine Schatzkammer gewesen war; den charmanten Besitzer, dessen Familie seit Jahrhunderten dort lebte.

Jetzt reckte sie sich und sah sich beifällig um. »Das macht Spaß«, meinte sie. »Und wir haben morgen noch den ganzen Tag für uns. Wie herrlich.«

»Ich dachte, wir fahren flussaufwärts nach Pershore«, sagte er. »Hoffen wir, dass McGregor gern auf dem Wasser herumgondelt. Weiß Henrietta, wo du bist? Wie gewöhnt sie sich nach ihrem bewegten Leben als Kindermädchen in London daran, ein Haus in den Quantock-Hügeln zu hüten?«

Cordelia verzog das Gesicht. »Sie hat so ihre Schwierigkeiten. Meine arme Tochter steht unter Schock, aber sie kommt zurecht.«

»Ich weiß, du hast mir am Telefon davon erzählt, aber ich habe ein wenig den Überblick verloren. Was genau ist eigentlich passiert?«

»Ach, das ist einfach nur traurig. Susan und Iain, das Ehepaar, für das Henrietta arbeitet, haben sich getrennt. Anscheinend hat Iain seit Ewigkeiten eine Affäre, und die arme Susan hatte nicht die geringste Ahnung, bis er erklärt hat, er werde sie verlassen. Das war für alle ein furchtbarer Schock. Susans Eltern hatten vor, nach Neuseeland zu fliegen, um ihre andere Tochter zu besuchen, und da fanden sie, das Beste sei, Susan und die Kinder einfach mitzunehmen, um allen eine Atempause zu gönnen. Sie sind letzte Woche geflogen.«

»Und welche Rolle spielt dabei das Cottage in den Quantock-Hügeln?«

»Dort wohnen Susans Eltern, Maggie und Roger. Verstehst du, im Haus der Tochter in Neuseeland war kein Platz für Henrietta, und deswegen ist sie heruntergekommen, um nach den Hunden und den alten Ponys zu sehen, solange alle fort sind. Ich habe ihr eine SMS geschickt und ihr gesagt, dass ich Sonntagabend nach Hause komme. Und, nein, ich habe ihr nicht erzählt, dass ich hier bei dir bin – doch das hast du dir sicher schon gedacht. Sie wird vermuten, dass ich in einer Frühstückspension abgestiegen bin. Das mache ich normalerweise so.«

»Eines Tages wirst du es ihr aber sagen müssen, vor allem, nachdem ich jetzt nach Dartmouth gezogen bin«, erwiderte Angus und verzog angesichts ihrer entnervten Miene das Gesicht. »Okay, okay. Ich verspreche, nicht wieder davon anzufangen. Jedenfalls nicht dieses Wochenende. Ich dachte, wir essen im *White Bear* zu Abend. Dann können wir morgen früh aufbrechen, und ich bereite uns irgendwo flussaufwärts ein leckeres Frühstück zu.«

»Klingt wunderbar«, sagte Cordelia. »Hör mal, würde es dich stören, wenn ich mir ein paar Notizen mache, solange mir der heutige Tag noch frisch vor Augen steht? Dann kann ich den *soke* vergessen und mich entspannen, und wir gehen mit McGregor auf dem Treidelpfad spazieren.«

2. Kapitel

Henrietta erkannte die Stimme sofort wieder, obwohl die Nachricht eine andere war.

»Hi, Roger. Ich bin's noch mal. Es ist zehn Uhr am Dienstagmorgen. Ich komme vielleicht irgendwann heute auf dem Rückweg von Bristol vorbei. Gegen vier. Tut mir leid, dass ich dich ständig verpasse.«

Instinktiv warf sie einen Blick auf ihre Armbanduhr. Kurz nach elf.

»Es ist eure Schuld, dass er uns nie erwischt, wer immer er sein mag«, erklärte sie den Hunden, die auf den kalten Schieferplatten zu goldbraunen Pelzhaufen zusammengesunken waren. »Er ruft immer an, wenn wir spazieren gehen.«

Höflich, aber gleichgültig wedelten sie mit den fedrigen Schwänzen, und Juno, die Mutter und Großmutter der beiden anderen Retriever, hievte sich hoch, um hingebungsvoll aus dem großen Wassernapf neben der Kommode zu schlabbern. Die Küchentür stand offen und ließ die warme Septembersonne und ein entzückendes Chaos aus satten Farben ein: rosa-lila Herbstanemonen, dunkelrote und violette Astern und scharlachrote Montbretien, die in Gruppen zusammengepflanzt waren und in dem flirrenden Sonnenlicht wie mit Puderzucker überstäubt wirkten.

Henrietta kochte Kaffee und trug ihn zu dem kleinen Holzstuhl, der vor der Tür stand. Sie hatte das Gefühl, dass etwas Bedeutsames bevorstand. Es lag eine Art Magie in dem weichen goldenen Schein, der über diesen kleinen Hof fiel, und die tiefe ländliche Stille war von gespannter, gedämpfter Erwartung erfüllt. Juno kam heraus, um sich neben sie zu setzen, und lehnte sich an den Stuhl. Henrietta schlang den Arm um ihren pelzigen Hals und legte die Wange auf den mächtigen Hundekopf.

»Sie fehlen dir alle, nicht wahr?«, murmelte sie mitfühlend. »Tja, mir auch, aber wir können uns ebenso gut daran gewöhnen.«

Ruhig saßen sie zusammen. Henrietta trank ihren Kaffee und überlegte, wem die Stimme auf dem Anrufbeantworter gehören mochte, während Juno den schweren Kopf an ihr Knie lehnte. Die erste Nachricht hatte nur ein paar Stunden, nachdem Roger und Maggie vor fast einer Woche zur ersten Etappe ihrer Reise nach London aufgebrochen waren, auf sie gewartet. Um die Hunde von ihrer Abreise abzulenken, war Henrietta mit ihnen losgefahren: über die schmalen Fahrstreifen in Richtung Crowcombe und hinaus zum Great Wood. Dann war sie mit ihnen auf dem Robin Upright's Hill spazieren gegangen, wo sie über die Bridgwater Bay hinaussehen konnte. Als sie wieder ins Cottage gekommen war, hatte das grüne Licht am Anrufbeantworter geblinkt. Sie war hingeeilt, weil sie fürchtete, es habe ein Problem gegeben. Vielleicht hatte der Zug Verspätung gehabt, und sie hatten Susan und die Kinder verpasst.

»Hi, Roger, ich bin's, Joe. Danke, dass du mir die Bücher herausgesucht hast. Ich komme sie mir demnächst holen. Gruß an Maggie.«

Niemand hatte ihr Anweisungen zu Joes Büchern gegeben, aber auf der Kommode in der Diele stand eine Plastiktüte. Sie hatte einen Blick hineingeworfen und gesehen, dass sie tatsächlich Bücher enthielt, Bücher über Schiffe und Häfen. Das war nicht erstaunlich, denn Roger war pensionierter Marineoffizier und kannte sich sehr gut mit alten Segelschiffen aus.

Aber wer war dieser Joe? Henrietta hatte das eigenartige Gefühl, ihn zu kennen, seine Stimme wiederzuerkennen – sie hatte sich sogar vorgestellt, ihn bereits einmal getroffen und mit ihm geredet zu haben. Als sie jetzt in der Sonne saß und Juno sich zu ihren Füßen ausstreckte, konnte sie sich ihn bildlich vorstellen: groß, blond, Hände, die beim Reden durch die Luft fuhren. Doch wo und wann sollte das gewesen sein? Sie zog ihren langen, dicken Zopf über die Schulter nach vorn, drehte das Ende und ließ es durch die Finger gleiten. Ihr fiel ein, dass er vielleicht ein Mitglied einer der Marinefamilien war, mit denen sie durch das Netzwerk aus Dienstwohnungen für Ehepaare, Mietwohnungen der Navy und Internate verbunden war. Offensichtlich war er gut bekannt mit Roger und Maggie. Ein neuer Gedanke, nämlich, dass er auch deren Generation angehören könnte, stürzte sie in plötzliche und ziemlich unangemessene Enttäuschung. Natürlich hätte sie die Servicenummer Eins-Vier-Sieben-Eins anrufen und sich die Rufnummer des entgangenen Anrufs geben lassen können – wenn sie nicht gesperrt war. Dann hätte sie diesen Joe anrufen und ihm erklären können, dass Roger verreist sei, sie aber eine Tüte mit Büchern gefunden habe, die möglicherweise für ihn bestimmt waren. Vielleicht wollte sie einfach das Rätsel noch ein wenig auskosten, ihrer Fantasie erlauben, sich amüsante Szenarien auszumalen, die sie von ihren aktuellen Problemen ablenkten.

Seine Stimme klang jung, versicherte Henrietta sich energisch. Und dieses Bild von ihm, wie er redete, ihr etwas erklärte, war das eines jungen Mannes. Und doch, falls sie einander schon begegnet waren, wie hätte sie seinen Namen vergessen können? Mit gemischten Gefühlen – Aufregung, Besorgnis, Neugierde – trank sie ihren Kaffee aus.

»Nimm dich zusammen«, sagte sie sich. »Wahrscheinlich ist er ein langweiliger alter Kauz mit einer Leidenschaft für Teeklipper.«

Trotzdem beschloss sie, nach dem Mittagessen nach Bicknoller hineinzufahren und etwas Besonderes zum Tee zu kaufen, vielleicht einen leckeren Biskuitkuchen. Glücklicherweise verfügte Roger über einen sehr großen Alkoholvorrat, obwohl sie eine Zitrone mitbringen würde für den Fall, dass Joe gern einen Gin Tonic trank. Sie fragte sich, was sie zum Abendessen zusammenwerfen könnte ...

»Also ehrlich!«, schalt sie sich peinlich berührt. »Was *machst* du nur?«

Alarmiert durch ihren jähen Aufschrei, rappelte sich Juno auf, und Henrietta streichelte ihr zerknirscht den Kopf.

»Tut mir leid«, sagte sie. »Tut mir leid, Juno. Das kommt davon, wenn man nichts zu tun hat. Mir fehlen die Kinder, Susan, die herein- und wieder hinausstürzt, und all die normalen Dramen.«

Dann kam ihr eine andere Idee. Behutsam schob Henrietta Junos massige Gestalt beiseite, stand auf und ging ins Haus. Sie zögerte kurz, spielte dann die Nachricht noch einmal ab, suchte ihr Handy und wählte die Nummer ihrer Mutter.

Zwei Anrufe, bevor sie überhaupt ihren Schreibtisch erreichte, der mit Ausdrucken, aus Zeitungen und Zeitschriften ausgeschnittenen Artikeln und Nachschlagewerken übersät war. Cordelia schlenderte mit einem Becher Kaffee in der Hand zwischen Küche und Arbeitszimmer hin und her und kam nicht über den ersten Satz ihres Artikels hinaus. *Charteris Soke in Frampton Parva ist das einzige bekannte Gebäude seiner Art so weit im Süden.* Pause. War sie sich ganz sicher, dass das stimmte? Nun ja, das konnte sie später genau überprüfen. Also. Sollte sie das *entzückende* Charteris Soke schreiben? Oder das *bezaubernde* Charteris Soke? Beide Adjektive kamen ihr abgedroschen, langweilig vor. Jedenfalls musste sie anschließend kurz erklären, was ein *soke* überhaupt war. Cordelia kramte nach einem Artikel darüber und schlug die Definition von *soke* oder *soc* im Lexikon nach: *das Recht, lokal Gericht zu halten, oder auch das Territorium, das unter der Rechtsprechung eines bestimmten Gerichts stand*. Sie studierte die Fotos des kleinen alten Herrenhauses – langsam nahm der Artikel Gestalt an –, und dann klingelte irgendwo tief in der Küche ihr Handy wieder. Cordelia stellte den Kaffeebecher ab, rannte in den Flur und riss schließlich das Telefon an sich, das unter dem Zeitungsstapel auf dem Küchentisch gelegen hatte.

»Hi«, rief sie atemlos. »Hallo? Bist du noch dran? Oh, Henrietta. Gott sei Dank! Ich dachte, ich käme zu spät und du hättest schon aufgelegt. Hast du meine SMS bekommen, dass ich zurück bin? Wie läuft es denn? Hast du dich schon eingelebt?«

»Mir geht's prima, Mum. Ja, ich habe deine SMS bekommen. Alles in Ordnung. Hör mal, ich dachte, ich würde bei dir nachfragen. Ich hatte diese Nachricht auf dem Anrufbeantworter von jemandem namens Joe, der später vorbeikommen will und Roger und Maggie offensichtlich sehr gut kennt. Nun hatte ich überlegt, ob da vielleicht eine Verbindung zur Marine besteht. Mir kommt die Stimme so bekannt vor. Kennen wir jemanden namens Joe? Meine Generation, nicht deine. Klingelt da etwas bei dir?«

»Joe.« Cordelia ging ihren großen Bekannten- und Freundeskreis bei der Marine durch. »Jo. Abkürzung für Joanna oder Josephine ...«

»Nein, nein. Tut mir leid. Es ist ein Mann und keine Frau.«

»Aha.« Cordelia änderte ihre Denkrichtung. »Joe. Richtig. Joseph. Nein, spontan fällt mir kein Joe ein.«

»Mir auch nicht. Ich hatte nur das Gefühl, die Stimme zu kennen. Egal. Geht's dir gut?«

»Großartig. Schlage mich mit diesem Artikel für *Country Illustrated* herum. Bist du dir sicher, dass du keine Gesellschaft brauchst? Es muss eigenartig sein, nach dem Haus in London und mit Susan und … mit Susan und den Kindern plötzlich nur mit Maggies Zoo zur Gesellschaft mitten im ländlichen Somerset zu sitzen. Ich könnte rüberkommen, wenn du dich einsam fühlst. Oder wir könnten uns in Taunton treffen und uns mit Shoppen abreagieren.«

»Ehrlich, mit geht's prima. Und außerdem steckst du ja offenbar mitten in deinem Artikel. Ich sag dir später Bescheid, wer Joe ist. Bye.«

Verunsichert und vollkommen abgelenkt, ging Cordelia zurück in ihr Arbeitszimmer. War das jetzt eine versteckte Kritik gewesen? »Du steckst ja offenbar mitten in deinem Artikel.« Liebe zu ihrer Tochter erfüllte sie, zusammen mit Nervosität, Mitgefühl und schlechtem Gewissen – vor allem schlechtem Gewissen; alles Gefühle, die garantiert jeden kreativen Fluss unterbrachen. Cordelia kramte herum, räumte Papiere auf, klappte Bücher zu, stellte sie zurück ins Regal und nippte an dem lauwarmen Kaffee. Dabei ging ihr eine Frage, die sie kürzlich in einer Radiosendung gehört hatte, im Kopf herum.

Sind wir die erste Generation, die das Bedürfnis hat, mit ihren Kindern befreundet zu sein?

Ja, sind wir das? Sie dachte an ihre eigenen Eltern, die fürsorglich, aber distanziert gewesen waren. Bei ihnen hatte es keinen emotionalen Seelenstriptease gegeben, keine tiefschürfenden Diskussionen über die Gefühle oder Bedürfnisse ihrer Sprösslinge. Sie erinnerte sich noch gut an die Reaktion ihres Vaters auf ihre Trennung und die darauffolgende Scheidung, an seine schockierte Miene, die zu Widerwillen umschlug, als sie ihm mitteilte, Simon verlasse sie.

»Eine andere Frau, vermute ich mal. Nein, ich will die schmutzigen Einzelheiten nicht hören. Ich kann nur sagen, ich bin froh, dass deine Mutter das nicht mehr erlebt.«

Nein, nein. Alles, was mit Gefühlen zu tun hatte, blieb am besten verborgen. Man sprach nicht darüber, bewahrte Haltung.

Sind wir die erste Generation, die das Bedürfnis hat, mit ihren Kindern befreundet zu sein?

Sie hatte allerdings das Bedürfnis, mit Henrietta befreundet zu sein. Sie wollte sie ermuntern, unterstützen und für sie da sein. Aber ach, der Kummer und die Angst, die sie nicht zeigen, sich nie anmerken lassen durfte und die nur in ihrem Inneren an ihr nagten.

Henriettas spitzes blasses Gesichtchen. »Verlässt uns Daddy, weil ich keine Lust mehr hatte, Boris' Käfig ordentlich sauber machen?«

Boris war der Hamster, ein hübsches, harmloses, wenn auch intellektuell beschränktes Wesen.

»Sauber *zu* machen, Schatz. Nein, natürlich nicht. Es ist nur so, dass Freundschaften manchmal nicht mehr richtig funktionieren.«

»Aber Daddy ist immer noch mein Freund?«

»Natürlich. Und daran wird sich nie etwas ändern.« Bis er seiner Tochter einen Brief geschrieben hatte, als sie fünfzehn war, einen cremeweißen Umschlag mit einer Nachricht, die zerstörerisch wie eine Bombe gewesen war und deren Fallout heute, viele Jahre später, immer noch Schaden anrichtete.

Cordelia setzte sich und starrte den Computerschirm an, der genauso nutzlos und leer war wie ihr Kopf. Wie unfähig sie damals gewesen war! Wie untauglich und hilflos! Das Gleiche hatte sie empfunden, als sie vor einem Monat in die Tregunter Road gekommen war und ein Chaos vorgefunden hatte.

Mit einem Mal scheint der Bildschirm sich vor ihren Augen aufzulösen, und stattdessen sieht sie Henriettas Gesicht, ihren argwöhnischen Blick, und der altvertraute Schatten senkt sich zwischen sie wie ein Schwert und zerschlägt jeglichen Austausch von Wärme und Liebe.

Sie ist nach London hinaufgefahren, um im *Arts Club* mit ihrer Agentin zu Mittag zu essen. Zwar übernachtet sie bei Freunden in Fulham, aber sie geht wie verabredet auf dem Weg zur Dover Street bei Henrietta vorbei, um sie zu besuchen. Sobald sich die Tür öffnet, weiß sie, dass etwas nicht stimmt. Die übliche Atmosphäre fröhlicher Geschäftigkeit fehlt. Kein Laut dringt aus den beiden großen Räumen im Kellergeschoss, wo Susan ihren kleinen, aber erfolgreichen Versandhandel betreibt, und die Küche ist verlassen. Kein Iain, der kurz seinen Computer im Stich gelassen hat, um die Morgenzeitung zu lesen und eine Tasse Kaffee zu trinken; keine Kinder, die aus dem Garten hereingerannt kommen, um sie zu begrüßen.

Cordelia stellt ihre Tasche auf den Tisch und sieht sich ratlos um. »Passt es gerade nicht?«, fragt sie.

Vor Schock sind Henriettas Augen weit aufgerissen. »Iain ist fort«, sagt sie. »Er hat gerade gepackt und ist ausgezogen.«

Sie starren einander an. »Fort?« Ihre eigene Stimme klingt rau und beklommen. »Du meinst, er hat Susan verlassen?«

Henrietta nickt. Plötzlich schlägt ihre Miene um, wirkt distanziert. »Ja, fort. Heute Morgen. Anscheinend hat er seit Ewigkeiten eine Affäre. Susan ist am Boden zerstört.«

Sie starren einander immer noch an. Erinnerungen steigen an die Oberfläche, Groll rührt sich. Susan ruft von oben herunter, und ein Kind weint.

»Du gehst besser«, sagt Henrietta schnell. »Tut mir leid, aber sie will noch niemanden sehen, und ich versuche, ihr die Kinder vom Leib zu halten.« Cordelia fügt sich sofort, verlässt das Haus und geht eilig in Richtung Dover Street.

Charteris Soke in Frampton Parva ist das einzige Haus ... So langsam klang es eher wie die begeisterte Werbung eines Immobilienmaklers als wie ein Feature über ein kleines Stück Historie. Als das Telefon wieder klingelte, griff Cordelia beinahe ängstlich danach, bis sie seine Initialen sah.

»Dilly?«

Der Klang seiner Stimme und der dumme, vertraute Spitzname erfüllten sie mit Freude und Erleichterung. Als ihre Schultern sich entspannten und sie tief, tief Luft holte, wurde ihr erst klar, wie verspannt sie gewesen war.

»Liebling. Hat das nicht Spaß gemacht? Wann sehe ich dich?«

»Ich könnte zur Teezeit bei dir sein. Wäre das gut?«

Sie hörte seiner Stimme an, dass er lächelte. »Du hast ja keine Ahnung, wie gut«, gab sie zurück. »Bye, Liebling.«

Cordelia stand auf, ging zurück in die Küche und trat von dort aus auf den breiten Steinbalkon, der aus der steil zum Meer hin abfallenden Klippe herausgehauen worden war. Ihr Cottage war das letzte in der Reihe von Küstenwachen-Häuschen und das abgeschiedenste. Die anderen beiden waren Ferienhäuser, die den größten Teil des Sommers über vermietet wurden und im Winter meist leer standen. Durch ihre Fenster hatte man einen unverstellten Blick auf das Meer und die Küste, die sich im Westen nach Stoke Point und im Osten nach Bolt Tail erstreckte. Im Inneren der Umfriedungsmauer hatte sie Fuchsien und Tamarisken gepflanzt, um sich vor den interessierten und manchmal sogar neidischen Blicken der Wanderer auf dem Küstenpfad zu schützen, der etwas höher auf der Klippe ein paar Meter vor ihrer Haustür vorbeiführte. Cordelia stützte sich mit den Ellbogen auf die breite Mauer, wo sich Odermennig in winzigen Spalten festklammerte und Büschel von rosa und weißem Baldrian sich mühsam mit den Wurzeln festhielten. Unter ihr wiegte sich das Meer leicht, als wäre es an den Klippen festgetackert und hätte nicht vor, irgendwohin zu gehen. Möwen schienen sich zu zanken und einander von scharfen Felsvorsprüngen aus mit Beleidigungen zu überschütten. Licht strömte von einem weiten, dunstig blauen Firmament und wurde vom Meer zurückgeworfen, sodass der Unterschied zwischen Himmel und Wasser verschwamm. Weit im Westen zog ein einzelnes Fischerboot eine einsame schimmernde Spur.

Bald würde er aufbrechen, und dann würde Zeit sein zum Reden, zum Teilen und für die Liebe.

»Es ist so dumm«, sagte sie viel später zu ihm. »Ich bin wegen Henrietta fast hysterisch geworden und in Panik geraten und habe mich gefragt, wie sie zurechtkommen wird, solange alle weg sind. Zwei Monate! Das ist so eine lange Zeit, Angus.«

Sie reichte ihm einen Becher Tee, und plötzlich fiel ihr eine Bemerkung ein, die eine gemeinsame Freundin einmal über Angus Radcliff gemacht hatte. »Er sieht so toll aus, dass er für eine Actionfigur Modell stehen könnte«, hatte sie gesagt. »Ich finde ihn ziemlich scharf, du nicht?« Cordelia hatte Gleichgültigkeit vorgeschützt, doch sie hatte verstanden, was sie meinte: diese verwirrenden grauen Augen und der kräftige Kiefer, das dunkle, kurz geschorene Haar und der kompakte, muskulöse Körper.

»In welchem Kostüm stellst du ihn dir denn vor?«, hatte Cordelia gefragt. »Untergrundkämpfer? Hubschrauberpilot? Polarforscher?«

»Oh, ich stelle ihn mir ganz ohne alles vor«, hatte die Freundin prompt zurückgegeben. »Das ist es ja gerade.« Und die beiden hatten sich vor Lachen ausgeschüttet.

Jetzt saß sie ihm gegenüber und verbarg ihr Lächeln. »Und ich habe nachgedacht«, erklärte sie. »Du weißt doch noch, dass ich dir auf dem Kanalboot davon erzählt habe, dass Susans Ehe zerbrochen ist und ihre Eltern sie und die Kinder mit nach Neuseeland genommen haben? Nun, auf der Heimfahrt ist mir eingefallen, dass du Roger und Maggie Lestrange bestimmt kennst, oder? War Roger an der Militärakademie in Dartmouth nicht im selben Jahrgang wie Simon und du?«

»Roger Lestrange. Ja, natürlich kenne ich ihn. Du hattest seinen Familiennamen nicht erwähnt. Aber wir waren nicht im selben Jahrgang. Roger war zwei Jahre über Simon und mir, doch viel später waren Roger und ich zusammen mit Hal Chadwick beim Verteidigungsministerium. Roger und Hal waren großartige Kameraden. Oder sollte ich sagen: Admiral Sir Henry Chadwick.« Er parodierte eine ehrfürchtige Miene.

»Der gute alte Hal«, meinte Cordelia voller Zuneigung. »Er ist so ein Lieber. Und Fliss ist als Lady Chadwick einfach vollkommen. Diese klaren Patrizierzüge. Die Erhebung in den Adelsstand hätte kein netteres Paar treffen können. Weißt du noch, wie sie mich für *Country Life* diesen Artikel über ihr wunderbares altes Haus haben schreiben lassen? The Keep. Hal war begeistert, doch Fliss hat darauf bestanden, die persönlicheren Details herauszuhalten, wogegen wohl nichts einzuwenden ist. Abgesehen von der Geschichte des Anwesens haben wir dann beschlossen, uns auf diesen Bio-Gemüseanbau zu konzentrieren, mit dem Jolyon angefangen hat. Das hat viel Spaß gemacht.«

»Aber komisch, oder?«, meinte er nachdenklich. »Hal und Fliss waren nicht immer zusammen. Wir neigen dazu, das zu vergessen, weil sie so ein schönes Paar sind. Doch sie sind erst seit ungefähr sieben oder acht Jahren verheiratet. Fliss und Hal sind Cousin und Cousine, verstehst du, und The Keep gehört Fliss genauso wie Hal.«

»Das haben sie mir erklärt, als ich dort war«, räumte Cordelia ein. »Deswegen wollte Fliss nicht so viel Privates in dem Artikel sehen. Es ist ein Familiensitz mit so vielen Dramen, dass ich ein ganzes Buch darüber hätte scheiben können. Ein erstaunlicher Ort. Der *soke* hat mich tatsächlich daran erinnert, wenn auch in einem viel kleineren Maßstab. Was ist eigentlich aus Hals erster Frau geworden? Kanntest du sie?«

Angus runzelte die Stirn. »Ich glaube nicht. Sobald wir alle unterschiedliche Laufbahnen eingeschlagen hatten, haben wir uns ein wenig aus den Augen verloren. Roger und Hal sind bei der Flotte geblieben; Simon und ich sind zu den U-Booten gegangen. Ich glaube, wir waren beim Verteidigungsministerium, als Hals Frau ihn verlassen hat. Sie hat einen der Söhne mitgenommen, aber Jolyon ist bei Hal geblieben, daher haben wir ihn öfter zu Gesicht bekommen. Ich muss sagen, es ist ganz schön komisch, Jo heute im Fernsehen zu sehen. Er ist Hal wie aus dem Gesicht geschnitten.«

»Jo!« Cordelia schlug sich mit der Hand vor den Mund. »Jolyon Chadwick. Ich bin *wirklich* dumm.«

»Wieso?«

»Deswegen hatte Henrietta angerufen. Sie sagte, jemand namens Joe hätte eine Nachricht für Roger hinterlassen, und sie meinte, die Stimme zu kennen. Auf Jolyon wäre ich nie gekommen. Ich dachte an Joseph, also Joe mit ›e‹. Ich bin eine dumme Gans. Er wollte vorbeikommen und wusste nicht, dass Maggie und Roger nach Neuseeland geflogen sind.«

»Na, dann ist ja alles gut«, meinte er gelassen. »Bei Jo wird Henrietta nichts passieren.«

»Natürlich nicht. Aber ich könnte sie anrufen und vorwarnen. Schließlich ist er ja inzwischen ziemlich berühmt, oder? Vielleicht ärgert sie sich ja, wenn er sie in ihrer alten Jeans und ohne Make-up antrifft.« Sie suchte ihr Handy und gab Henriettas Nummer ein. »Schatz, ich bin's. Hör zu. Ich frage mich, ob Jo Chadwick die Nachricht auf dem Anrufbeantworter hinterlassen hat. Ach. Aha, er ist gerade da. Gut ... Okay. Später, ja, gern.«

Cordelia drückte das Gespräch weg und schnitt Angus eine Grimasse. »Er ist schon da«, erklärte sie.

Er grinste. »Und?«

Cordelia dachte darüber nach. »Sie klang aufgeregt. Aber auf eine nette Art. Sagte, sie ruft später zurück.«

Angus zog die Augenbrauen hoch und schürzte die Lippen. »Nicht allzu viel später, hoffe ich«, meinte er. »Könnte sein, dass wir beschäftigt sind.«

3. Kapitel

Sie erkannte ihn sofort. Er war mit leicht perplexer Miene auf dem Gartenweg stehen geblieben, als ahnte er eine Veränderung, könnte sie aber nicht genau definieren. Dann waren Juno und Pan aus der Tür getappt und ihm entgegengelaufen, und sein Gesicht hatte sich aufgehellt, und er hatte die Hände nach ihnen ausgestreckt und sich gebückt, um sie zu streicheln. Der Welpe war hinter den beiden hergetollt, und Jo hatte laut gelacht. »Hallo, alter Junge«, hatte er gesagt und war in die Hocke gegangen, um den Kleinen an den Ohren zu ziehen. Dann hatte er aufgeblickt, sie an der Tür warten gesehen und beinahe lächerlich verblüfft gewirkt. Durch das Meer aus Hunden war er auf sie zugewatet. »Hallo. Ist Roger da?«, hatte er gefragt.

»Leider nein«, hatte sie gesagt, »aber kommen Sie doch herein. Ich glaube, ich habe ein paar Bücher für Sie.«

Jetzt standen sie in der kühlen halbdunklen Diele ziemlich schüchtern beieinander und sahen sich die Bücher an. »Dann wussten Sie nicht, dass Maggie und Robert nach Neuseeland geflogen sind?«, fragte sie.

»Nein.« Er steckte das letzte Buch wieder in die Tüte. »Ich hatte gehört, dass sie so etwas geplant hatten, aber keine Ahnung, dass sie schon fort sind. Also kümmern Sie sich um die Hunde? Und die alten Ponys.«

Sie zögerte. Es wäre einfach gewesen, ihn in dem Glauben zu lassen, sie sei Hundesitterin. In dem Fall wären keine Erklärungen nötig, er würde mit seinen Büchern verschwinden, und das wäre es dann gewesen. Doch sie wollte nicht, dass er ging; sie spürte den Wunsch, dass er blieb.

»Ja, so ist es«, antwortete sie, »doch ganz so einfach ist das nicht. Ich bin keine Hundesitterin. Ich bin die Nanny von Susans Kindern. Sie sind mit Maggie und Roger geflogen, verstehen Sie?«

Er sah sie genauer an und nickte. »Verstehe. Sehen Sie, ich bin Jolyon Chadwick. Mein Vater ist einer von Rogers ältesten Freunden. Kameraden bei der Marine und all das. Ich kenne Susan recht gut, obwohl ich sie seit Jahren nicht gesehen habe.«

Henrietta lächelte. »Ich weiß, wer Sie sind«, erklärte sie. »Hauptsächlich aus dem Fernsehen natürlich, aber ich vermute, dass wir uns schon irgendwo begegnet sind. Meine Familie ist auch bei der Marine. Nun ja, war. Ich bin Henrietta March. Susan und ich waren zusammen auf dem Marine-Internat. So bin ich später ihr Kindermädchen geworden. Ich hatte gerade keine Arbeit, und gleichzeitig hob ihr Versandhandel richtig ab, und sie hatte zwei kleine Kinder. Irgendwie schien das damals genau das Richtige für uns alle zu sein. Als dann alles herauskam, habe ich angeboten herzukommen. Die Hundesitterin, die Maggie normalerweise beschäftigt, war ausgebucht.«

»Alles herauskam?«, wiederholte er.

Sie hatte nicht damit gerechnet, dass er ihre unbedachten Worte so schnell mitbekommen würde. Während sie sich fragte, wie viel sie ihm erzählen sollte, zog sich das Schweigen in die Länge. Andererseits würde er es sehr bald über den Marine-Klatsch erfahren.

»Möchten Sie Tee?« Sie wollte Zeit schinden. »Ich habe einen ziemlich guten Kuchen aus dem Dorfladen in Bicknoller.«

»Danke.« Er folgte ihr in die Küche und kniete nieder, um mit dem Welpen zu spielen, der sich vor Vergnügen auf den Rücken warf und mit nadelspitzen Zähnen an Jolyons Fingern knabberte. »Dieser Bursche ist neu hinzugekommen, seit ich zum letzten Mal hier war. Wie heißt er?«

»Maggie nennt ihn Tacker. Roger sagt, da zeige sich ihre kornische Seite. Er hat einen ziemlich hochtrabenden Züchternamen, aber Maggie hat einfach angefangen, ihn Tacker zu rufen, und der Name ist hängen geblieben.«

»Na ja, mit seinen Zähnen ist er wirklich wie ein kleiner Tacker«, meinte Jolyon. »Er ist großartig. Mein alter Busche, Rufus, ist letztes Jahr gestorben, doch früher war er genau wie der hier. Also.« Er stand auf und nahm seinen Tee von ihr entgegen. »Was hat das alles zu bedeuten?«

Sie beschloss, keine weiteren Ausflüchte zu machen, aber trotzdem zögerte sie. »Das ist alles ein wenig peinlich, nicht wahr? Schließlich ist das sehr persönlich, und wir kennen uns eigentlich nicht.«

»Wahrscheinlich doch. Marinefamilien sind immer irgendwie verbunden. Ich vermute, dass unsere Väter einander kennen. Ich bin nur neugierig darauf, warum Roger und Maggie so schnell verschwunden sind, ohne ihren besten Freunden Bescheid zu geben, nichts weiter. Doch keine Sorge, wenn Sie das Gefühl haben, es sei indiskret, mir davon zu erzählen, werde ich Sie nicht bedrängen.«

Seufzend schnitt Henrietta zwei Stücke Kuchen ab. »Es würde mir guttun, darüber zu reden. Um ehrlich zu sein, stehe ich immer noch unter Schock. Iain hat Susan verlassen. Er hat eine andere, und sie haben sich getrennt. Maggie fand, das sei ein guter Zeitpunkt für einen längeren Urlaub, und hat Susan und die Kinder zusammen mit Roger und sich selbst nach Neuseeland verfrachtet. Susans Partnerin kümmert sich um das Geschäft und das Haus in London, und ich habe mich bereit erklärt hierherzukommen, damit sie schnell aufbrechen konnten.«

»Verstehe. Die arme Susan.« Seine Stimme klang tieftraurig.

Sie warf ihm einen Blick zu. Seine Miene war düster, und irgendwie wirkte das tröstlich auf sie. »Ich bin fast so niedergeschmettert wie Susan«, gestand sie. »Verstehen Sie, wir waren alle so glücklich. Zumindest habe ich das geglaubt. Es gab keinen Hinweis auf Probleme. Kein Streit, kein Geschrei, keine Meinungsverschiedenheiten. Das Geschäft im Untergeschoss lief, und das Haus war immer voller Menschen. Es hat uns alle schwer getroffen.«

»Roger und Maggie müssen erschüttert sein.«

»Ja. So etwas betrifft so viele Menschen, nicht wahr?« Kurz schwieg sie. »Meine Eltern sind geschieden.« Sie zuckte mit den Schultern. »Ja, und? Keine große Sache und all das. Aber es war schmerzhaft, und nun kommt es mir vor, als finge alles wieder von vorn an. Meine Zweitfamilie ist zerbrochen, und es ist, als trauerte ich. Ach, ich kann es nicht erklären.«

»Das brauchen Sie auch nicht. Ich kenne mich damit gut aus, nur dass ich mehr Glück hatte als Sie. Meine Zweitfamilie ist noch intakt. Ziemlich heftig, Sie hier so zurückzulassen, nicht wahr?«

»Ich glaube nicht, dass sie es so gesehen haben. Ich meine, sie haben mich nicht so betrachtet. Maggies einzige Sorge war, Susan und die Kinder fortzubringen, und ich war ihrer Meinung. Um ehrlich zu sein, war es fast eine Erleichterung. Ich hätte nicht in der Tregunter Road sein wollen, während Iain ein und aus ging, um seine Sachen zu holen.«

»Aber das hier ist ein wenig extrem. In solchen Zeiten braucht man seine Freunde.«

»Maggie sagte, ich könnte ruhig Freunde einladen. Sie war großartig. Es ist nur so, dass ich noch nicht wirklich darüber reden will.« Sie verzog das Gesicht. »Zumindest nicht mit gemeinsamen Freunden. Und dann all die Spekulationen und der Klatsch, das Durchkauen der pikanten Details. Ich bin nicht in der Stimmung dazu.«

Er nickte. »Das kann ich verstehen.«

Ihr Handy klingelte. Sie nahm es von der Kommode, sah auf das Display und zögerte. »Meine Mum«, murmelte sie und nahm das Gespräch an. Sie wandte sich leicht von ihm ab und zog eine Schulter hoch, und Jolyon setzte sich an den Tisch und begann, leise mit den Hunden zu sprechen.

»Hi, Mum ... Ja, er ist gerade hier .... Ja. Ich rufe dich später zurück.« Sie drückte das Gespräch weg und wirkte verlegen.

»Ich hatte sie vorhin angerufen«, erklärte sie ihm. »Nach Ihren Nachrichten hatte ich versucht, mich darauf zu besinnen, wer Sie sein könnten. Ich habe meine Mutter gefragt, ob sie jemanden namens Joe kenne, und jetzt gerade war sie plötzlich auf die Idee gekommen, das könnten Sie sein.«

»Oh.« Er wirkte leicht geschmeichelt. »Wie heißt denn Ihre Mum?«

»Cordelia Lytton. Sie hat nach der Scheidung ihren Mädchennamen wieder angenommen. Sie ist Journalistin; sie schreibt Features. Hauptsächlich arbeitet sie für die großen Hochglanzmagazine, aber sie hat auch eine Reihe ziemlich unkonventioneller Bücher über die schwarzen Schafe aus alten bekannten Familien geschrieben, eine Art Mischung aus Sachbuch und Biografie. Sie waren sehr erfolgreich, deswegen kommt Ihnen ihr Name vielleicht bekannt vor.«

»Natürlich kenne ich sie. Sie hat diesen Artikel über The Keep für *Country Life* geschrieben. Und sie war auf ein paar von Dads Partys. Sie ist sehr unterhaltsam.«

»Oh ja, sehr unterhaltsam«, pflichtete Henrietta ihm bei.

Ihr unverbindlicher Tonfall alarmierte ihn, und er warf ihr einen Blick zu. »Dann erstaunt es mich, dass wir einander noch nicht begegnet sind.«

Henrietta zuckte mit den Schultern. »Ich bin meist in London. In Ihrer Nachricht sagten Sie, Sie kämen von Bristol aus hierher. Leben Sie dort?«

Er schüttelte den Kopf. »Ich wohne immer noch auf The Keep. Das ist unser Haus in South Hams, über das Ihre Mum diesen Artikel geschrieben hat. Es ist ein komisches altes Gemäuer, aber es bietet jede Menge Platz, und ich mische immer noch gern in dem Geschäft mit, das ich aufgezogen habe: dem Anbau von Bio-Gemüse.«

»Bevor Sie ein berühmter Fernsehstar geworden sind«, zog sie ihn auf.

»Wohl kaum ein Star und schon gar nicht berühmt. Verrückt, nicht wahr? Vom Gärtner zum Fernsehmoderator in drei einfachen Schritten.«

Henrietta grinste ihn an. »In diesem ersten Sommer waren Sie das Tagesgespräch. Meine Güte, alle Drähte liefen heiß, und Mum hat mich ständig an den Artikel erinnert, den sie über Ihre Familie geschrieben hatte. Seitdem hat Roger Susan jedes Mal, wenn Sie abends im Fernsehen sein würden, angerufen, damit wir unsere Freunde einladen und damit angeben konnten, Sie zu kennen. Dann saßen wir alle herum und haben uns im Abglanz Ihres Ruhms gesonnt.«

»Ach, hören Sie schon auf. Ehrlich, das Ganze war vollkommener Zufall, aber ich muss zugeben, dass ich jede Minute genieße.«

»Doch es war schon erstaunlich, oder? Was hatten Sie noch gemacht? Bei der Chelsea Flower Show eine seltene Rose gezeigt oder so? Und im nächsten Moment sind Sie der neue Stern am Fernsehhimmel.«

»Das war die Rose meiner Urgroßmutter. Sie hatte einen Steckling mit nach The Keep gebracht, als sie geheiratet hat, und er ist gediehen, aber wir wussten nie, was für eine Rose das war. Es war nicht meine Idee, sie mit auf die Gartenausstellung zu nehmen. Eine meiner Cousinen hat mich dazu überredet und alles organisiert, und dann beschloss das Fernsehteam, einen kurzen

Clip über den Seltenheitswert dieser Rose zu drehen, und wir kamen auch auf die Familiengeschichte zu sprechen. Plötzlich ist alles aus dem Ruder gelaufen.« Immer noch verblüfft über seinen eigenen Erfolg, schüttelte er den Kopf. »Das Erstaunliche war, dass ich wirklich Spaß hatte, als wir das Live-Interview gedreht haben. Das Fernsehteam war großartig, und wir haben uns alle einfach amüsiert.«

»Und dann wurden Sie mit Angeboten überhäuft?«

»Ganz so war das nicht. Anscheinend hatte die BBC wegen unseres Interviews jede Menge E-Mails bekommen, und kurz darauf hat sich dieser Produzent bei mir gemeldet und gefragt, ob ich mich mit ihm und einem Teil seines Produktionsteams treffen würde. Sie haben mich gebeten, eine Sendung zu moderieren, die sich mit dem West Country befasst – Thema ›Wohnen und Garten‹ –, und so kam alles in Gang. Ich war sogar gerade oben in Bristol, um über ein neues Projekt zu diskutieren. Es hat alles mit Schiffsbau und alten Häfen zu tun, und wir fangen gerade erst mit der Recherche an. Deswegen hat Dad Roger gefragt, ob ich mir ein paar Bücher von ihm leihen kann. Er ist ein echter Fachmann für das, was wir vorhaben.«

Er aß seinen Kuchen auf und sah sich um, als schickte er sich an zu gehen. Henrietta wusste genau, wie niedergeschlagen sie sein würde, wenn er fort war, aber sie hatte keine Ahnung, wie sie das verhindern sollte. Es lag nicht nur daran, wie attraktiv er mit seinem blonden Haar und der ungezwungenen, freundlichen Art war; doch es steckte mehr dahinter. Er strahlte etwas aus, das sie erkannte und von dem sie sich angezogen fühlte, obwohl sie es nicht definieren konnte. Sie folgte ihm, während er die Bücher holte und sie hinaus in seinen Wagen trug. Die Hunde liefen ihm hoffnungsvoll nach. Einen Moment lang stand er an der offenen Autotür, und keiner von ihnen beiden wusste so recht, was er sagen sollte.

»Kommen Sie einmal wieder, wenn Sie mehr Zeit haben«, meinte sie unvermittelt. »Wir könnten in den Pub gehen, die Hunde ausführen oder so etwas.«

»Sehr gern. Warten Sie einen Moment.« Er zog seine Brieftasche hervor und nahm eine Karte heraus. »Wenn ich das nächste Mal nach Bristol fahre, rufe ich an; aber hier stehen meine Handynummer und meine Festnetznummer drauf.«

Er gab ihr die Karte, zögerte, als wüsste er nicht, wie er sich verabschieden sollte, und stieg dann ins Auto. Henrietta winkte ihm nach und musterte dann die Karte, auf der *Keep Organics* gedruckt stand. Juno und Pan sahen ihm niedergeschlagen nach, und der Welpe jaulte unglücklich.

»Ich weiß«, sagte Henrietta. »Ich wollte auch nicht, dass er fährt. Wir gehen gleich nach draußen, doch zuerst muss ich aufräumen und den Kuchen wegstellen.«

Viel später rief sie ihre Mutter auf dem Handy an.

»Du hattest recht. Es war Jo Chadwick.« Henrietta unterbrach sich. Die Stimme ihrer Mutter klang gedämpft, als lachte sie, und sie hörte ein Glas klingen. »Ist jemand bei dir?«

»Ein paar Freunde sind auf einen Drink vorbeigekommen. Also war es Jo. Er ist nett, nicht wahr? Mochtest du ihn gern?«

»Ja.« Henrietta wollte nicht über ihre Gefühle sprechen; das war privat. »Ja, er ist sehr nett. Jedenfalls möchte ich dich jetzt nicht aufhalten, wenn du Freunde zu Besuch hast.«

»Mach dir darüber keine Gedanken. Ist Jo zum Abendessen geblieben?«

»Nein, nein. Hör mal, ich wollte gerade duschen und mir die Haare waschen. Du weißt ja, wie lange sie zum Trocknen brauchen. Reden wir morgen? Bis dann.«

Sie drückte das Gespräch weg und nestelte an einer Strähne ihres sauberen glänzenden Haars herum. Sie hatte ein schlechtes Gewissen, weil sie so schroff gewesen war, aber sie wollte mit niemandem über Jo sprechen, und schon gar nicht mit ihrer Mutter. Vertraute Emotionen, Beklommenheit und Groll, drohten, ihr die neuen Glücksgefühle zu verderben, und sie schob sie weg und konzentrierte sich auf Jo. Wie er mit freudestrahlendem Gesicht gelacht hatte, und wie er sofort verstanden hatte, wie sie bezüglich Susan und Iain empfand. Sie wünschte, er wäre geblieben, hatte aber Verständnis für seine Zurückhaltung. Sie hob Tacker aufs Sofa und kuschelte mit ihm.

»Ich mag ihn«, flüsterte sie ihm zu, und er leckte ihre Wange. »Ich mag ihn wirklich gern.«

»Ich glaube, sie mag ihn«, meinte Cordelia. »Aber das war ja klar, oder? Er ist so ein Lieber.«

»Warum musste ich ›ein paar Freunde‹ sein? Ist einer nicht genug?«

»Auf keinen Fall«, gab sie zurück. »Eine Gruppe ist immer sicherer.«

»Eines Tages erwischt sie uns. Vor allem, nachdem ich jetzt hergezogen bin. Wäre es nicht klüger, es ihr zu sagen? Was könnte das jetzt noch schaden?«

»Nein, nein.« Cordelia schüttelte den Kopf. »Noch nicht … es ist noch zu früh.«

Er zog sie an sich, und sie schlang die Arme um ihn, legte den Kopf an sein Herz und hielt ihn fest.

4. Kapitel

Auf The Keep lebten seit hundertsechzig Jahren Chadwicks. Anfang der 1840er-Jahre war Edward Chadwick nach England zurückgekehrt, nachdem er ein Vierteljahrhundert lang im Fernen Osten ein beträchtliches Vermögen erwirtschaftet hatte. Er kundschaftete eine Reihe potenzieller Investitionen aus und beschloss, als Mehrheitsaktionär und Direktor in eine Firma einzutreten, die ein großes Landgebiet im Süden von Devon erwerben und dort die Porzellanerde abbauen wollte, die unter der Oberfläche lag.

Sobald diese Entscheidung getroffen war, bestand sein nächster Schritt darin, ein passendes Haus zu finden. Dabei hatte er keinen Erfolg. Er fand und kaufte jedoch die Ruinen einer alten Hügelfestung zwischen den Mooren und dem Meer, nutzte die Steine, die noch auf dem Besitz herumlagen, und baute einen dreistöckigen, mit Zinnen bewehrten Turm, den er The Keep nannte.

Er heiratete ein hübsches Mädchen aus guter Familie, das halb so alt war wie er, verwandte jedoch den größten Teil seiner beeindruckenden Energie darauf, den Erfolg seiner Tonförderung zu sichern, sodass er bis zu seinem Tod sein Vermögen zweimal verdoppelt hatte.

Seine männlichen Nachfahren wirkten zwar weiter im Unternehmen mit, machten aber eher Karriere bei der Marine, während sie The Keep weiter erhielten und modernisierten. Die Flügel, die zwei Stockwerke hoch waren und ein wenig zurückgesetzt zu beiden Seiten des ursprünglichen Gebäudes lagen, wurden von einer späteren Generation angebaut. Man errichtete hohe Mauern, die einen Hof umschlossen. Dort hinein gelangte man unter einem Dach hindurch, das die Passage überspannte und die beiden kleinen Cottages verband, die das Torhaus bildeten. Altmodische Rosen und Glyzinien rankten an den Hofmauern und den jüngeren Seitenflügeln hoch, aber der nüchterne graue Stein des Turms selbst blieb kahl. The Keep und der Hof lagen nach Süden, während sich der von Obstpflanzungen gesäumte Garten nach Westen erstreckte. Im Norden und Osten allerdings fiel das Gelände steil ab; raue, grasbewachsene Hänge führten zum Fluss hinunter, der vom Hochmoor herabstürzte. Sprudelnd entsprang dort das mit Torf gesättigte kalte Wasser und floss schnell durch schmale Felsrinnen hinunter in das ruhige üppige Ackerland. Dann strömte der Fluss langsamer und erreichte das breite Mündungsgebiet, wo er sich mit dem salzigen Meerwasser vereinte.

Hal Chadwick saß in der warmen ruhigen Küche am Frühstückstisch. Er faltete den Brief zusammen und schob ihn wieder in den Umschlag. Als er sah, dass seine Frau ihn beobachtete, zuckte er leicht mit den Schultern.

»Na denn«, sagte er ziemlich ausweichend.

Fliss wirkte belustigt. »Du meinst, wie lösen wir ein Problem wie Maria?«, gab sie leichthin zurück. Als er die Stirn runzelte, wurde sie wachsam und nahm sich zusammen. Seit Hals Exfrau Anfang des Jahres verwitwet war, hatten sie einen ungewöhnlichen Strom von Karten und Briefen von ihr erhalten. »Was will sie?«, fragte Fliss. Sie setzte nicht hinzu »dieses Mal«, aber es lag unausgesprochen in ihrem Ton, und Hal reagierte sofort darauf.

»Ach, komm schon, Liebling«, sagte er. »Es muss schwer für sie sein, so ganz allein.«

»Natürlich«, pflichtete Fliss ihm bei und strich Honig auf

ihren Toast. »Das kann ich ja verstehen. Es ist schrecklich für sie, dass Adam so plötzlich gestorben ist, aber sie hat doch eine Menge Freunde in Salisbury, oder? Ich frage mich, warum wir plötzlich so beliebt sind.«

Hal wirkte unbehaglich. »Na ja, wir sind nun einmal Familie.«

Fliss unterdrückte eine scharfe Entgegnung. »Also, was will sie?«, wiederholte sie.

»Sie fragt, ob sie zu Jolyons Geburtstag kommen kann.« Er klang defensiv. »Sie überlegt offenbar, zwei Nächte zu bleiben.«

»Es wäre wahrscheinlich taktlos zu fragen, warum seine Mutter – nach wie vielen Jahren, fünfzehn? – plötzlich seinen Geburtstag mit ihm feiern will. Was soll er denn davon halten?«

»Ich glaube, sie will zuerst bei mir auf den Busch klopfen.« Hals Blick wirkte beschwichtigend, er wünschte sich, Fliss würde freundlich reagieren. »Sie sagt, sie hätte das Wochenende nach Adams Begräbnis, als sie hier war, so genossen, und sie würde uns so gern alle wiedersehen. Sie deutet an, dass Jos Geburtstag ein guter Zeitpunkt wäre, um damit zu beginnen, ›Brücken zu schlagen‹. Jedenfalls drückt sie das so aus.«

Und ich werde wie eine missgünstige Kuh dastehen, wenn ich etwas dagegen einwende, dachte Fliss.

»Also, ich finde, das liegt bei Jolyon, meinst du nicht auch?«, sagte sie stattdessen laut und gelassen. »Vielleicht hat er ja andere Pläne.«

»Ja, natürlich.« Hals Erleichterung war mit Händen zu greifen. »Hast du eine Ahnung, wo er steckt?«

»Er hat vorhin schnell gefrühstückt und ist dann mit den Hunden hinausgegangen. Wahrscheinlich ist er noch auf dem Hügel, oder er sitzt im Büro. Möchtest du Kaffee?«

»Ja, bitte.« Er sah zu, wie sie ihn einschenkte. »Hör mal, es ist doch nicht meine Schuld, dass Maria einsam ist. Aber was soll ich machen, Fliss? Sie war so abhängig von Adam.«

»Ja, allerdings. Maria ist eine sehr bedürftige Frau, und ich möchte nicht, dass sie uns gegen Adam austauscht, das ist alles. Sie hat dich vor fünfzehn Jahren verlassen, und in dieser ganzen Zeit haben wir sie kaum gesehen. Jetzt stehen wir plötzlich hoch im Kurs, und das bereitet mir Sorgen. Abgesehen von allem anderen, ist es Jo gegenüber nicht fair. Ed war immer ihr Lieblingskind – was sie nie zu verbergen versucht hat –, und jetzt ist er plötzlich in die Staaten gegangen, Adam ist tot, und – Simsalabim – seid ihr wieder angesagt, du und Jo.«

»Aber was sollen wir machen?«, fragte er noch einmal. »Wir haben solches Glück, oder, Fliss? Können wir nicht etwas davon an Maria abgeben?«

Sie schwieg, er hatte ihr ein schlechtes Gewissen eingeredet, und sie fühlte sich schrecklich aufgebracht.

»Wahrscheinlich«, sagte sie schließlich – und wandte sich erleichtert von ihm ab, als Hals Mutter in die Küche trat.

Prue Chadwick, die dreiundachtzig war, aber wie siebzig wirkte, schätzte die Lage ab – *hm, die Luft ist ein wenig frostig* – und küsste zuerst Fliss und dann Hal, so wie jeden Morgen und Abend. »Weil man in meinem Alter nie weiß, wann man den Löffel abgibt, ohne damit zu rechnen«, pflegte sie zu sagen. »Und nichts ist schlimmer, als sich nicht verabschiedet zu haben.«

Sie empfingen beide ihren leichten, trockenen Kuss und fühlten sich besser.

Fliss lächelte ihr zu. »Ich mache dir Toast.« Sie goss Kaffee in Prues große Royal-Worcester-Tasse mit den hübschen Blumenkränzen. »Hast du gestern Abend deine Briefe fertigbekommen?«

»Ach, Schatz, ich werde nie *so ganz* fertig. Mir fällt immer noch etwas ein, was ich sagen muss. Passiert euch das auch?«

»Nein«, erklärte Hal und nahm seinen Kaffee. »Aber andererseits besitze ich auch nicht diesen weiblichen Mitteilungsdrang.«

»Na, auf den Brief hier wirst du aber antworten müssen.« Fliss drehte die Ecke des Umschlags um. »Post von Maria«, erklärte sie Prue. »Sie will zu Jolyons Geburtstag kommen.«

Prue nippte an ihrem Kaffee; also das war der Grund für die kühle Stimmung. Besorgnis und ein schlechtes Gewissen ergriffen sie. Sie war teilweise verantwortlich dafür gewesen, damals Hal und Fliss zu trennen, die eine Sandkastenliebe verbunden hatte. Wie töricht aus heutiger Sicht die ganz reale Angst davor wirkte, dass Cousin und Cousine heiraten! Doch damals war sie hocherfreut gewesen, als Hal Maria zum Traualtar geführt hatte. Wie hätte sie ahnen können, dass das in Trennung und Scheidung enden würde oder dass Jolyon zugunsten seines jüngeren Bruders Ed zurückgewiesen werden würde? Natürlich war Jolyon wieder nach The Keep zu Hal gezogen, und jetzt schien er endgültig seine Nische gefunden zu haben – aber würde das erneute Auftauchen seiner Mutter ihn aus dem Gleichgewicht bringen? Als Prue die Tasse zurück auf den Unterteller stellte, zitterte ihre Hand ein wenig.

»Das liegt daran, dass sie einsam ist«, sagte sie. Sie wollte Maria nicht verteidigen, doch sie hoffte, Fliss an ihrem Mitgefühl zu packen. »Es ist ja noch nicht lange her, oder?«

Sie verstummte. Obwohl sie begriff, wie Fliss empfinden mochte, kannte sie auch das großzügige Gemüt ihres Sohnes, seine Bereitwilligkeit, sich gastfreundlich zu zeigen. Seiner Meinung nach hatte niemand etwas von dieser armen, trauernden, einsamen Frau zu befürchten, die einfach Trost bei alten Freunden und Verwandten suchte. Prue vermutete, dass Fliss' Furcht daher rührte, dass sie wusste, wie abhängig Maria von den Menschen war, die ihr nahestanden, und dass dieser plötzliche Sinneswandel gegenüber Jolyon diesen verletzen könnte.

Sie blickte auf und sah, dass Fliss sie anschaute. Prue lächelte ihr zu und gab ihr so ohne Worte zu verstehen, dass sie um ihre Ängste wusste.

»Schließlich«, sagte Hal gerade, »sind in solchen Zeiten alte Freunde das Beste, oder?«

»Waren wir denn ihre Freunde?«, fragte Fliss kühl, stellte den Toast in den Ständer und schob Prue den Honig zu. »Du warst ihr Mann, und Jo ist ihr Sohn, und soweit ich mich erinnere, war der Rest von uns einfach nur deine Familie. Ich glaube nicht, dass Maria einem von uns besonders nahegestanden hat, oder?« Sie hatte sich eher an Prue als an Hal gewandt, und diese schüttelte den Kopf.

»Nicht besonders, doch ich kann mir denken, was Hal meint. Nein, nein, Fliss«, setzte sie schnell hinzu, als sie deren Miene sah, »ich schlage mich nicht auf seine Seite. Wirklich nicht. Es ist nur so, dass in solchen Zeiten eine gemeinsame Vergangenheit wichtig ist. Ich weiß, dass Maria und Adam fünfzehn Jahre zusammen waren und dass ihre Ehe mit Hal kein Spaziergang war. Trotzdem kennt sie uns seit ihrer Jugendzeit und empfindet uns irgendwie als Trost, besonders, seit Ed in Amerika ist. Schließlich sind ihre Eltern verstorben, und sie hat keine Geschwister. Ich fürchte, sie könnte tatsächlich das Gefühl haben, uns näherzustehen als einigen ihrer Freunde.« Hilflos sah Prue zwischen den beiden hin und her. »Das heißt nicht, dass wir uns verantwortlich für sie fühlen müssen. Ich versuche nur zu erklären, wie Maria es vielleicht empfindet.«

»Genau«, rief Hal in einer Art Mischung aus Triumph und Erleichterung aus. »Darauf wollte ich hinaus.«

»Aber ich finde nicht«, versetzte Prue scharf, »dass wir zulassen dürfen, dass sie sich in Jolyons Geburtstag hineindrängt, außer, er hat selbst nichts dagegen. Das ist eine ganz andere Geschichte.«

»Ja, natürlich.« Hal trank seinen Kaffee aus. »Ich schau mal im Büro vorbei. Vielleicht ist er ja da.«

Er ging hinaus, und kurz herrschte Schweigen.

»Die Sache ist die«, meinte Prue sanft, »Hal ist so glücklich mit dir, dass er den vielen Schmerz, den sie ihm zugefügt hat, ganz vergessen hat. Das ist doch gut, oder?«

»Oh ja«, gab Fliss ziemlich betrübt zurück. »Es ist gut. Deswegen habe ich ja noch ein schlechteres Gewissen, weil ich mich so ... kleinlich aufführe. Ich möchte sie nicht jedes Mal, wenn sie sich einsam fühlt, hierhaben.«

»Natürlich nicht. Das ist absolut verständlich. Sollen wir abwarten, was Jolyon dazu meint? Er ist ein großmütiger, freundlicher Junge, aber Maria hat ihm sehr wehgetan, und vielleicht hat er etwas dazu zu sagen.«

Fliss stand auf und begann, die Spülmaschine einzuräumen. »Ich fahre später nach Totnes«, erklärte sie. »Möchtest du mitkommen?«

»Oh ja, gern.« Prue lehnte nie eine Einladung zu einem Ausflug ab. »Du darfst dir keine Sorgen machen, Fliss.« Sie sah die kleine Falte zwischen den Augenbrauen ihrer Schwiegertochter und lächelte bei der Erinnerung. »Du bist deiner Großmutter so ähnlich, weißt du das? Sie hat sich immer Sorgen gemacht.«

Fliss erwiderte das Lächeln zögernd. »Ich versuche, es nicht zu tun«, sagte sie. »Aber ich fühle mich ... hilflos.«

»Maria kann dir jetzt nichts mehr anhaben.«

Fliss erstarrte mit den Händen voller Teller. »Ich habe eine Vorahnung. Dumm, nicht wahr? Ich habe das Gefühl, dass etwas Bedeutsames passieren wird. Klingt ein wenig abstrus, doch ich weiß, was ich meine.«

Prue musterte sie nüchtern; sie fühlte sich nicht geneigt, Fliss' Prophezeiung auf die leichte Schulter zu nehmen. »Vielleicht ist es das. Aber muss es unbedingt etwas Schlimmes sein?«

Fliss schwieg einen Moment lang. »Jolyon war gestern Abend in einer seltsamen Stimmung«, sagte sie schließlich. »Es war, als wäre in seinem Inneren ein Licht angeknipst worden. Na, du kennst Jo ja. Er ist freundlich und sanft und eher reserviert. Und dann, als wir ihn damals zum ersten Mal im Fernsehen gesehen haben, haben wir alle gestaunt, oder? Da war der gute Jo, unser lieber Junge, und sprudelte vor Selbstbewusstsein und Autorität, und wir waren alle hingerissen. Und weißt du noch, was du gesagt hast? ›Endlich hat er seine Nische gefunden. Der echte Jolyon ist zum Leben erwacht, und das wurde auch Zeit.‹ Etwas in der Art. Aber wenn er hier ist, ist er immer noch der ruhige, verschlossene, verlässliche Jo, der nach Lizzie sieht, um sich zu vergewissern, dass das Geschäft noch richtig läuft, und der mit den Hunden hinausgeht. Also, gestern Abend war er genauso wie im Fernsehen. Er kam herein und floss buchstäblich über vor … dieser Magie. Er war witzig und herzlich und schrecklich attraktiv – man kann sich vorstellen, warum er all diese E-Mails und Briefe von Fans bekommt, die für ihn schwärmen –, und ich hatte diese Vorahnung, dass etwas passieren wird. Marias Brief hat das irgendwie noch unterstrichen.«

»Hast du ihn gefragt?«

»Was denn? Was hätte ich sagen sollen? Er war auf dem Rückweg von Bristol in Maggies Haus, um ein paar Bücher abzuholen, die Roger ihm leiht, doch er wollte nicht wirklich darüber reden. Er ist auf eine sehr amüsante Art ausgewichen. Es war fast, als hätte er etwas getrunken, nur dass es nicht so war. Ganz plötzlich hat mich das daran erinnert, wie er jünger war und aus heiterem Himmel mit den Hunden zu toben begann, als wäre er plötzlich vom Glück überwältigt und könne nicht an sich halten. Heute Morgen war er noch genauso.«

»Vielleicht ist das ja der Grund. Vielleicht ist er aus irgendeinem Grund vom Glück überwältigt.«

»Aber was sollte das für ein Grund sein? Und warum bin ich nervös?«

Prue schüttelte den Kopf. »Keine Ahnung. Vielleicht die Aussicht auf Veränderung. So etwas kann sehr verstörend sein.«

Hal kam herein, und beide Frauen sahen ihn erwartungsvoll an. Er zuckte mit den Schultern.

»Er denkt darüber nach«, beantwortete er ihre unausgesprochene Frage. »Er war ziemlich überrascht, was vollkommen verständlich ist. Sagt, er ist sich noch nicht sicher, wo er an dem Tag sein wird. Übrigens, er hat mir im Vertrauen erzählt, dass Maggie und Roger mit Susan und den Kindern nach Neuseeland geflogen sind. Das wirst du jetzt nicht glauben, Fliss. Iain hat Susan wegen einer anderen Frau verlassen. Er hatte seit Ewigkeiten eine Affäre, und niemand hat etwas davon geahnt.«

»Aber das ist ja schrecklich!« Fliss war schockiert. »Sie schienen immer so ein schönes Paar zu sein, und die beiden Kinder … Ach, arme Maggie und armer Roger! Sie werden am Boden zerstört sein.«

»Denkt daran, das muss unter uns bleiben«, meinte Hal warnend.

»Natürlich. Doch woher weiß Jolyon das alles, wenn Maggie und Roger gar nicht da waren?«

»Das Mädchen war da.«

»Das Mädchen?«, fragte Fliss schnell. Unwillkürlich sahen die beiden Frauen einander an.

»Susans Kindermädchen, das auf die Hunde aufpasst, während alle weg sind. Sie hat Jolyon erzählt, was passiert ist. Und du wirst nie erraten, wer sie ist, Fliss. Cordelias Tochter. Jetzt erinnere ich mich auch, dass Cordelia etwas davon erzählt hat, dass sie in London arbeitet. Und von einer Verbindung zu Susan sprach sie auch – weißt du es auch noch? –, aber ich habe nie wirklich zwei und zwei zusammengezählt.«

»Wie nett«, meinte Prue sanft. »Dass Jolyon sie kennengelernt hat. Für sie auch. Schließlich muss das Ganze sie ja ziemlich erschüttert haben, oder?«

»Das glaube ich auch. Jo hat nichts davon erwähnt. Er hatte es eilig und ist nach Watchet gefahren. Wegen seiner neuen Serie über alte Häfen.«

»Watchet«, überlegte Prue. »Das liegt in Somerset, nicht wahr?«

»Roger hat sein Boot in Watchet liegen«, seufzte Fliss. »Nur zwanzig Minuten von ihrem Cottage entfernt.«

»Jo sagte, wir sollen nicht mit dem Mittagessen warten«, erklärte Hal, dem dieser kleine Austausch völlig entgangen war. »Er meinte, er hätte andere Pläne.«

»Ja«, sagte Prue. »Das kann ich mir vorstellen.«

5. Kapitel

Jolyon fuhr in die Quantock-Hügel, aber er war sich der vertrauten Strecke kaum bewusst; zuerst über die Landstraßen, dann in Buckfast auf die A38, vorbei an Exeter und dem Bahnhof Tiverton Parway, und schließlich in Taunton wieder hinunter. Er war die Strecke oft mit seinem Vater gefahren, wenn sie zu einem Segelwochenende auf Rogers Boot unterwegs gewesen waren. Aber an diesem Morgen war er von einem für ihn ganz neuen Gefühl erfüllt. Seit er sie, umgeben von den Hunden, in der Tür hatte stehen sehen, hatte er nur noch an Henrietta denken können. Er erinnerte sich an jede Einzelheit; die stille halbdunkle Diele, in der sie zusammengestanden hatten, und Henriettas helles Profil vor den dunkelroten Vorhängen. Das Haar fiel ihr in winzigen Wellen über die Schultern, als wäre es fest geflochten gewesen und gerade eben gelöst worden, und ihn hatten die unterschiedlichen Farben fasziniert, die ihre schimmernden Haarsträhnen aufwiesen: Braun, Golden, Bernstein und sogar Schwarz.

»Schildpatt«, hätte er am liebsten gesagt und hatte sich danach gesehnt, es zu berühren. »Ihr Haar ist schildpattfarben.« Und als sie ihn angeschaut hatte, da hatte er gesehen, dass ihre Augen die Farbe von Topasen hatten.

Ihm hatte ihre Zurückhaltung gefallen; die Art, wie sie nicht über Susan und Iain hatte klatschen wollen, und sein Instinkt verriet ihm, dass sie Beziehungen gegenüber skeptisch war, dass die Scheidung ihrer Eltern sie vorsichtig gemacht hatte. Das kannte er ebenfalls. Trotzdem hatte sie nicht gewollt, dass er ging, da war er sich ziemlich sicher gewesen. Und obwohl er nicht den Mut aufgebracht hatte, vorzuschlagen, dass er noch ein wenig blieb, hatte er heute Morgen beschlossen, seinen Gefühlen zu vertrauen und Henrietta anzurufen. Sie war beim zweiten Klingeln am Apparat gewesen, was ihn außerordentlich aufgeheitert hatte, und sie hatte geklungen, als freute sie sich über die Aussicht auf einen weiteren Besuch. Natürlich hatte er darauf geachtet zu erklären, dass er unterwegs nach Watchet sei – er wollte sie nicht verschrecken, indem er sie zu stark bedrängte. Doch er hatte ein Mittagessen im Pub und einen Spaziergang mit den Hunden vorgeschlagen, und sie hatte bereitwillig zugestimmt.

Jo war zutiefst erleichtert darüber, dass niemand auf The Keep hinterfragt hatte, warum dieser unerwartete Ausflug zum Hafen nötig war. Nicht einmal sein Vater hatte angemerkt, dass er das Hafengelände eigentlich wie seine Westentasche kennen müsste, nachdem er jahrelang von Watchet aus Segeltouren unternommen hatte. Er hatte etwas über Schiffsbau und andere Aspekte der neuen Serie gemurmelt und sich eilig davongemacht. Sogar die beunruhigende Nachricht, dass seine Mutter angedeutet hatte, zu seinem Geburtstag zu kommen, hatte ihn nicht bremsen können.

»Sie ist einsam, armes Liebchen«, hatte sein Vater mit seiner üblichen humorvollen Nachsicht gemeint, und Jo wusste ganz genau, dass man von ihm erwartete, er solle zustimmen, die Verletzungen und den Verrat der Vergangenheit verzeihen und freundlich zu seiner frisch verwitweten Mutter sein. Das war typisch, denn sein Vater war ein großzügiger Mensch, doch Jo spürte Groll in sich aufsteigen. Er wusste ganz genau, warum seine Mutter plötzlich so erpicht darauf war, ihre Verbindung zu den Chadwicks wieder aufzunehmen. Der Grund war nicht nur, dass sie einsam war, obwohl das sicher ein bedeutender Teil des Ganzen war. Seit diesem folgenschweren Interview auf der Chelsea Flower Show vor zwei Jahren hatte sie begonnen, ein neues Interesse an ihm zu zeigen; plötzlich war er ihrer Beachtung wert. Endlich konnte sie stolz auf ihn sein.

Ein so heftiger Zorn erfasste Jo, dass sich seine Hände um das Lenkrad krampften. Vor zwölf Jahren, als er ihr von seiner Vision für die Zukunft von The Keep erzählte, hatte sie keinen Versuch unternommen, ihre Enttäuschung zu verbergen; damals war ihre Verachtung offensichtlich gewesen.

»Gärtner willst du werden?«, hatte sie geringschätzig gefragt. »Weiter reicht dein Ehrgeiz nicht?«

Sie hatte kein Interesse an seiner Idee gezeigt, sich das Torhaus als Wohnung einzurichten, oder an seinen Plänen, Bio-Gemüse anzubauen.

Nicht ein einziges Mal in zwölf Jahren hatte sie ihn nach seiner Arbeit gefragt, ihn nie nach Salisbury eingeladen. Dad und er waren eine Familie gewesen, und sie, Adam und Ed eine ganz andere Einheit. Sogar jetzt noch drohte der Schmerz über ihre Zurückweisung ihn zu überwältigen. Er fuhr in eine Haltebucht und schaltete den Motor aus.

»Verrückt«, sagte er sich zornig. »Verrückt, dass mir das alles immer noch etwas ausmacht.«

Er ließ das Fenster auf der Beifahrerseite herunter. Hinter der Hecke standen die Kühe im schützenden Schatten einer Weide zusammen, deren Äste wie ein Wasserfall herabfielen. Ihre Schwänze zuckten, um die lästigen Fliegen abzuwehren, und das Sonnenlicht warf getüpfelte Schatten über ihre cremefarbenen Rücken. Langsam ließ der Schmerz nach, und Jo lenkte seine Gedanken bewusst zurück in die glückliche Richtung von eben. Er holte sich Henriettas Bild vor sein inneres Auge: die zarten, geschwungenen Brauen, die hohen, breiten Wangenknochen und die Art, wie sie beim Lächeln die Lippen verzog. Sie hatten einander erkannt und etwas miteinander ausgetauscht. Er vermutete, dass sie eine ähnliche Art von emotionalem Gepäck mit sich herumtrug wie er; die Angst vor einer festen Beziehung und das Wissen, welch furchtbaren Schaden ein Scheitern anrichten konnte – bei einem selbst und bei anderen Menschen.

Und doch fühlte er sich zum ersten Mal versucht, es zu probieren. Kein anderes Mädchen hatte je dieses Gefühl in ihm geweckt, und das nach so kurzer Bekanntschaft. Verwundert schüttelte er den Kopf und drehte den Zündschlüssel.

Maria stand am Fenster und sah in den Garten hinaus, der ihrer lieben Freundin Penelope gehörte. Der Anblick von so viel Schönheit deprimierte sie: die Perfektion der Blumenbeete, die ihn säumten, die raffiniert in Bögen und geschwungenen Linien gepflanzten Bäume und Büsche – »um das Auge zu täuschen, verstehst du?«, hätte Penelope ausgerufen –, die Symmetrie von Farben und Formen. Sogar jetzt konnte sie Pens Gärtner vor sich sehen, den lieben alten Ted – »treu und einfach *wunderbar*, Maria« –, wie er in der Nähe des Landschaftsgartens heftig auf einen armen Baum einschlug. Und sogar der Landschaftsgarten durfte nicht wild wuchern, oh nein. Penelopes Vorstellung von wild war ganz eindeutig. Die gute Pen hielt nichts von dem Spruch, nach dem ein Unkraut nur eine Blume am falschen Platz ist. Ihr Landschaftsgarten war voll von fremdartigen, exotischen und sehr teuren Pflanzen, und wehe dem armen Butterblümchen, das wagte, ein Würzelchen hineinzustecken. Der liebe, treue alte Ted machte sehr kurzen Prozess mit ihm.

Maria verzog das Gesicht; sie hatte nie gern gegärtnert, aber sie hatte vor ihren Freunden so getan als ob und Adam all die schwere Arbeit tun lassen. Doch er hatte sich gern im Garten betätigt. Plötzlich konnte sie bei dem Gedanken nicht verhindern, dass sie in Tränen ausbrach. Dieses Verlustgefühl, das sie überfiel, war einfach unbeherrschbar, weil es so unerwartet über sie hereinbrach. Die merkwürdigsten Anlässe konnten es auslösen. Sie tupfte sich die Tränen mit dem Taschentuch ab. Um ehrlich zu sein, war sie froh, das große Haus hinter sich gelassen zu haben, in dem es ohne Adam so leer und einsam gewesen war – aber er hätte nie damit gerechnet, welche Umstände sie daraus vertreiben würden.

Er hatte sie gewarnt, sehr taktvoll natürlich, denn er wusste, wie sehr sie sich immer vor Ed stellte, und sprach stets vorsichtig über seine »Instabilität«. Aber er hatte sie davor gewarnt, Ed bei seinen wilden Geschäftsideen zu ermuntern, und sich Sorgen gemacht, wie sie finanziell zurechtkommen würde, sollte er als Erster sterben. Adam hatte angedeutet, sie müsse das Geld zusammenhalten. Nun, gestorben war er – von einem Moment auf den anderen zusammengebrochen, während er das Auto wusch. Der Krankenwagen war mit heulenden Sirenen ins Krankenhaus gejagt, während sie ihm zitternd und verängstigt mit dem Auto gefolgt war. Wie sie das alles gehasst hatte: der durch die Gänge hallende Lärm, die eiligen Schritte, die Schläuche und Displays, die geschäftigen, kurz angebundenen Schwestern. Der schreckliche Warteraum in der Notaufnahme, der voll mit ungehobelten, gleichgültigen, übergewichtigen Menschen gewesen war, die auf einen hoch an der Wand angebrachten Fernsehbildschirm starrten und keinen Moment zu essen aufhörten. Da war ein verletztes Kind gewesen, das in den Armen seiner entsetzten Mutter unaufhörlich geschrien hatte, und die ekelhaft stinkenden Lachen unter den Stühlen ... Und dann die düster und unheilvoll dreinblickende Schwester, die ihren Namen rief.

Sie hatte es sofort gewusst, aber das Ganze war ihr so irreal, so *unmöglich* vorgekommen, dass sie das alles gar nicht fassen konnte. Dann war Penelope gekommen – die tüchtige, freundliche Pen, und der gute, nette Philip hatten sie in die Arme genommen und sie nach Hause gebracht, hatten ihr etwas Heißes zu trinken gegeben und waren lieb und taktvoll gewesen. Sie hatten alles organisiert und ihr erklärt, in Zukunft müsse sie immer sofort anrufen, wenn sie etwas brauche, und sie *dürfe* nicht allein sein. Pen war es auch gewesen, die Ed angerufen hatte. Mit leiser, vor Mitgefühl bebender Stimme hatte sie ihm erklärt, es sei etwas passiert, und seine Mutter wolle ihn sprechen.

Sie hatte den Hörer genommen und ziemlich demonstrativ gewartet, bis Pen und Philip das Zimmer verlassen hatten, und dann war sie plötzlich in Tränen ausgebrochen, und der arme Ed war ziemlich erschrocken gewesen. Natürlich war Adam nicht Eds Vater gewesen, obwohl er mit ihm zusammengelebt hatte, seit er zwölf gewesen war. Daher hatte Eds aufrichtige Trauer sie schockiert. Sie hatte nicht wirklich einen Gedanken daran verschwendet, wie Ed empfinden mochte; ihr war mehr daran gelegen, dass er sie tröstete. Aber er war eilig aus London heruntergekommen, der liebe Ed …

Maria wandte sich vom Fenster ab und sah sich in dem bezaubernden, geschmackvoll eingerichteten Wohnzimmer in Penelopes perfektem kleinen Anbau um. Der liebe Ed war schuld daran, dass sie hier war. Er hatte sich einen brillanten Plan ausgedacht, der ein wenig finanziellen Rückhalt brauchte – »kein Grund zur Sorge, Mum, nur eine Formalität, ich schwöre«. Und sie hatte das Dokument, das er brauchte, unterschrieben, hatte ihm und seinem schlauen Freund vertraut, der sich auf den Geldmärkten auskannte und ihr versicherte, es könne einfach nicht schiefgehen. Wie plausibel das geklungen hatte, wie aufgeregt die beiden gewesen waren! »Nächste Woche um diese Zeit sind wir vielleicht schon alle Millionäre!«

Aber der Plan *war* gescheitert. Oh, dieser grauenhafte Moment, als Ed angerufen hatte, um es ihr zu sagen und sie vorzuwarnen. Alles sei entsetzlich schiefgelaufen, und das Haus werde zwangsversteigert. Die schreckliche Angst, die sie lähmte und ihr in den langen Nachtstunden keine Ruhe ließ; das Entsetzen und die Fassungslosigkeit darüber, dass das passieren konnte; und die Erkenntnis, dass absolut niemand die Wahrheit erfahren durfte, vor allem nicht die liebe gute Pen und der gewitzte gute Philip.

Sie hatte ihnen erklärt, sie verkaufe und halte es keine Minute länger ganz allein in diesem riesigen Kasten aus, und dass sie sich etwas zur Miete suchen würde, bis sie entschieden hätte, was sie tun und wohin sie gehen wolle. Pen hatte dann vorgeschlagen, sie solle in den Anbau ziehen, bis sie das kleine Cottage oder die Wohnung ihrer Träume gefunden habe. Sie wäre Pen fast um den Hals gefallen, so gern hatte sie ihr Angebot angenommen. Oh, die Erleichterung, einen anständigen Zufluchtsort zu haben und alte Freunde in der Nähe zu wissen, während sie versuchte, sich neu zu organisieren. Und hier war sie nun und wehrte ständig ihre Vorschläge ab, dieses wunderschöne Haus oder diese Penthouse-Wohnung seien gerade auf den Markt gekommen. Maria pflegte Ausflüchte zu suchen und fand an jeder infrage kommenden Immobilie etwas auszusetzen. Zweimal hatte sie schon Häuser besichtigt, um den Schein zu wahren. Wie sie darüber lachten und meinten, Maria müsse ja jetzt Millionärin sein und könne sich eine Luxusbleibe leisten. Philip kam ständig mit den neuesten Angeboten aus dem Internet zu ihr, und sie brachte es nur durch Geistesgegenwart zustande, die Wahrheit zu verbergen. Wenn sie wüssten, dass es ihr schon schwerfallen würde, Pen ihren Anbau abzukaufen, ganz zu schweigen von einem schicken Haus in der Cathedral Close!

Maria setzte sich auf einen der Sessel, schlang die Arme um den Körper und wiegte sich ein wenig vor und zurück. Sie hatte es geschafft, den beiden einzureden, das Letzte, was sie wolle, sei noch ein großes Haus, und dass sie sich jetzt etwas *wirklich* Kleines, Gemütliches vorstelle. Pen hatte protestiert, als ihr klar geworden war, wie viele Möbel sie verkaufte, aber sie hatte auch Verständnis und Mitgefühl dafür gezeigt, dass Adams Tod diese Veränderung beschleunigt hatte. Maria schloss die Augen, so entsetzlich gedemütigt fühlte sie sich durch Pens Mitleid. Und sie betete, dass niemand je die Wahrheit herausfinden würde.

Gott sei Dank gab es die Chadwicks. Gut möglich, dass sie sie retten würden. Wenn sie ihre Karten richtig ausspielte, konnte sie vielleicht eine Zeit lang bei ihnen wohnen – genug Platz hatten sie schließlich in diesem gewaltigen, verwinkelten Gemäuer –, und dann würde sie sich vielleicht ein winziges Cottage in der Nähe von The Keep leisten können, sodass sie Jolyon öfter zu sehen bekam – und Hal. Er war so nett gewesen, als Ed beschlossen hatte, mit seiner Partnerin Rebecca in die Staaten zu gehen.

Maria wappnete sich gegen den Schmerz in ihrem Herzen. Sie hatte das Gefühl, Ed irgendwie verloren zu haben; Rebecca hatte ihn ihr vollständiger und erfolgreicher weggenommen, als der Umzug nach Amerika das je könnte. Vor ihrem inneren Auge sah sie Rebecca: klein, zart, perfekt. Starke, muskulöse kurze Beine; schwarzes Haar, das so glatt war, dass es aussah, als wäre es auf ihren Schädel gemalt; und immer einen Laptop in den kleinen Krallen. Wieder machte Marias Herz vor Trauer und Entsetzen einen Satz. Wie konnte ihr geliebter Ed nur mit einem so unemotionalen und karrieresüchtigen Mädchen glücklich sein?

»Alles bestens, Mum«, hatte er einmal ungeduldig gesagt, als sie versucht hatte, ihn darüber auszufragen, ob er glücklich sei. »Ganz prima.«

Sie war gewarnt worden – aber wenn Ed sie jetzt umarmte, sah sie über seine Schulter hinweg Rebeccas kühlen Blick, sodass sie weniger Freude an seiner Zuneigung empfand. Als Ed vier Wochen nach der Zwangsversteigerung des Hauses angekündigt hatte, dass Rebecca und er nach New York ziehen würden, dass Rebecca ein Stellenangebot bekommen hatte, das sie einfach nicht ablehnen konnte, da war Maria am Boden zerstört gewesen.

»Und was ist mit dir?«, hatte sie gefragt und damit auch gemeint: *Was ist mit mir? Wie kannst du mich ausgerechnet jetzt allein lassen?*

»Ach, ich finde schon etwas«, hatte er gesagt. »Du kennst mich doch. Das jetzt ist viel zu wichtig, als dass Rebecca ablehnen könnte. Du weißt doch, wie genial sie ist, und dieser Job ist ein absoluter Traum.« An dieser Stelle hatte er verlegen gewirkt und seine Kleine-Jungen-Miene aufgesetzt. »Das Problem ist, Mum, dass sie das mit dieser letzten Aktion herausgefunden hat und mir so etwas wie eine allerletzte Chance gibt. Friss Vogel oder stirb. Sie hat ein paar sehr gute Kontakte dort drüben, und sie meint, ich könnte sesshaft werden und eine ernsthafte Arbeit finden. Es tut mir entsetzlich leid, dass unser kleiner Plan nicht aufgegangen ist, Mum. Aber du kommst doch klar, oder? Ich meine, es sind doch noch einige Wertpapiere da, oder? Und als das Haus verkauft wurde, ist doch sicher noch Geld übrig geblieben? Gott, es tut mir so schrecklich leid, Mum. Betrachte es als mein Erbe. Ich verspreche dir, dass ich dich nie, nie wieder um einen Penny bitten werde.« Und er hatte so mitleiderregend und unglücklich dreingesehen, dass sie ihm vollkommen verziehen hatte. Er hatte sie umarmt, und das war es gewesen.

Danach hatte sie The Keep zum ersten Mal seit Jahren einen Besuch abgestattet. Hal hatte ihr geschrieben – oh, wie dankbar sie gewesen war, als sie diesen Brief erhielt – und berichtet, Ed und Rebecca seien auf The Keep gewesen, um sich zu verabschieden. Sie, Maria, müsse sich doch jetzt einsam fühlen. Sie würden die beiden alle vermissen, hatte er geschrieben, aber die Gelegenheit schien fantastisch zu sein, und so weit sei es auch nicht nach New York. Sie würde Spaß daran haben, sie zu besuchen und die Wunder von Manhattan zu sehen …

Es war ein unbeschwerter, aufmunternder Brief gewesen und Balsam für ihr wundes Herz. Maria hatte angerufen – nervös und mit klopfendem Herzen für den Fall, dass Fliss abnehmen würde. Doch sie hatte außerordentliches Glück gehabt, denn Hal hatte den Anruf entgegengenommen. Es war erstaunlich einfach gewesen, mit ihm zu reden. Er war mitfühlend und freundlich gewesen, und dann hatte er die magischen Worte ausgesprochen. »Wenn du einmal nach The Keep kommen möchtest …«

Um die Wahrheit zu sagen, dachte sie, hatte er wahrscheinlich nicht wirklich damit gerechnet, wie schnell sie ihn beim Wort nehmen würde, aber sie hatte der angebotenen Wärme und Freundlichkeit nicht widerstehen können. Sie hatte eigene Freunde, doch Hal war Eds Vater und wusste, wie sie sich fühlte; und zwischen ihnen bestand eine besondere Verbindung. Man konnte nicht zwanzig Jahre mit einem Mann verheiratet sein, ihm Kinder schenken und ihm vollkommen gleichgültig gegenüberstehen; das musste sogar Fliss einsehen. Und Maria hatte sich sogar gefragt, ob sie ihm von Eds Geschäftsdesaster erzählen sollte. Schließlich hätte das sicherlich Hals Mitgefühl für ihre Lage vergrößert. Doch etwas hatte sie daran gehindert. Ein großer Teil daran war Loyalität gegenüber Ed. Sie wusste sehr genau, was für Bemerkungen Hal über die Defizite des lieben Ed machen würde. Genau wie Adam hegte Hal bezüglich seines jüngeren Sohns keinerlei Illusionen und kommentierte seine Schwächen viel offener. Er mochte Ed äußerst gern, aber er warf ihr und ihren Eltern vor, ihn verzogen zu haben, und sie konnte es einfach nicht ertragen, wenn man schlecht über Ed sprach. Vor allem Fliss durfte nicht erfahren, dass der gute arme Ed die Sache so schlimm in den Sand gesetzt hatte. Nein, bei dem Gedanken an eine solche Demütigung erschauerte sie; damit konnte sie einfach nicht umgehen. Aber dahinter steckte mehr als nur die Loyalität gegenüber Ed. Wenn sie ihnen von dieser Katastrophe erzählte, würden sie vielleicht glauben, ihr Bedürfnis, die Verbindung zu ihnen zu erneuern, sei finanzieller Natur. Und das war es nicht, wirklich nicht.

Also hatte sie nur zu Hal gesagt, dass sie sich sehr freuen würde, sie alle zu sehen, und war hinunter ins Westcountry gefahren – und erstaunlicherweise war es wunderbar gewesen, zurück auf The Keep zu sein. Hal hatte sich beruhigenderweise nicht verändert, und Prue war so herzlich und verständnisvoll wie immer. Sogar Fliss war nett gewesen, obwohl es Maria einen ziemlichen Schock versetzt hatte, wie ähnlich sie inzwischen ihrer Großmutter sah, der Respekt einflößenden alten Matriarchin Freddy Chadwick.

Fliss hatte dieselbe Art, die Schultern zu recken und das Kinn zu heben, wenn sie einen ansah, was ein wenig verunsichernd wirken konnte. Und wenn Maria vollkommen ehrlich war, hatte Jolyon leicht verlegen und ziemlich unbehaglich gewirkt, als sie ihm erklärte, wie stolz sie auf ihn sei. Aber er war mit irgendeinem Filmdreh beschäftigt und meist gar nicht da gewesen. Jedenfalls hatte sie ihnen noch einmal geschrieben und vorgeschlagen, sie könne zu Jolyons Geburtstag kommen, dass es Zeit sei, einige Unstimmigkeiten auszuräumen. Und jetzt wartete sie nervös auf Hals Antwort. Schließlich konnte sie nicht ewig in Pens Anbau bleiben ...

Es klopfte an der Tür. Pen war sehr taktvoll und kam niemals einfach herein. Maria warf einen Blick auf ihre Armbanduhr: Es war noch zu früh für einen Drink. Vielleicht eine Einladung, mit ihnen Kaffee zu trinken oder eine Einkaufstour in Salisbury zu unternehmen. Manchmal hatte sie den Eindruck, dass Penelope sehr dankbar für diese leicht zugängliche Ablenkung von der Gesellschaft des guten alten Philip war, nachdem er jetzt in Pension war.

»Herein«, rief sie und setzte ihre neue Miene auf – Fröhlichkeit mit einem Hauch tapferer Entschlossenheit. »Morgen, Pen. Ich habe gerade deinen wunderbaren Garten angesehen. Ehrlich, ich weiß nicht, wie du das schaffst. Ich könnte Stunden an diesem Fenster verbringen.«

6. Kapitel

Als Cordelia wieder allein war, kehrte sie zu ihrem Kampf mit dem Artikel über den *soke* zurück. Sie konnte einfach keine Struktur hineinbringen. Ihre Worte weigerten sich, sich zu einem akzeptablen, zusammenhängenden Text zusammenzufügen, und sie trat frustriert auf den steinernen Balkon hinaus. Sie lehnte sich auf den von der Sonne gewärmten Stein und sah in das klare grüne Wasser hinunter, in dem dunkle Algenwälder trieben, die an der Felswand verankert waren. Sie wusste, warum sie sich nicht konzentrieren konnte. Schlechtes Gewissen und Neugier stritten sich in ihrem Kopf und lenkten sie vollkommen von ihrer Arbeit ab. Bald zog sie das Handy aus der Tasche und gab Henriettas Nummer ein.

»Hi, Mum.« Lag da eine Andeutung von Ungeduld in Henriettas Stimme?

»Liebes«, sagte Cordelia schnell. »Hör mal, tut mir leid wegen gestern Abend. Unser Timing war schrecklich, oder? Zuerst warst du mit Jolyon zusammen und dann ich mit … meinen Freunden. Dumm von mir, dass mir nicht gleich Jolyon eingefallen ist. Ich dachte an Joe mit ›e‹ und …« Sie hörte selbst, dass sie nervös plapperte. »Jedenfalls bin ich froh, dass sich alles schließlich aufgeklärt hat.«

»Ja.« Ein Zögern. »Er kommt heute noch einmal vorbei. Eigentlich müsste er jede Minute hier sein.«

»Oh.« Cordelia versuchte, nicht allzu erstaunt oder neugierig zu klingen. »Na, das ist nett.«

»Er muss nach Watchet.« Da war ein defensiver Unterton, eine Warnung, nicht allzu viel hineinzuinterpretieren. »Etwas, das mit seiner neuen Fernsehserie zu tun hat. Und wir gehen zum Mittagessen in den Pub.«

»Großartig. Na, dann ...« Cordelia fragte sich, ob sie ihn grüßen lassen sollte, entschied sich aber dagegen. Sie wollte sich nicht aufdrängen. »Ich sollte wieder an die Arbeit gehen. Bye, Liebes.«

So war das also. Beruhigt und hoffnungsvoll stützte Cordelia die Ellbogen auf die Mauer – und doch war sie immer noch nervös. Unter ihr hob und senkte das Meer sich rastlos, klatschte verächtlich kaltes Wasser gegen die Felswand und summte in den tiefen Untersee-Höhlen. Eine kühle kleine Brise strich über ihre Wangen und bewegte ihr Haar, und sie erschauerte und war froh über den Sonnenschein.

Sind wir die erste Generation, die das Bedürfnis hat, mit ihren Kindern befreundet zu sein?

»Wäre es nicht wunderbar«, hatte sie gestern Abend gesagt, »wenn Henrietta und Jolyon sich ineinander verlieben würden?«

»Vielleicht«, hatte Angus vorsichtiger zurückgegeben. »Vielleicht auch nicht.«

»Warum nicht?« Sie hatte sich auf einen Ellbogen hochgestemmt und fast empört auf Angus hinuntergesehen.

»Es kommt darauf an, was darauf folgt«, hatte er nüchtern zurückgegeben. »Sich zu verlieben ist kein Ziel in sich. Gerade du müsstest das wissen.«

Sie hatte sich wieder aufs Kissen sinken lassen und an die Decke gestarrt. »Ja, ich weiß. Aber trotzdem ...«

»In Wahrheit hoffst du, dass diese Erfahrung Henrietta so weit verändern würde, dass sie endlich Verständnis für dich hat und dir verzeiht.«

Da hatte er sogar ganz recht.

Auf dem Pfad war ein Auto zu hören. McGregor bellte, und Cordelia wandte den Kopf und lauschte. Es blieb mit laufendem

Motor stehen, eine Tür wurde geöffnet, und plötzlich hörte sie Lärm: das hektische Schnattern des Radios und das Klirren der Briefkastenklappe. Der Postbote, der ihr normalerweise die Post brachte, hatte Urlaub. Cordelia wartete, bis der Transporter gewendet hatte und wieder über den Weg verschwunden war; erst dann setzte sie sich in Bewegung. Sie plauderte gern mit dem alten Jimmie, doch sein einsilbiger Vertreter war ein ziemlich langweiliger junger Mann ohne Konversationstalent. An diesem Morgen war sie einfach nicht in der Stimmung, sich die Mühe zu machen.

Sie wandte sich ab, stützte sich wieder in der Sonne auf ihre Ellbogen und dachte über ihren Artikel nach. Sie musste einfach die Disziplin aufbringen, zurück in ihr Arbeitszimmer zu gehen und einen Anfang zu machen. Erneut bellte McGregor und stieß dann ein Knurren aus, das tief aus seiner Kehle aufstieg, und ein Lichtblitz auf der Klippe zog ihre Aufmerksamkeit auf sich. Dort bewegte sich eine Gestalt, und Sonnenlicht glitzerte auf Glas, als diese Person durch das Fernglas an der Küste entlangsah und sich dann in ihre Richtung wandte. Einen unangenehmen Moment lang fühlte Cordelia sich beobachtet. Sie richtete sich auf und sah zu der reglosen Gestalt auf, die sich nach ein paar Sekunden abwandte und aus ihrem Blickfeld verschwand.

Cordelia kämpfte ihren Ärger nieder und fragte sich, ob ein Spaziergang ihre Kreativität zum Fließen bringen würde, oder ob das einfach eine Ausrede war, um die Arbeit hinauszuschieben. Das Telefon begann zu läuten, und erleichtert ging sie an den Apparat.

»Fliss«, sagte sie erfreut. »Wie nett ... Ja, habe ich auch gehört. Das wurde auch Zeit, oder? Es ist verrückt, dass sie sich nie kennengelernt haben. Ist das mit Susan und Iain nicht schrecklich? Die arme liebe Maggie, armer Roger ... Warum kommen

Sie nicht zum Mittagessen vorbei? ... Okay, dann zum Tee. Sehr gern. ... Großartig. Bis heute Nachmittag.«

Sofort fühlte sie sich erfrischt. Sie hatte etwas, worauf sie sich freuen konnte, und es wäre gut, mit Fliss über Jo und Henrietta zu reden. Unterdessen musste sie arbeiten. Vor sich hin summend, ging sie in ihr Arbeitszimmer. *Charteris Soke in Frampton Parva ist das einzige Haus seiner Art ...*

Oben in ihrem Schlafzimmer stand Fliss noch ein paar Sekunden da. Ihr plötzlicher Entschluss, mit Cordelia zu reden, erstaunte sie selbst. Es sah ihr unähnlich, so nervös zu werden, nur weil Maria an Hal geschrieben und gefragt hatte, ob sie wieder zu Besuch kommen dürfe. Vielleicht lag es an der Tatsache selbst, dass Maria *an Hal* geschrieben hatte – nicht an sie beide, sondern nur an Hal. Maria besaß einen besitzergreifenden, verstohlenen Charakterzug, und sie weigerte sich, Fliss und Hal als Einheit zu akzeptieren. Bis zu Adams Tod war das unwichtig gewesen. Schließlich hatten sie nur selten Post von Maria bekommen. Jetzt hatte sich das geändert. In den letzten sechs Monaten hatten sie mehrmals Briefe aus Salisbury erhalten, und Fliss wurde klar, dass es ihr nicht gefiel, wenn Hal Briefe von seiner Exfrau bekam, die sie selbst vollkommen ausschlossen.

Natürlich ist es töricht, sich deswegen Gedanken zu machen, sagte sich Fliss. Schließlich brauchte sie nur darum zu bitten, die Briefe zu sehen, und Hal würde sie ihr zeigen, obwohl er das noch nie aus eigenem Antrieb getan hatte. Sie fragte sich, ob Hal sie alle beantwortet hatte – und wie.

»Vielleicht rufe ich sie an«, pflegte er beiläufig zu sagen und legte den Brief zur Seite, aber sie hatte ihn nie danach ausgefragt, und später waren dann der Umschlag und sein Inhalt verschwunden. Einmal, erinnerte sie sich, hatte er laut aufgelacht, während er einen gelesen hatte, und sie hatte einen Anflug von Ärger empfunden. Eifersucht wäre zu viel gesagt, versicherte sie sich jetzt, doch entschieden ein durchdringendes Gefühl von Gereiztheit, das sie erschüttert hatte. Es wäre ein verrückter Gedanke gewesen, dass Hal seine Exfrau ermunterte – und warum sollte sie sich jetzt noch nervös fühlen? Sie waren inzwischen acht Jahre glücklich verheiratet, obwohl sie sich immer noch frustriert und bitter fühlte, wenn sie sich erlaubte, über all die vergeudeten Jahre nachzudenken, in denen sie getrennt gewesen waren.

Damals hatte sie nicht genau gewusst, was Hals Mutter und Großmutter zu ihm gesagt hatten, um ihn davon zu überzeugen, dass er sie nicht heiraten durfte, aber sie hatten ihm Angst eingejagt.

»Sie haben mir praktisch Inzest vorgeworfen«, hatte er ihr Jahre später anvertraut, nachdem Maria ihn verlassen hatte und Miles gestorben war. »Sie sagten, weil wir wie Bruder und Schwester aufgewachsen seien und unsere Väter eineiige Zwillinge waren und all das, käme eine Beziehung zwischen uns nicht infrage. Sie haben darauf hingewiesen, wie jung du warst, und gemeint, ich nutze dich aus. Ich kam mir dabei vor wie irgendein verdorbener Wüstling.«

Da war er zweiundzwanzig, dachte Fliss, und ich neunzehn, und wir sind beide nie auf die Idee gekommen, uns zu widersetzen. Wie jung und unerfahren wir waren! Und so hat er Maria geheiratet und ich Miles.

Das Klopfen an der Tür schreckte sie auf. »Herein«, rief sie und wandte sich vom Fenster ab.

Von der Tür her lächelte Prue ihr zu; sie war fertig angezogen für ihren Ausflug, und so, wie sie vor Erwartung strahlte, wirkte sie jung und hübsch.

»Ich wollte dich nicht warten lassen«, erklärte sie fröhlich.

»Ich hatte mich gefragt, ob wir Zeit haben, auf dem Heimweg in Dartington anzuhalten und im Park spazieren zu gehen.« Sie trat etwas weiter ins Zimmer hinein. »Woran hattest du gedacht, Liebes? Du siehst sehr ernst und ziemlich traurig aus.«

»Ich hatte an Miles gedacht«, antwortete Fliss, »und an uns alle. An mich und Maria und Hal, an dich und Großmutter. Und an all die vergeudete Zeit und die Fehler, die wir gemacht haben.«

»Ach, Liebes«, sagte Prue voller Reue. »Wie du uns gehasst haben musst, Freddy und mich, als wir dich und Hal auseinandergebracht haben! Heute kann man sich gar nicht mehr vorstellen, wie kategorisch wir dagegen waren, weil ihr Cousin und Cousine ersten Grades wart. Später wurde uns klar, dass wir uns geirrt hatten, aber wir konnten ja auch nicht ahnen, wie tief eure Gefühle füreinander gingen. Ihr wart beide noch so jung. Euer Onkel Theo war uns sehr böse, weißt du?«

»Onkel Theo?« Zuneigung und Trauer um diesen bescheidenen Geistlichen, der immer auf ihrer Seite gestanden hatte, ließen Fliss' Miene weich werden. »Tatsächlich?«

»Oh ja. Freddy und er hätten sich deswegen um ein Haar zerstritten. Er fand, dass die Familie euch sehr schlecht behandelte, indem sie einfach entschied, ihr wäret so jung, dass euch das nicht wirklich etwas ausmachen würde. Aber Fliss, es ist auch viel Gutes dabei herausgekommen. Deine wunderbaren Kinder, die liebe Bess und der liebe Jamie. Und der gute alte Miles. Wir haben ihn schließlich alle geliebt, oder? Wie tapfer er nach diesem schrecklichen Schlaganfall war!«

»Ich weiß. Ich führe mich dumm auf. Wie ich dir vorhin schon sagte, fühle ich mich unausgeglichen. Ich vermisse die Kinder. Bess und Matt und die Kinder scheinen in Amerika so weit fort zu sein. Und jetzt ist Jamie nach Kairo versetzt worden. Es fehlt mir, sie alle um mich zu haben. Komm, lass uns nach

Totnes fahren und die Einkäufe erledigen, und dann trinken wir auf dem Heimweg Kaffee in Dartington.« Fliss unterbrach sich, um ihre Jacke von einem Stuhl zu nehmen. »Übrigens bin ich heute Nachmittag zum Tee bei Cordelia.«

»Oh!« Prue warf Fliss einen schnellen, beifälligen Blick zu. »Das finde ich eine gute Idee.«

»Ich hoffe es«, meinte Fliss, während sie zusammen die Treppe hinuntergingen. »Ich weiß nicht recht, ob ich hinterlistig bin. Bei solchen Gelegenheiten fehlt mir Onkel Theo am stärksten. Er schien immer in der Lage zu sein, das Chaos zu durchschauen und den Kern der Sache zu sehen.«

»Onkel Theo war mein liebster Freund. Er hat mich so oft vor Katastrophen gerettet, dass ich den Überblick verloren habe.« Als sie durch die Eingangshalle gingen, warf Prue einen Blick auf ihre Armbanduhr. »Ich frage mich, wo Jolyon gerade steckt.«

Fliss schmunzelte; ihre Nervosität hatte ein wenig nachgelassen, und sie freute sich darauf, Cordelia zu sehen. »Wo immer er ist, ich wette, er studiert nicht den Hafen von Watchet.«

Die Ellbogen auf die rauen Holzbretter des Tisches vor dem Pub gestützt, saß Jolyon in der Sonne und beobachtete Henrietta mit einer Mischung aus Belustigung und Sympathie.

»Als Familie sind wir ein wenig gewöhnungsbedürftig. Ich glaube, deswegen hat das Fernsehteam damals so viel Aufhebens darum gemacht. Drei Generationen in einem Haus, das eine Kreuzung zwischen einem Schloss und einer Festung ist. Das Problem ist, wir sind ein Anachronismus.«

»Ich kann das gar nicht alles aufnehmen.« Henrietta schüttelte den Kopf und trank von ihrem Bier. Sie war so glücklich, hier in der Sonne zu sitzen und darauf zu warten, dass ihr Ploughman's

Lunch – eine rustikale kalte Platte – gebracht wurde. »Es ist viel zu kompliziert.«

»Nicht wirklich. Ich gehe es noch einmal durch.« Er beugte sich vor und zählte die Namen an den Fingern ab. »Da sind Granny, Dad, Fliss, ich …«

»Warte mal«, unterbrach sie ihn. »Du hast gesagt, Fliss sei deine Stiefmutter *und* deine Cousine.«

»Großcousine. Das ist richtig. Dad und Fliss sind Cousin und Cousine, eine Sandkastenliebe, obwohl die Familie sie damals nicht heiraten ließ. Also hat Dad meine Mutter geheiratet und Fliss Miles. Dad hat Ed und mich bekommen, und Fliss hat Zwillinge, Jamie und Bess. Dann haben Mum und Dad sich scheiden lassen, als ich fünfzehn war, und danach habe ich immer die Ferien auf The Keep verbracht, wo Dad war, wenn er Landurlaub hatte. Vor acht Jahren, nach Miles' Tod, haben Dad und Fliss dann geheiratet.«

Sie sah ihn an und war sich der turbulenten Strömungen unter der glatten Oberfläche seiner Erzählung bewusst, aber ihr wurde klar, dass er noch nicht bereit war, darüber zu reden.

Sieh zu, dass das Gespräch unverbindlich bleibt. Behalte den scherzhaften Ton bei.

»Okay«, sagte sie. »Das habe ich verstanden. Also ist deine Granny die Mutter deines Dads *und* Fliss' Tante, und dann gibt es noch Sam, einen weiteren Cousin. Seine Eltern sind gestorben, und er ist auf The Keep aufgewachsen. Und an diesem Punkt kommt Lizzie ins Spiel.«

Sie bemerkte, dass Jolyon den tragischen Tod von Sams Eltern umschiffte, aber sie wollte mehr über Lizzie erfahren; seine Miene, als er sie erwähnt hatte, hatte ihr klargemacht, dass Jolyon eine Schwäche für Lizzie hatte.

»Lizzie war Sams Kindermädchen«, erklärte er. »Das hast du mit ihr gemeinsam. Dad und Fliss waren ziemlich beklommen ob der Aussicht, einen Dreijährigen großzuziehen, daher haben sie Lizzie mit offenen Armen aufgenommen. Sie kannte Sam schon sein Leben lang, seine Mutter war ihre beste Freundin gewesen, und sie wurde gern zu einem Teil der Familie. Für mich war es auch großartig, jemand Gleichaltrigen um mich zu haben. Als Sam vor zwei Jahren aufs Internat ging, stand zur Frage, ob sie sich etwas anderes suchen sollte; aber da hatte sie mir schon im Büro ausgeholfen und wusste eine Menge über Keep Organics. Also schien es vernünftig, dass sie blieb, besonders, weil ich mehr und mehr fürs Fernsehen arbeitete. Jedenfalls hätte sie uns allen schrecklich gefehlt, wenn sie weggegangen wäre. Inzwischen gehört sie zur Familie.«

Henrietta sah ihn forschend an. Seine Miene wirkte offen und arglos; er hätte von einer Schwester oder Cousine reden können.

»Ist das alles? Keine weiteren Cousinen oder Tanten?«

»Auf jeden Fall keine, die auf The Keep leben ...« Er zögerte und lehnte sich zurück, damit die junge Frau ihre Teller auf den Tisch stellen konnte. In der Bar hatten alle Jolyon erkannt, und leise Aufregung und ein plötzliches Stimmengemurmel hatten das Lokal durchlaufen, aber Jolyon war gelassen und freundlich geblieben. Jetzt beobachtete Henrietta amüsiert, wie das Mädchen Jolyon strahlend zulächelte, der sie seinerseits kaum wahrnahm, bis darauf, dass er sich knapp für sein Essen bedankte. Henrietta tat es ihm gleich, erklärte, dass sie im Moment nichts weiter bestellen wollten, und quittierte Jolyons Zögern mit gespielter Verzweiflung.

»Nein, sag's mir nicht«, meinte sie. »Mein Hirn signalisiert Überforderung.«

»Du musst eben zu Besuch kommen und sie alle kennenlernen«, antwortete er leichthin und wickelte Messer und Gabel aus der Papierserviette. »Es ist viel einfacher, sich an Namen zu erinnert, wenn man die Leute persönlich kennt, findest du nicht auch? Und außerdem ist es Zeit, dass du sie einmal triffst. Sie kennen schließlich auch Cordelia. Sie werden sich freuen, dich zu treffen.«

»Klingt Furcht einflößend.« Sie brach das knusprige Brötchen auf, bestrich es mit Butter und schnitt sich ein Stück Käse ab.

»Unsinn. Außerdem möchte ich dir The Keep zeigen. Das ist jetzt wirklich ein Anachronismus, wenn du so willst. Es ist wie eine ganz kleine Burg mit einem Dach mit Zinnen und hohen Wänden um den Innenhof, und ich wohne im Torhaus.«

»Klingt wie aus einem Märchen von Hans Christian Andersen. Also, das entscheidet alles.« Sie war einfach zu glücklich, um misstrauisch oder zurückhaltend zu sein. »Das muss ich sehen.«

»Großartig.« Er freute sich. »Das ist fantastisch.«

»Aber ich muss an die Hunde denken«, warnte sie ihn. »Ich kann sie nicht allzu lange allein lassen.«

»Die Hunde können mitkommen. Kein Problem.«

»Moment mal. Ich kann unmöglich mit drei Hunden auftauchen. Ehrlich …«

»Unsinn. Hunde sind auf The Keep immer willkommen. Im Moment haben wir zwei Weibchen. Schwestern. Sie stammen von Hunden ab, die wir vor Jahren hatten, und haben ihre Namen geerbt. Pooter und Perks. Sie werden deine Meute lieben.«

»Pooter und Perks.« Sie lachte. »Das gefällt mir. Aus einem bestimmten Grund?«

Er schüttelte den Kopf. »Die ursprünglichen beiden lebten vor meiner Geburt, aber sie sind in die Familienlegende eingegangen. Meine Tante Kit hat den Hunden der Familie immer die Namen gegeben. Da war eine Mrs. Pooter und später eine Polly Perkins. Wir hatten auch Mugwump und Rex und Rufus.«

»Nach Mugwump klingt Rex schrecklich normal.«

Jo runzelte die Stirn. »Rex war eigentlich unser Hund, aber meine Mutter wurde nicht mit ihm fertig. Sie pflegte sich deswegen schrecklich mit Dad zu streiten, und dann hat Dad eines Tages Rex ins Auto gesetzt und ihn nach The Keep gebracht, damit er dort lebte. Ich habe ihn furchtbar vermisst, doch wenigstens hörten die Streitereien auf. Na, zumindest diese speziellen Streitereien.«

»Wahrscheinlich«, meinte sie vorsichtig, wobei sie ihn nicht ansah, »ist Streit wenigstens eine Art Vorwarnung dafür, dass etwas falsch läuft. Meine Eltern haben sich nicht gestritten, daher war der Schock umso größer, als sie sich trennten. Bei Iain und Susan war es das Gleiche. Sie hatten sogar darüber gesprochen, sich einen Hund anzuschaffen. Ich hatte mich schon gefragt, ob Maggie vorhatte, Tacker nach London überzusiedeln, sobald er stubenrein wäre. Apropos, wir müssen die Hunde bald ausführen. Ich jedenfalls.«

»Wir gehen zusammen. Wir gehen mit ihnen auf den Robin Upright's Hill.«

Sie zog die Augenbrauen hoch. »Was hast du noch gesagt, wann du in Watchet sein musst?«

Er trank sein Bier aus. »Ich hab's vergessen. Wie schade. Ich hoffe, die Hunde können noch warten, bis wir unseren Nachtisch gegessen haben.«

7. Kapitel

Cordelia warf einen Blick auf ihre Armbanduhr, las die letzten paar Sätze auf ihrem Computerbildschirm noch einmal durch und klickte auf *Speichern*. Im Großen und Ganzen keine schlechte Arbeit für einen Tag, obwohl es ein Kampf gewesen war, sich nicht ablenken zu lassen und diese grauenhafte schleichende Verzweiflung auf Abstand zu halten, die den kreativen Fluss stört. Gott wusste, wie oft sie die Wörter hatte zählen lassen – immer ein schlechtes Zeichen, und bei mehreren Gelegenheiten hatte sie sich bremsen müssen, um nicht aufzustehen und sich noch eine Tasse Kaffee aufzubrühen oder auf die Suche nach Schokolade oder Plätzchen zu gehen. Merkwürdig, wie dieser unwiderstehliche Drang, durch das geschriebene Wort zu kommunizieren, von dieser geistigen Lähmung und diesem Mangel an Selbstbewusstsein beeinträchtigt wurde. Das hatte sie auch einmal einem anerkannten, berühmten Journalisten gegenüber erwähnt.

»Wie kommt es nur«, hatte sie geklagt, »dass man sich so zu etwas getrieben fühlt, das eine solche geistige Qual ist? Man wird von einer Idee mitgerissen, die fantastisch zu sein scheint, und ist richtig aufgeregt. Aber wenn es so weit ist und man es niederschreiben muss, stellt man fest, dass man fast alles andere tut – Freunde anrufen, bügeln, den Hund ausführen –, *egal, was*, statt sich wirklich hinzusetzen und es zu tun.«

»Ich weiß«, hatte er mitfühlend gemeint. »Der leere Bildschirm, die brillanten Sätze, die schwarz auf weiß unsinnig aussehen, und das versiegende Selbstbewusstsein. Trotzdem ist das Entscheidende, dass man weitertippt. Etwas schreibt, selbst wenn es *wirklich* Unsinn ist, weil es einen fast immer weiterbringt und die Ideen fließen lässt. Den Unsinn kann man später immer löschen, aber nichts ist destruktiver, als nachzugeben und wegzugehen. Dann wird es beim nächsten Mal umso schwerer.«

Sie hatte seinen Rat befolgt und festgestellt, dass er wirkte; doch es gab immer noch Tage, an denen jeder Satz, den sie schrieb, ein aus Verzweiflung und sehr wenig Inspiration geborener Willensakt war. Heute war ein solcher Tag gewesen, aber trotzdem hatte sie etwas erreicht …

McGregor knurrte, und sie nahm eine Bewegung am Fenster, ein Aufblitzen von Farbe, wahr, und Cordelia sah sich um. War Fliss schon da? Sie stand auf, aber niemand klopfte an die Tür, kein Auto stand auf dem Parkplatz neben der Garage, nur eine Gruppe Wanderer bewegte sich über den Klippenpfad. Einer von ihnen war zurückgeblieben und hielt an, um sich umzusehen. Cordelia zuckte mit den Schultern. Das am Fenster musste ein Vogel gewesen sein, oder einer der Wanderer war näher getreten, um sich das Haus genauer anzusehen. Ziemlich oft näherte sich ein mutiger Wanderer dem Cottage, um hineinzusehen. Ein- oder zweimal war es sogar schon vorgekommen, dass jemand geklopft und sie nach der Küstenwache ausgefragt hatte.

Manchmal wünschte sie, ihr Arbeitszimmer läge nach vorn und hätte Aussicht auf das Meer, aber als ihre Eltern das Haus in den 1970ern gekauft hatten, da hatten sie die beiden landeinwärts liegenden und durch die schmale Diele getrennten Zimmer als Arbeitszimmer und Salon eingerichtet und die zum Meer liegenden Räume zu einem einzigen großen vereint; die Küche an einem Ende und das Wohnzimmer am anderen. Gelegentlich arbeitete sie am Küchentisch an ihrem Laptop, doch die Aussicht und der Sonnenschein und das Fehlen eines notwendigen Nachschlagewerks erwiesen sich meist als zu große Ablenkung. Außerdem mochte sie ihr kleines Arbeitszimmer, in dem noch die Bücher ihrer Eltern in den Regalen standen und einige der hübschen Aquarelle ihrer Mutter an den Wänden hingen.

Ah, jetzt war das Auto da, und Fliss stieg aus, sah sich um und stand einen Moment lang ganz still in der Sonne, um aufs Meer hinauszusehen. Cordelia ging ihr entgegen. Sie war immer noch ziemlich erstaunt über Fliss' Anruf. Cordelia hatte sie für jemanden gehalten, der seine Meinung für sich behielt und nicht zum Spekulieren beim Tee neigte.

»Anscheinend«, hatte sie vorhin gesagt, als sie angerufen hatte, »hat sich unsere jüngere Generation endlich kennengelernt.« Aber Cordelia hatte mehr in ihrer Stimme gehört als Belustigung und Freude und instinktiv ihre Einladung zum Mittagessen oder Tee ausgesprochen, und zu ihrer Verblüffung war sie bereitwillig angenommen worden.

Jetzt öffnete sie die Tür. »Das ist großartig«, sagte sie und lächelte Fliss herzlich zu. Dann ging sie vor, durch die Diele und in die Küche.

»Ich hatte vergessen, wie fantastisch die Aussicht ist«, sagte Fliss und trat von einem Fenster zum nächsten. »Wir waren schon einmal hier, Hal und ich, als Sie den Artikel geschrieben haben. Erinnern Sie sich noch?«

»Natürlich erinnere ich mich. Wir haben unten am Strand gegrillt.«

»Sie haben gesagt, das gehe nur bei Ebbe, und Sie haben Hal angestachelt, er solle schwimmen gehen.«

»Aber er ist nicht darauf eingegangen. Ich schwimme gern bei Gezeitenwechsel, wenn die Flut einläuft. Das ist magisch. Bei Flut liegt der Strand vollständig unter Wasser.«

»Auf jeden Fall erinnere ich mich an die vielen Stufen die Klippe hinauf, nachdem wir zu viel gegessen hatten!«

Die beiden Frauen lachten zusammen, und der erste, leicht verlegene Moment des Zusammentreffens war vorüber. Cordelia trat an den Rayburn-Herd und schob den Wasserkessel auf die heiße Platte.

»Und ich erinnere mich an diesen Burschen. Er ist fast so groß wie ich.« Fliss streckte die Hände aus, um McGregor zu begrüßen, und kraulte ihm die Ohren.

»Er ist der perfekte Begleiter. Groß und er beschützt mich, ohne viel Aufhebens darum zu machen«, erklärte Cordelia. »Ist es nicht nett, dass Henrietta und Jo sich endlich kennengelernt haben? Es erscheint verrückt, dass es so lange gedauert hat.«

»Die Marine ist aber so, oder?« Fliss hatte sich wieder umgedreht, um die Aussicht zu betrachten. »Man stolpert immer wieder über dieselben Familien, und andere entgehen einem vollkommen.«

»Und um ehrlich zu sein, habe ich mich ziemlich früh aus diesem Netzwerk herausgezogen. Als Simon uns verlassen hatte, bin ich nach London gezogen, obwohl Henrietta noch aufs Marine-Internat in Haslemere ging. Dort hat sie auch Susan kennengelernt, und die beiden wurden sehr gute Freundinnen. Ich kann nicht glauben, dass Iain und sie sich getrennt haben. Die arme Henrietta ist am Boden zerstört, und ich hoffe, dass Jo sie aufheitert. Als ich sie heute Morgen angerufen habe, hat sie ihn jeden Moment erwartet.« Sie goss den Tee auf, warf Fliss einen Blick zu und bemerkte ihr gerecktes Kinn und die winzige Falte zwischen ihren Brauen. »Bin ich etwa indiskret?«

Fliss schüttelte den Kopf. »Ganz und gar nicht. Wir hatten uns so etwas schon gedacht, als er sagte, er müsse nach Watchet fahren. Nun ja, Prue und ich. Der liebe alte Hal wäre nicht auf die Idee gekommen.«

»Sehr scharfsinnig von Ihnen.« Cordelia lachte leise. »Es sind die Kleinigkeiten, nicht wahr? Henriettas Stimme klang gestern Abend ein ganz klein wenig atemlos. Auf eine reizende Art durcheinander, wenn Sie verstehen, was ich meine.«

»Jolyon hat von innen heraus gestrahlt, als hätte er ein wenig zu viel getrunken.« Fliss sah Cordelia direkt an. »Würden Sie sich freuen?«

Cordelia verzog das Gesicht. »Ob ich mich freuen würde? Ich wäre begeistert. Jo ist so ein Lieber, und Henrietta könnte es gebrauchen, sich bis über beide Ohren zu verlieben. Was ist mit Ihnen?«

Fliss folgte ihr auf den steinernen Balkon und sah zu, wie sie Becher und Teller zurechtstellte und eine große Karamellschnitte in kleinere Stücke teilte.

»Ich würde mich sehr freuen. Natürlich bin ich nicht seine Mutter ... Meine eigenen beiden sind weit weg. Jamie ist letzten Monat nach Kairo versetzt worden – er ist beim Außenministerium –, und Bess und Matt und ihre Kinder leben in Boston. Matt spielt Horn bei der Bostoner Philharmonie, und Bess unterrichtet Klavier. Sie fehlen mir schrecklich, aber Jo trägt dazu bei, die Lücke zu füllen. Er ist mir stets wie ein eigener Sohn gewesen.«

Cordelia blickte sie an. »Ich vergesse immer, dass er es nicht ist. Er scheint so sehr zu Ihnen und Hal zu gehören.« Eine kleine Pause. »Wie ist seine Mutter? Ich glaube nicht, dass ich ihr je begegnet bin.«

»Maria.« Dieses Mal fiel die Pause viel länger aus. Fliss drehte sich um und stützte die Ellbogen auf die Mauer. »Sehr hübsch. Sehr unsicher. Sehr bedürftig.«

Hinter Fliss' Rücken zog Cordelia eine Grimasse. »Aha«, sagte sie. »Das ist ziemlich umfassend. Zucker?«

Fliss schüttelte den Kopf, wandte sich um und nahm die Tasse entgegen. »Danke. Maria gehört zu diesen Menschen, denen gegenüber man zwiespältige Gefühle hat. Sie tut mir sehr leid, doch ich ärgere mich auch schrecklich über sie. Und ich finde, Jolyon gegenüber hat sie sich schändlich verhalten. Als Junge hat er sie vergöttert, aber seit er ungefähr zwölf war, hat sie ihn praktisch ignoriert. Erst als seine Fernsehkarriere begann, hat sie sich stärker für ihn interessiert. Er ist ihr deswegen böse, was ich ihm nicht verübeln kann; es verärgert mich auch. Gleichzeitig habe ich mit meinen eigenen Schuldgefühlen zu tun, und deswegen versuche ich, nicht allzu hart zu ihr zu sein.«

Cordelia schwieg. In solchen Momenten wünschte sie immer, sie hätte das Rauchen nicht aufgegeben. Sie vermutete, dass dieser Ausbruch völlig untypisch für Fliss war, und schenkte der blonden, schmalen Frau, die an der Mauer lehnte und an ihrem Tee nippte, ihre ungeteilte Aufmerksamkeit. Sie trank ihren eigenen Tee und wartete.

»Marias Mann ist dieses Jahr gestorben«, erklärte Fliss schließlich, »und plötzlich möchte sie wieder zur Familie gehören. Hal ist bereit, das zu akzeptieren – er hat Mitleid mit ihr –, aber ich habe den Verdacht, dass Jolyon nach und nach genötigt werden wird, auf die Bedürftigkeit seiner Mutter einzugehen.« Stirnrunzelnd sah sie Cordelia an. »Ich bin mir nicht ganz schlüssig darüber, warum mich das so … zornig macht.«

Cordelia versuchte, das aufzufangen, was hinter Fliss' Worten lag, etwas, das ihr einen Hinweis geben könnte.

»Vielleicht wird Jo sich ja nicht nötigen lassen«, meinte sie. »Vielleicht versteht er Maria besser, als Sie ahnen. Haben die beiden sich je nahegestanden?«

Fliss schüttelte den Kopf. »Nicht wirklich. Jolyon hätte sich das gewünscht, aber Ed war immer ihr Lieblingskind. Er ist zwei Jahre jünger als Jolyon und so etwas wie das Nesthäkchen der Familie. Er hatte ein Stipendium für die Chorschule an der Kathedrale von Salisbury bekommen, und dem wurde alles geopfert, Jolyon eingeschlossen. Jo wurde aufs Internat geschickt und ermuntert, seine Ferien auf The Keep statt in Salisbury zu verbringen. Als die Ehe scheiterte, konnte Maria nicht mit Jos

Loyalität Hal gegenüber umgehen, und das war sehr unangenehm für den armen Jolyon. Er hat sie aber schrecklich geliebt. Er hat sogar …« Noch eine Pause. »Jahre später hat Jolyon mir – nun ja, mir und Hal – vorgeworfen, die Ehe zerstört zu haben.«

Cordelia runzelte die Stirn und versuchte zu verstehen. »Wieso?«, fragte sie schließlich. »Wie? Ich meine … hatten Sie und Hal ein Liebesverhältnis?«

»Nein. Aber Maria hat das Ed gegenüber so dargestellt, und er hat ihr geglaubt und Jo davon erzählt. Sie hat behauptet, wir hätten unsere Beziehung weitergeführt, nachdem Hal sie geheiratet hatte, und das hätte ihr Selbstbewusstsein zerstört. Das stimmte nicht, obwohl wir einander immer noch geliebt haben. Das war wahrscheinlich das Problem, und das meine ich damit, dass meine Gefühle Maria gegenüber ambivalent sind. Hal und ich waren Maria und Miles vollkommen treu, doch darunter war unsere Liebe zueinander immer noch da. Das hat sie wohl gespürt.«

Fliss schwieg einen Moment, bevor sie weitersprach. »Als die beiden sich trennten und Maria mit Adam abzog, lebte ich mit Miles auf The Keep. Er hatte einen Schlaganfall, und ich habe ihn nach Hause geholt, wo er von der ganzen Familie gut versorgt werden konnte. Eines Tages kam Hal unerwartet nach Hause, und ich war überrumpelt. Diese Zeit war so voller Stress und Sorgen, und als ich Hal sah, habe ich mich einfach in seine Arme gestürzt. Jo hatte uns gesehen, doch erst später, nachdem Ed ihm erzählt hatte, was Maria gesagt hatte, stellte er mich zur Rede und warf Hal und mir vor, Maria zu hintergehen und sie unglücklich zu machen. Da war er ungefähr siebzehn und sehr verletzt und zornig.«

»Du meine Güte. Das muss … fürchterlich gewesen sein. Was haben Sie getan?«

Fliss lächelte. Sie trank noch einmal von ihrem Tee, und ihre

Augen waren weit aufgerissen, als sähe sie die Erinnerungen vor sich. »Ich habe ihm den Ingwertopf geschenkt«, erklärte sie.

»Eine symbolische Geste?«, fragte Cordelia vorsichtig. »Tut mir leid, aber ich kann Ihnen nicht ganz folgen. Was war der Ingwertopf?«

»Die Amah, die Kinderfrau meiner Kinder in Hongkong, hat ihn mir geschenkt, als wir nach Großbritannien zurückgekehrt sind. Er stand für unsere Freundschaft und das Vertrauen und Glück, das wir geteilt hatten, und obwohl er später beschädigt wurde, hatte er die Zeit überdauert und war trotz seiner Sprünge immer noch schön. Ich habe versucht, Jo an diesem Beispiel etwas über Freundschaft zu erklären …« Fliss schüttelte den Kopf. »Ehrlich, es würde zu lange dauern, das zu erzählen.«

»Aber ich würde gern hören, was Sie zu ihm gesagt haben«, beharrte Cordelia. »Kommen Sie schon, Sie können nicht einfach hier aufhören. Und ich habe, wenn nötig, den ganzen Abend Zeit.«

»Jo hat mich überrumpelt«, erklärte Fliss und dachte offenbar zurück. »Ed war zu einem Besuch auf The Keep gewesen, und wir fanden heraus, dass Maria Adam für einen anderen Mann verlassen hatte. Es hat nicht gehalten, und Adam hat sie zurückgenommen, doch Ed war furchtbar aufgeregt. Damals hat er Jolyon erzählt, Maria habe gesagt, Hal und ich wären nach ihrer Hochzeit weiter ein Paar gewesen, und das habe ihr Selbstvertrauen untergraben und ihr Leben ruiniert. Nachdem Ed abgereist war, stellte Jolyon mich zur Rede.«

»Warum Sie? Wieso nicht Hal? Er war schließlich sein Vater.«

»Hal war inzwischen wieder auf See. Und außerdem war ich gewissermaßen die Außenseiterin, oder? Es dürfte Jo leichter gefallen sein, mir die Schuld zu geben als seinen Eltern. Wie auch immer. Da stand er mit all seiner Angst und seinem Schmerz. Er konnte einfach nicht mehr an sich halten und warf mir vor, das

Leben seiner Mutter zerstört zu haben. Ich habe versucht, ihm aufzuzeigen, wie es wirklich war, doch die Wahrheit war sehr schmerzlich. Dann habe ich gesagt, er müsse akzeptieren, dass weder Alter noch Elternschaft uns normalen, fehlbaren Menschen Weisheit oder Vollkommenheit schenken. Es war sehr schwierig und emotional, und wir hätten uns fast zerstritten. Aber nachher habe ich ihm den Ingwertopf geschenkt, als Zeichen dafür, dass wir unsere Freundschaft und unser Vertrauen erneuert hatten.«

»Das gefällt mir. Und was ist dann passiert?«

Fliss lachte über ihre Beharrlichkeit. »Wir haben in alle Ewigkeit glücklich und in Freuden gelebt.«

»Tut mir leid.« Cordelia schaute zerknirscht drein. »Ich frage nur, weil ich es wissen will. Vergessen Sie nicht, dass ich Journalistin bin. Es fasziniert mich, wie Menschen ticken, wie sie denken. Und das ist wichtig. Falls Jolyon und Henrietta zusammenkommen, möchte ich ihn und seine Beziehung zu seiner Mutter verstehen. Und die zu Ihnen. Lassen Sie sich noch Tee einschenken und fangen Sie am Anfang an.«

8. Kapitel

Später, nachdem Fliss gegangen war, kehrte Cordelia in ihr Arbeitszimmer zurück, um ihre E-Mails durchzusehen und das, was sie vorhin geschrieben hatte, zu überfliegen. Sie drückte eine Taste, um den Bildschirmschoner verschwinden zu lassen, und setzte sich, um die Arbeit des heutigen Tages durchzulesen. Es dauerte ein paar Sekunden, bis sie mit einem Schreck, der ihr Herz zum Rasen brachte, erkannte, dass sie nicht da war. Die ersten paar Sätze standen noch auf dem Bildschirm, aber der Rest war verschwunden. Sie überflog den Text noch einmal, erkannte einiges wieder, wusste aber, das der größte Teil fehlte, und versuchte, sich dabei ständig darauf zu besinnen, was sie angestellt haben könnte, um ihn zu verlieren. Sie hatte ihn gespeichert, das wusste sie genau. Ganz deutlich erinnerte sie sich: Sie hatte ein Geräusch am Fenster gehört und geglaubt, Fliss sei gekommen – und sie hatte die Datei gespeichert, bevor sie aufgestanden war. Vielleicht hatte sie ja beim Aufstehen die Löschtaste berührt. Aber wenn dem so war, warum war nur ein Teil der Arbeit gelöscht worden?

Unterdrückt fluchend, starrte sie weiter auf den Schirm und war verwirrt und wütend auf sich selbst – aber sie wusste, sie hatte eine Chance, ihre Arbeit zu retten, wenn sie jetzt nichts verkehrt machte.

»Schließen«, murmelte sie und klickte das entsprechende Feld an.

Ein Dialogfenster erschien. *Möchten Sie die an »Soke« vorgenommen Änderungen speichern?* Sie klickte auf *Nein*, dann öffnete sie ihren Artikel-Ordner und scrollte herunter bis auf

»Soke«. Beklommen klickte sie die Datei an, und da war sie: ihre komplette Arbeit, vollkommen sicher. Gewissenhaft machte sie sich daran, sie auszudrucken.

Cordelia fühlte sich ganz schwindlig und schwach vor Erleichterung. Erwartungsvoll sah sie zu, wie sich die Blätter aus dem Drucker schoben, zog sie heraus und faltete sie zusammen. Sie nahm sie mit in die Küche und schenkte sich noch ein Glas Wein aus der Flasche ein, aus der Fliss und sie vorhin getrunken hatten. Der Schreck darüber, fast ihre Arbeit verloren zu haben, hatte das Gespräch mit Fliss aus ihrem Kopf verdrängt. Aber als sie jetzt einen großen Schluck Sharpham-Wein hinunterschluckte, dachte sie wieder an Fliss' Geschichte und daran, wie Fliss sie angesehen hatte, nachdem sie zum Ende gekommen war. Sie hatte erzählt, wie man Hal und sie auseinandergebracht und wie sie Miles geheiratet hatte. Fliss hatte ziemlich verlegen, erstaunt über sich selbst und doch voller Hoffnung gewirkt, dass sie, Cordelia, Verständnis für sie haben würde.

Sie hatte das Erste gesagt, was ihr in den Sinn gekommen war. »Ich habe meinen Mann auch nicht geliebt. Nicht wirklich. Ich war in jemanden verliebt, genau wie Sie in Hal, aber er hat gezögert und ist dann für zwei Jahre fortgegangen. Ich war schrecklich verletzt, und während er fort war, hatte ich diesen verrückten Moment und habe Simon geheiratet. Ich dachte, alles würde gut, wurde schwanger, und alles war in Ordnung. Und dann ist er wieder in mein Leben getreten.«

»Und was ist passiert?«, hatte Fliss in das Schweigen hinein gefragt, das daraufhin eintrat.

»Ich hatte eine andere Art von verrücktem Moment«, hatte sie unglücklich geantwortet. »Es war nur das eine Mal – aber irgendwie hat Simon es herausgefunden, und ein Jahr später hat er mich verlassen. Henrietta war am Boden zerstört; sie hat ihn angehimmelt. Doch er hat den Kontakt zu ihr immer gehalten.

Dann, als sie fünfzehn war, hat er sich um eine Versetzung zur australischen Marine beworben. Er hat Henrietta geschrieben und ihr in allen Einzelheiten erzählt, warum er uns verlassen hatte, und erklärt, dass er ein neues Leben mit einer neuen Familie anfange und keinen Kontakt mehr wolle.«

»Zur Hölle!«

Jetzt lächelte Cordelia schief. Sie erinnerte sich, wie sie auf Fliss' unangemessene Antwort reagiert hatte und wie sie voller Mitgefühl füreinander und mit einem Gefühl von echter Freundschaft miteinander gelacht hatten.

»Mit Schuldgefühlen kenne ich mich aus«, hatte sie zu Fliss gemeint. »Hal und Sie haben wenigstens zu Ihren Partnern gestanden. Henrietta hat mir nie ganz verziehen.«

Fliss hatte einen Moment gezögert. »Was war mit dem anderen Mann?«

»Das hat Simon ziemlich clever angestellt«, hatte sie gesagt. »Er hat gewartet, bis der andere verheiratet war, und dann verkündet, dass er uns verlassen würde. Da war es für mich zu spät.«

An diesem Punkt hatten sie beschlossen, etwas zu trinken, und dann war Fliss bald zurück nach The Keep gefahren.

In den Ecken wurde es dunkel. Unter dem aufgehenden Mond wechselten die Gezeiten, und das Wasser zog sich vom Land zurück und ließ Lachen an den Stränden zurück, als würde es Anker werfen. Ein Schauer überlief Cordelia. Sie ging in die Diele und verriegelte die Haustür und zog dann in den Zimmern, die landeinwärts lagen, und im Obergeschoss die Vorhänge zu. Jetzt erfüllte der Mondschein nur den großen, zum Meer hin liegenden Raum. Sie zündete Kerzen an, und als ihr Handy klingelte und sie Angus' Initialen sah, stieß sie einen tief empfundenen Seufzer der Erleichterung aus.

»Gut, dass du nicht geblieben bist«, meinte sie zu ihm. »Fliss Chadwick ist vorbeigekommen.«

»Ich bin mir sicher, dass du eine passende Erklärung für meine Anwesenheit gefunden hättest«, gab er trocken zurück. »Ein Freund eines Freundes vielleicht? Oder ein lieber alter entfernter Cousin. Dann kann man natürlich immer noch die Marine heranziehen. Dir wäre schon etwas eingefallen. Aber eines Tages werden wir auffliegen, nachdem ich jetzt hergezogen bin. Hal und ich werden uns über kurz oder lang über den Weg laufen.«

»Ich weiß. Hör mal, Henrietta und Jo haben sich heute wiedergetroffen. Das ist eine gute Nachricht, nicht wahr?«

»Sehr gut. Ist Fliss deswegen zu dir gekommen?«

»Ich glaube schon. Sie macht sich ziemliche Sorgen, Jos Mutter könnte lästig werden, nachdem sie verwitwet ist. Sie ignoriert Jo seit Jahren, aber jetzt sieht es aus, als wäre er wieder angesagt, und darüber ist Fliss ziemlich verärgert. Abgesehen davon hält keine Frau etwas davon, wenn eine alleinstehende Exfrau sich um sie herumdrückt.«

»Ich kann mir nicht vorstellen, dass Fliss der eifersüchtige Typ ist.«

»Ach, Liebling, wir sind alle der eifersüchtige Typ. Einige von uns können das nur besser verbergen als andere.«

Ein leicht verlegenes kurzes Schweigen folgte, und Cordelia vermutete, dass jede lockere Erwiderung seinerseits plötzlich unpassend erschienen wäre, da er sich daran erinnerte, wie sie aus der Ferne zugesehen hatte, wie Anne und er in einer liebevollen, stabilen Beziehung drei Söhne großgezogen hatten.

»Aber andererseits«, versetzte sie eine Spur zu munter, »so ist das Leben, oder? Der äußere Schein und all das. Solange wir alle weiter die glückliche Familie spielen können, ist mir alles recht. Ich will nicht, dass noch jemand verletzt wird. Das haben wir schon zur Genüge getan.«

»Und Henrietta?«, fragte er. »Hat sie angerufen, um zu erzählen, wie es gelaufen ist?«

»Du meine Güte, nein. Das wäre auch unwahrscheinlich, oder? Ich kann mich nur nicht entscheiden, ob das einfach daran liegt, dass sie mit mir nicht über so etwas reden will, oder ob sie glaubt, dass mich das nicht besonders interessiert? Hast du das Bedürfnis, mit deinen Söhnen befreundet zu sein, Angus, oder lässt du sie einfach ihr eigenes Ding machen?«

Er zögerte. »Ich möchte schon gern wissen, was sie so treiben. Als Anne noch lebte, schien die Kommunikation intensiver zu sein, doch das lag daran, dass sie sich viel besser als ich darauf verstand, in Verbindung mit ihnen zu bleiben. Ich habe Glück, dass sie mich gern ab und zu besuchen. Natürlich ist es auch eine echte Attraktion, dass ich in Dartmouth lebe und ein Boot am Fluss liegen habe. Na, das weißt du ja alles. Warum fragst du?«

»Ach, kein besonderer Grund. Nur etwas, das ich im Radio gehört habe. ›Sind wir die erste Generation, die das Bedürfnis hat, mit ihren Kindern befreundet zu sein?‹ Ich hatte mich gefragt, ob ich einen Auftrag für einen Artikel darüber ergattern könnte. Du weißt schon, ›unsere Generation, verglichen mit der unserer Eltern‹. Ist aber nicht so wichtig.«

»Ich finde das einen ziemlich interessanten Gedanken«, meinte er. »Durch Handys und E-Mail fällt es sehr leicht, den Kontakt zu halten, stimmt's? Sehr verlockend.« Er lachte leise. »Ich kann mir einfach nicht vorstellen, wie mein alter Vater eine SMS schreibt! Ich glaube, er hat mich nicht ein Mal in seinem Leben angerufen.«

»Siehst du. Ich werde ein paar Recherchen dazu anstellen. Und du gehst heute Abend aus?«

»Ja, das habe ich dir doch erzählt. Abendessen mit Tasha und Neil. Eigentlich müsste ich jetzt los.«

»Ruf mich morgen früh an, und wir planen was«, sagte sie fröhlich. »Viel Spaß.«

Später, während sie Pizza aß und *Coronation Street* im Fernsehen sah, fragte sich Cordelia, wie viel riskanter ihre Treffen jetzt werden würden, nachdem Henrietta in Somerset statt in London war und in nächster Zeit wahrscheinlich mehr Kontakt zu den Chadwicks haben würde. Sie hätte zu gern gewusst, wie der Tag gelaufen war, widerstand aber der Versuchung, anzurufen oder auch nur eine SMS zu schreiben. Sie durfte sich einfach nicht aufdrängen.

Um halb zehn rief Fliss an. »Ich dachte, es würde Sie freuen zu hören, dass Jolyon zurück ist und auf Wolke sieben schwebt, obwohl er es zu verbergen versucht.« Ihre Stimme klang verhalten. »Und Henrietta kommt am Sonntag zum Mittagessen.«

»Herrje!«

»Genau. Ich hatte mich gefragt, ob Sie auch mit uns essen möchten, oder ob …« Sie verstummte.

»Nein«, gab Cordelia rasch zurück. »Henrietta würde das gar nicht schätzen. Aber danke für die Einladung – und für den Anruf. Ich kann Ihnen gar nicht sagen, wie gespannt ich war.«

»Kann ich mir vorstellen. Na, Jo kann jedenfalls kaum an sich halten.« Eine Pause. »Er war sogar damit einverstanden, dass Maria an seinem Geburtstagswochenende herkommt. Besonders begeistert ist er nicht, doch er ist so glücklich, dass er nicht ablehnen konnte. Hal hat ihn in einem schwachen Moment erwischt.«

»Oh nein!«

»Doch! Na, wahrscheinlich wird es ganz gut laufen. Ich hatte mich allerdings gefragt, ob Sie, während Maria hier ist, irgendwann vorbeikommen könnten, so als moralische Unterstützung.«

»Sehr gern. Ich kann es kaum erwarten, sie kennenzulernen.«

»Danke. So, ich muss Schluss machen. Jolyon kann jede Minute hereinkommen. Ich wollte Ihnen nur Bescheid geben.«

»Vielen, vielen Dank, dass Sie angerufen haben, Fliss! Ich freue mich so.«

»Ich mich auch. Es klingt, als wäre Henrietta ein ganz besonderer Mensch. Prue zieht ihm gerade alles aus der Nase, wie es nur eine Großmutter kann. Jedenfalls reden wir bald wieder. Bye.«

9. Kapitel

Fliss huschte wieder zurück in den Salon und sah, dass Prue es vollkommen aufgegeben hatte, so zu tun, als sähe sie fern, und sich auf dem Sofa zur Seite gedreht hatte, um Jolyon besser anschauen zu können. Er saß zusammengesunken und mit ausgestreckten Beinen, die Hunde zu seinen Füßen, da und richtete den Blick auf den flackernden Bildschirm. Lizzie hatte sich in einen Sessel gekuschelt und hatte eine aufgeschlagene Zeitschrift im Schoß liegen, obwohl sie gelegentlich zum Fernseher sah. Hal war vollkommen in seine Zeitung versunken.

»Ich finde, es war sehr aufmerksam, dass du noch einmal bei Henrietta vorbeigeschaut hast«, sagte Prue gerade. »Für die, die in solchen Zeiten zurückbleiben und nichts zu tun haben, außer zu grübeln, ist das grauenhaft. Sie muss sich so gefreut haben, dich zu sehen.«

Ziemlich zurückhaltend meinte Jolyon, er glaube schon, Henrietta sei froh über die Gesellschaft gewesen.

»Bestimmt vermisst sie die Kinder«, bemerkte Prue nachdenklich.

»Ja.« Der Scharfsinn seiner Großmutter verblüffte Jo so, dass er seine vorsichtige Haltung aufgab. »Sie sagt, das sei das Schlimmste.«

»Nun ja, kleine Kinder beschäftigen einen. Man hat keine Zeit, sich Gedanken über sich selbst zu machen. Und ihnen ist ziemlich gleich, was für einen Tag man hat. Verstehst du, sie interessieren sich nur dafür, wie es ihnen geht. Es ist solch eine Erleichterung, nicht über sich selbst nachdenken zu müssen, nicht wahr? Zu viel Zeit zum Grübeln kann sehr deprimierend wirken, außer, man hat eine außerordentlich hohe Meinung von sich selbst.«

Jo meinte, darüber habe er nicht wirklich nachgedacht, und wirkte erleichtert, als Hal den *Daily Telegraph* sinken ließ und einen Schlummertrunk vorschlug. Lizzie schüttelte den Kopf und sagte, sie werde nach oben gehen, zu Bett. Aber Prue strahlte ihn an und meinte, für einen kleinen Whisky sei sie gern zu haben. Hal stand auf und zwinkerte Fliss zu.

Sie war immer noch ärgerlich, weil er mit Marias Einladung einen so leichten Erfolg gehabt hatte, doch sie konnte nicht anders, als sein Lächeln zu erwidern. Sie fühlte sich zuversichtlicher in der Gewissheit, Cordelia auf ihrer Seite zu haben, und doch hielt sich die bohrende Besorgnis. Ihr wurde klar, dass sie Maria nicht gerade jetzt wieder in ihrem Familienleben haben wollte; nun, da Jolyon dabei war, sich als Fernsehmoderator einen Namen zu machen und Henrietta kennengelernt hatte. Warum sollte Maria, die ihn so unglücklich gemacht und sein Selbstbewusstsein zerstört hatte, plötzlich wieder hereinspazieren dürfen – gerade rechtzeitig, um die Früchte der harten Arbeit aller anderen zu ernten? Und wenn sie weiter Verwüstungen anrichtete?

Zerstreut küsste sie Lizzie, die zu Bett ging, und lächelte Jolyon zu, als er aufstand und erklärte, er gehe noch ein letztes Mal mit den Hunden spazieren. Pooter und Perks standen zögernd auf, reckten sich schwanzwedelnd und folgten ihm nach draußen.

»Ein sehr zufriedenstellender Tag«, meinte Prue glücklich, während Hal zufrieden seinen Whisky trank, und Fliss fühlte sich wieder einmal gereizt.

»Ich bin mir immer noch nicht sicher, ob es klug ist, Maria zu Jolyons Geburtstag kommen zu lassen«, hörte sie sich sagen. Sie sah, wie Prue ihr einen argwöhnischen Blick zuwarf und Hals

Miene zu einem leicht märtyrerhaften Ausdruck umschlug, der »Oh, nicht schon wieder« besagte. »Jedenfalls gehe ich nach oben. Ich will baden.«

Sie bückte sich, um Prues leicht mit Whisky parfümierten Kuss entgegenzunehmen, und hatte ein schlechtes Gewissen, da sie wusste, dass sie ihrer Schwiegermutter ihr Glück verdarb. Oben zog sie die Schlafzimmervorhänge zu, ging ins Bad, drehte die Wasserhähne auf und zog Pullover und Jeans aus.

Vielleicht hätte sie sich den Luxus nicht gestatten sollen, Cordelia von dem Ingwertopf zu erzählen; vielleicht hatte sie sich da gehen lassen. Jedenfalls hatte es all die alten Erinnerungen und den Groll wieder aufgerührt – und war vollkommen untypisch für sie gewesen. Selbst jetzt war sie sich nicht ganz schlüssig darüber, was sie dazu bewogen hatte, sich Cordelia anzuvertrauen. Normalerweise behielt sie so etwas für sich, statt emotionale Gespräche mit ihren Freundinnen zu führen, bei denen sie ihre Seele entblößte; und normalerweise konnte sie über das meiste mit Hal sprechen.

Fliss hüllte sich in ihren Bademantel. Das war natürlich das Problem. Zum ersten Mal waren sie sich nicht einig, was Maria anging. Hal und sie hatten immer auf derselben Seite gestanden; sogar, als Miles einen Job in Hongkong angenommen hatte, ohne sie zu fragen, und Maria beschlossen hatte, nach Salisbury zu ziehen, wodurch für Hal und Jolyon ein Familienleben fast unmöglich wurde. Selbst da waren Hal und sie sich darüber einig gewesen, dass sie durchhalten mussten, und hatten das Gefühl gehabt, beide weiter an ihren Ehen arbeiten zu müssen. Und während der ganzen Zeit hatte ihre heimliche Liebe zueinander sie gestützt.

»Was machen wir bloß, Fliss?«, hatte Hal sie einmal ziemlich verzweifelt gefragt. »Warum vergeuden wir unser Leben? Um Himmels willen, sind wir *verrückt*?«

»Nein«, hatte sie schnell zurückgegeben, »nicht verrückt. Nun ja, vielleicht …«

»Wie lieben uns«, hatte er eindringlich zurückgegeben. »Alles andere ist nicht wichtig.«

»Wir sind nicht allein auf der Welt. Andere Menschen sind auch von Bedeutung«, hatte sie gesagt. »Wir leben schließlich in keinem Vakuum.«

»Alle anderen sind mir egal«, hatte er wütend versetzt. »Jetzt sind wir an der Reihe …«

»Aber das stimmt doch nicht«, hatte sie gesagt. »Du liebst Jo und Ed. Und du hast Jo versprochen, stark zu bleiben. Du würdest es hassen, ein Wochenendvater zu sein, Hal. Nach Salisbury zu fahren, die beiden abzuholen, dich zu fragen, wo ihr bleiben sollt, wenn es in Strömen regnet, sie abends wieder an der Haustür abzuliefern oder mit ihnen in ein Hotel zu gehen und einen trostlosen, leeren Abend vor euch zu haben. Diese schreckliche Verlegenheit Maria gegenüber am Anfang und Ende jedes Besuchs und die Jungs unglücklich und unbehaglich. Ach, Hal, du würdest es hassen und sie auch.«

»Aber wird es auf lange Sicht etwas ausmachen?«, hatte er bitter gefragt. »Wir haben unsere Jugend geopfert, Fliss. Wir haben alles aufgegeben, es vergeudet. Und wofür? Maria verachtet mich und lehrt Ed das Gleiche. Was, wenn *sie mich* verlässt? Was ist dann mit Jolyon? Dann ist alles umsonst gewesen.«

Oh ja, dachte Fliss, prüfte das Wasser und drehte die Hähne zu, wir haben *ihnen* ihr Verhalten übel genommen, aber Hal und ich haben einander trotzdem unterstützt. Es hat uns einander sogar noch nähergebracht und uns geholfen, mit allem fertigzuwerden – und außerdem hatte ich damals noch Onkel Theo, mit dem ich reden konnte, wenn es richtig schlimm kam.

Sie erinnerte sich daran, wie sie einmal mit ihm über Groll gesprochen hatte. »Jedes Mal, wenn ich meine, mit ihm fertiggeworden zu sein«, hatte sie gesagt, »kehrt er so heftig wie nur je zurück. Ich wünschte, ich könnte vergeben und vergessen, aber es ist schrecklich, wie einem die Vergangenheit nachhängt.«

»Ich habe mich manchmal gefragt«, hatte er geantwortet, »ob Christus das meinte, als er sagte, wir müssten unseren Brüdern und Schwestern siebenmal siebzigmal vergeben. Dass es eher damit zu tun hat, dass man dieselbe Verletzung jedes Mal vergibt, wenn sie uns wieder verfolgt, statt damit, eine Abfolge von Sünden gegen uns zu verzeihen. Wenn man über die Vergangenheit nachdenkt, ist man weniger in der Lage, sich in Richtung Zukunft weiterzuentwickeln. Wir müssen lernen, Dinge loszulassen. Sie nicht tief in uns zu vergraben, sondern sie wirklich loszulassen und uns vertrauensvoll der Zukunft zu überlassen, großmütig und unbeirrbar.«

»Aber wie?«, hatte sie beinahe verzweifelt gefragt. »Wie ist das möglich?«

Er hatte lange geschwiegen. »Ich glaube, dass nur Gott Veränderungen wirklich möglich machen kann«, hatte er schließlich beinahe zögernd erklärt, »und nur, wenn wir es wollen. Gott wird uns an der Schwelle unserer Furcht entgegenkommen, aber wir sind zu beschäftigt damit zu glauben, dass er nicht ohne unser Herumbasteln und unsere Einmischung auskommt, um wirklich absolutes Vertrauen in ihn zu setzen. Wir sind nicht in der Lage, diese letzte Hingabe aufzubringen, die es uns möglich macht, für uns selbst zu sterben, um endlich und ein für alle Male durch ihn Gewissheit zu erlangen.«

Fliss nahm Handtücher von der beheizten Stange, häufte sie neben der Badewanne auf und stieg in das heiße, duftende Wasser.

Merkwürdig, dass Theo, Marinegeistlicher und Priester, nur so widerstrebend über seinen Glauben gesprochen hatte. Die Sache war die, dass er ihn gelebt hatte, und so hatte er eine viel stärkere Wirkung ausgeübt, als hätte er ihn gepredigt. Was er ihr wohl jetzt geraten hätte?

Sie summte einen Takt aus *How Do You Solve a Problem Like Maria?*, um sich aufzumuntern, und konzentrierte sich auf die Aussicht, Henrietta kennenzulernen. Töricht, sich vorzustellen, dass Maria Jolyon wirklich etwas anhaben konnte, nachdem er sich jetzt so etabliert hatte und so viel selbstbewusster war. Eine leise Stimme in ihrem Kopf meinte, dass Hal und sie vielleicht stärker in Gefahr schwebten als Jolyon, doch das war zu töricht, um es ernst zu nehmen, und sie griff nach der Seife und begann stattdessen, über Cordelia nachzudenken.

Unten saß Hal allein mit seinem Whisky in der Hand. Seine Mutter war zu Bett gegangen und war unterwegs kurz stehen geblieben, um ihn leicht zu küssen. »Ich bin mir sicher, dass alles gut wird«, hatte sie gesagt. »Nichts kann jetzt noch zwischen Fliss und dich kommen. Ihr liebt einander schon euer ganzes Leben.«

Merkwürdig, dass sie das sagte, obwohl es schon stimmte, dass er sich wegen Marias Besuch ein ganz klein wenig in der Defensive fühlte – aber mehr wegen des guten Jolyon statt wegen Fliss. Sicher, sie war gereizt, doch es wäre verrückt gewesen zu denken, sie müsse sich Sorgen machen. Auch das, was Ma gerade gesagt hatte, dass sie einander schon ihr ganzes Leben liebten, war wahr. Er konnte sich kaum an eine Zeit erinnern, in der Fliss nicht da gewesen wäre. Schon als Kinder war da diese besondere Verbindung zwischen ihnen gewesen.

Natürlich waren diese ersten paar Monate, als seine zwei jüngeren Cousinen Fliss und Susanna und der kleine Mole aus Kenia nach The Keep gekommen waren, eine schlimme Zeit gewesen. Ihre Eltern und ihr großer Bruder waren von den Mau-

Mau umgebracht worden. Man hatte ihm erklärt, er müsse sehr freundlich und sehr geduldig sein, und er hatte sich große Mühe gegeben, sich um sie zu kümmern.

Hal trank noch einmal von seinem Whisky und erinnerte sich an diese Ferien auf The Keep, zu denen er mit seiner Mutter und seiner Schwester Kit mit dem Zug aus Bristol heruntergekommen war. Die Ausflüge an den Strand und in die Moore. Und dann, Jahre später, der Triumph, als er seine Fahrprüfung bestanden hatte und die Jüngeren im Auto seiner Großmutter ausfahren konnte. Hal schmunzelte bei der Erinnerung, trank den Whisky aus und setzte sich auf seinem Sessel bequemer zurecht. Was für schöne Zeiten sie zusammen erlebt hatten! Mit dem leeren Glas in der Hand nickte er ein wenig ein und glitt zwischen Wachen und Träumen hin und her.

Er erinnerte sich an den ersten Ausflug, den sie, die fünf Cousins und Cousinen, ohne Begleitung eines Erwachsenen unternommen hatten. Seine Großmutter war nervös gewesen – all ihre kostbaren Enkelkinder unter seiner Obhut –, aber er war zuversichtlich gewesen. Fliss neben ihm auf dem Beifahrersitz, Mrs. Pooter zu ihren Füßen zusammengerollt und die anderen drei zusammen mit Mugwump auf dem Rücksitz zusammengequetscht, und im Kofferraum waren der Picknickkorb, die Decken, die Rounders-Schläger und die Tennisbälle ...

Herbst 1962

Nach nur einem Zwischenfall kommt die Picknickgesellschaft sicher am Haytor-Felsmassiv an. Auf den schmalen Straßen war ihnen ein Auto, das viel zu schnell fuhr, entgegengekommen, und der erschrockene Hal hatte das Steuer scharf herumreißen müssen und unterdrückt geflucht.

»Verdammter Idiot!«, murrt er – und wirft Fliss, die fast so schockiert darüber ist, Hal fluchen zu hören, wie über den Beinahe-Zusammenstoß, einen beschämten Blick zu.

Sie lächelt ihm zu und verbirgt ihren Schock, weil sie nicht zimperlich wirken will. »Er ist viel zu schnell gefahren«, versichert sie ihm, damit sein Selbstvertrauen nicht erschüttert wird. »Du hast so schnell reagiert.«

Die drei auf der Rückbank sortieren sich wieder, und Mugwump steckt den Kopf aus dem offenen Fenster.

»Immer mit der Ruhe«, meint Kit mit ihrer melodischen Stimme. »Die arme Sooz ist auf dem Boden gelandet.«

Fliss wirft einen nervösen Blick nach hinten, aber Susanna ist schon wieder auf den Sitz geklettert und stellt ihre übliche Frage. »Sind wir bald da?«

»Ganz bald«, erklärte Fliss während sie über ein Viehgitter rumpeln. »Es dauert nicht mehr lange. Halt dich fest.«

Als sie endlich das Moor erreichen, sieht Kit vergnügt über Moles Kopf hinweg nach draußen. Die verlassene Straße schlängelt sich zwischen hügeligem, mit Farn bewachsenem Moorland dahin, das in der Nachmittagssonne zu glühen scheint. An Gruppen von Stechginsterbüschen leuchten knallgelbe Blüten, deren aufregend süßer, nussiger Duft sanft durch die warme Luft zieht. Vom Wind niedergedrückte Dornenbäume, an denen bereits knallrote winterliche Beeren leuchten, bieten den grasenden Ponys, die sich jäh aufbäumen und davongaloppieren, als das Auto sich nähert, ihren sonnenfleckigen Schatten. Unerwartet kommt ein Schaf herangezockelt und überquert, ohne sich umzusehen, die Straße, sodass Hal in die Bremsen gehen muss, und als der Motor langsamer läuft und in den Leerlauf übergeht, hört Kit irgendwo hoch über ihnen eine Lerche singen.

»Kaninchen!«, flüstert sie Mugwump ins Ohr – und er reckt sich wieder nach dem offenen Fenster und winselt leise.

Hal parkt den Wagen neben den Haytor-Felsen, und sie breiten die Decken und den Korb auf dem federnden, von den Schafen kurz gehaltenen Gras aus, sehen sich um, lachen und recken sich und finden es ein wenig merkwürdig, ohne eines der älteren Familienmitglieder alle zusammen zu sein.

»Zuerst Tee?«, fragt Fliss, die das Gefühl hat, dass jemand die Verantwortung für den kulinarischen Teil der Expedition übernehmen muss. »Oder wollt ihr klettern? Was von beidem?«

»Klettern«, sagt Kit sofort. »Nach dem Tee sind wir zu satt, um auf etwas zu klettern.«

Sie sehen zu den grau geäderten Felsen auf, die sich zu seltsamen Umrissen türmen und steinerne Fäuste und Finger in den blassblauen Himmel zu recken scheinen; Inseln aus Granit in einem Meer aus ausgetrocknetem Farn.

»Kommt schon«, schreien Susanna und Mole. »Macht schon, Leute!«

Sie springen zwischen dem Farn umher, hüpfen auf die kleineren Felsbrocken, die herumliegen, und wieder herunter, rufen nach den Hunden, die schwanzwedelnd und mit der Nase am Boden herumlaufen.

»Sollte ich vielleicht beim Picknickkorb bleiben?«, schlägt Fliss unsicher vor. »Was meint ihr?«

»Nicht nötig«, gibt Hal ungeduldig zurück. »Alles ist vollkommen sicher. Keine Ponys in der Nähe. Wenn du dir Sorgen machst, schlag die Decken darüber. Lasst uns losgehen.«

»Ich bleibe hier«, erklärt Kit plötzlich. »Nein, wirklich. Ich möchte es so. Um die Wahrheit zu sagen, bin ich ein wenig erledigt, und die arme alte Mrs. Ooter-Pooter schafft es nie bis nach oben. Sie bleibt bei mir, was, du alte Dame? Braves Mädchen. Ehrlich, Fliss. Schau nicht so besorgt drein. Ich lege mich hier in die Sonne. Macht schon. Ich wette, ihr schafft es nicht in zehn Minuten nach oben. Ich stoppe eure Zeit.«

Sofort brechen sie auf. Die beiden Kleinen rennen voraus, und Mugwump folgt ihnen auf dem Fuß. Kit sieht ihnen ein paar Sekunden lang nach und lehnt sich dann zurück. Die Sonne scheint warm auf ihre geschlossenen Lider, sie lauscht den Feldlerchen, und ihre Finger spielen mit Mrs. Pooters Ohr. Sie vergisst, die anderen im Auge zu behalten, und nickt bald ein.

Hal schreitet kräftig aus. Er fühlt sich von Freude, Wohlbefinden und Stolz auf seine Leistung erfüllt und saugt die klare Luft tief in die Lunge. Das war ziemlich knapp, als dieser Esel von einem Fahrer ihn in eine Hecke gedrängt hat; aber im Großen und Ganzen hat er sich sehr gut geschlagen. Bei sich denkt er noch ein, zwei Sekunden zufrieden über die Fahrt nach und sieht dann zu Fliss hinunter, die beinahe rennen muss, um mit seinen langen Schritten mitzuhalten. In seinem Herzen spürt er eine neue Zärtlichkeit für sie. Er hat seine kleinen Verwandten immer gern gemocht, doch Fliss' treue Ergebenheit und Bewunderung haben ihr einen ganz besonderen Platz in seiner Zuneigung eingetragen. Letzten Samstagabend, als sie im Salon aufgetaucht war und in ihrem neuen Kleid schüchtern, aber aufgeregt gewirkt hatte, da hatte er ein fast schmerzhaftes Ziehen im Herzen empfunden. Fliss hatte so liebreizend, so verletzlich ausgesehen – und so anders mit der Hochsteckfrisur, die ihren schlanken Hals und die sprießenden, noch kaum wahrnehmbaren kleinen Brüste betont hatte ...

Er runzelt die Stirn, als der Anstieg steiler wird und loses Geröll unter seinen Füßen wegrutscht. Es erscheint undenkbar, dass die kleine Fliss zur Frau wird. Sie ist so zart und schmal und ihm so lieb und vertraut. Doch an diesem Abend kam sie ihm wie eine Fremde vor und schien von innen heraus zu leuchten und etwas Geheimnisvolles auszustrahlen, das nur sie kannte und das sie verwandelte. Er hatte sich merkwürdig gehemmt und ziemlich unbeholfen gefühlt und war froh gewesen, dass er Kit vom Kind zur Frau hatte heranwachsen sehen und daher ein wenig Erfahrung mit dieser jähen Verwandlung hatte. Kit scheint in der Lage zu sein, zwischen den beiden Sphären Kindheit und Frausein hin- und herzupendeln, sodass sie ihn manchmal ziemlich durcheinanderbringt. Aber Fliss' Anblick hat in ihm den Wunsch geweckt, sie zu beschützen – und noch ein anderes Gefühl. Er ist sich nicht sicher, ob es falsch ist, sich vom Anblick seiner eigenen Cousine erregt zu fühlen, und er hat ein schlechtes Gewissen und ist verwirrt über dieses unkontrollierbare Begehren, weil er die merkwürdige Vorstellung hat, dass Fliss möchte, dass er genauso empfindet. Und dabei, wie könnte sie? Sie ist so jung, so unschuldig – und seine Cousine.

»Hi!«, schreit Mole irgendwo über ihm, und Hal lehnt sich zurück und sieht zu den Felsen hoch, wo Mole und Susanna herumtanzen und winken. Hinter ihm kommt Fliss keuchend herauf, und er streckt die Hand aus, um sie hochzuziehen, neben sich. Sie lacht, ihr Gesicht ist rosig angelaufen, und ein paar Strähnen ihres glänzenden kornblonden Haares, die sich aus dem Zopf gelöst haben, wehen ihr ums Gesicht. Sie trägt eine alte Baumwollbluse, die einmal Kit gehört hat, und das verwaschene Blau spiegelt ihre Augenfarbe und schmeichelt ihrem warmen Hautton. Wieder spürt Hal das seltsame Ziehen in der Magengrube, als er auf sie hinuntersieht, und stellt sich vor, wie sich ihre Brüste an den Stoff ihrer Bluse drücken. Er sieht, wie ihre Miene umschlägt, obwohl sie sich immer noch an ihm festhält, und mit einem Mal will er sie küssen, weiß, dass sie möchte, dass er sie küsst, und er zieht sie enger an sich. Sein Herz pocht heftig und hämmert in seinen Ohren ...

Mit einem Hagel von kleinen Steinen taucht Susanna, die auf dem Hinterteil heruntergerutscht ist, neben ihnen auf und kreischt vor Freude und Ungeduld. »Kommt schon! Ach, jetzt kommt *endlich* weiter!«, schreit sie. »Vergesst nicht, Kit stoppt unsere Zeit. Mole ist schon oben.«

Eine Sekunde lang, in der Hal fast das Herz stehen bleibt, sehen sie einander noch an, und dann folgen sie Susanna das letzte steile Wegstück hinauf, dorthin, wo Mole schon hoch oben in der Herbstsonne wartet.

»Schaut doch«, sagt er. »Man kann kilometerweit sehen. Wie in der Bibel, als der Teufel Jesus in der Wüste versuchte und ihm alle Königreiche der Welt anbot, wenn er ihn verehren würde. So muss das ausgesehen haben, findet ihr nicht?«

»Ja«, sagt Hal nach kurzem Zögern. »Genauso.«

Ihm scheint das Atmen schwerzufallen, was nach diesem schnellen Aufstieg nicht erstaunlich ist, und er sieht Fliss, die schweigt, nicht an.

»Kit ist eingeschlafen«, erklärt Susanna betrübt. »Ich habe gewinkt und gewinkt. Jetzt hat sie unsere Zeit nicht gestoppt.«

»Mach dir keine Gedanken«, tröstet Hal sie. »Wir kommen bald wieder her.«

»Nach dem Tee?«, fragt Mole hoffnungsvoll.

»Vielleicht nicht nach dem Tee«, meint Hal ausweichend. Er wünscht, Fliss würde etwas sagen. Sie steht angespannt und reglos da und sieht über das Moor und die blaue, dunstige Ferne hinweg in Richtung Teignmouth hinaus, wo das silbrige Meer schimmert und glitzert. »Obwohl ihr gehen könntet, wenn ihr wollt, Sooz und du, und ich stoppe eure Zeit. Ich kann euch die ganze Zeit beobachten.«

Sie jubeln laut und rennen auf dem Weg, den sie gekommen sind, wieder hinunter, rutschen ab, schlittern davon und rufen einander etwas zu. Mugwump kommt aus dem abgestorbenen Farn geschossen, wo er interessanten Gerüchen nachgegangen ist, und stürmt hinter ihnen her.

Hal räuspert sich. »Es ist eine Manie der beiden, sich bei allem stoppen zu lassen«, erklärt er verlegen. »Ist dir aufgefallen, dass im Moment alles nach der Stoppuhr gehen muss? Fox hat damit angefangen und sie um das Wäldchen rennen lassen, aber inzwischen hat es sich auf fast alles andere ausgebreitet.«

Fliss nickt und sieht ihn immer noch nicht an, und er fragt sich, ob er alle Zeichen falsch verstanden hat und sie schockiert ist. Vielleicht hat er ihr Angst eingejagt.

»Fliss«, sagt er flehend. »Fliss ...«

Als sie sich zu ihm umdreht, steht eine so tiefe Liebe in ihrem Blick, dass es ihn bestürzt. Dann hat er also nicht alles falsch verstanden ... Sie ... liebt ...?

»Fliss«, beginnt er noch einmal – aber sie schüttelt den Kopf.

»Komm schon«, sagt sie – und ihre Stimme klingt hell und lebendig und perlend wie plätscherndes Wasser. »Sieh mal. Kit ist aufgewacht. Sie packt den Picknickkorb aus. Mole und Susanna sind schon fast da. Wer zuerst unten ist ...«

Schon ist sie fort, rennt zwischen den Felsen hindurch, poltert den Hang hinunter und lacht zu ihm zurück, wobei ihr Zopf ihr über die Schulter fällt. Verwirrt folgt er ihr, als hätte er die Kontrolle über die Situation verloren und Fliss hätte sie übernommen. Etwas ist passiert, aber er will verdammt sein, wenn er eine Ahnung hat, was, und er fühlt sich konfus und leicht gereizt. Er sieht die Szene unter sich: Seine Schwester kniet auf der Decke, die zwei kleineren Kinder laufen herbei, und die Hunde stehen wie immer im Weg – und alles vor dem Auto als Hintergrund. Der Anblick des Wagens schenkt ihm sein Selbstbewusstsein zurück, wie nichts anderes das vermocht hätte, und gibt ihm das Gefühl von Überlegenheit und Dominanz in dieser Familiengruppe wieder. Er ist der Älteste und für sie alle verantwortlich.

Er schlendert, die Hände in den Taschen, heran und wünscht sich, er hätte eine Zigarette, um noch reifer zu wirken, lächelt väterlich auf alle hunter und weicht Fliss' Blick aus.

»Tee fertig?«, fragt er. »Und was unternehmen wir danach? Eine Runde Rounders? Oder wollt ihr zwei noch einmal den Mount Everest erklettern?«

Er streckt sich locker und ungezwungen auf der Decke aus und verschränkt die Hände hinter dem Kopf, während die Mädchen um ihn herumwieseln und den Tee zurechtmachen. Susanna fällt quer über seinen Bauch, legt den Kopf an seine Brust und singt vor sich hin. Er kitzelt sie gutmütig, schiebt sie aber herunter, als Kit ihr einen Keks anbietet, wälzt sich auf die Seite und stützt sich auf einen Ellbogen. Fliss sitzt auf den Fersen und gießt stirnrunzelnd Tee aus der Thermoskanne ein, und mit einem Mal spürt er, dass es gut ist, jung und stark zu sein und gerade erst am Anfang zu stehen. Wie schrecklich es sein muss, richtig alt zu sein, wie Großmutter und Onkel Theo. Für sie war alles vorbei, und alle Leidenschaft war ausgebrannt. Er hatte diese Formulierung irgendwo gehört, und ihm war plötzlich aufgegangen, wie traurig das klang. Wie furchtbar es sein musste, wenn man keine Leidenschaft mehr empfinden konnte; nicht nur die Art, die durch hübsche Mädchen erweckt wurde, sondern auch die Leidenschaft fürs Autofahren, Tanzen, für Segelboote, Rennen …

Fliss reicht ihm eine Tasse Tee, und er grinst ihr zu, zwinkert verschwörerisch und zieht sie so in eine private Welt, die nur ihnen beiden gehört. Zu seiner Freude läuft ihre helle Haut rosig an, und sie presst die Lippen zusammen, als müsste sie sonst mit derselben überschäumenden Freude, die er fühlt, herauslachen.

»Also«, sagt er mit wieder vollkommen wiederhergestelltem Selbstbewusstsein, »nachher spielen wir Rounders, und dann könnt ihr beide noch einmal auf den Tor klettern, wenn wir Zeit haben. So. Dann ist das abgemacht. Wo bleiben denn nun die Sandwiches?«

Hals leeres Glas rollte ihm aus den Fingern, und mit einem Ruck wachte er auf. Er warf einen Blick auf seine Uhr und stand auf. Inzwischen würde Fliss im Bett liegen, aber noch nicht schlafen. Sein Traum hing ihm immer noch nach; die vierzig Jahre alten Erinnerungen standen ihm frisch und klar vor Augen, und er hätte Fliss am liebsten in die Arme genommen und an dieses lange vergangene Picknick erinnert. Hal stellte den Kaminschirm vor das Feuer und ging nach oben.

10. Kapitel

Henrietta lehnte sich aus dem Schlafzimmerfenster und betrachtete den Sonnenaufgang. Dicke goldene Sonnenstrahlen glitten rasch an den steilen Talhängen hinunter und berührten und vertrieben dichte grüne Schatten, die sich vor ihnen zurückzogen. Auf der anderen Seite des Tals rauschten und flatterten Vogelschwingen – sichtbar und dann wieder unsichtbar – zwischen undurchdringlicher Dunkelheit und grellen Lichtstrahlen. Und als plötzlich die Sonne über dem schwarzen Hügelkamm aufging, flammten die höchsten Baumkronen der Buchen in leuchtenden, strahlenden Farben auf. Die Luft war kühl und frisch, und überall um sie herum an den Sandsteinmauern glühte der wilde Wein dunkelrot.

»Ich hole dich am Sonntag ab«, hatte Jo erklärt, als sie am vergangenen Abend telefoniert hatten. »Es ist eine ziemlich lange Fahrt, und du musst die Hunde einfach mitbringen. Du kannst sie nicht den ganzen Tag allein lassen.«

»Ich bin mir sicher, dass ich die Fahrt schaffe«, hatte sie geantwortet. »Aber ich mache mir immer noch Gedanken darüber, die Hunde mitzunehmen.«

»Alle freuen sich darauf, sie zu sehen«, hatte er protestiert. »Ich habe es dir doch gesagt. Wir können sie zusammen mit unseren eigenen auf dem Hügel ausführen. Hör auf, dir deshalb den Kopf zu zerbrechen.«

»Zu wie vielen werdet ihr sein?«, hatte sie plötzlich mit einem unguten Gefühl gefragt.

»Einfach wie immer«, hatte er sie beruhigt. »Dad, Fliss und Granny. Und Lizzie. Fliss' Schwester Susanna und ihr Mann

Gus werden wahrscheinlich zum Tee vorbeikommen. Sie leben in der Nähe von Totnes und haben ein Grafik- und Designstudio in der Stadt. Sie sind wirklich lustig. Das ist alles. Nicht allzu einschüchternd, oder?«

Seine Stimme hatte einen scherzhaften Unterton gehabt, und mit einem Mal hatte sie gelacht. »Natürlich nicht. Ich mache mir viel mehr Gedanken wegen meiner Hunde als um deine Familie.«

»Ich bin gegen halb zehn bei dir«, hatte er bestimmt erklärt. »Wenn wir zusammen fahren, haben wir auch mehr Zeit miteinander.«

Dankbar hatte sie nachgegeben. Sie hatte sich nicht gerade auf die eineinhalbstündige Fahrt mit Rogers dickem Kombi gefreut, aber sie war immer noch vorsichtig für den Fall, dass Jolyon zu schnell zu viel als selbstverständlich ansehen könnte.

»Du bist so wählerisch«, hatte Susan einmal zu ihr gesagt. »Der eine ist zu aufdringlich und der andere zu reserviert. Es ist nicht gut, nach Perfektion zu suchen, weißt du.«

Henrietta erinnerte sich, wie sie sich verletzt gefühlt hatte, weil ausgerechnet Susan nicht verstand, dass ihre Vorsicht nicht einem Bedürfnis nach Vollkommenheit entsprang, sondern der Angst, einen Fehler zu machen, dem Horror vor einem Fehlurteil, das später vielleicht zu Problemen führen würde.

»Geben und Nehmen«, hatte Susan selbstbewusst erklärt, »das ist für Iain und mich das Wichtigste. Bei manchen Dingen muss man einfach vertrauen.«

Sie war oft neidisch auf die Beziehung der beiden gewesen: auf Susans Fähigkeit, ihre Familie und ihren Versandhandel für Vintage-Kleidung zu organisieren, während Iain nach New York, Paris oder Brüssel flog. Die beiden schienen in der Lage zu sein, das alles zu bewältigen – und trotzdem war ihnen das jetzt passiert.

Mit einem Mal erschauerte Henrietta, rieb sich die nackten Arme und wandte sich wieder ins Zimmer. Sie war so glücklich mit Susan, Iain und den Kindern gewesen, und das Leben war so sicher und so lustig gewesen. Jetzt war es zerstört, und nichts würde je wieder so sein wie vorher. Und doch konnte sie nicht ganz verzweifeln; eine spontane, aber eindringliche Erinnerung erfüllte sie mit bebender Freude. Nach ihrem Lunch im Pub, als sie mit den Hunden oben auf den Hügeln gewesen waren, hatte Jolyon den Arm um ihre Schultern gelegt. Sie hatten über Tacker gelacht und waren zusammen froh und ungezwungen gewesen, und Jos Geste hatte so natürlich, so tröstlich gewirkt – und doch so aufregend. Nach ein paar Sekunden hatte sie den Arm beiläufig um seine Taille gelegt, und so waren sie, miteinander verbunden, weitergegangen, bis Pan hechelnd einen Stock gebracht und Jolyon sich gebückt hatte, um ihn für ihn zu werfen. Ein Arm um die Schultern, das war vielleicht nicht viel, doch die Erinnerung wärmte sie von innen heraus. Henrietta griff nach ihrem Morgenmantel, schlang ihn fest um sich und ging nach unten, um Tee zu kochen.

Cordelia fuhr nach Kingsbridge hinein, fand eine Lücke auf dem Parkplatz oben an der Fore Street und schloss den Wagen ab. Sie kam an den meisten Freitagen in die Stadt. Ihr gefiel das rege Treiben am Markttag, und oft traf sie sich mit einer Freundin zum Mittagessen. Das war ihre »Dröhnung«, pflegte sie ihren Freunden zu erklären, ihre Art, nach tagelanger Einsamkeit wieder Kontakt zur Außenwelt aufzunehmen. Manchen von ihnen konnte sie nur schwer klarmachen, dass sie vollkommen glücklich damit war, nur das Meer als launischen Nachbarn zu haben, diese gewaltige, temperamentvolle Masse, die vor ihrer Haustür tobte, schmollte oder sich in der Sonne aalte.

Außerdem, dachte sie, wo sonst könnte ich so erfolgreich anonym bleiben oder mein Privatleben für mich behalten? Wenn ich in irgendeiner Art von Gemeinschaft lebte, wäre ich nie in der Lage gewesen, meine Beziehung zu Angus aufrechtzuerhalten.

Noch während ihr das durch den Sinn ging, erblickte sie ihn auf dem Gehweg gegenüber, wo er sich mit einem älteren Paar unterhielt, das ihr den Rücken zuwandte. Sie suchte für einen Moment seinen Blick und sah sich dann um. Vor dem Feinkostladen blieb sie stehen und beobachtete das Spiegelbild der drei im Schaufenster; sie lachten jetzt. Sie fragte sich, was er in Kingsbridge machte, und hoffte, dass er auf gut Glück gekommen war, in der Hoffnung, ihr vielleicht zu begegnen.

»Wir könnten uns doch verabreden«, hatte er kürzlich gesagt, als ihn seine Unerschütterlichkeit ausnahmsweise verlassen hatte. »Das ist verrückt. Wenn ich zu dir komme oder wenn wir uns zufällig sehen, trinken wir auch Kaffee zusammen. Was ist der Unterschied?«

»Ich weiß, dass ich verrückt bin«, hatte sie ihm in beschwichtigendem Ton zugestimmt. »Es ist nur so, wenn wir uns zufällig über den Weg laufen, fühle ich mich weniger schuldig. Vielleicht liegt es auch daran, dass meine Überraschung dann echt ist, und ich kann mich überzeugender verstellen.«

Er hatte verzweifelt den Kopf geschüttelt. »Sieh mal, wir sind jetzt beide frei. Meine Jungs würden dich gern öfter sehen. Sie wissen, wie gern Anne dich mochte, und ich bin mir sicher, dass es für sie vollkommen in Ordnung wäre, wenn wir uns treffen. Wahrscheinlich wären sie erleichtert zu wissen, dass ich nicht so oft allein bin.«

»Es ist wegen Henrietta«, hatte sie unglücklich gesagt. »Das weißt du doch. Wie soll ich ihr das denn sagen? ›Ach, übrigens, ich habe eine Affäre mit dem Mann, von dem dein Vater dir erzählt hat. Ja, Angus Radcliff, der Mann, der unsere Ehe zerstört hat.‹ Jedes Mal, wenn ich sie sehe, nehme ich mir vor, es ihr zu erzählen, und jedes Mal verlässt mich der Mut. Ich weiß, das ist armselig. Ich habe solche Angst, dass sie glaubt, wir hätten all diese Jahre eine Affäre gehabt. Und deine Söhne würden das vielleicht auch denken. Es ist noch zu früh.«

»Ich weiß«, hatte er resigniert geantwortet. »Ist schon in Ordnung. Ich bin mir sicher, dass der richtige Zeitpunkt kommen wird.«

Sie wusste, dass Angus die Heimlichtuerei hasste; sie passte so gar nicht zu ihm. Cordelia beobachtete sein Spiegelbild, als er sich ein wenig bückte, um etwas zu der älteren Dame zu sagen, die lachte und ihm voller Zuneigung eine Hand auf den Arm legte. Dann stellte sich jemand hinter Cordelia, und sie konnte Angus im Schaufenster nicht mehr erkennen.

Sie betrat das *Mangetout*, lächelte den Mädchen hinter der Theke zu und ging durch in das schmale Café. Sie ignorierte die Barhocker und ließ sich an einen Tisch am Ende nieder, wobei sie hoffte, dass sich niemand zu ihr setzen würde. Eine hochgewachsene Frau kam herein, blickte sich um und schob sich auf einen der Hocker. Zwei junge Frauen mit Kindern drängten sich um einen anderen Tisch; und in einer Ecke saß ein Mann und war tief versunken in seine Zeitung, die ihn halb verbarg.

Und dann war Angus da, sah sich ziemlich unbestimmt um und hob dann verblüfft die Hand zum Gruß. »Ja, hallo. Wie geht's dir? Kann ich mich zu dir setzen?« Und sie lächelten einander zu, und Angus setzte sich so, dass er dem Lokal den Rücken zuwandte und so einen kleinen privaten Raum für sie beide schuf. Trotzdem fühlte Cordelia sich merkwürdig unwohl, als würden sie beobachtet, obwohl niemand auf sie achtete, und sie war beinahe erleichtert, als Angus aufstand und sie wieder allein war.

Nachdem er gegangen war, stellte sich Cordelia in die Schlange vor der Theke und bezahlte Käse und ein paar andere Leckereien, als ihr jemand fest auf die Schulter tippte. Schnell sah sie sich um, doch da war niemand hinter ihr, nur ein Mann in einem dunkelblauen Pullover, der aus dem Laden eilte und auf der Fore Street verschwand. Verwirrt, aber mit einem entschuldigenden Lächeln an die Adresse der Verkäuferin drehte sie sich wieder zur Theke um, um ihr Wechselgeld entgegenzunehmen. Cordelia nickte der Frau zu, die neben ihr stand und geduldig darauf wartete, ihre Einkäufe zu bezahlen, und trat auf die Straße hinaus. Sie sah sich nach dem Mann im blauen Pullover um, aber sie entdeckte keine Spur von ihm und wandte sich hügelabwärts, zur Apotheke.

Erst als sie nach Hause gefahren war und ihre Einkäufe auspackte, entdeckte sie in ihrem Korb den kleinen Plüsch-Koala. Sie nahm das Spielzeug und starrte es an; es erwiderte ihren Blick aus seinen schwarzen Knopfaugen. Es war eindeutig nagelneu – das graue Fell war sauber und weich, und die Händchen und Füßchen aus schwarzem Leder waren gekrümmt, als klammerten sie sich an einen unsichtbaren Ast – und Cordelia fühlte sich merkwürdig beunruhigt.

Ein Kind musste es in ihren Korb gesteckt haben, vielleicht ein Kleinkind, im Spiel. Aber hätte es nicht geschrien, als ihm klar wurde, dass das Spielzeug davongetragen wurde? Natürlich könnte die Mutter das Kind mit sich gezogen haben, weil sie nicht wusste, warum es weinte, oder das Kind war abgelenkt worden und hatte es vergessen. Cordelia setzte den Koala auf den Tisch. Warum war er ihr nicht aufgefallen, als sie ihre Einkäufe daraufgelegt hatte? Das Spielzeug hatte ganz unten auf dem Boden ihres Korbs gelegen, gut versteckt unter dem Käse, und sie war sich ziemlich sicher, dass es nicht da gewesen war, als sie in dem Feinkostladen eingekauft hatte.

Cordelia zuckte mit den Schultern und begann, die Einkäufe wegzuräumen, aber das unbehagliche Gefühl begleitete sie weiter.

Bald rief sie Angus an.

»Hör mal«, sagte sie. » Ich weiß, das klingt jetzt vielleicht komisch, doch hast du vorhin zufällig etwas in meinen Einkaufskorb gelegt?«

»Nein.« Er klang verwirrt. »Was denn?«

»Also, als ich nach Hause kam, habe ich ein Stofftier, einen Koala, ganz unten unter meinen Einkäufen gefunden. Er scheint nagelneu zu sein.«

»Damit habe ich nichts zu tun. Vielleicht hast du ihn mit einer Ecke des Korbs aus einem Regal gestoßen, und er ist einfach hineingefallen?«

»Möglich.« Sie versuchte, daran zu glauben. »Vielleicht habe ich das ja.«

»Vergiss nicht, dass du nächsten Mittwoch zum Abendessen kommst, Dilly. Nicht dass du im letzten Moment kalte Füße bekommst.«

»Ach, Liebling, ich weiß nicht. Das wird so merkwürdig.«

»Du musst kommen«, beharrte er. »Du hast es versprochen. Es ist doch nur eine Einweihungsparty für die neue Wohnung. Jede Menge alter Freunde werden da sein, und es ist eine ganz ungezwungene Art, uns in der Öffentlichkeit zusammen zu zeigen. Es wird aussehen, als sähen wir uns nach langer Zeit zum ersten Mal wieder. Du hast es versprochen, Dilly.«

Sie seufzte. »Ich weiß. Ich komme, ehrlich.«

»Das solltest du lieber auch«, versetzte er finster.

»Warum hast du Hal und Fliss nicht eingeladen?«, fragte sie.

Er zögerte. »So eng war ich nie mit Hal befreundet«, erklärte er. »Vergiss nicht, er war mein Vorgesetzter und ist dann enorm hoch aufgestiegen. Und Fliss kenne ich gar nicht gut. Außerdem überlasse ich die beiden dir. Du kannst meine Einladung erwidern, und dann treffen wir uns alle bei dir. Ich schwöre dir, Dilly, das ist die beste Art, neu anzufangen. Viel besser, als würde Henrietta es von jemand anders erfahren. Das fordert Probleme nur so heraus. Als ich noch in Hampshire lebte, war das etwas ganz anderes, doch nachdem ich nur ein paar Kilometer entfernt von dir wohne, ist es viel gefährlicher.«

»Ich weiß. Du hast bestimmt recht. Es ist nur so, dass ich Angst habe.«

Sie hörte ihn lachen. »Willkommen im Klub.«

Der Koala schien sie zu beobachten, und ein leiser Schauer überlief sie. »Ich wünschte, du wärst hier.«

»Ich auch.« Er klang ziemlich verblüfft. »Aber du hast gesagt, du müsstest deinen Artikel zu Ende schreiben, und heute Abend wolltest du mit den Feriengästen von nebenan etwas trinken.«

»Mache ich auch«, gab sie schnell zurück. »Sie sind so nett, und sie fahren morgen nach Hause. Du fehlst mir nur. Außerdem kommt dich einer deiner Söhne über das Wochenende besuchen. Mir geht's gut, ehrlich. Ich mache mir nur Gedanken wegen dieses elenden Stofftiers. Ich kann mir einfach nicht vorstellen, wo es herkommt. Na, egal. Ein schönes Wochenende! Sehen wir uns am Montag?«

»Auf jeden Fall. Und erzähl mal, wie sich Henrietta mit Jo versteht.«

»Ja. Das heißt, falls sie mich anruft.«

»Wenn sie sich nicht meldet, tut Fliss es bestimmt.«

»Bestimmt. Bye, Liebling.«

Die schwarzen Knopfaugen des Koalas schienen ihr zu folgen, und Cordelia nahm ihn und legte ihn in eine Schublade. Sie zwang sich, wieder an ihre Arbeit zu denken: Sie wollte den Artikel zu Ende schreiben – er war fast komplett – und sich dann ein paar Notizen über die Idee machen, die ihr im Kopf herumging.

Sind wir die erste Generation, die das Bedürfnis hat, mit ihren Kindern befreundet zu sein? Sie fragte sich, wie es Henrietta ging und ob eine SMS oder ein Anruf aufdringlich wäre. Cordelia goss sich ein Glas Wasser ein, zog sich zusammen mit McGregor in ihr Arbeitszimmer zurück und schloss die Tür hinter sich.

Jolyon war mit Pooter und Perks draußen auf dem Hügel. Er folgte den von den Schafen ausgetretenen Wegen, die steil zum Fluss und zum Wäldchen führten. Die Hunde waren schon weit vorausgelaufen. Sie hatten einen Fasan aufgescheucht, und er hörte das empörte Krächzen, mit dem er hochschoss und Zuflucht in einer Schwarzdornhecke suchte. Der Nachmittag war warm. Die tief stehende, schräg einfallende Sonne glitzerte auf den hellen Stoppelfeldern auf der anderen Seite des Flusses; und über ihm zog eine Schar Schwalben auf dem Weg nach Süden ihre Bögen, schoss nach oben und unten und zwitscherte dabei hell.

Er konnte es kaum abwarten, Henrietta The Keep zu zeigen und mit ihr auf diesen Hügel zu gehen. Hier war sein Platz, in dieser alten Hügelfestung, wo seine Vorfahren The Keep aus den Steinen der alten Bastion gebaut hatten; hier gehörte er hin, und diesen Ort wollte er mit ihr teilen. Ein Teil von ihm war zuversichtlich und gewiss, dass er den einen Menschen gefunden hatte, mit dem er sich in einer Beziehung sicher fühlen könnte, doch ein anderer Teil warnte ihn davor, so ein großes Risiko einzugehen.

»Kopf und Herz«, hatte Fliss einmal bezüglich eines anderen Themas gesagt. »Dein Herz ruft: ›Ja! Ja! Geh und hol es dir!‹, aber dein Kopf sagt: ›Warte mal! Einen Moment. Bist du dir sicher?‹ Es ist so schwer zu entscheiden, was richtig ist.«

Und das Problem war, dass der ganze Umstand, dass seine

Mutter wieder auf der Bildfläche erschienen war, ihn wirklich aus dem Gleichgewicht brachte. Er war verärgert, weil sie zu seinem Geburtstag kommen würde, obwohl er diesen Tag in Wirklichkeit mit Henrietta verbringen wollte. Und er war auch ärgerlich auf sich selbst, da er wusste, dass er zu leicht nachgegeben hatte. Er konnte seinem Vater nicht wirklich einen Vorwurf machen – Dad versuchte einfach nur, freundlich zu sein. Doch Jo war böse, weil seine Mutter anscheinend das Gefühl hatte, einfach wieder in sein Leben hereinspazieren zu können, nachdem sie jetzt allein war. Konnte sie wirklich vergessen haben, wie sie ihn behandelt hatte?

Alle emotionalen Stürme, in deren Zentrum seine Mutter gestanden hatte, zogen sich wie eine Reihe von Wegweisern durch die Karte seiner Kindheit. Jeder wies den Weg zu dem Bruch am Ende, obwohl einige entscheidender gewesen waren als andere. Seit er Henrietta kannte, wirkten die Erinnerungen daran noch lebhafter als sonst. Jahrelang hatte er es fertiggebracht, sie mit Gewalt beiseitezuschieben, doch aus irgendeinem Grund kamen sie wieder an die Oberfläche. Zum Beispiel die Gelegenheit, bei der seine Mutter seine Pläne für The Keep verächtlich abgetan hatte, und der schreckliche Streit wegen Rex. Und das Eigenartige war, dass die Erinnerungen so frisch waren. Jo hatte sich eingebildet, über all das hinweg zu sein, dass er erwachsen war und alles lange hinter sich gelassen hatte. Es war verstörend, dass die Szenen sich in seinem Kopf so lebhaft abspielten.

Die Hunde hatten das Gehölz erreicht, und Pooters aufgeregtes Kläffen zerriss den schläfrigen Frieden des Herbstnachmittags und holte Jolyon aus der Vergangenheit zurück. Wahrscheinlich hatte sie ein Eichhörnchen gesehen und versuchte jetzt, ihm auf den Baum nachzuklettern. Nichts würde die unbezwingbare Pooter davon überzeugen, dass sie nicht klettern oder fliegen konnte.

Jo schob seine aufwühlenden Erinnerungen beiseite und rannte los, sprang über die letzten paar Meter des Weges und folgte den Hunden in das Wäldchen.

11. Kapitel

Kurz nach dem Mittagessen zündete Fliss in der Halle das erste Feuer des Jahres an. Sie war plötzlich zu dem Schluss gekommen, dass die Halle morgen für Henrietta warm und einladend sein sollte, und jetzt kniete Fliss auf der Kaminplatte aus Granit, baute auf dem riesigen, leeren Kaminrost einen kleinen Scheiterhaufen aus Anmachholz auf und setzte den Kaminanzünder unter das Gerüst aus Zweigen. In einer eigenen kleinen Nische in der großen Aussparung, die den Kamin beherbergte, stand ein großer Holzkorb, den Jolyon regelmäßig mit trockenen Scheiten füllte. Während Fliss darauf wartete, dass das Feuer anbrannte, setzte sie sich auf den kleinen Schemel, der in der anderen Nische gegenüber dem Holzkorb stand.

Fliss sah sich in der Halle um und konnte nicht entscheiden, ob sie ihr im Hochsommer am liebsten war, wenn sie kühl, schattig und friedlich war und die Tür zum Hof offen stand, oder tief im Winter, wenn an einem regnerischen Nachmittag die Vorhänge zugezogen waren und die Flammen in dem Kamin aus Granit loderten.

Die Kaminecke war wie ein Raum innerhalb eines größeren Raums. Auf der anderen Seite des niedrigen, langen Tisches standen zwei Sofas mit hoher Lehne, auf denen sich Kissen türmten. Am Ende dieses Tisches befand sich gegenüber dem Kamin ein tiefer, bequemer Sessel. Ein behaglicher Bereich innerhalb der weitläufigeren, zugigen Halle, und Fliss konnte sich an so viele glückliche Ereignisse erinnern, die hier stattgefunden hatten, und auch an unzählige viel einfachere, alltägliche Begebenheiten.

Früher hatten sie den Tee immer in der Halle eingenommen, und Fliss konnte leicht die Erinnerung an ihre Großmutter heraufbeschwören, daran, wie die *Times* neben ihr aufgeschlagen auf dem Sofa gelegen hatte, wie Großmutter Onkel Theo Tee eingoss oder eine Scheibe köstlichen Kuchen abschnitt.

Schwer zu glauben, dass sie, Fliss, nun die Großmutter war. Wie herrlich es wäre, wenn sich jetzt, in diesem Moment, die Tür öffnen würde und ihre achtjährige Enkelin Paula hereingerannt käme, gefolgt von ihrer Mutter Bess, neben der der kleine Timmy hertapsen würde. Oder der liebe Jamie, der die Tür aufreißen und »Hallo, jemand zu Hause?« rufen würde. Ach, wie sie alle ihr fehlten!

Vielleicht würde sie Susanna anrufen und mit ihr plaudern. Etwas tröstlicher Klatsch unter Schwestern über ihre Kinder und Enkel, die jetzt alle so weit von zu Hause weg lebten, würde ihr guttun. Gott sei Dank wohnten Susanna und Gus nur ein paar Kilometer entfernt und gehörten immer noch zur Familie.

Noch während sie aufstand, klingelte das Telefon, und Fliss wartete ein paar Sekunden und fragte sich, ob noch jemand es mitbekam und das Gespräch annehmen würde. Das Klingeln verstummte, und sie hörte Hal sprechen. War es der Ton seiner Stimme oder ein sechster Sinn, der sie sicher machte, dass Maria am anderen Ende der Leitung war? Die Tür, die von der Halle in den hinteren Teil des Hauses führte, stand offen, und Fliss konnte Hal lachen hören, auch wenn sie nicht verstand, was er sagte.

Leise ging sie auf die Küche zu, wo sie ihn vermutete, blieb in der Tür stehen und beobachtete ihn. Er lachte immer noch leise und wirkte vertieft, und Fliss wurde von dem inzwischen vertrauten unguten Gefühl ergriffen. Als er sich umdrehte, erblickte er sie, und seine Miene schlug so schnell um, dass Fliss vielleicht gelacht hätte, wenn sie in einer anderen Stimmung gewesen wäre. Sie zog die Augenbrauen hoch, als wollte sie ihm bedeuten: »Wer ist dran?« Aber statt mit den Lippen tonlos Antwort zu geben, wie er es normalerweise tat, zuckte er verlegen leicht mit den Schultern. Jetzt war Fliss entschlossen, die Küche nicht zu verlassen, trat an den Herd und setzte den Wasserkessel auf.

»Okay«, sagte Hal gerade fröhlich. »Ich denke darüber nach. Wenn mir etwas einfällt, gebe ich dir Bescheid. Grüß Ed schön von mir, wenn du ihn anrufst. Tolle Nachricht mit seinem neuen Job, was? Ja. Ja, mache ich. Bis dann.« Er drückte das Gespräch weg und legte das Telefon auf den Tisch. »Das war Maria«, erklärte er. »Sie fragt sich, was sich Jo vielleicht zum Geburtstag wünscht. Sie lässt dich grüßen.«

»Kann ich mir gut vorstellen, dass sie keine Ahnung hat, was sie ihm kaufen soll«, gab Fliss säuerlich zurück. Sie hasste sich selbst für ihre Bitterkeit, war aber nicht in der Lage, sie zu beherrschen. »Es wird lange her sein, seit sie sich damit abgegeben hat, darüber nachzudenken.«

Sie wandte ihm weiter den Rücken zu, da sie damit rechnete, dass er sie scharf anfahren würde, doch er sagte einen Moment lang nichts; und plötzlich spürte sie, wie er den Arm um ihre Schultern legte.

»Komm schon, Liebes«, bat er leise. »Können wir das nicht zusammen hinter uns bringen? Wir waren uns alle einig, dass sie über das Wochenende kommen kann …«

»Waren wir das? Ja, wahrscheinlich, obwohl ich finde, dass Jo wirklich durcheinander ist. Du weißt ganz genau, dass du ihn in einem schwachen Moment erwischt hast.«

Abrupt nahm Hal seinen Arm weg, doch bevor er etwas sagen konnte, stürmte Prue in die Küche.

»Jemand hat in der Halle den Kamin angezündet. Wie schön! Warst du das, Hal? Oh, und Fliss kocht Tee. Ich habe Jo draußen auf dem Hügel mit den Hunden gesehen, da wird er gleich eine Tasse gut gebrauchen können. Ich liebe das erste Feuer des Jahres, ihr nicht auch? Ich fragte mich allerdings, ob man mehr Holz auflegen müsste. Hal? Könntest du kommen und dich darum kümmern?«

Gemeinsam gingen sie hinaus. Fliss stellte das Teegeschirr auf ein Tablett. Sie war teils gereizt wegen der Unterbrechung und teils erleichtert. Seit Hal und sie geheiratet hatten, waren immer andere Menschen um sie gewesen: Prue, der kleine Sam, Jolyon, Lizzie. Hal und sie waren nie allein gewesen, obwohl das Haus so groß war, dass es jedem viel Privatsphäre ließ. Manchmal ärgerte sie sich über die Familie, doch sie war überzeugt davon, dass ihre ständige Anwesenheit oft törichte Emotionen in Schach hielt und dummen kleinen Streitigkeiten genug Zeit ließ, sich zu beruhigen, bevor sie sich zu ernsteren Auseinandersetzungen auswachsen konnten. Wenn Prue, Lizzie oder Jo da waren, fiel es schwer, sich längere Zeit anzuschweigen, zu schmollen oder gehässige Bemerkungen fallen zu lassen. Einige Freunde meinten, es sei unnatürlich und sogar ungesund, so eingeschränkt zu leben. Aber Fliss war überzeugt davon, dass die Wirkung eher eine zivilisierende war – und sie sah viele Vorteile: Prues exzentrische Weltsicht war sehr weise, und Lizzies, Jos und Sams jugendliche Energie heiterte sie auf.

Während sie darauf wartete, dass das Wasser im Kessel kochte, schlenderte Fliss zu der als Sitzplatz eingerichteten Fensterbank und setzte ein Knie auf das alte Patchwork-Kissen. Vor den zwei hohen Fenstern fiel der Hügel so steil ab, dass die Küche hoch in der Luft zu schweben schien. Unter sich konnte sie die ziehenden Schwalben erkennen, die über den kleinen, ordentlichen bunten Feldern kreisten, und dahinter die hohen schwarzen Konturen des Moors. Wie oft hatte sie als Kind hier gekniet und war sich des Hauses um sich herum bewusst gewesen, das so stark und sicher wie eine Festung war? The Keep war immer ein Zufluchtsort gewesen, und sie hatte sich in seinen Mauern stets beschützt gefühlt. Woher rührte jetzt nur dieses jähe Gefühl von Gefahr?

Der Kessel begann zu singen. Pooter und Perks stürmten vor Jolyon her in die Küche; er zog sich noch in der Spülküche die Gummistiefel aus. Sie hatten es eilig festzustellen, ob es vielleicht Hundekuchen für sie geben würde.

»Wartet«, sagte sie zu ihnen. »Gleich, sobald ich den Tee aufgebrüht habe. Wartet es einfach ab.«

Jolyon kam mit besorgter Miene herein, und sie lächelte ihm zu. »Ich habe gerade den Kamin in der Halle angezündet. Eigentlich ein Testlauf, damit es morgen für Henrietta schön warm ist. Wenn ein Feuer brennt, wirkt das immer so einladend, nicht wahr?«

Seine grüblerische Miene verflog, und er lächelte. »Ich glaube, sie ist nervös. Na ja, kann ich ihr nicht wirklich verübeln.«

»Niemand kann nervös sein, wenn Pooter und Perks um ihn herumwuseln«, meinte Fliss. »Und wir anderen werden uns zurückhalten und sehr gut benehmen.«

Er runzelte die Stirn, als hätte er mit einem Mal Angst, sich zu stark engagiert zu haben, zu viel aus diesem Besuch zu machen. »Es ist schließlich nur ein Mittagessen«, sagte er abwehrend.

»Natürlich«, gab Fliss unverbindlich zurück. »Nun, ich hoffe, sie bleibt auch zum Tee. Ich habe einen Kuchen gebacken. Wahrscheinlich kommen Susanna und Gus wie immer vorbei, doch ich bin mir sicher, dass Henrietta mit den beiden zurechtkommt. Um Gottes willen, gib den Hunden je einen Hundekuchen, bevor sie hier alles auseinandernehmen, und dann komm Tee trinken.«

Sie trug das Tablett durch den Flur und in die Halle. Das Feuer brannte kräftig, und die Scheite waren hoch aufgestapelt.

Prue räumte die Zeitungen und Bücher auf, die auf dem Tisch verstreut lagen, um Platz für das Tablett zu machen. Fliss sah, dass Hal ganz fröhlich wirkte. Falls ihre Bemerkungen von eben ihn aufgeregt hatten, ließ er sich nichts davon anmerken.

»Wir brauchen ein paar richtig dicke Holzscheite«, erklärte er. »Die hier sind so trocken, dass sie furchtbar schnell herunterbrennen. Heute Abend hole ich als Letztes einige feuchte, damit das Feuer über Nacht weiterbrennt.«

Fliss wusste, dass er erraten hatte, warum sie es angezündet hatte: dass sie Henrietta willkommen heißen und das Erlebnis zu etwas Besonderem für sie machen wollte. Sein Verständnis nahm ihr den Wind aus den Segeln. Trotzdem sah sie ihn nicht noch einmal an, sondern stellte das Tablett ab, beugte sich über den Tisch und schenkte Tee ein.

»Wo steckt denn Lizzie?«, fragte sie. »Doch bestimmt nicht mehr im Büro? Ah, da ist sie ja.«

Lizzie und Jolyon kamen mit Pooter und Perks herein, und Fliss spürte ein unverhältnismäßiges Gefühl von Erleichterung – als zerstreute Lizzies Anwesenheit diesen Gifthauch von Nervosität, der sie nicht verlassen wollte. Ihre unkomplizierte Art und natürliche Fröhlichkeit durchdrangen die Schatten der Vergangenheit, ließ die hellere, frischere Luft des gesunden Menschenverstandes ein und versetzte Fliss in die Lage, freier zu atmen.

Was ist bloß los mit mir?, dachte sie, goss noch Tee ein und sah entsetzt, dass ihre Hand zitterte.

»Sam hat mir einen Brief geschrieben«, sagte Lizzie gerade und ließ sich neben Prue nieder. »Ihm geht's gut. Er lässt alle lieb grüßen und fragt, ob Jolyon ihn am Wochenende, wenn er Ausgang hat, abholen kann. Er will mit seinem berühmten Cousin angeben.« Sie wedelte mit dem Brief. »Soll ich ihn euch vorlesen?«

Fliss saß auf dem kleinen Schemel, hatte ihre Tasse neben sich auf dem Boden abgestellt und umschlang ihre Knie. Sie beobachtete die Gesichter, als alle amüsiert und interessiert zuhörten, und fühlte sich beruhigt.

Lizzie blieb noch in der Halle, nachdem die anderen nach und nach verschwunden waren. Sie saß zusammengerollt auf dem Sofa und sah, Pooter und Perks zu ihren Füßen, ins Feuer. Nach acht Jahren bei den Chadwicks verstand sie sich darauf, den Puls der Familie zu spüren, und jetzt gerade fand sie, dass er ein wenig zu schnell schlug. Ihr war die Anspannung in Fliss' Schultern und Händen aufgefallen, als sie auf dem kleinen Schemel gesessen und Tee getrunken hatte. Lizzie war sich Hals entschlossener Fröhlichkeit und Prues Wachsamkeit bewusst gewesen und hatte die nervöse Aufregung, die wie in Wellen von Jo abstrahlte, beinahe fühlen können.

Nun ja, das war vollkommen einsehbar; Lizzie lächelte in sich hinein. Seit er Henrietta kennengelernt hatte, stand er vollkommen neben sich – was ein unangenehmer Aufenthaltsort sein konnte. Es bedeutete, dass er seine gewohnte Haut abgestreift hatte, sich selbst klarer sah und die eigenen Worte und Handlungen neuer und intensiver wahrnahm. Aber es steckte mehr dahinter. Da war auch der Umstand, dass seine Mutter mit einem Mal in sein Leben – in ihrer aller Leben – zurückkehrte, und das bereitete Probleme. Lizzie erinnerte sich noch daran, dass Jo, als sie damals nach The Keep gekommen war, nur zögernd über Maria gesprochen hatte. Erst nach und nach hatte Lizzie die Geschichte von Jo und seiner Mutter und der ganzen Familie Chadwick zusammensetzen können.

Und was für eine tragische Geschichte das war! Lizzie veränderte ihre Haltung und lächelte jetzt nicht mehr. Man konnte auch heute noch die Präsenz dieser Matriarchin, Freddy Chadwick, spüren – wahrscheinlich weil die Familie immer noch mit so viel Zuneigung und Respekt von ihr sprach. Freddy war zweiundzwanzig gewesen, als sie ihren Mann in der Skagerrakschlacht verloren hatte und mit ihren Zwillingen Peter und John, die erst ein paar Monate alt waren, allein zurückgeblieben war. Im nächsten Krieg war John als Mitglied eines Konvois gefallen und hatte Prue mit ihren dreijährigen Zwillingen zurückgelassen. Und dann, zwölf Jahre später, waren Peter, seine Frau Alison und ihr ältester Sohn Jamie von Terroristen der Mau-Mau ermordet worden.

Lizzie fragte sich, wie jemand solch schreckliche Verluste überleben konnte. Sie hatte sich oft vorzustellen versucht, wie ihre drei überlebenden Kinder, Fliss, Mole und Susanna, aus Kenia zu ihrer Großmutter nach The Keep zurückgekehrt waren und wie Freddy Chadwick mit ihrem furchtbaren Schmerz fertiggeworden sein mochte, während sie für sie sorgte. An diesem Punkt hatte Prue Freddy ihre Freundin Caroline vorgestellt, die als Nanny der Kinder nach The Keep gekommen war.

Vielleicht, dachte Lizzie, hatte ich damals das Gefühl, dass mein Platz auf The Keep war, weil sich das Muster dreißig Jahre später auf so eigenartige Weise wiederholt hatte. Sie hatte eine wichtige Rolle auszufüllen gehabt. Mole war von IRA-Terroristen ermordet worden, bevor sein Kind geboren wurde, und die Mutter des kleinen Sam, Lizzies beste Freundin, hatte sich geweigert, den Chadwicks von der Beziehung und dem Baby zu erzählen.

»Sie wissen nichts von mir«, hatte sie zu Lizzie gesagt. »Sie werden glauben, ich wollte mich bei ihnen einschleichen. Mole wäre mit mir hinuntergefahren, um sie kennenzulernen, wenn er gewollt hätte, aber er fand, er wäre zu alt für mich. Er konnte einfach nicht glauben, dass ich ihn wirklich geliebt habe. Doch er hat mich geliebt, das weiß ich, und das Baby sollte ihm helfen, sich zu binden, sich zu entscheiden ...«

Natürlich hatte Mole nicht gewusst, dass sie ein Kind von ihm erwartete. Ihre Beziehung war so heimlich und privat gewesen. Und dann war sie auch gestorben, bei einem Skiunfall in ihrem ersten Urlaub seit drei Jahren, dem ersten seit Sams Geburt. Lizzie hatte sich um ihn gekümmert. Damals hatte sie die Chadwicks kennengelernt, und Fliss hatte sie überredet, nach The Keep zu ziehen, um dort für Sam zu sorgen.

»Sie sind die Brücke zwischen Sams Vergangenheit und Zukunft«, hatte Fliss erklärt, »und ich habe das Gefühl, dass ohne Sie hier bei uns vielleicht alles zusammenbricht.«

Lizzie reckte sich vor, um noch ein Scheit auf das Feuer zu legen, und dachte zurück. Es hatte nicht viel gebraucht, um sie zu überreden, ihre Arbeit bei der Agentur und die kleine Wohnung, die sie sich nicht mehr leisten konnte, aufzugeben. Das Angebot war ihr wie ein Wunder vorgekommen. Natürlich hatten die Chadwicks nicht wirklich gehofft oder erwartet, dass sie blieb, nachdem der achtjährige Sam nach Herongate aufs Internat gegangen war, doch sie hatte bleiben wollen; sie liebte die Chadwicks. Und sie hatte bereits begonnen, bei Jolyons neuem Projekt mit ihm zusammenzuarbeiten. Eigentlich war sie diejenige, die es in Gang hielt, nachdem er mit seiner Arbeit als Fernsehmoderator begonnen hatte. Lizzie hatte den Betrieb langsam umgestellt; sie waren jetzt eher Zulieferer als Produzenten. Sie bezogen Biogemüse und Biofleisch für Hotels und Restaurants im Westcountry. Darauf war sie stolz. Lizzie genoss es, mit neuen Kunden zu reden und vor Ort Höfe zu suchen, die versuchten, Absatzquellen für ihre Bioprodukte zu finden. Ihre Freundinnen beneideten sie um ihre kleine Wohnung oben in dem Flügel, in dem die Kinderzimmer lagen, und darum, dass sie quer über den Stallhof zur Arbeit gehen konnte. Nein, noch würde sie die Chadwicks nicht verlassen – und außerdem würde sie dann den kleinen Sam schrecklich vermissen.

»Sie und Jo sind die Generation, die uns mit Sam verbindet«, erklärte Fliss ihr, »genau wie früher Prue und Caroline das Verbindungsglied zwischen uns und Großmutter waren. Wir alle brauchen Sie.«

Es machte Spaß, mit Jolyon nach Hampshire zu fahren, um Sam Rugby spielen zu sehen oder ihn zum Tee auszuführen. Und es war auch schön, jemand Gleichaltrigen zu haben, mit dem man in den Pub oder ins Kino in Dartington gehen oder ein Theaterstück in Plymouth ansehen konnte. Allerdings würde sich das jetzt, da es Henrietta gab, vielleicht ändern. Lizzie versuchte, sich vorzustellen, welche Gestalt diese Veränderung annehmen und wie sie sich auf sie auswirken könnte. Doch bevor sie diesen Gedanken weiterspinnen konnte, tauchte Prue noch einmal auf. Sie hatte ihre Brille verlegt, und Lizzie stand auf, um ihr beim Suchen zu helfen.

12. Kapitel

Mit einem tief empfundenen Seufzer der Erleichterung legte Maria das Telefon auf. Herrje, jetzt brauchte sie dringend einen Drink. Allein Hals Stimme zu hören war eine solche Erleichterung gewesen; einen Scherz mit ihm zu machen und in sein Lachen einzustimmen. Vielleicht war es ja doch keine so verrückte Idee, hinunter nach Devon zu ziehen.

Maria hätte nie geglaubt, so einsam sein zu können. Immer noch stellte sie fest, dass sie Tee für zwei kochte, viel zu viel Gemüse putzte und um drei Uhr morgens aufwachte – immer um drei – und erneut von Schmerz und Verlassenheit überwältigt wurde. Oh, diese langen, schrecklichen, von Dämonen erfüllten Stunden vor dem Morgengrauen und die kalte Leere in dem großen Bett! Sie stand dann auf und kochte sich Tee, aber sie fand keinen Trost. Die Stille erinnerte sie genauso stark an ihre Einsamkeit. Und selbst über Tag, sogar wenn Penelope und Philip in der Nähe waren, musste sie gesichts- und sinnlose Wüsteneien aus Unglück durchqueren, Stunden, die sich leer vor ihr erstreckten.

Endlich erkannte sie den Sinn darin, in einer Gemeinschaft zu leben, Familie und Freunde in der Nähe zu wissen. Deswegen waren die Chadwicks auch so fröhliche Menschen. Diese merkwürdige Zusammenwürfelung aller Altersgruppen unter einem großen Dach bedeutete, dass man niemals einsam oder deprimiert zu sein brauchte. Trotzdem war es sehr eigenartig, dass ausgerechnet sie plötzlich in der Lage war, eine Lebensweise zu schätzen, die sie früher einmal gehasst hatte.

Sie erinnerte sich an die gemeinen, verletzenden Bemerkungen, die sie Hal gegenüber über seine Familie gemacht hatte, und an ihre eigenen privaten Pläne, The Keep zu übernehmen und die alten Chadwicks vor die Tür zu setzen. Sie fragte sich, ob Hal sich auch noch daran erinnerte, und wurde unerwartet von heißer Verlegenheit überfallen.

»Findest du es nicht egoistisch von deiner Großmutter, weiter in diesem großen Haus zu leben?«, hatte sie Hal vor Jahren, kurz nach Eds Geburt, gefragt. »Ist es nicht Zeit, dass sie dir Platz macht? Unsere Familie wächst, und wir brauchen die Räume ...«

»Kein Wort mehr«, hatte er sie unterbrochen. »The Keep ist das Zuhause meiner Großmutter. Ihres und das von Onkel Theo. Ich würde sie nie hinauswerfen. Selbst wenn ich die Macht dazu hätte, würde ich das niemals tun. Und selbst wenn wir eines Tages dort einziehen, wird The Keep nicht allein uns gehören. Es gehört uns allen. So ist die Übereinkunft ...«

»Das ist doch lächerlich«, hatte sie wütend ausgerufen. »Warum sollten wir verpflichtet sein, eine Art Hotel für den Rest deiner Familie zu führen? Das ist dumm.«

»Es ist ungewöhnlich«, hatte er ihr beigepflichtet, »und sobald die Älteren nicht mehr da sind, funktioniert es vielleicht nicht länger. Es ist ein Ideal, dass wir alle an einem Strang ziehen, uns das Haus teilen und als Familie zusammenstehen.«

»Es klingt wie etwas von Walt Disney«, hatte sie verächtlich zurückgegeben. Und dann war Ed aufgewacht und hatte zu schreien begonnen, und sie war hinausgestürmt. Sie war so aufgebracht gewesen, dass sie ihre Mutter überredet hatte, mit Hal darüber zu sprechen, doch er war stur geblieben.

»Möchtest du wirklich dort leben?«, hatte ihre Mutter sie später gefragt. »Wenn The Keep unter diesen Bedingungen weitergegeben wird, sollten wir vielleicht noch einmal darüber nachdenken. Hal hat mir erklärt, selbst wenn es ihm gelänge, die

Treuhandbestimmungen anzufechten – was er gar nicht will –, würde euch das nichts nützen. Fliss' Vater war der älteste Sohn, und sie würde erben.«

»Also, eines sage ich dir«, hatte sie wütend zurückgegeben, »ich habe nicht vor, ein Hotel zu unterhalten. Wenn Hal glaubt, ich würde einziehen und als unbezahlte Haushälterin für seine Familie arbeiten, dann hat er sich geschnitten.«

»Wir wollen ja nicht, dass dein Erbe in irgendeinem Schmelztiegel verschwindet, der den Chadwicks zugutekommt, oder?«, hatte ihre Mutter nachdenklich gemeint. »Warum solltest du ein Familienhotel betreiben?«

Und dann hatte Maria sehr bedauernd darüber geredet, wie sehr Hal sich verändert habe, und sie hatte Adam erwähnt und wie gut er beruflich vorankam und dass seine Ehe nicht glücklich sei ...

Der Beginn des Keils, der in ihre eigene Ehe getrieben wurde ...

Maria schob die Erinnerungen beiseite. Es war zu unangenehm, darüber nachzudenken, wie bereitwillig sie ihre alte Beziehung zu Adam erneuert und ihn verführt hatte, um ihn von seiner leidigen Frau wegzulocken. Nein, da war es viel vernünftiger, sich auf ihren Besuch auf The Keep zu konzentrieren; viel wohltuender, über die Zukunft nachzudenken als über die Vergangenheit. Sie warf einen Blick auf ihre Armbanduhr. Es ging auf fünf zu. Ein wenig früh für einen Drink, aber sie brauchte einen – nur einen ganz kleinen, um ihre nächste Reise nach Devon zu feiern.

Am Sonntagmorgen lagen drei komplette Sets Kleidung auf Henriettas Bett, und ihr Haar stand in alle Richtungen ab. Sie schnappte sich ihr Handy, wählte und wartete. Es dauerte ein wenig, bis sich ihre Mutter meldete, und ihre Stimme klang eine Spur besorgt.

»Hallo, Schatz. Du bist ja früh auf.«

Sofort hatte Henrietta ein schlechtes Gewissen. »Habe ich dich etwa aus dem Bett geholt? Geht's dir gut?«

»Ja, natürlich. Nein, ich bin auf und frühstücke gerade.«

Henrietta schob den Verdacht beiseite, dass etwas nicht stimmte; dass in der Stimme ihrer Mutter die übliche Fröhlichkeit fehlte, der *Eifer*, mit dem sie normalerweise auf ihre Anrufe reagierte.

»Ich hatte nur etwas überlegt. Soll ich mich für dieses Mittagessen schick anziehen, oder ist es in Ordnung, lässig gekleidet zu sein? Was meinst du?«

»Leger ist vollkommen in Ordnung, denke ich. Nicht ungepflegt, aber auch nicht übertrieben. The Keep ist kein herrschaftliches Anwesen, verstehst du? Es ist ein bisschen schäbig und sehr gemütlich, und Hal und Fliss sind sehr entspannt.«

»Es ist nur, du weißt schon, es ist doch das Sonntagsessen.«

»Ja, aber das heißt nicht, dass sich alle dazu in Schale werfen. Es sind doch nur die Familie und du da, oder? Niemand sonst? Dann sieh dir an, was Jo trägt, wenn er kommt. Wenn du findest, dass du nicht dazu passt, kannst du dich noch umziehen. Dafür wird er Verständnis haben.«

»Okay. Danke ... Bist du dir sicher, dass es dir gut geht?«

»Natürlich. Ich grüble nur über einen neuen Artikel nach. Und meine Agentin hat mir vorgeschlagen, noch eine kurze Geschichte für die *Mail on Sunday* zu schreiben. Die letzte hat ihnen gut gefallen, was eine sehr gute Nachricht ist.«

»Also, das ist toll. Ich sag dir dann Bescheid, wie es gelaufen ist.«

»Mach das. Bye, Schatz.«

Henrietta starrte die Kleidungsauswahl auf dem Bett an. Vielleicht die Moleskin-Hosen mit dem hübschen Leinenhemd? Sollte sie sich dazu ihren geliebten Kaschmirpullover locker um die Schultern schlingen? Sie warf einen Blick auf ihre Armbanduhr, fluchte leise und begann, sich anzuziehen.

Zehn Minuten später kam Jolyon. Er trug Cordjeans und ein Rugby-Hemd und wirkte sehr entspannt. Sie eilte zur Tür, um zu öffnen, und bemerkte erleichtert seinen beifälligen Blick. Er lehnte den angebotenen Kaffee ab und fragte, ob sie abfahrbereit sei.

»Kommen wir dann nicht ein wenig früh an?« Die Nervosität ließ ihre Stimme scharf klingen. »Zu früh zum Mittagessen, meine ich?«

»Ich könnte dich ein bisschen herumführen, bis alle aus der Kirche zurück sind«, erklärte er. »Nur wir beide. Wäre das ein guter Plan? Ich dachte, das könnte Spaß machen.«

»Ja«, sagte sie dankbar und versuchte, ruhig zu bleiben. »Ja, das wäre es.«

Jo rief die Hunde und ermunterte die betagte Juno zum Aufstehen. »Hoch mit dir, altes Mädchen! Komm schon, Pan! Guter Junge. Tacker holen wir zuletzt. Unterwegs weiß ich eine schöne Stelle, wo wir sie laufen lassen können.«

»Gut.« Henrietta begann, Decken und Spielzeug zusammenzusuchen. »Ich habe schreckliche Angst, dass Tacker sich danebenbenimmt. Ich nehme jede Menge Sachen mit, auf denen er herumkauen kann.«

»Er kann bei uns in der Küche bleiben. Hör auf, dir Sorgen zu machen.«

Sie unterbrach sich und starrte ihn an. »In der Küche?«

Jo zuckte mit den Schultern. »Ich fürchte, ja. Der Bankettsaal ist wegen Renovierung geschlossen, und der Ballsaal hat Trockenfäule. Wir mussten sogar den Minnesängern kündigen.«

Sie lachte widerstrebend. »Es ist nur so, dass The Keep ziemlich großartig klingt, und dein Vater ist Sir Henry Chadwick und all das ...«

»Hör auf, in Panik zu verfallen, und warte ab, bis du es siehst. Ich fürchte, wir essen in der Küche. Es sei denn, es ist ein offizielles Dinner.«

»Was für eine Erleichterung! Ich fühle mich schon besser.«

Er legte den Arm um ihre Schultern und drückte sie kurz. »Du bist ein Dummerchen.«

Sie sah zu, wie er die Hunde in den hinteren Teil des Kombis bugsierte und Tacker hineinhob. Jo hatte recht, sie benahm sich schrecklich dumm. Schließlich war das nur ein ganz normaler Besuch bei Freunden zum Mittagessen, sagte sie sich. Aber als Jo sich aufrichtete und ihr zulächelte, wurde ihr klar, dass es viel, viel mehr als das war.

Sie fuhren auf den Hof, umrundeten den Rasen in der Mitte und parkten an der Garage, die in die alten Mauern des Torhauses hineingebaut war. Henrietta sah zu dem grauen Steingebäude auf. Der nüchterne, mit Zinnen besetzte Turm war beeindruckend, eigenartig, aber bemerkenswert.

»Wow!«, rief sie aus. »Ich meine, *wirklich* wow!«

Jo wirkte erfreut. »Ich will dich erst im Haus herumführen, und dann trinken wir Kaffee. Danach gehen wir mit allen Hunde auf den Hügel, damit sie einander kennenlernen können.«

Sie ließen Pan, Juno und Tacker, die ihnen durch das Fenster ängstlich nachsahen, im Auto, und Henrietta folgte Jolyon die Treppe hinauf und in die Halle.

»Fliss hat gestern den Kamin angezündet«, erklärte Jolyon. »Sie wollte, dass sie einladend wirkt. Im Winter halten wir uns oft hier auf.«

»Das kann ich mir gut vorstellen.« Henrietta sah sich um. »Es ist wunderschön. Ich liebe es. Herrje, wenn das nur die Halle ist, wie mag dann erst der Rest sein?«

»Komm, schau es dir an«, sagte er. »Nur ein schneller Rundgang, um ein Gefühl dafür zu bekommen.«

Sie ging mit ihm, warf Blicke durch Türen und versuchte, alles aufzunehmen. Ein schäbig-eleganter Salon, ein ziemlich steifes Esszimmer, ein beruhigend unordentlicher Raum, der die Verbindung zum Garten darstellte. Ein ziemlich dunkles und mit Büchern vollgestopftes Arbeitszimmer, in dem auf einem Ecktisch ein Computer stand, und eine große warme Küche mit einem mit Steinplatten gefliesten Boden und hohen Fenstern. Zwei rostbraune Hunde kletterten aus ihren Körben, die an dem Aga-Herd standen, und kamen auf sie zu, und Henrietta setzte ein Knie auf den Boden, um ihnen die Köpfe und das weiche Fell zu streicheln.

»Sind sie nicht hübsch?«, meinte sie. »Aber was für eine Rasse ist das bloß?«

Jo, der Kaffee kochte, zuckte mit den Schultern. »Das haben wir noch nie so genau gewusst. Border Collie, gekreuzt mit irgendeiner Art Spaniel, ist die allgemeine Vorstellung. Potter ist die Größere der beiden, und lass dich nicht täuschen, sie ist ein hinterlistiges, gieriges altes Miststück. Perks ist zivilisierter, nicht wahr, Perks? Komm. Wir gehen mit dem Kaffee in die Halle.«

Sie saßen auf einem der langen Sofas zusammen, und die Hunde lagen zufrieden vor dem Kamin. Henrietta lehnte sich mit ihrem Kaffeebecher in der Hand an Jolyons Schulter.

»Das ist ein erstaunliches Haus«, erklärte sie leise. »Aber ich möchte auch dein Torhaus sehen.«

»Das zeig ich dir später«, sagte er gelassen. »Sobald du die Familie kennengelernt hast. Sie werden bald aus der Kirche zurück sein. Und lass dich nicht von Granny täuschen. Sie ist genauso gerissen wie Pooter; sie stellt es nur geschickter an.«

Henrietta nippte an ihrem Kaffee. Es tat ihr gut, mit Jo zusammen zu sein. Es war merkwürdig, wie zuversichtlich sie sich bei ihm fühlte, wie sicher. Nur wenn sie allein war, stiegen all ihre Ängste und Zweifel wieder auf. Doch als sie einen Wagen in den Hof fahren hörte, gefolgt vom Knallen von Türen, ergriff die Nervosität sie erneut. Pooter und Perks waren schon aufgesprungen und liefen schwanzwedelnd zur Tür, und Henrietta setzte ihren Kaffeebecher auf dem Tisch ab und wartete.

Prue war die Erste. Sie redete noch weiter, während sie hereinkam, blieb kurz stehen, um die Hunde zu begrüßen, und kam dann auf Henrietta zu, die rasch aufstand.

»Ich habe mir durch das Autofenster Ihre Bande angesehen«, erklärte Prue. »Nur ein kurzer Blick. Ich finde den Welpen unwiderstehlich. Er ist so süß.«

Henrietta lächelte und murmelte etwas davon, sie alle auszuführen. Sie mochte diese Frau mit dem reizenden Gesicht und dem feinen Haar, die so viel Wärme und Freundlichkeit ausstrahlte, gleich gern.

»Das ist Henrietta, Granny«, sagte Jolyon gerade.

Die alte Dame streckte die Hand aus. »Ich bin Prue«, erklärte sie einfach. »Und hier kommt Hal, und das ist Fliss.«

Dankbar nahm Henrietta Prues Hand. Jos Großmutter hatte das Problem, wie Henrietta Admiral Sir Henry und Lady Chadwick anreden sollte, auf elegante Art und Weise gelöst.

»Es ist so nett, Sie endlich kennenzulernen«, sagte Hal. »Ist es nicht albern, dass wir Cordelia schon so lange kennen und *Sie* noch nie getroffen haben?«

»Na, jetzt kennen wir Sie ja«, meinte Fliss, »und darauf kommt es an. Ich muss mich umziehen und dann nach dem Mittagessen sehen. Warum holst du die drei Hunde nicht herein, Jo? Ich bin sicher, das läuft sehr gut.«

»Wir dachten, wir würden mit allen zusammen auf den Hügel gehen. Damit sie sich zum ersten Mal auf neutralem Boden begegnen. Das ist Lizzie, Henrietta.«

Eine hübsche blonde junge Frau war in die Halle getreten. Sie wirkte stark, tüchtig und gutmütig, und Henrietta schätzte sie auf Anfang dreißig.

»Ich hatte noch den Wagen weggestellt«, erklärte sie. »Hallo, Henrietta. Werden Sie immer Henrietta gerufen? Nie Hetty oder Hattie oder Henry?«

Über diese unerwartete Eröffnung lachte Henrietta. »Manchmal, aber nicht allgemein. In meiner Jahrgangsstufe in der Schule gab es noch eine Henrietta, und sie war schon immer Hetty genannt worden, sodass für mich nur Henrietta übrig blieb. Weil ich zusammen mit Susan in der Schule war, hat sie sich daran gewöhnt. Deswegen neigte auch bei der Arbeit nie jemand dazu, es abzukürzen.«

Ein kurzes, unbehagliches Schweigen trat ein, während sich alle fragten, ob sie über Susan sprechen sollten. Es wurde durch Hal gebrochen, der verkündete, er werde einen Drink nehmen.

»Möchte sonst noch jemand einen?«, wollte er wissen, und Prue erklärte, ein Sherry wäre vielleicht angenehm.

»Ja, bitte«, sagte Fliss, »aber ich bleibe bei Wein. Ich muss mich nur umziehen.«

Jo schlug vor, zuerst mit den Hunden zu gehen. Und während Henrietta noch überlegte, ob es nicht unhöflich wirken würde, wenn Jo und sie gleich hinausgingen, eilte Fliss schon die Treppe hinauf, und Lizzie war bereits in Richtung Küche verschwunden. »Bis später dann«, rief sie noch über die Schulter zurück.

Prue setzte sich an den Kamin und strahlte die beiden an. »Amüsiert euch gut«, sagte sie. »Geh mit, Pooter. Du wirst ein paar sehr nette neue Freunde kennenlernen. Lauf zu, Perks.«

Die vier gingen hinaus, und Henrietta ergriff Jos Arm und ließ ihn dann wieder los für den Fall, dass jemand sie beobachtete.

»Sie sind nett«, bemerkte sie.

»Natürlich sind sie das«, gab er zurück und hob die Heckklappe. »Habe ich dir doch gesagt. Jetzt lassen wir den Kampf beginnen.«

Pan sprang schnell heraus, während Juno vorsichtiger herauskletterte, Pooter und Perks ignorierte und den Hof zu erkunden begann. Der Welpe saß ganz still da und sah staunend die beiden rostbraunen Tiere an, die herüberkamen, um an ihm zu schnuppern.

»Er ist ziemlich überwältigt, der arme Kerl«, meinte Henrietta mitfühlend und beugte sich hinein, um ihn zu beruhigen. »Ist okay, Tacker. Sie tun dir nichts. Jetzt komm raus.«

Jolyon begann, die Hunde auf eine grün gestrichene Holztür zuzutreiben, die in die hohe Mauer eingelassen war. Henrietta folgte ihm langsam mit Tacker. Als sie durch die Tür und hinaus auf den Hügel trat, stockte ihr vor Freude der Atem. Warme Luftströmungen ließen Wolkenschatten über das grüne und goldene Schachbrettmuster des Landes rasen, das jenseits des Flusses lag. Ein Traktor bewegte sich nicht allzu schnell vorwärts. Der Pflug, den er zog, brach die fruchtbare rote Erde auf, und eine glitzernde Wolke aus silbrig-weißen Möwen folgte ihm. Die Hügel im Westen stiegen lila und bernsteinfarben gefleckt zum Hochmoor auf, dessen schwarzer ungleichmäßiger Umriss sich scharf vom blassen Himmel abhob.

Auf dem Weg unter ihr beobachtete Jolyon sie und freute sich mit ihr. Plötzlich begann sie zu rennen und sprang und schlitterte mit Tacker auf den Fersen die schmalen Schafspfade hinunter, bis sie Jo erreichte, der sie in den Armen auffing und eng an sich zog.

13. Kapitel

An diesem Abend war das Meer launisch; der auffrischende Wind peitschte es zu hohen Kämmen auf, und die Sonne, die in ihm ertrank, tauchte es in einen rotgoldenen Schein. Die einlaufende Flut krachte unterhalb des Cottages gegen die Klippen. Cordelia sah auf die gelbäugigen, von Gischt und Spritzwasser durchnässten Möwen hinunter, die sich arrogant auf den Wogen treiben ließen und furchtlos auf und ab wippten.

»Ich wollte Ihnen nur erzählen«, hatte Fliss vorhin gesagt, »dass der Tag gut gelaufen ist. Falls Sie sich das gefragt haben. Henrietta ist eine ganz, ganz Liebe, und wir sind alle gespannt und beten, dass Jolyon es nicht in den Sand setzt.«

»Armer Jo. Warum sollte er? Es ist genauso wahrscheinlich, dass Henrietta plötzlich kalte Füße bekommt. Normalerweise ist das so.«

»Jedenfalls schien sie uns zu mögen, und niemand hat etwas Peinliches von sich gegeben – obwohl ich gesehen habe, dass Prue sich bei einigen Gelegenheiten auf die Zunge gebissen hat. Zum Glück scheint Henrietta nichts davon bemerkt zu haben. Sie hat sich sehr gut benommen. Prue, meine ich. Hal hat ihr vorher gedroht und gesagt, sie dürfte Jo nicht mit unbedachten oder taktlosen Bemerkungen in Verlegenheit bringen. Wir hatten eine wunderschöne Zeit, und ich finde es schade, dass Sie nicht auch dabei sein konnten.«

»Ich freue mich so, dass Sie Henrietta nett finden. Und wirkten die beiden glücklich zusammen?«

»Sie sahen aus, als passten sie perfekt zusammen. Was für ein hübsches Mädchen sie ist! Und ich glaube, Lizzie und sie werden gute Freundinnen werden. Hoffen wir nur, dass Maria nicht dazwischenfunkt!«

»Könnte sie das denn? Könnte sie alles verderben?«

»Ich weiß es nicht. Jo war die letzten paar Tage ein wenig still, und ich bete nur darum, dass die Aussicht auf Marias Besuch die Vergangenheit nicht allzu sehr aufrührt, das ist alles. Erinnerungen sind eine komische Sache, nicht wahr?«

»Ja. Ja, das sind sie. Aber Maria hat doch sicher keine wirkliche Macht über ihn, oder? Sie sagten, seit fünfzehn Jahren hätte Maria sie alle und auch Jo kaum gesehen.«

»Das stimmt. Ich weiß, es klingt idiotisch, doch ich will sie einfach nicht in der Nähe haben. Nicht ausgerechnet, wenn bei Jo alles gut läuft.«

»Natürlich könnte es auch genau der richtige Zeitpunkt sein. Der Umstand, dass er sich in einer starken Position befindet und sich selbstbewusst fühlt, heißt, dass sie keine Macht über ihn haben wird.«

»Ich hoffe, Sie haben recht. Kommen Sie uns bald besuchen.«

»Gern.«

Cordelia war wieder nach draußen gegangen, um das Meer zu beobachten. Im Moment hatten sie den höchsten Wasserstand des Jahres, und Stürme waren vorhergesagt worden. Fliss' Anruf hatte sie beruhigt. Sie, Cordelia, war nicht die Einzige, die sich Gedanken machte und die unbedingt wollte, dass die beiden jungen Leute glücklich wurden. Wie wunderbar, wenn Henrietta jetzt anrufen, ihr von ihrem Tag erzählen und richtig mit ihr reden würde, so wie mit Susan oder einer ihrer anderen Freundinnen.

Rasch rief Cordelia sich zur Ordnung. Da war es wieder, dieses Bedürfnis, mit seinem Kind befreundet zu sein. Sie fragte sich, ob ihre eigene Mutter, diese stille, zurückhaltende Frau, tief in ihrem Inneren den glühenden Wunsch gespürt hatte, Anteil am Leben ihrer Tochter zu haben. Vielleicht hatte sie sich ebenfalls danach gesehnt zu wissen, was Cordelia dachte und fühlte, und war verletzt gewesen, weil sie sich ihr nicht anvertraut hatte, weil sie keinen Anteil an den persönlichsten, privaten Freuden ihres Kindes hatte haben dürfen.

Aber wie hätte ich ihr erzählen sollen, was ich wirklich für Angus empfand?, dachte Cordelia. Oder für Simon?

Und außerdem hatte ihre Mutter stets Distanz gewahrt. Sie war bereit gewesen, Cordelia bei Themen wie Kochen oder Babys zu raten, hatte jedoch unausgesprochen zum Ausdruck gebracht, dass sie jetzt erwachsen war und in der Lage sein sollte, allein zurechtzukommen. Sanft, aber bestimmt hatte sie sich zurückgezogen, mit einer Würde, die ihrer eigenen Beziehung zu Henrietta fehlte. Andererseits war ihre Mutter auch nicht von Schuldgefühlen zerfressen gewesen, gequält von der Gewissheit, dass sie mit einer einzigen Tat ihre Ehe und das Selbstbewusstsein ihrer Tochter zerstört hatte. Es war schwer, Würde an den Tag zu legen, wenn man ständig ein schlechtes Gewissen hatte.

Vielleicht hatte Angus ja recht: Sie sehnte sich danach, dass Henrietta sich bis über beide Ohren verliebte, damit sie selbst endlich vom Haken gelassen wurde. Henrietta wäre glücklich, ihr Vertrauen in die Liebe wiederhergestellt, und sie könnte vielleicht endlich nachvollziehen, warum ihre Mutter sich damals so verhalten hatte. Doch Letzteres wäre eine Zugabe.

»Bestimmt«, hatte Angus gemeint, »muss doch der Umstand, dass wir nach all der Zeit wieder zusammen sind, etwas über Beständigkeit aussagen, wenn schon nichts anderes.«

»So einfach ist das nicht«, hatte Cordelia zurückgegeben. »Sie würde wissen wollen, was du all diese Jahre für Anne empfunden hast. Henrietta konnte nicht verstehen, warum ich Simon geheiratet habe, obwohl ich in dich verliebt war. Und früher hat sie mich immer gefragt, warum du Anne geheiratet hast, obwohl du in mich verliebt warst. Ach, ich *weiß* ja, dass du ihr nie untreu warst, aber in Henriettas Augen kompliziert das *unsere* Beziehung, das musst du doch einsehen.«

»Wenn das ein Stück von Shakespeare oder ein Roman von Jane Austen wäre, würde sie das wunderbar romantisch finden«, hatte er erwidert.

»Wenn es um die eigenen Eltern geht, ist das etwas anderes«, hatte Cordelia zurückgegeben.

Und das war der Punkt, entschied sie. Vielleicht war es unmöglich, wirklich mit seinen eigenen Kindern befreundet zu sein. Zu viele Tabus standen im Weg.

Es wurde dunkel, das Glühen des Sonnenuntergangs verblasste, und ihre vorherige Niedergeschlagenheit kehrte zurück. Cordelia war mit einem Gefühl von Isolation aufgewacht. Bei der Aussicht auf die Zusammenkunft auf The Keep hatte sie sich stark als Außenseiterin gefühlt, und als Henrietta angerufen und sie gefragt hatte, was sie anziehen solle, hatte sie sich danach gesehnt, zu der Gruppe zu gehören. Cordelia hatte sich ins Gedächtnis gerufen, dass weder Fliss noch Hal, sondern Jo Henrietta zum Mittagessen eingeladen hatte und dass es keinen Grund gab, aus dem er die Einladung auf ihre Mutter hätte ausweiten sollen. Trotzdem hatte sie sich des kindischen Gefühls, ausgeschlossen zu sein, nicht erwehren können. Das Wissen, dass Angus glücklich mit seinem Sohn und seiner Familie beschäftigt war, hatte ihre eigene Einsamkeit nur noch betont.

Sie hatte sich gefragt, ob sie jemanden zum Mittagessen einladen könnte, aber all ihre Freundinnen würden mit ihren Ehemännern oder Familien zusammen sein. Es erinnerte sie an die Anfänge ihrer Zeit als Marinefrau, als Simon auf See und Henrietta ein kleines Kind gewesen war. Wie sie die Wochenenden gehasst hatte! Das waren Zeiten voll tödlicher Langeweile gewesen, während sich überall um sie herum normales Familienleben abspielte und Henrietta neidisch die anderen Kinder beobachtete, deren Väter mit ihnen in den Park oder an den Strand gingen.

»Warum kann Daddy nicht hier sein?«, pflegte sie zu fragen, und Cordelia erklärte ihr einmal mehr die Eigenheiten des Lebens bei der Armee.

Sie hasste Wochenenden immer noch und sorgte normalerweise dafür, dass sie – abgesehen von ihrer Arbeit – etwas zu tun hatte, auf das sie sich freuen konnte. Heute hatte sie in dieser Hinsicht nicht vorgesorgt, und schließlich ging sie mit McGregor stundenlang auf den Klippen spazieren, genoss den herrlichen Frühherbsttag und kam erschöpft wieder nach Hause.

Doch während des Spaziergangs hatte sie das eigenartige Empfinden gehabt, beobachtet zu werden; das gleiche Gefühl, als starrte ihr jemand Löcher in den Rücken, wie sie es im *Mangetout* gehabt hatte. Auf den Klippen waren noch andere Spaziergänger unterwegs gewesen, und die Vorstellung, sie werde verfolgt, war töricht. Dennoch hatte Cordelia das Gefühl nicht abschütteln können.

Inzwischen war es sehr kalt geworden. Der starke Wind fegte über den Gipfel der Klippe und heulte um den steinernen Balkon. Sie ging hinein, zündete die Kerzen an und zog die Vorhänge zu, um die Dunkelheit auszusperren.

Später lag Fliss wach, starrte ins Dunkel und lauschte dem Wind. Hal schlief tief und wandte ihr den Rücken zu, und sie fühlte sich durch seinen kräftigen Körper beruhigt und war sich seiner Wärme bewusst. Dennoch konnte sie einfach nicht schlafen. Vor ihrem inneren Auge spulte sich der Tag noch einmal ab: der erste Blick auf Henrietta, Jolyons Gesichtsausdruck, immer wenn er sie ansah; die Art, wie die beiden nach dem Tee zusammen davongefahren waren.

Während sie ihnen zum Abschied zuwinkten, hatte Hal einen Arm um sie gelegt. »Der gute Jo ist ein Glückspilz«, hatte er fröhlich gemeint. »Was für ein tolles Mädchen!«

Fliss hatte ihm beigepflichtet, denn sie freute sich auch für Jo – und nun, nachdem sie Henrietta kennengelernt hatte und sie so gern mochte, fühlte sie sich noch nervöser. Aber warum sollte sie so besorgt sein? Cordelia hatte recht, wenn sie meinte, jetzt sei genau der richtige Zeitpunkt für Jo, um zu zeigen, wie stark er geworden war. Den ganzen Tag über war er ruhig und selbstbewusst gewesen, obwohl seine Familie ihn umgeben hatte und Henrietta nervös gewesen war. Sie hatte darauf geachtet, ihre Gefühle für Jo nicht zu zeigen, aber ein- oder zweimal hatte Fliss gesehen, wie die beiden einen kurzen Blick wechselten, und ihr Herz war ihnen zugeflogen.

»Verschwendet keine Zeit!«, hätte sie ihnen am liebsten gesagt. »Seid glücklich!«

Vielleicht rührte diese Beklommenheit aus ihrer eigenen Erfahrung. Hal und sie hatten ihre Chance auf ein gemeinsames Glück nicht ergriffen, sondern sich von ihrer Familie auseinanderbringen lassen. Natürlich waren sie damals viel jünger gewesen – zu jung und unerfahren, um Prue und Großmutter Widerstand zu leisten, die sich in ihrer Ablehnung einig gewesen waren. In der Dunkelheit lächelte Fliss betrübt. Wie unschuldig und dumm sie gewesen waren! Und doch konnte sie sich kaum an eine Zeit erinnern, in der sie Hal nicht geliebt hatte. Damals, vor vielen Jahren, hatte sie auf ein Zeichen von ihm gewartet, auf etwas, das mehr war als die kurzen, vertraulichen Liebesbekundungen zwischen Cousin und Cousine. Sie hatte auf einen Beweis dafür gehofft, dass es ihm genauso ernst war wie ihr. Fliss hatte ihre Fantasie in die Zukunft schweifen lassen und sich endlose Variationen des Moments ausgedacht, in dem Hal sich ihr endlich erklären würde. Oh, die Qual junger Liebe …

Fliss schloss die Augen, schmiegte sich enger an Hals Rücken und schlief endlich ein.

Am Montag, kurz nach dem Mittagessen, rief Cordelia bei Henrietta an. Sie hatte den ganzen Vormittag geschwankt, war mit sich zurate gegangen und hatte den Anruf immer wieder aufgeschoben, weil sie sich fragte, ob Jolyon vielleicht noch bei Henrietta war. Sie wollte nichts unterbrechen.

»Ja und?«, sagte sie sich schließlich ärgerlich und mit den Nerven am Ende. »Wenn sie im Bett liegen, werden sie nicht ans Telefon gehen, und wenn nicht …«

Die Antwort war klar: Sie wollte einfach nicht den Eindruck erwecken, eine neugierige Mutter zu sein, die sorgfältig formulierte Fragen stellte. Stattdessen drückte sie sich im Cottage herum, sortierte Papiere, klappte Nachschlagewerke zu und stellte sie weg und beendete das Kreuzworträtsel, während McGregor ihr ab und zu einen mitfühlenden Blick zuwarf. Und dabei wuchs ihre Entschlossenheit: Heute würde sie Henrietta anrufen und ihr von Angus' Party erzählen.

Sie beschloss, es ganz locker anzugehen.

»Du wirst nie erraten, wer gerade wieder nach Dartmouth gezogen ist.«

Nein, nein, warnte die Stimme in ihrem Kopf, das ist ein wenig zu unredlich, fast, als würdest du erwarten, dass Henrietta sich darüber freut.

Vielleicht etwas beiläufiger. »Übrigens, ich bin am Mittwoch zu einer Party eingeladen. Angus Radcliff. Erinnerst du dich an ihn?«

Nein, das ging gar nicht! Viel zu taktlos. Wie in aller Welt sollte Henrietta ihn vergessen haben? Nein, sie musste bestimmt, direkt und beinahe gleichgültig klingen.

»Übrigens gehe ich Mittwochabend auf eine Party. Angus Radcliff ist nach Dartmouth gezogen und gibt ein Einweihungsfest. Viele alte Freunde kommen auch. Das wird sicher lustig.«

Die innere Stimme schwieg, und Cordelia probte die Sätze ein- und zweimal. Sie schienen den richtigen Ton zu treffen. Schließlich bat sie Henrietta nicht um Erlaubnis oder Bestätigung; sie erzählte ihr sozusagen *en passant* davon. Sie musste es beiläufig in das Gespräch einfließen lassen – was ein Problem für sich war. Im Moment hätte sie nichts zu sagen gewusst, das sich nicht auf Jo bezog. Und damit war sie wieder bei der Frage, ob ein Anruf überhaupt taktvoll wäre.

Ärgerlich darüber, dass sich ihre Gedanken im Kreis drehten, ging sie zurück an ihren Schreibtisch. Sie würde um zwei Uhr anrufen; jetzt musste sie arbeiten. Ihr Handy begann zu klingeln, und sie griff danach.

»Hallo, Dilly«, sagte Angus.

»Hi«, antwortete sie. »Wie wunderbar, eine menschliche Stimme zu hören.«

»Gibt es denn noch andere?«, erkundigte er sich.

»Die in meinem Kopf zum Beispiel«, gab sie finster zurück. »Und ich versichere dir, sie hat nichts Menschliches an sich. Ich glaube, ich werde verrückt.«

Er lachte leise. »Armer Liebling. Was erzählt sie denn heute Morgen?«

»Sie verspottet und verhöhnt mich. Sie sagt mir, dass ich eine Lügnerin und Betrügerin bin.«

»Ach, herrje. Das klingt übel.«

»Es ist jedenfalls unbequem. Sie kommt der Wahrheit näher, als mir lieb ist. Ich habe beschlossen, Henrietta anzurufen und ihr zu erzählen, dass ich zu deiner Party gehe.«

Ein kurzes, verblüfftes Schweigen antwortete ihr. »Aber das ist ja fantastisch, Dilly!«

»Ja, das ist es. Ich fühle mich sehr tapfer und tugendhaft – nur, dass ich jetzt versuche, zu einem Schluss darüber zu kommen, wie bald ich sie anrufen kann.«

»Wie bald?«

»Na ja, für den Fall, dass Jo noch dort ist, verstehst du? Ich kann es nicht ertragen, wenn ich aussehe wie eine neugierige, lüsterne Mutter, die herauszufinden versucht, ob die beiden die Nacht zusammen verbracht haben.«

Er schüttete sich vor Lachen aus. »Obwohl du es bist?«

»Klar möchte ich es wissen; einfach nur, weil ich mir wünsche, dass sie sich gut verstehen und glücklich sind. Und ich möchte sichergehen, dass Henrietta nicht schon wieder kalte Füße bekommt. ›Dad und du, ihr müsst auch gedacht haben, ihr wärt verliebt‹, hat sie einmal zu mir gesagt, ›und sieh dir an, wie das ausgegangen ist.‹ Sie fürchtet sich davor, ihren Gefühlen zu trauen.«

»Ich finde, du bist ein wenig überempfindlich, was diesen Anruf angeht.«

»Ich *weiß* ja«, rief sie gereizt aus, »Aber heute ist der Morgen nach einem bedeutenden Tag. Sie war auf The Keep und hat die Familie kennengelernt, und es ist ein wenig schwer, das zu ignorieren.« Sie atmete tief durch, um ruhiger zu werden. »Fliss hat gestern Abend angerufen. Sie meinte, es sei sehr gut gelaufen.«

»Das ist doch wunderbar.«

»Du brauchst nicht diesen begütigenden Ton anzuschlagen. Jetzt geht es mir gut.«

»Großartig.«

Sie wusste, dass er grinste; sie hörte es an seiner Stimme. Cordelia lächelte ebenfalls. »Ich rufe sie um zwei Uhr an, und dann melde ich mich bei dir. Sieh zu, dass du da bist.«

»Oh, das werde ich. Arbeitest du gerade?«

Cordelia schnaubte wegwerfend. »Machst du Witze? Ich habe

zwei Kommata gesetzt und sie wieder herausgenommen. Das ist so ungefähr mein Arbeitsergebnis von heute Vormittag.«

»Wann sehe ich dich?«

»Am Mittwoch, bei deiner elenden Party.«

»Schön.«

Irrationalerweise fühlte Cordelia sich verletzt, weil er ihre scharfe Antwort so bereitwillig akzeptiert hatte. Er hatte nicht angeboten, später vorbeizukommen. Sie runzelte die Stirn. »Und jetzt muss ich wirklich arbeiten.«

»Ruf mich an, wenn du mit Henrietta gesprochen hast. Bye, Dilly.«

Verärgert starrte sie auf den Computerbildschirm und sah auf die kleine Uhr unten rechts: zwölf Uhr dreiundvierzig. Sie konnte aufgeben, oder sie konnte sich zwingen, wenigstens einen Satz zu schreiben. Die Erfahrung hatte sie gelehrt, dass sie sich viel besser fühlen würde, wenn sie mindestens einen ganz kurzen Satz zusammenbrachte. Bewusst konzentrierte sie sich.

Sind wir die erste Generation, die das Bedürfnis hat, mit ihren Kindern befreundet zu sein?

Eine Stunde später warf sie einen Blick auf die Uhr und griff spontan nach dem Handy. Eine elektronische Stimme informierte sie schließlich darüber, dass Henrietta momentan nicht zu erreichen war. Cordelia fluchte leise, aber ausführlich, und ging in die Küche, um sich etwas zum Mittagessen zurechtzumachen.

14. Kapitel

Die Dorfstraße lag leer und heiß im nachmittäglichen Sonnenschein. Die Hände in den Taschen, schlenderte Henrietta langsam einher und genoss die Wärme der Sonne. Auf beiden Straßenseiten schienen die Reihen der Cottages in sich zusammengesunken zu sein und dösten unter ihren Reetdächern. Rosafarbene Sandsteinwände waren kreuz und quer mit Spalieren bedeckt, an denen Clematis und Geißblatt rankten. Es war so still, dass sie eine mit Nektar beladene Biene summen hörte, die unter den pastellfarbenen Japanischen Anemonen bei der Arbeit war. Goldene, gelbe und orangefarbene Kapuzinerkresse quoll über Türschwellen und gepflasterte Wege, kletterte an sandigen Böschungen hinauf und fiel in Kaskaden über Mauern. In einem kleinen Gemüsebeet wuchsen Chrysanthemen und Dahlien zwischen hohen Stangenbohnen, deren späte rote Blüten über hellen Bambusstangen hingen.

Am Ortsrand gabelte sich die Straße; die linke Abzweigung führte an der Kirche vorbei und aus dem Dorf, aber Henrietta ging auf dem schmaleren Weg weiter, der sie hinunter zur Farm brachte. Hier wuchsen an den Straßengräben überall schmalblättrige Weidenröschen in dichten Matten. Ihre Blüten hatten sich in flaumige weiße Samen verwandelt, und die Blätter leuchteten in einem herrlichen, lebhaften Rot. Ein Kaninchen kam aus dem Graben geschossen und schlüpfte unter den Stangen des Gitters hindurch ins Feld, und seine weiß aufblitzende Blume hüpfte auf und ab, als es den grasbewachsenen Hang hinunterflüchtete. Die Arme verschränkt und das Kinn auf die Handgelenke gelegt, lehnte sich Henrietta auf das Tor, und die ganze Zeit über dachte sie an Jolyon. Gesprächsfetzen, Bilder von Dingen, die sie gesehen hatte, kleine Szenen – alles wetteiferte um einen Platz in ihrem Kopf. Und unter diesen Empfindungen lag ein heimliches, unerschütterliches Kontinuum von Glück, das allem um sie herum zusätzlich Farbe verlieh. Sogar die allgegenwärtige Stimme ihres Zynismus wurde durch dieses außerordentliche Gefühl von Wohlbehagen gedämpft.

Während sie sich auf das Tor lehnte, prüfte sie ihre Gefühle und versuchte, Jolyon so zu betrachten, wie ihre Freunde ihn vielleicht sehen würden. Das war schwierig, weil sie ihn durch seine Tätigkeit als Fernsehmoderator schon kannten und all ihre Freundinnen für ihn schwärmten. Vielleicht war es gut, dass sie nicht in London war. So, wie sie ihn mit seiner Familie erlebt hatte – entspannt, amüsant, freundlich –, hätte man sich fragen können, ob er nicht ein wenig zu gut war, um wahr zu sein. Allerdings hatte sie auch eine andere Seite seines Charakters gesehen, die zeigte, dass er durchaus zu Zorn und Groll in der Lage war.

»Meine Mutter kommt zu meinem Geburtstag«, hatte er auf der Heimfahrt gesagt, als sie über zukünftige Treffen gesprochen hatten.

Mit einem Seitenblick hatte sie gesehen, dass er bitter den Mund verzogen hatte, und einen kurzen Anflug von Mitgefühl gespürt.

»Dann war das nicht deine Idee?«, hatte sie gefragt, und er hatte ihr ein wenig mehr über seine Kindheit erzählt und erklärt, er finde es schwer zu akzeptieren, dass seine Mutter davon ausging, einfach wieder in sein Leben hineinspazieren zu können, nachdem sie jetzt allein war.

Irgendwie fiel es ihnen auf dieser Autofahrt im Halbdunkel einfacher, über die persönlichen Seiten ihres Lebens zu sprechen, bestimmte Ängste einzugestehen und Sorgen zur Sprache zu bringen. All das wäre viel peinlicher gewesen, wenn sie einander ins Gesicht gesehen hätten.

Sobald sie zurück waren, zündete Jo den Holzofen an.

»Ich habe ihn eigentlich noch gar nicht gebraucht«, sagte sie, während sie zusah, wie er das Anmachholz anfachte.

»Das wirst du aber«, erwiderte er und setzte sich auf die Fersen. »Jedenfalls heitert ein Feuer die ganze Umgebung auf.«

Er blieb zum Essen, und danach häufte er noch Scheite aufs Feuer, und sie saßen zusammen auf dem Sofa und sahen in die Flammen. Sie hatten so viel zu bereden; Filme, Bücher, Freunde. Die Zeit verging schrecklich schnell, obwohl Henrietta die ganze Zeit über hoffte, dass er nicht bemerkte, wie schnell. Sie wollte nicht, dass er ging, noch nicht.

»Verbringst du eigentlich viel Zeit allein im Torhaus?«, fragte sie. Sie schwang die Beine über seine Knie und lehnte sich an ihn, und automatisch schlang er den Arm um sie, um sie an sich zu ziehen. »Isst du auch allein?«

Ein kurzes Schweigen trat ein, und sie wusste, dass er darüber nachdachte und überlegte, ob er vielleicht unwillentlich einen falschen Eindruck vermittelt hatte, nämlich den, eine Art Einzelgänger zu sein. Ein unreifer Mann, der sich nicht von seiner Familie lösen konnte.

»Nicht oft«, antwortete er. »Kommt mir verrückt vor, allein dazusitzen, wenn alle anderen gleich auf der anderen Seite des Hofs sind. Manchmal schon, wenn ich einen Film ansehen will oder so etwas, doch ich bin es gewohnt, andere Menschen um mich zu haben, verstehst du? Zu Mittag esse ich vielleicht mit Fliss und Dad, und mit Sam, wenn er aus dem Internat zu Hause ist. Oder mit Lizzie und Granny. Oder einer anderen Variation desselben Themas. So läuft das Leben auf The Keep, und mir gefällt das ganz gut.«

Sie wusste, dass er wahrheitsgemäß geantwortet hatte und

sich jetzt fragte, ob er sie abgeschreckt hatte. Henrietta beeilte sich, ihn zu beruhigen.

»Ich weiß genau, was du meinst. In London ist es genauso. Jedenfalls war es das. In der Küche waren immer Menschen, aber nicht immer dieselben. Vielleicht die Kinder, Iain und ich, oder Susan und ein paar Leute von unten, die Tee kochten, doch mir gefiel es so.«

Sein Arm legte sich fester um sie, und sie spürte seine Erleichterung. »Manchmal ist es nett, allein zu sein, wie zum Beispiel jetzt, aber glücklicherweise ist The Keep so groß, dass jeder auch seine Privatsphäre hat, wenn ihm danach ist.«

»Vielleicht ist Iain deswegen gegangen«, meinte Henrietta betrübt. »Vielleicht mochte er das nicht, obwohl er nie diesen Eindruck vermittelt hat.«

»Was wird Susan jetzt anfangen? Wird sie umziehen müssen?«

Sie schüttelte den Kopf, und ihre Wange streifte seinen Pullover. »Ich habe keine Ahnung. Sie könnte es sich gerade eben leisten, ihn auszuzahlen, doch ich glaube nicht, dass sie das Haus ohne sein Einkommen unterhalten könnte.«

»Was hast du vor?«

»Ich weiß es nicht. Sie sind so überstürzt abgereist. Bis sie nach Hause kommen, kann nichts entschieden werden.«

An diesem Punkt war ein Schweigen eingetreten, als wären sie sich beide bewusst geworden, dass ihre Diskussion sich zu sehr ernsten Themen bewegt hatte. Nervös hatte sie einen Blick nach oben geworfen, und er hatte den Kopf gebeugt und sie geküsst.

Als sie jetzt auf dem Tor lehnte und sich erinnerte, lächelte Henrietta verstohlen und reckte sich in der warmen Sonne genüsslich.

Beim dritten Versuch hatte Cordelia Glück.

»Tut mir leid, Mum.« Henriettas Stimme klang entschuldigend. »Ich war spazieren und hatte mein Handy vergessen. Ich wolle dich noch anrufen, um dir zu sagen, dass es gestern großartig war. Sie sind alle so nett, nicht wahr?«

Innerlich keuchte Cordelia vor Erleichterung auf und sprudelte dann los. »Das freut mich so, Liebes. Ja, das sind sie, und wunderbar, dass du sie endlich kennengelernt hast. Fliss hat gerade angerufen, um zu sagen, wie sehr sie sich gefreut haben, dich zu treffen, und um mich für nächstes Wochenende nach The Keep einzuladen.«

»Oh.« Cordelia nahm Erstaunen, gemischt mit einer Spur Vorsicht, in der Stimme ihrer Tochter wahr. »Es ist Jolyons Geburtstag. Seine Mutter kommt auch.«

»Ja, ich weiß.« Sie war entschlossen, sich an diesem Punkt nicht abwimmeln zu lassen. Die Chadwicks waren ihre Freunde, und diese neue Beziehung zwischen Jo und Henrietta durfte das nicht unterminieren. »Das ist einer der Gründe, aus denen Fliss mich eingeladen hat«, erklärte sie beinahe vertraulich. »Sie findet Maria ein wenig schwierig.«

Cordelia erkannte die Art des Schweigens, das darauf folgte. Henrietta weigerte sich grundsätzlich, sich in irgendeine Art von Klatsch hineinziehen zu lassen. Ihr kühler Blick pflegte zu besagen, dass Cordelia dauerhaft in einem Glashaus lebte und sie es missbilligte, wenn sie auch nur den kleinsten Stein warf. Irgendwie stachelte das arrogante kurze Schweigen Cordelia an; es machte sie zornig.

»Egal«, sagte sie leichthin. »Ich fahre irgendwann am nächsten Wochenende nach The Keep. Wann, sage ich dir noch genau, wenn Fliss genau weiß, was geplant ist. Unterdessen wollte ich vorschlagen, dass ich dich diese Woche besuche. Ich könnte dich zum Mittagessen einladen. Wir könnten uns in *Pulhams*

Mill treffen. Nur nicht am Mittwoch. An dem Abend bin ich zu Angus Radcliffs Einweihungsparty eingeladen. Seine Frau ist vor … oh, etwas über einem Jahr gestorben, und er ist nach Dartmouth gezogen. Eine Menge alter Freunde kommen auch, sollte also lustig werden.« Eine Pause, in der Henrietta keinen Versuch unternahm, das Schweigen zu füllen. »Ich glaube nicht, dass ich am selben Tag die lange Fahrt zu dir machen möchte, doch ich könnte morgen oder am Donnerstag kommen, wenn es dir passt.«

»Ja, okay.« Es klang, als hätte Henrietta ihre Fassung wiedergefunden. »Das wäre schön. Wie wäre es mit Donnerstag. Dann kannst du mir alles über die Party erzählen.«

Cordelias Herz polterte nervös; hatte sie da einen Hauch von Sarkasmus wahrgenommen?

»Großartig«, gab sie schnell zurück. »Ich versuche, rechtzeitig zu einem frühen Mittagessen in *Pulhams Mill* zu sein, aber ich melde mich von unterwegs. Pass auf dich auf, Liebes. Ich sollte mich wieder an die Arbeit machen. Bye.«

Sie legte das Telefon weg und schloss einen Moment lang die Augen. Oh, die Erleichterung. Sie hatte es Henrietta gesagt, sie hatte tatsächlich Angus' Namen erwähnt, und der Himmel war ihr nicht auf den Kopf gefallen, jedenfalls noch nicht. Henrietta hatte keine Bemerkung gemacht, nicht protestiert und war einverstanden mit dem Mittagessen gewesen. Cordelia fühlte sich ganz schwach, so stark war das Gefühl von Befreiung. Bald würde sie mit Angus sprechen, aber jetzt noch nicht. Sie musste diesen Moment allein genießen, darin schwelgen. Cordelia goss sich ein Glas Wein ein und nahm es mit nach draußen auf den Balkon, um in dem warmen Herbstsonnenschein ihren privaten Sieg zu feiern.

Maria huschte durch die Verbindungstür des Anbaus, schloss sie hinter sich, blieb in dem Flur, der zu Penelopes Küche und zum Hauswirtschaftsraum führte, stehen und horchte. Die Geräusche von Pens Cocktailparty zogen aus dem Salon heran: Stimmengewirr, kurz aufflammendes Lachen, das aufmunternde Klingen von Kristall. Sie hatte bereits einen ganz kleinen Drink genommen, nur einen Schluck Wodka, um ihr den Mut zu schenken, den sie brauchte, um den dicht bevölkerten Raum zu betreten. Es war inzwischen ein wenig einschüchternd, im Türrahmen aufzutauchen, zu bemerken, wie erst ein Gast und dann ein anderer sie entdeckte und sofort eine mitleidige Miene aufsetzte und seinen Nachbarn warnend anstieß. Seit Adams Tod wusste niemand so recht, was er zu ihr sagen sollte. Manche taten, als hätte sich nichts verändert, machten ein paar schroffe Bemerkungen und verdrückten sich dann. Andere ergriffen die Gelegenheit, sich verständnisvoll zu geben. Sie sprachen mit einer besonderen Stimme, berührten tröstend ihren Arm und lächelten mit einer Art von grauenhaftem Mitgefühl.

Phil pflegte neben ihr aufzutauchen, fröhlich und beruhigend vertraut wie ein lieber alter Hund; treu und loyal. Pen würde ihr aus der Entfernung bestimmt, aber aufmunternd zunicken und ihr Glas heben, als wäre es eine Flagge, als forderte sie ihre alte Freundin auf, an den Start eines Rennens zu gehen. Einige von Marias Freunden waren verblüfft gewesen und hatten ihren plötzlichen Entschluss, zu verkaufen und in den Anbau zu ziehen, eher missbilligt. Sie hatten all die alten Klischees darüber, dass man nichts überstürzen sollte, gemurmelt, denn sie hatten keine Ahnung, dass ihr nichts anderes übrig geblieben war, als zu verkaufen, und dass der Anbau für sie ein absoluter Zufluchtsort war. Oh, wie sie sich davor fürchtete, die Wahrheit könnte irgendwie durchsickern, und dann würden das Geflüster und die mitleidigen Blicke kommen! Oh, welch ein Grauen! Pen und

Philip würden natürlich zu ihr halten. Sie wären wahrscheinlich nicht einmal besonders erstaunt. Sie kannten Ed sehr gut, wussten, dass er nicht in der Lage war, eine Stelle zu behalten oder etwas Banales oder Langweiliges zu tun. Ed hatte schon immer spektakuläre – und sehr kostspielige – Vorstellungen gehabt. Trotzdem drehte sich Maria vor Scham der Magen bei dem Gedanken um, ihre Freunde könnten die Wahrheit erfahren und hinter ihrem Rücken darüber reden. Nicht dass sie mittellos gewesen wäre. Adam hatte ihr einige lukrative Wertpapiere hinterlassen, und durch den Verkauf des Hauses hatte sie genug Geld, um sich sogar hier in Salisbury eine kleine Wohnung zu kaufen. Doch sie konnte nicht mehr mit dem Lebensstandard von Philip, Penelope und der Gruppe mithalten. Natürlich erwartete das im Moment auch niemand von ihr ...

Zufrieden sah sie auf ihr hübsches Kleid hinunter. Maria wusste, dass sie gut aussah und immer noch den widerwilligen Neid ihrer Freundinnen und die verstohlene Bewunderung ihrer Ehemänner auf sich ziehen konnte. Sie reckte die Schultern, setzte die richtige Miene auf und fühlte sich wie ein Mädchen, das auf eine Party mit älteren Kindern geht: voller Hoffnung und eifrig bestrebt, einen guten Eindruck zu machen. Und hier war der liebe Phil; sie hatte es doch gewusst. Er hatte Ausschau nach ihr gehalten und fasste sie jetzt unter den Ellbogen.

»So ist es recht«, meinte er beifällig. »Du meine Güte, gut siehst du aus! Also, Wodka oder Gin?«

15. Kapitel

Cordelia fuhr nach Dartmouth hinein, fand einen Parkplatz am Fuß des Jawbones Hill und saß einen Moment da, während sie ihren Mut zusammennahm. Sie hatte auf keinen Fall unter den ersten von Angus' Gästen sein wollen, doch als sie jetzt auf die Uhr sah, beschlich sie die Panik, sie könnte so spät dran sein, dass sie genau die Aufmerksamkeit, die sie vermeiden wollte, auf sich ziehen würde.

Sie schloss den Wagen ab, ging den Crowthers Hill hinunter und dann hoch zu dem Haus in Above Town. Ihre Haut prickelte vor Nervosität, als sie auf die dunkelblaue Tür zutrat, die von einem schweren Türstopper offen gehalten wurde; einer wunderschön bemalten Stockente aus Schmiedeeisen.

Cordelia zögerte, betrachtete sie und erkannte sie wieder. Sie hatte sie oft in dem Haus in Hampshire gesehen, wenn sie Anne besucht hatte; fast immer, wenn Angus auf See gewesen war.

»Ausgerechnet Anne!«, hatte sie vor vielen Jahren verzweifelt ausgerufen. »Nach sieben Jahren kann ich ihr doch nicht die Freundschaft kündigen. Wie soll ich das anstellen?«

»Ich hätte nie gedacht, dass Simon dich verlassen würde«, hatte er unglücklich zurückgegeben. »Gott, was für ein grauenhaftes Timing. Aber ich habe mich jetzt festgelegt. Anne erwartet ein Kind …«

Cordelia hörte, wie ausgelassener Lärm die Treppe heruntertrieb, Stimmen, Musik: Bachs *Chromatische Fantasie*, gespielt von Jacques Loussier. Angus und sie liebten Jacques Loussier, obwohl sie das nicht erwähnen durfte. Zittrig vor Nervosität, stand sie reglos da.

Habe ich wirklich geglaubt, damit ungestraft davonzukommen?, dachte sie.

An der Ente vorbei trat sie in den großen Raum, der Küche und Esszimmer zugleich darstellte und in dem ein Büfett aufgebaut war. Einige Gäste hielten Teller und Servietten in den Händen und wählten unter den Delikatessen aus, und ein hübsches Mädchen in einer schicken Uniform war auf der Küchenseite des Raumes damit beschäftigt, Flaschen zu öffnen.

»Ich lasse einen Partyservice kommen«, hatte Angus ihr erklärt, »wenn du mich wirklich nicht unterstützen willst.«

»Auf keinen Fall«, hatte sie bestimmt zurückgegeben. »Absolut unmöglich. Das kann nicht dein Ernst sein. Um Himmels willen, da könnten wir ebenso gut in Neonschrift verkünden, dass wir eine Affäre haben ...«

»Okay«, hatte er gelassen gemeint. »Dann komm einfach hin.«

Und hier war sie, lächelte dem Mädchen zu und gab ihr tonlos zu verstehen, sie habe keinen Mantel, nein, und ja, sie würde selbst hinauffinden. Fröhlich nickte sie den Menschen am Tisch zu und stieg dann die steile, schmale Treppe hinauf, die in das Wohnzimmer im ersten Stock führte. Und da war Angus, der sie in den Raum treten sah und mit hoch erhobenem Arm begrüßte, sodass mehrere Personen sich umdrehten, um zu sehen, wer der Neuankömmling war.

»Cordelia«, rief er, denn sie hatte ihm verboten, sie in der Öffentlichkeit Dilly zu nennen, und sie winkte zurück.

»Wow«, rief sie aus. »Was für eine Aussicht! Fast so gut wie meine.« Dann stand er neben ihr, begrüßte sie als Gastgeber mit einer Umarmung und bot ihr sofort einen Drink an.

»Wein«, murmelte sie und strahlte weiter in die Runde, »egal, was für einen.« Sie winkte weiter fröhlich in das Meer der Gesichter hinein; fast alles Marine-Ehepaare. »Hi, Neil. Tasha. Wie geht's euch beiden? Mike, wie schön.« Und dann löste sich zu ihrer enormen Erleichterung jemand, dem sie vertraute und den sie liebte, aus der Menge und kam auf sie zu. Zum ersten Mal hatte Cordelia das Gefühl, diese furchtbare Tortur überleben zu können.

»Julia«, sagte sie erleichtert. »Oh, meine Liebe, wie geht es dir? Du siehst fantastisch aus. Ist Pete auch hier? Oh ja, da ist er ja. Wie wunderbar, euch zu sehen!«

»Wir waren so gespannt, als Angus sagte, dass du vielleicht kommst«, erklärte Julia Bodrugan und umarmte sie. »Ich hätte fast angerufen, doch dann passierte wieder irgendein Drama. Es ist viel zu lange her.«

Cordelia umarmte sie fest. »Viel zu lange«, pflichtete sie ihr bei. »Heutzutage haben wir alle so viel zu tun. Aber wie großzügig von euch, dass ihr euch auf den weiten Weg von St. Breward hierher gemacht habt.«

»Großzügig von *mir*«, meinte Julia, »weil ich versprochen habe, nichts zu trinken. Aber nicht großzügig von Pete. Mit Großzügigkeit hat er nichts zu tun. Er hat eine einfache Regel für gesellschaftliche Anlässe: Wenn er nicht trinken kann, geht er nicht hin.«

Cordelia lachte und wurde dann von Pete in eine kräftige Umarmung gezogen. »Was erzählt sie da über mich?«, verlangte er zu wissen. »Was immer es ist, ich streite es ab. Hast du diese Aussicht gesehen, Cordelia? Von hier aus kann Angus bis zum Fluss hinunterschauen. Er kann praktisch seinen Liegeplatz im Jachthafen Noss erkennen. Angus sagt, deswegen habe er das Haus gekauft, wegen der privaten Anlegestellen, die dazugehören. Er hat sogar eine Anlegestelle für seine Jolle in Bayard's Cove, der Glückspilz. Natürlich wird dich die Aussicht über den Dart nicht beeindrucken, oder? Schließlich hast du den Ärmelkanal vor der Tür.«

Cordelia drückte seinen Arm. »Eure eigene Aussicht in Trescairn ist auch sehr schön«, rief sie ihm ins Gedächtnis. »Aber hier ist es wunderschön. Anders als bei mir, doch genauso schön. Mir gefällt es, all die kleinen Boote zu sehen.«

Während sie zwischen Julia und Pete stand, fühlte sie sich sicher – solange sie nichts Verfängliches sagte jedenfalls. Angus brachte ihr einen Drink, und sie lächelte zum Dank, wobei sie ihn nicht ansah, sondern auf den Fluss zeigte und höfliche Bemerkungen machte.

»Vielleicht gehe ich ja noch ein wenig segeln, bevor ich das Boot über den Winter aus dem Wasser hole«, sagte er. »Wie wär's, Cordelia? Lust auf eine Tour nach Salcombe an einem schönen Nachmittag?«

Sie begriff, dass seine scherzhafte Einladung ihr die Gelegenheit bot, ihre angeblich lockere Bekanntschaft öffentlich zu besiegeln. »Das zeigt, wie wenig du dich an mich erinnerst«, gab sie zurück. »Ich werde schon auf der Fähre nach Kingswear seekrank. Also: nein danke.«

Jemand rief nach ihm und verlangte nach seiner Beachtung, und er wandte sich ab.

»Ist es nicht nett, dass Angus so viele Freunde hat, die ihm helfen werden, sich einzuleben?«, meinte Julia gerade. »Ich hoffe, seine Söhne werden sich die Mühe machen, ihn hier unten zu besuchen.«

Cordelia hatte gerade erwidern wollen, dass einer von ihnen letztes Wochenende hier gewesen war, und konnte sich mit knapper Not bremsen. Erneut wurde sie von Entsetzen ergriffen. Wie leicht ihr ein Fehler unterlaufen könnte! Und jetzt kam Lynne Talbot mit ihrem schmalen, säuerlichen Lächeln und ihrem kühlen, durchdringenden Blick auf sie zu.

»Cordelia«, sagte sie und bot ihr ihre Wange. »Jeff und ich haben gerade neulich festgestellt, dass wir dich kaum noch zu sehen bekommen. Wahrscheinlich kritzelst du wie üblich vor dich hin.«

»Das ist mein Beruf«, meinte Cordelia liebenswürdig. Sie hielt ihr Glas etwas zur Seite und legte die Wange ganz leicht an die von Lynne. »Anders als Jeff und du habe ich keine dankbare Regierung im Rücken, die mir eine übertrieben hohe Pension zahlt. Und ich bin noch nie ein Fan des Segelclubs gewesen. Wie ich Angus gerade sagte, werde ich schon auf der Fähre nach Kingswear seekrank. Und ich scheine die Komplexität von Bridge einfach nicht zu begreifen. Geht's euch gut?«

»Ziemlich gut. Julia und ich hatten gerade über die Enkelkinder gesprochen. Was macht Henrietta?«

»Ist bisher kinderlos«, gab Cordelia prompt zurück. »Aber das ist vollkommen in Ordnung. Als ich euch das letzte Mal gesehen habe, hattet ihr zwei Enkel. Irgendwelche Fortschritte auf diesem Gebiet?«

»Nein, immer noch nur zwei. Irgendeine Bekannte meinte, sie hätte dich vor ein paar Wochen landeinwärts gesehen. Oxford, nicht wahr? Du bist mit einem Mann aus dem *The Randolph* gekommen? Nein? Ach, dann hat sie sich wohl geirrt. Schön, Angus hierzuhaben, oder? Er besucht uns nächste Woche zum Mittagessen. Vielleicht möchtest du ja auch kommen.«

Angus war zurück. Cordelia spürte ihn direkt hinter sich und roch sein Aftershave. Lynne beobachtete sie mit diesem vertrauten starren Blick aus zusammengezogenen Augen, und auf ihren Lippen stand die Andeutung eines wissenden Lächelns. Cordelia ging auf, dass sie sich vielleicht eher verriet, wenn sie sich Angus gegenüber steif verhielt, als wenn sie sich normal benahm.

Sie drehte sich um, nahm seinen Arm und riss die Augen auf. »Mein Lieber«, sagte sie, »Lynne betätigt sich schon jetzt als Kupplerin. Wir essen nächste Woche bei ihr zu Mittag. Fühlst du dich dem gewachsen?«

Er zog eine komische Grimasse, die eine Mischung aus Freude und Nervosität ausdrücken sollte. »Ich sehe schon, ich muss vorsichtig sein. Anne hat immer gesagt, du wärst eine gefährliche Frau.«

Es funktionierte perfekt. Als sie sich umsah, stellte sie fest, dass alle gedankliche Verbindungen zogen – »Natürlich, Anne und Cordelia waren Freundinnen, nicht wahr?« – oder beifällig lächelten. »Ist es nicht schön, Angus wieder glücklich zu sehen?« Unterdessen lachte Julia, und Angus forderte alle auf, doch nach unten zu gehen und sich etwas zu essen zu holen. Cordelia ließ ganz natürlich seinen Arm los und wandte sich zusammen mit Pete und Julia ab, um sich etwas zum Abendessen zu besorgen. Jetzt fühlte sie sich zuversichtlich; das Schlimmste war vorüber.

Sie verließ die Party ziemlich früh; auch das war geplant.

»Du könntest ja so tun, als gingst du«, hatte er vorgeschlagen, als sie darüber gesprochen hatten, »und wiederkommen, wenn alle weg sind.«

»Und woher soll ich wissen, dass die anderen fort sind?«, hatte sie gefragt. »Soll ich mich im Auto unter einer Decke verstecken und alle abzählen, die das Haus verlassen? Du machst wohl Witze.«

Sie wartete, bis die ersten drei oder vier Gäste gegangen waren, sah dann auf ihre Uhr und erklärte, sie müsse fahren. Die üblichen höflichen Proteste kamen auf, und sie umarmte Angus ganz ungezwungen. Peter und Julia gingen dann mit ihr nach unten, um sie zu verabschieden und sie an den frisch gefassten Plan zu erinnern, sie für einen Tag in Trescairn zu besuchen.

»Ich rufe morgen an«, versprach sie, »sobald ich in meinen Terminkalender gesehen habe. Das wird wunderbar.«

Schwindlig vor Erleichterung, stieg Cordelia ins Auto und fuhr nach Hause, hinaus durch Stoke Fleming und Strete, über die Torcross Line und durch Kingsbridge, und dann hinein in die schmalen, kurvigen Feldwege, die zu den Klippen führten.

Sie schloss das Cottage auf, begrüßte McGregor und warf dann, immer noch im Adrenalinrausch, ihre Jacke und die Tasche auf den Tisch. Gerade, als sie sich einen Kamillentee gekocht hatte, klingelte ihr Handy.

»Geht's dir gut?«, fragte Angus. »Du hast dich so wunderbar geschlagen, Dilly. Tausend Dank, dass du gekommen bist. Ich habe wirklich gedacht, du würdest in letzter Minute kneifen.«

Sie setzte sich in ihren Schaukelstuhl, drückte ein kleines Patchwork-Kissen an sich und sehnte sich nach Angus. »Hätte ich auch fast. Ich hatte einen schrecklichen Anfall von kalten Füßen, aber ich bin froh, dass ich es geschafft habe. Es war ... okay. Und fantastisch, Pete und Julia zu treffen. Warum kann ich eigentlich Lynne nicht leiden?«

»Weil sie Unruhe stiftet«, erklärte er kurz und bündig. »So war sie immer schon. Kleine Andeutungen und sorgfältig formulierte Bemerkungen, die Klatsch verbreiten. Sie kann uns nichts anhaben. Jetzt nicht mehr.«

»Nein«, stimmte Cordelia ihm vorsichtig zu. »Aber du hattest recht damit, es Henrietta jetzt so schnell wie möglich zu sagen. Als ich Lynne sah, dachte ich, wie es wäre, wenn Henrietta es von jemand anders erfahren würde, und mir wurde ganz schlecht. Die Party war toll, Angus, doch manchmal auch Furcht einflößend. Zum Beispiel so zu tun, als wäre ich noch nie in dem Haus gewesen.«

»Du hast aber sehr ruhig gewirkt«, versicherte er ihr. »Sehr selbstbewusst. Ganz die professionelle Journalistin.«

Sie lachte leise. »Lynne hat sich Mühe gegeben, mein ›Gekritzel‹ zu erwähnen. Sollen wir wirklich nächste Woche bei ihnen essen?«

»Ich finde, falls du dir das zutraust, ist das ein brillanter

Schachzug. Genau das, was wir wollen, oder? Dass es so aussieht, als nähmen wir eine alte Verbindung wieder auf. Das wäre doch vollkommen natürlich, oder?«

Völlig unerwartet wurde sie von einer irrationalen Verbitterung erschüttert. »Du meinst meine Verbindung zu Anne – oder die zu dir? Würde Anne das ›vollkommen natürlich‹ finden? Das frage ich mich.«

Schweigen. »Ich finde, es ist zu spät am Abend, um dieses Gesprächsthema zu verfolgen«, meinte er gelassen. »Und besonders am Telefon.«

»Ja«, sagte sie müde. »So ist es. Wir reden morgen. Tut mir leid, Liebling. Ich bin auf einmal sehr müde. Wahrscheinlich die Reaktion. Es war eine großartige Party. Gute Nacht, Angus.«

Schweigend saß sie da, während sich McGregor neben ihr ausstreckte, und wurde von den alten vertrauten Gefühlen von Groll und Schmerz ergriffen.

»Du bist fortgegangen«, hätte sie ihn mit einem Mal am liebsten angeschrien. »Nach diesem wunderbaren Jahr voller Liebe und Glück, das wir hatten, bist du für zwei Jahre weggegangen. Hast gesagt, du wärst zu jung, um dich zu binden, und bräuchtest Zeit, um die Welt zu sehen. Und dann kommst du zurück, zerstörst meine Ehe und widmest dich die nächsten fünfundzwanzig Jahre einer meiner Freundinnen. Und jetzt ist sie tot, und ich bin wieder an der Reihe. Du kannst mich aus dem Schrank holen, abstauben und wieder in dein Herz aufnehmen.«

Cordelia umklammerte das Kissen, wiegte sich vor und zurück und war entsetzt darüber, wie stark dieses Gefühl war, von dem sie geglaubt hatte, es besiegt zu haben. Sie fragte sich, ob sie Angus unbewusst dafür bestrafte, dass er sie vor all den Jahren verlassen hatte, indem sie ihn nun auf Abstand hielt. Vielleicht war ja die Angst, von Henrietta entdeckt zu werden, einfach eine praktische Ausrede gewesen, um die Kontrolle über die Beziehung zu behalten. Was würde jetzt werden, nachdem sie keine Ausrede mehr hatte?

Morgen würde sie Henrietta treffen, ihr von der Party erzählen und so damit beginnen, die Grundlage für die Zukunft zu schaffen. Sie erinnerte sich an Lynnes Bemerkung darüber, dass sie in Oxford gesehen worden war – und ganz plötzlich fiel ihr das Stück Papier ein, das unter dem Wischerblatt gesteckt hatte. Konnte das ein Foto von Angus und ihr vor dem *Randoph* gewesen sein? Aber wer hätte es aufnehmen sollen – und warum? Wieder hielt die Angst sie im Griff: Was auch immer passierte, die aufblühende Beziehung zwischen Henrietta und Jolyon dürfte nicht gefährdet werden. Nachdenklich trank Cordelia den Tee, legte das Kissen beiseite und ging nach oben, zu Bett.

16. Kapitel

Jolyon beschäftigte sich in seinem winzigen Wohnzimmer im Torhaus. Er hörte nur halb auf die Stimme von Lea DeLaria, die *Losing My Mind* sang, während er mit einer Hand sein Handy hielt und eine Nachricht an Henrietta tippte und mit der anderen den Kaminschirm vor das heruntergebrannte Feuer auf dem Kaminrost stellte. Je näher das Wochenende kam, desto weniger zuversichtlich fühlte er sich bezüglich der Frage, wie er mit der Begegnung zwischen seiner Mutter und Henrietta umgehen sollte. Sein Groll meldete sich zu Wort und erinnerte ihn daran, dass er nicht verpflichtet war, Henrietta der Frau, die ihn so unglücklich gemacht hatte, zur Begutachtung vorzuführen.

Jolyon schickte die Nachricht ab, legte das Handy weg und nahm Rogers Bücher, die sich auf dem Sofa und dem Boden stapelten. Er stellte sie ins Regal und hielt dann inne. Die sanft schimmernde rosa und blaue Glasur des Ingwertopfes hatte seine Aufmerksamkeit auf sich gezogen. Jolyon streckte die Hand aus, berührte ihn, zog die Risse nach und erinnerte sich daran, wie Fliss ihm den Topf geschenkt hatte.

Sie hatte davon gesprochen, dass jeder Mensch in seinem Leben an Scheidewege kam und Wahlmöglichkeiten hatte und Entscheidungen treffen musste …

Also, das hier war eine davon – und er würde sich jetzt entscheiden. Auf keinen Fall war er bereit, Henrietta der Art von Demütigung auszusetzen, die er erlitten hatte; dazu würde er sich nicht nötigen lassen. Die Musik verstummte, und er wandte sich ab. Er schaltete das Radio und das Licht aus, nahm das Handy und ging nach oben, zu Bett.

Auf der anderen Seite des Hofes saß Fliss in dem kleinen Wohnzimmer, das neben Hals und ihrem Schlafzimmer lag, auf dem Fenstersitz. Einst war es das Zimmer ihrer Großmutter gewesen, ein privater Zufluchtsort. Darin standen der Sekretär mit der gewölbten Front und den flachen Schubladen, ein hoher Bücherschrank mit Glasfronten voll viel geliebter Bücher und der kleine Tisch mit den Einlegearbeiten und der Blumenvase darauf. Die Gemälde von Widgery hingen an den hellen Wänden.

Fliss sah zu, wie im Torhaus das Licht im Erdgeschoss erlosch und dann oben ein anderes aufflammte.

»Ich kann mich nicht entscheiden«, hatte Jolyon vorhin zu ihr gesagt, »ob ich schon möchte, dass meine Mutter Henrietta kennenlernt.«

Er hatte ihr einen abwehrenden Seitenblick zugeworfen und verlegen gewirkt, weil er überhaupt das Bedürfnis hatte, mit ihr darüber zu sprechen, aber trotzdem irgendwie ihre Unterstützung brauchte. Sie war verblüfft über ihr durchdringendes Triumphgefühl gewesen, weil er an sie appellierte, als stünden sie beide auf derselben Seite – gegen Maria.

»Du musst tun, was für Henrietta und dich das Richtige ist«, hatte sie ihm erklärt. »Das ist knifflig mit frischen Beziehungen, nicht wahr? Man muss sie hegen.«

Er hatte ihr einen erleichterten Blick zugeworfen. »So ist es. Wir stehen noch ganz am Anfang ... Es ist nur so, dass Dad fand, es wäre nett, Henrietta zum Mittagessen oder so herzuholen.«

Er war verstummt, und Fliss hatte ihn aufmunternd an der Schulter berührt. »An deiner Stelle würde ich meinem Instinkt folgen«, hatte sie ihm geraten. »Schmiedet keine Pläne, bevor du nicht weißt, was du empfindest, sobald Maria da ist.«

Jo hatte genickt, ihr ein verlegenes, dankbares Lächeln zugeworfen und war hinausgegangen.

Als Fliss jetzt am Fenster saß, gestand sie sich ein, dass sie irgendwie mit Jo gemeinsame Sache gegen Maria und Hal machte, dass sie Partei ergriff. Sie wusste genau, dass Hals Vorschläge seiner naturgegebenen Großmut und seinem Selbstbewusstsein entsprangen. Aber bei ihren eigenen Reaktionen war sie sich nicht so sicher. Seit Marias Besuch vor ein paar Monaten waren alte Feindschaften und Ängste wieder hochgekommen, und während sie jetzt zu Jolyons Licht hinaussah, versuchte sie, sie näher zu bestimmen. Sie war ärgerlich auf Hal, weil er Jolyon in eine schwierige Lage gebracht hatte, und doch nagte etwas Tieferes als ihre Parteinahme für Jolyon an ihrem Seelenfrieden. Vielleicht lag es daran, dass sie Maria unmöglich gleichgültig gegenüberstehen konnte. Schließlich war sie Hals Exfrau; die beiden waren zwanzig Jahre verheiratet gewesen, und sie hatte ihm zwei Söhne geschenkt.

Das ist die Krux daran, dachte Fliss. Hal und Maria hatten zwanzig gemeinsame Jahre. Wir sind jetzt seit acht Jahren zusammen.

Im Rückblick war es fast nicht zu glauben, dass Hal und sie so leicht nachgegeben und sich hatten trennen lassen; dass sie sich ohne Gegenwehr in ihr Schicksal gefügt hatten. Aber andererseits – das war ein bitterer kleiner Gedanke – hatte *sie* auch nie eine Chance gehabt, sich zu wehren. Es war ein *fait accompli* zwischen Hal, seiner Mutter und seiner Großmutter gewesen. Plötzlich sah Fliss die Szene wieder vor sich und erinnerte sich genau daran, wie er ihr erklärt hatte, warum sie auf keinen Fall heiraten konnten.

Frühjahr 1965

Es ist ein kalter Tag zu Beginn des Frühlings, und im Haus ist es sehr ruhig. Niemand ist da, und Fliss schlendert in den Salon und setzt sich ans Klavier. Sie spielt gern und sucht sich aus den Notenheften ihrer Großmutter eine Beethoven-Sonate heraus. Dort trifft Hal sie an.

Sie dreht sich um, um ihn zu begrüßen, und ihre Augen leuchten vor Freude darüber, ihn zu sehen. Er wirkt kalt und entschlossen, als er sich neben sie stellt und sich die Hände reibt, um sie zu wärmen. Wie immer, wenn sie allein sind, fällt ihr das Sprechen schwer. Daher sitzt sie einfach da, lächelt ihm zu und wartet darauf, dass er etwas sagt. Als er dann zu sprechen beginnt, kann sie es nicht fassen. Sie runzelt die Stirn, mustert ihn und hat plötzlich Angst. Seine Worte klingen gestelzt, als hätte er sie geprobt, und er wirkt immer noch distanziert. Irgendwann streckt sie die Hand nach ihm aus, weil sie hofft, dass er dann aufhören und sie richtig ansehen wird. Er umfasst ihre Hand fest, aber lässt sie fast sofort wieder los.

»Ich denke dabei nur an dich, Fliss«, sagt er gerade. »Du bist noch sehr jung, und dann hast du deine ganze Ausbildung noch vor dir ...«

Er klingt verzweifelt – und sehr unglücklich. Verwirrt schüttelt sie den Kopf und möchte ihn trösten. Er weiß doch sicher, dass sie für immer auf ihn warten würde? Jetzt redet er davon, dass sie Cousin und Cousine sind, von den Problemen, Kinder ...

»Wir dürfen das Risiko nicht eingehen, verstehst du? Denk doch daran, wie sehr du Kinder liebst. Angenommen, du ... wir würden ein Kind bekommen, das nicht normal ist. Das würde dir das Herz brechen. Das dürfen wir nicht riskieren. Bei normalen Cousins und Cousinen ist das schlimm genug, aber unsere Väter waren eineiige Zwillinge. Es war dumm von uns, uns hinreißen zu lassen. Doch wir werden uns immer nahestehen, nicht wahr?«

Schweigen tritt ein. Er ist verstummt, und sie hört die Standuhr gewichtig ticken und die Scheite auf dem Kaminrost in die Asche hineinseufzen. Hal steht reglos neben ihr, und Fliss bemerkt, dass er seinen alten blauen Shetland-Pullover trägt, der ihm ein wenig zu klein ist. Jetzt blickt sie zu ihm auf. Sein Gesicht ist spitz vor Beklemmung und Unglück.

»Aber ich liebe dich.« Sie spricht die Worte ganz einfach aus, als würden sie alles heilen.

Sie sieht, wie er die Augen schließt und mit der Hand über sein Gesicht streicht; sieht, wie sich seine Brust zu einem tiefen Seufzer hebt. Er legt den Handrücken an ihre Wange und berührt ihr Haar.

»Es nützt nichts, Fliss«, sagt er sanft und sehr betrübt und schaut sie endlich an. »Wir müssen akzeptieren, dass es nicht funktionieren würde. Alles ist gegen uns. Ich liebe dich auch. Doch von jetzt an muss das eine andere Art von Liebe sein.«

»Aber wie sollen wir das anstellen? Wie können wir einfach aufhören?«, fragt sie dumpf. Kummer ergreift sie und füllt sie vollkommen aus, sodass sie kaum Luft bekommt.

»Wir müssen einfach.« Er hockt sich neben sie und beobachtet sie nervös. »Schau nicht so drein, Fliss. Bitte nicht. Ich ertrage das nicht. Sieh mal, du hast noch nie einen Freund gehabt. Du weißt einfach noch nicht, was du willst. *Bitte*, Fliss.«

Seine letzte verzweifelte Bitte bringt sie dazu, sich zusammenzunehmen, wie nichts anderes das vermocht hätte. Sie sieht, dass er ebenfalls leidet, wünscht sich instinktiv, ihn davor zu beschützen, und erkennt, dass sie jetzt die Stärkere von ihnen sein muss. Fliss schluckt, nickt und gibt sich geschlagen. Erleichtert und dankbar umfasst er ihre Schulter.

»Versuch es«, bittet er. »Pass auf, dass uns das nicht verändert, Fliss. Wir können uns immer noch nahe sein. Lass nicht zu, dass das hier alles verdirbt.«

Sie schüttelt zustimmend den Kopf, und ihr Lächeln fällt traurig und schief aus. »Nein ... Nein, mache ich nicht.« Die Tränen blenden sie, und sie wendet sich ab. »Geh, Hal. Lass mich einfach allein. Ich komme schon zurecht. Nur, geh jetzt bitte.«

Verlegen steht er auf und hält nur inne, um sie auf den hübschen blonden Scheitel zu küssen. Dann stürzt er aus dem Zimmer ...

Wie merkwürdig, dass die Erinnerung ihr so klar und frisch vor Augen stand. Jetzt fiel Fliss wieder ein, dass es ihre Cousine Kit war, die sie tröstete, nachdem Hal fort war, die ihr Tee kochte und versuchte, ihr dabei zu helfen, seine Worte zu verstehen. Die Frustration und der Schmerz, die sie erlitten hatte, stiegen unerwartet und unvermindert wieder in ihrem Herzen auf, und sie zitterte vor Zorn. Hal und sie hätten doch bestimmt dagegen ankämpfen können, oder? Er hätte sich gegen die anderen wehren können, statt nachzugeben. Stattdessen war er vor der ersten Welle von Manipulation durch die Matriarchin eingeknickt.

Fliss runzelte die Stirn. War sie denn wütend auf Hal? War es möglich, dass sich hinter ihrer Angst vor Maria einfach ein tiefer Groll darüber verbarg, dass Hal sie vor all den Jahren nicht genug geliebt hatte, um um sie zu kämpfen? Und jetzt trat ein anderer Kummer aus ihrem Unterbewusstsein zutage: dass er sogar, als sie beide endlich frei waren, fast ein Jahr gebraucht hatte, um ihr einen Antrag zu machen.

Fliss umschlang ihre Knie und fühlte sich ängstlich und allein. Sie starrte in das Halbdunkel hinaus, sah das Licht, das in den

Hof fiel, und hatte ein Déjà-vu. Damals hatte Hal das Licht angeknipst, um sich in dem leer stehenden Torhaus umzusehen und zu überlegen, ob man es für Jolyon bewohnbar machen konnte. Sie hatte hier oben auf dem Fenstersitz gesessen, an ihren Onkel Theo gedacht und sich gewünscht, er wäre noch am Leben. Wie gern hätte sie damals mit ihm über die Qual geredet, die der Versuch bedeutete, ihre Liebe zu Hal zu bewahren und gleichzeitig Miles gegenüber loyal zu sein! Jetzt wünschte sie, sie könnte mit Theo über diesen neuen Zwiespalt sprechen: Waren ihr selbstgerechter Einsatz für Jolyon und ihre Loyalität ihm gegenüber das Ergebnis des unbewussten Wunsches, Rache für einen lange vergrabenen Groll zu nehmen, und eine Tarnung für ihre Angst vor Hals Exfrau?

Sie wusste, Theo hätte sie verstanden. Nichts hatte ihn je schockiert, er hatte nie gepredigt oder jemandem Vorhaltungen gemacht, und doch hatte sie immer einen merkwürdigen Horror davor gehabt, ihn zu enttäuschen. Miles hatte einmal etwas so Wahres über Onkel Theo gesagt, dass sie es nie vergessen hatte.

»Wenn du ihn enttäuschen würdest«, hatte Miles erklärt, »würdest du etwas viel Kostbareres gefährden als deine Haut oder deinen Stolz. In Wahrheit würdest du überhaupt nicht ihn enttäuschen, sondern diese Lebendigkeit in deinem Inneren, und Onkel Theo würde in deinem Elend neben dir sitzen und deine Hand halten, während du vor Kummer und Schmerz darüber weinst.«

Theo hatte gewusst, dass sie Miles als Schutzschild gegen den Schmerz über Hals Verlobung mit Maria geheiratet hatte. Er hatte gewusst, dass ihre Liebe zu Hal über die Jahre ihrer Ehe mit Miles hinweg unverändert geblieben war, und trotzdem hatte er immer auf ihrer Seite gestanden.

Jetzt legte sie den Kopf auf die Knie und sehnte sich danach, Theos Lächeln zu sehen, seine Hand auf der Schulter zu spüren

und seine Kraft, die er ihr schenkte und die in sie hineinfloss ...
Während sie dort saß und zurückdachte, schlichen sich die Worte eines Gebets in ihren Kopf, das Theo sehr wichtig gewesen war. Sie hatte es auf einem Papier gefunden, das in seinem Gebetbuch gesteckt hatte. Er hatte es ihr einmal vorgesprochen, und seit seinem Tod hatte sie es oft gelesen.

Wer kann sich selbst von seiner Kleinlichkeit und seinen Beschränkungen befreien,
wenn du ihn nicht zu dir selbst erhebst, mein Gott, in der Reinheit der Liebe?
Wie will ein Mensch,
geboren und großgezogen in einer Welt kleiner Horizonte, sich zu dir erheben, Herr,
wenn du ihn nicht erhebst durch deine Hand, die ihn erschaffen hat?

Allerdings, wie sollte man das? Fliss hob den Kopf und sah in die Dunkelheit hinaus. Das Licht im Torhaus war inzwischen erloschen, aber sie fühlte sich nicht mehr allein. Sie konnte sich nicht an die letzten Worte des Gebets erinnern, doch sie sah vor ihrem inneren Auge wieder Theos kleine deutliche Handschrift.

... also darf ich mich freuen:
Du wirst nicht zögern, wenn ich nicht zu hoffen versäume.

Das war ein Versprechen, und damals, in dieser Zeit der Krise, hatte sie sich daran geklammert. Gut möglich, dass sie es in der kommenden Zeit wieder brauchen würde.

Zweiter Teil

17. Kapitel

Der Zug war brechend voll. Maria kämpfte mit dem Türgriff eines Erste-Klasse-Wagens und sah sich hoffnungsvoll nach einem starken Mann um, der ihr helfen könnte, den Koffer in den Zug zu heben. Philip und Penelope waren schon früh zu einem Mittagessen bei Freunden nach Hampshire gefahren, sodass sie sich ein Taxi zum Bahnhof hatte nehmen müssen. Eine junge Frau drängte sich ungeduldig an ihr vorbei, und Maria begann, ihren Koffer auf die Stufe zu ziehen, und hatte Schwierigkeiten mit den kleinen Rollen. Vom Bahnsteig aus sahen ihr zwei Männer in Anzügen, die Laptops bei sich hatten und tief in ihr Gespräch versunken waren, gleichgültig zu.

»Alles klar, Liebchen?«, fragte einer von ihnen fröhlich, sobald der Koffer und sie sicher an Bord waren.

Sie trat in den Wagen, zog den Rollkoffer hinter sich her und trauerte den Zeiten hinterher, in denen es Gepäckträger und junge Männer mit guten Manieren gegeben hatte. Maria konsultierte ihre Fahrkarte und sah nach der Platznummer. Ihr wurde mulmig zumute. Auf ihrem reservierten Platz saß ein großer, stämmiger junger Mann. Sie schaute noch einmal hin, demonstrativer jetzt, und lächelte begütigend.

»Es tut mir so leid, aber ich glaube, Sie sitzen auf meinem Platz.« Obwohl, warum sollte es *mir* leidtun?, dachte sie.

Er starrte sie kampflustig an und rechnete offensichtlich damit, dass sie einlenken würde; schließlich waren noch mehrere Plätze frei, auch der neben ihm. Doch sie erwiderte seinen Blick, erinnerte sich an Peggy Ashcrofts Rolle in *Mit dem Zug durch Europa* und beschloss, ihre Position zu vertreten.

Sie hielt ihm ihre Fahrkarte unter die Nase. »Sehen Sie?« Jetzt lächelte sie ihm zu und genoss die Auseinandersetzung – sie konnte immer noch einen Schaffner rufen, wenn er stur blieb. Maria wiederholte die Nummer laut und deutlich, aber sehr liebenswürdig. Andere Fahrgäste begannen, sich für sie beide zu interessieren. Der Mann setzte eine verdrossene Miene auf und sah betont, aber schweigend auf den freien Platz neben sich, doch sie reagierte sofort darauf.

»Ich reserviere immer einen Fensterplatz, wenn ich kann. Mir wird übel, wenn ich nicht hinaussehen kann. Geht Ihnen das auch so? Vielleicht haben Sie sich deswegen dorthin gesetzt.«

Er gab nach, stand äußerst unwillig auf und nahm seinen Koffer herunter, während sie, immer noch lächelnd, wartete.

»Ich danke Ihnen sehr.« Sie steckte ihre Fahrkarte weg, zog ihren Koffer zu dem Gepäckstellplatz an der Tür, und als sie zu ihrem Platz zurückkehrte, war der Mann verschwunden. Sie war erleichtert; es hätte ziemlich stressig werden können, auf dem ganzen Weg nach Totnes neben ihm zu sitzen. Maria klappte das kleine Tischchen auf der Rückseite des Vordersitzes herunter und stellte ihre Handtasche darauf. Immer wieder staunte sie darüber, dass sie sich grundsätzlich weigerte, sich einschüchtern zu lassen, und das, obwohl sie so unsicher war. Adam hatte sie immer damit aufgezogen, sie sei ein zäher Brocken, obwohl er der einzige Mensch gewesen war, der sie wirklich gekannt und trotz ihrer Schwächen geliebt hatte.

Mit einem Mal schossen Maria Tränen in die Augen. Sie biss sich auf die Lippen und tastete nach ihrem Taschentuch. Der Zug verließ den Bahnhof, und sie starrte die verschwommenen Gebäude und Schuppen an und blinzelte die Tränen weg. Sie konnte sich einfach nicht verzeihen, so viele Jahre verschwendet zu haben. Adam und sie hätten nie getrennt leben dürfen. Sie war manipulierbar gewesen, so darauf aus, ihren Eltern zu gefallen. All die Jahre, die sie mit Hal verheiratet gewesen war, hätte sie mit dem einzigen Mann verbringen können, der sie wirklich geliebt hatte. Und doch war das Merkwürdige, dass sie sich jetzt in ihrer Trauer den Chadwicks zuwandte, und sie war so erleichtert darüber, nun nach The Keep zu fahren und Hal und Jolyon und die liebe gute Prue zu sehen. Hals Mutter war immer nett zu ihr gewesen.

Das einzige Haar in der Suppe – obwohl es schrecklich war, das so auszudrücken – war Fliss. Sie war immer der Stolperstein gewesen. Schon ganz zu Anfang war Fliss diejenige gewesen, die ihr Selbstbewusstsein erschüttert und ihr das Gefühl vermittelt hatte, unzulänglich zu sein. Maria sah aus dem Fenster und erinnerte sich an andere Fahrten nach The Keep zu Beginn ihrer Ehe mit Hal.

Sommer 1972

Auf der Fahrt von Portsmouth nach Devon sitzt Maria da und ist mit ihren Sorgen beschäftigt. Hal redet über seine Versetzung auf die Fregatte HMS *Falmouth*, darüber, was es für ein Spaß sein wird, nach Devon zurückzukehren, und über die Aussicht auf eine Wohnung für verheiratete Offiziere in der Compton Road in Plymouth, in der Nähe der Ingenieurschule der Marine.

Maria murmelt passende Bemerkungen und versucht, Begeisterung in ihre Stimme zu legen, aber mit den Gedanken ist sie ganz woanders. Die Aussicht auf die paar Tage Landgang, die er hat, wird durch das Wissen, dass Fliss auf The Keep ist, ruiniert. Maria war erfreut gewesen, als Hal vorschlug, dass sie sich die Dienstwohnungen ansehen und ein paar Tage bei seiner Großmutter unterkommen könnten. Sie liebt es, wenn Prue sie verhätschelt, wenn die alte Mrs. Chadwick und Onkel Theo sie akzeptieren und Caroline sie verwöhnt. Dann fühlt sie sich wie ein geliebtes Kind, das aus der Schule nach Hause gekommen ist – und Hal wird von seiner ganzen Familie geliebt. Obwohl sie ihn gerade nicht anschaut, kann sie sein Gesicht vor sich sehen: entschlossen, selbstbewusst, attraktiv, offen. Die Menschen finden ihn sympathisch und fühlen sich von seinem freundlichen Lächeln und seinem gutmütigen Gelächter angesprochen. Für alle hat er einen Händedruck und ein gutes Wort; alle lieben ihn.

Da liegt natürlich der Ursprung des Problems. Maria will nicht, dass *alle* Hal lieben, oder, besser gesagt, sie wünscht sich, er würde diese Liebe nicht so unkritisch erwidern. In ihren rationaleren Momenten weiß sie, dass Hal Männern und Frauen gleichermaßen diese ungezwungene Zuneigung schenkt – aber wann war Eifersucht je rational? Aus dem Nichts heraus kommt sie über sie und überfällt sie, um ihr schwaches Selbstbewusstsein zu untergraben und ihren Glauben an Hals Liebe zu ihr zu erschüttern. Die Eifersucht treibt sie dazu, sich zickig und gemein zu verhalten; sie hält sie nachts wach, wenn er fort ist; sie lässt sie den Klatsch der anderen Ehefrauen fürchten, weil sie es hasst zu hören, dass Hal sich auf irgendeine Art amüsiert, die mit anderen Frauen zu tun haben könnte. Maria weiß, dass die Offiziere zu Partys und Essen eingeladen werden, wo immer das Schiff anlegt, dass sie bei diesen Besuchen, »um Flagge zu zeigen«, fürstlich bewirtet und in ausländischen Häfen gefeiert werden. Begierig wartet Maria auf seine Briefe, auf den gelegentlichen Anruf und darauf, dass er sie ständig von Neuem seiner Liebe versichert.

Als an diesem sonnigen Junimorgen die Straße rasch hinter ihnen zurückbleibt, fragt Maria sich, ob es genauso gekommen wäre, hätte Hal ihr nie von Fliss erzählt. Ist Hals »Geständnis« – dass seine Cousine und er eine romantische Beziehung gehabt hatten – schuld an ihrer Unsicherheit? Das ist so unfair. Fest entschlossen, es sich von der Seele zu reden, war er sich der Wirkung auf sie nicht bewusst gewesen. Hal hatte erklärt, es sei eine Jugendliebe und ziemlich unschuldig gewesen, doch die ganze Sache war eine so schreckliche Romeo-und-Julia-Geschichte, zumindest kommt sie Maria so vor. Und wenn seine Familie ihnen die Beziehung nicht verboten hätte, dann hätten Fliss und er einander wahrscheinlich weiter geliebt. Maria hat ihn diesbezüglich nie festnageln können.

»Na, es ist doch nichts passiert«, lautet Hals Standpunkt dazu, »was soll also das Theater? Ich bin jetzt mir dir verheiratet, und das war's.«

Da ist aber noch etwas, denkt Maria, das weiß ich einfach. Ich spüre es, wenn die beiden zusammen sind. Ich bin die zweite Wahl, das ist das Problem. Wie soll ich mit ihr konkurrieren? Gott, ich hasse sie!

Das wirklich Irritierende ist, dass Fliss so nett zu ihr ist. Während einer von Hals längeren Patrouillen auf See nimmt Maria sogar eine Einladung zu Fliss in ihr kleines Haus in Dartmouth an. Einen kurzen hellen Moment lang erkennt Maria, dass sie das Ganze vielleicht neutralisieren kann, indem sie Freundschaft mit Fliss schließt: Sie werden Verbündete sein, sodass sie von ihr nichts zu fürchten hat.

Zu Anfang sieht es tatsächlich so aus, als könnte daraus etwas werden. Ohne Hal knüpfen die beiden jungen Frauen eine wunderbar freundliche Beziehung und verbringen eine schöne Woche zusammen. Fliss zeigt ihr die Strände und Moore und fährt mit ihr in die kleinen Marktflecken. Nach einem herrlichen Vormittag, den sie mit Einkäufen in der Stadt verbracht haben, besuchen sie sogar ein abendliches Chorkonzert in der Kathedrale von Exeter. Sie sprechen kaum von Hal; nur insofern, als er damit zu tun hat, dass Maria zutiefst unglücklich ist, wenn er fort ist. Seine Abwesenheit erlaubt ihr, über ihn zu sprechen, als wäre er ein anderer Hal; einer, den Fliss nur flüchtig kennt, mit dem *sie*, Maria, aber intim und vertraut ist. Sie gibt sich weltklug, tolerant gegenüber seinen Unzulänglichkeiten und spricht scherzhaft und leichthin darüber, dass er nicht zur Häuslichkeit neigt.

Fliss unternimmt keinerlei Versuch, Besitzansprüche zu erheben, und erwähnt nichts davon, dass sie Hal ebenfalls besonders gut kennt. Sie ist so verständnisvoll, so mitfühlend, und sie lachen gemeinsam über die Probleme, mit denen Marine-Ehefrauen zu tun haben.

Als die Woche zu Ende geht, ist Maria davon überzeugt, dass sie den Geist vertrieben hat, doch ihre Gewissheit bleibt nur bis zu dem nächsten Besuch auf The Keep bestehen.

Nachdem sie viel früher als erwartet angekommen sind, sitzen sie mit Onkel Theo in der Halle, als Fliss zusammen mit Caroline hereinkommt und ihr hilft, die Teeutensilien zu tragen. Sie lachen gemeinsam, bleiben in der Tür stehen, um ihr Gespräch zu beenden, und stecken die Köpfe zusammen. Die beiden wirken plötzlich ernst, bevor sie sich umdrehen und die Gruppe ansehen, die um den Kamin sitzt. Maria hat einmal den Ausdruck gehört, dass ein Gesicht »aufleuchtet«, und in diesem Moment weiß sie genau, was das bedeutet. Fliss' kleines Gesicht wird glatt, ihre Augen weiten sich, und ihre Lippen ziehen sich nach oben. Als Maria unwillkürlich Hal ansieht, stellt sie fest, dass auch sein Gesicht vor Liebe strahlt. Es ist, als verbände die beiden etwas Unsichtbares, das aber fast mit Händen zu greifen ist. Vor Grauen schlägt Marias Herz schnell, und sie sehnt sich danach, etwas zu zerschlagen, zu schreien, alles zu tun, um das Band zu zerreißen, das ihren Mann und seine Cousine zueinander hinzuziehen scheint.

Sie überreagiert, indem sie übertrieben auf Onkel Theo einredet und wild gestikuliert, doch sie weiß, dass sie etwas unternehmen muss, um die Anziehung zwischen Hal und Fliss zu zerstören. Dann taucht Prue auf, und die elektrische Spannung lässt nach, bis Maria nur noch die Zuneigung zweier Familienmitglieder wahrnimmt, die einander vollkommen natürlich und freundlich begrüßen. Erleichtert und dankbar lässt sich Maria in die Umarmung ihrer Schwiegermutter sinken. Prue ist so mütterlich, so lieb, und sie freut sich so, sie beide zu sehen ...

Der Zug fuhr nach Honiton ein und glitt an den wartenden Fahrgästen vorbei, die in Gruppen auf dem Bahnsteig standen. Maria starrte sie an, ohne sie zu sehen. Sie hatte die Dienstwohnung in der Compton Road gehasst, war neidisch gewesen, als sie hörte, dass Fliss schwanger war, und erleichtert, als sie erfuhr, dass Miles und sie für zwei Jahre nach Hongkong gehen würden. Und jetzt, dreißig Jahre später, hatte Fliss immer noch die Macht, sie nervös zu machen und dazu zu bringen, dass ihr Herz beklommen pochte. Wie töricht! Fliss konnte ihr jetzt nichts mehr anhaben. Jetzt waren sie alle miteinander Freunde, alte Freunde. Heute war es Zeit, Brücken zu schlagen und Unstimmigkeiten auszuräumen, besonders bei Jolyon.

Maria wünschte sich so sehr, sich wieder mit ihm zu versöhnen. Und nicht nur, weil der liebe Ed in Amerika war und ihr so sehr fehlte. Nein, Adams Tod hatte ihr gezeigt, wie kostbar Menschen waren und wie verletzlich die Liebe war, und sie erkannte allmählich, welchen Schaden sie auf ihrer irrwitzigen Jagd nach Glück angerichtet hatte.

Und das hier war ein Beginn, ein ganz kleiner Anfang – nein, das klang eher nach einem künstlichen, kalkulierten Versuch, sich wieder bei den Chadwicks einzuschmeicheln. Doch es war ein Neuanfang. Bei Jolyon musste sie sich besondere Mühe geben, weil sie *wirklich* stolz auf ihn war, nachdem er jetzt eine so großartige Karriere gemacht hatte. Und er sah Hal so ähnlich. Es war beinahe unheimlich und ging ihr zu Herzen, dass er genau wie der junge Hal aussah, mit dem sie einmal verheiratet gewesen war und den sie geliebt hatte. Sie *hatte* Hal geliebt, obwohl sie sich immer noch einzureden versuchte, dass sie ohne den Druck durch ihre Eltern bei Adam geblieben wäre. Aber sie waren so beeindruckt von dem attraktiven, selbstbewussten jungen Marineoffizier gewesen. Und, wenn sie ehrlich war, sie selbst auch. Wenn sie brutal ehrlich war, konnte sie sich an keine einzige Gelegenheit erinnern, an der sie ihre Zuneigung zu Adam verteidigt hätte. Oh ja, ihre Eltern hatten sie ermuntert und ihr gut zugeredet und waren so erfreut darüber gewesen, dass sie sich so formbar zeigte, doch sie hatte sich auch nicht besonders gewehrt.

»Er wird es weit bringen«, hatte ihr Vater prophezeit. »Du wirst schon sehen«, und er hatte recht gehabt. Tatsächlich war es ein etwas unangenehmer Schock gewesen, als sie feststellte, dass Fliss in den Adelsstand erhoben wurde und in Zukunft Lady Chadwick sein würde. Maria kam es so vor, als erntete Fliss den Lohn, ohne sich dafür angestrengt zu haben. Schließlich war sie, Maria, in diesen frühen Jahren an Hals Seite gewesen, nicht Fliss.

»Bereust du es jetzt?«, hatte Adam gefragt und sie über den Tisch hinweg beobachtet, als sie die Anzeige im *Daily Telegraph* las – und sie hatte diesen Neid auf Fliss, der nie weit entfernt war, ignoriert. »Natürlich nicht. All diese gesellschaftlichen Anlässe? Nein danke.«

Ob er ihr geglaubt hatte? Für diese Frage war es nun zu spät. Schmerz zog ihr Herz zusammen, und sie biss sich auf die Lippen. Der Schaffner kam näher und überprüfte die Fahrkarten, und Maria setzte ihr freundlichstes Lächeln auf und griff nach ihrer Handtasche.

18. Kapitel

Schließlich fuhren Hal und Prue zum Bahnhof nach Totnes.

»Verlangt sie etwa, dass wir mit dem Mittagessen auf sie warten?«, hatte Fliss gefragt, als Hal ihnen beim Frühstück mitgeteilt hatte, Maria komme um fünf vor halb zwei an.

Die Frage klang spröde und scharf, als hätte das Thema nicht wirklich etwas mit Fliss zu tun; als wäre Maria Hals Gast und ein lästiger noch dazu. Lizzie blickte rasch auf und sah dann wieder in ihren Porridge. Die Anspannung, die ihr Anfang der Woche aufgefallen war, war noch da und schwang in der warmen, morgendlichen Ruhe der Küche.

»Ich habe sie nicht gefragt«, gab Hal zurück. »Und sie hat nichts davon gesagt. Aber im Zug bekommt sie wahrscheinlich nicht viel, und wahrscheinlich wird sie halb verhungert sein. Wir warten auf sie. Das ist doch kein Problem, oder? Sicher macht es niemandem etwas aus, ausnahmsweise etwas später zu Mittag zu essen, oder?«

Fliss stand auf, um noch Weißbrot zu toasten. Ihre Körpersprache besagte ganz deutlich, dass es ihr *allerdings eine Menge* ausmachte, aber ihre Stimme klang ruhig, wenn auch eisig. »Wahrscheinlich nicht. Solange ich Bescheid weiß.«

Lizzie sah, wie Hal schnell aufblickte, bemerkte seine Miene, die beherrschten Ärger ausdrückte, und fragte sich, ob es taktvoll wäre, ihren Porridge rasch aufzuessen, auf den Toast zu verzichten und die beiden sich selbst zu überlassen. Als hätte Fliss ihren Gedanken erraten, stellte sie den Toastständer direkt vor Lizzies Teller und goss ihr Kaffee nach.

»Also, wer soll sie abholen?«, fragte Hal unschuldig und begab sich damit noch tiefer in die Höhle des Löwen. »Ich bin wahrscheinlich am besten geeignet …« – Fliss zog die Augenbrauen hoch – »oder Jo natürlich«, setzte er rasch hinzu. »Doch ich habe am Vormittag einen Termin mit einem unserer Lieferanten, und ich weiß nicht, was Jo vorhat. Könntest du sie abholen, wenn ich aufgehalten werde, Liebling?«

Fliss gab ziemlich schmallippig zurück, es könne schwierig werden, das Mittagessen zu kochen *und* nach Totnes zu fahren, und dass es vernünftiger gewesen wäre, einen späteren Zug zu nehmen. Sie sprach das Wort »rücksichtsvoll« nicht aus, doch es schien in der Luft zu hängen, nachdem sie geendet hatte.

»Ich glaube, später fuhr auch noch ein Zug«, meinte Hal fröhlich, »aber dann hätte die Ärmste in Westbury umsteigen müssen. Oder in Exeter. Du weißt, wie Maria das hasst.«

Lizzie sah, wie sich Fliss' schmale Hand um das Buttermesser krampfte. »Ich könnte sie abholen«, bot sie schnell an. »Kein Problem.« Lizzie sah zwischen den beiden hin und her und hoffte, dass ihr Vorschlag taktvoll gewesen war. Fliss starrte ihren Toast an, Hals Blick ruhte auf seiner Frau. »Oder ich könnte das Mittagessen kochen«, setzte Lizzie vorsichtiger hinzu.

»Das wäre vielleicht netter«, sagte Hal und sah immer noch Fliss an, als erhoffe er sich von ihr einen Hinweis. »Schließlich kennt sie dich wirklich nicht besonders gut, oder, Lizzie?«

»Wie gut muss man jemanden denn kennen, bis er einen vom Bahnhof abholen darf?«, erkundigte sich Fliss munter. »Taxifahrer scheinen das ganz gut hinzubekommen.« Hal schien einen ungeduldigen Ausruf zu unterdrücken, während Fliss sich auf die Lippen biss, als bereute sie ihre scharfe Bemerkung.

Prue kam herein, schätzte die Lage ab, küsste sie alle auf die Wange und setzte sich. Lizzie lächelte ihr zu. Manchmal waren Prues Auftritte so gut getimt, dass man meinen könnte, sie lausche an Türen.

»Ich bin heute Morgen ziemlich spät dran«, sagte sie gerade. »Als ich aufgewacht bin, dachte ich an den lieben Theo und dieses Gebet, das er so geliebt hat. Nun ja, er hat so viele davon geliebt, oder? Aber dieses eine handelte von bösen Gedanken, die die Seele angreifen und verletzen. Er fand das so wichtig, nicht wahr? Ich habe versucht, es zu finden. Erinnerst du dich noch, welches es war, Fliss?«

Lizzie sah, dass Fliss bestürzt wirkte, als hätte Prue ihr einen Schlag unter die Gürtellinie versetzt, aber ihre Antwort fiel ziemlich mechanisch aus. »Ich glaube, es ist eines der Gebete für die Fastenzeit«, erklärte sie und begann, Butter auf ihren Toast zu streichen.

»Natürlich.« Prue nickte zufrieden. »Wie klug von dir, Fliss. Der liebe alte Theo! Wie wir ihn doch vermissen! Danke, Lizzie, ich hätte gern Porridge, wenn noch etwas da ist. Also, wie ist der Plan für heute?«

»Maria kommt nachher. Ziemlich ungünstig, weil ihr Zug um halb zwei ankommt«, erklärte Hal und klang in Anwesenheit seiner Mutter selbstbewusster. »Wir versuchen noch zu entscheiden, wer sie abholen soll.«

»Oh, ich finde, das solltest du übernehmen, mein Lieber«, sagte Prue sofort, nahm ihre Schale Porridge entgegen und bestreute sie mit reichlich braunem Zucker. Hals zufriedenes Nicken nahm sie anscheinend nicht wahr. »Und ich fahre mit. Wir können unterwegs kurz in Totnes vorbeischauen. Ich habe eine oder zwei Besorgungen zu erledigen. Und es ist Markttag. Das ist großartig.«

Angesichts dessen, wie Hals Miene umschlug, konnte sich sogar Fliss eines leisen Lächelns nicht erwehren, und Lizzie grinste Prue offen zu, die sie ihrerseits anstrahlte.

»Hal versteht sich so gut darauf, einen Parkplatz zu finden«, sagte Prue, »und es macht ihm nie etwas aus, ein paar Minuten im Halteverbot zu warten, wenn ich aufgehalten werde, nicht wahr, mein Lieber?«

»Vielleicht solltest du den Termin lieber absagen«, meinte Fliss zu Hal. »Hört sich an, als könnte das länger dauern.«

Er wirkte resigniert, aber auch erleichtert, und Lizzie fiel auf, dass die Spannung sich irgendwie aufgelöst hatte. Fliss überlegte laut, was sie zu Mittag essen sollten, und Prue löffelte ihren Porridge und schrieb eine Einkaufsliste. Lizzie beendete ihr Frühstück und huschte hinaus, um Jolyon zu suchen.

Er saß im Büro und sah die E-Mails durch. Die Hunde lagen neben seinem Schreibtisch.

»Hi«, sagte sie. »Bist du heute hier? Du fährst nicht nach Bristol oder anderswohin?«

Er schaute sie misstrauisch an. »Leider nein«, antwortete er. »Nein, ich werde hier sein. Ich muss einiges aufarbeiten.«

»Wir haben gerade entschieden, wer Maria abholt«, erklärte sie beiläufig und setzte sich an ihren Schreibtisch. »Hal wurde aus einer Schar von Bewerbern ausgewählt, und Prue hat beschlossen, ihn zu begleiten und unterwegs zum Einkaufen nach Totnes zu fahren. Genau das, was er braucht, wenn er an einem Markttag pünktlich zum Bahnhof kommen will.«

Sogar in seiner bedrückten Stimmung konnte Jolyon sich eines Lächelns nicht erwehren. »Die liebe, gute Granny«, meinte er nachdenklich. »Sie schafft es immer, ein kleines Chaos zu stiften. Bei ihr weiß man nie, woran man ist. Alles kann sich von einer Minute auf die andere ändern.«

»Ich glaube nicht, dass Hal begeistert war«, pflichtete Lizzie ihm bei, »doch Prue hat alle erfolgreich von dem Streit darüber, wer den Taxifahrer spielen sollte, abgelenkt.« Sie schaltete ihren Computer ein. »Komm Henrietta dieses Wochenende?«

Jolyon starrte finster auf seinen Bildschirm. »Das haben wir noch nicht entschieden. Ich will nicht, dass sie das Gefühl hat ... inspiziert zu werden.«

Lizzie zuckte mit den Schultern. »Als sie letzten Sonntag hier war, hast du auch nicht darüber nachgedacht.«

»Ich *habe* darüber nachgedacht, aber ich wusste, dass ... niemand sie verunsichern würde.«

Neugierig sah sie ihn an. »Glaubst du, Maria würde sie verunsichern?«

»Ich weiß es nicht. Das ist es ja gerade. Man kann sich nicht darauf verlassen, dass sie es nicht tut. Euch allen konnte ich vertrauen, das ist der Unterschied.«

Lizzie schwieg einen Moment. »Vielleicht stellst du ja fest, dass der Verlust ihres Mannes sie ein wenig verändert hat.«

»Kann schon sein. Aber ich habe nicht vor, Henrietta irgendwelchen gehässigen Bemerkungen auszusetzen. Ich werde abwarten.«

»Dagegen ist nichts einzuwenden.« Das Telefon begann zu klingeln, und sie verzog ein wenig das Gesicht. »Geht schon los.« Sie hob ab. »Keep Organics. Oh, hi, Dave. Hast du deine Tabelle bekommen? Dein Fax schien ein wenig Probleme zu machen ...«

Jo starrte seinen Computerbildschirm an, hörte nur mit einem Ohr zu, wie Lizzie mit einem der Fahrer scherzte, und machte sich Sorgen wegen des Tags, der vor ihm lag. Er warf einen Blick auf seine Armbanduhr. Jetzt würde das Frühstück vorüber sein, und die Küche wäre leer. Das war seine liebste Zeit, um sich einen Kaffee zu kochen und über das Leben nachzudenken. Er stand auf, lächelte Lizzie zu und trat, gefolgt von den Hunden, in den Hof.

So sehr er auch versuchte, die alten, schmerzhaften Erinnerungen auszublenden – sie überschlugen sich und stürmten auf ihn ein, und er fragte sich, woher in aller Welt er die Kraft nehmen sollte, gegen sie anzukämpfen. Als er durch die Spülküche ins Haus ging, schien ein Schatten an seiner Seite zu sein: ein viel jüngerer Jolyon, der die Behaglichkeit und Stille der Küche suchte und sich damit zu arrangieren versuchte, dass seine Mutter ihn nicht liebte ...

Herbst 1990

Jolyon kommt aus der Spülküche herein und sieht sich in der leeren Küche um. Seit dem frühen Morgen hat er emsig die Überreste einer Eiche, die bei den Stürmen im letzten Frühling entwurzelt worden war, zu Feuerholz zerhackt. Sie war Teil der Hecke, die die hintere Grenze des Obstgartens bildet, und hat zwei alte Apfelbäume mitgerissen, die durch ihr hohes Gewicht zerschmettert worden sind. Während der Sommerferien hat er nach und nach Zweige und die kleineren Äste als Anmachholz in Säcke gefüllt, und der gewaltige Stamm ist in überschaubare Stücke zersägt worden, die er jetzt zu Scheiten zerhackt. Diese Arbeit schenkt ihm sowohl große Befriedigung als auch einen guten Appetit, und er ist schon wieder hungrig, obwohl er ein reichhaltiges Frühstück zu sich genommen hat.

Er hebt den Deckel von der heißen Herdplatte und schiebt den Wasserkessel darauf. Rex stößt einen tiefen Seufzer aus, und Jolyon bückt sich, um ihn zu streicheln, murmelt ihm leise etwas zu und ist froh darüber, dass er da ist. Rex öffnet ein Auge und würdigt die Streicheleinheit, indem er ein- oder zweimal mit dem Schwanz auf den Boden schlägt. Als Jolyon jetzt neben ihm hockt, erinnert er sich an Rex als flauschigen Welpen, der immer Unfug anstellte, und ihm schießen, wie so oft in letzter Zeit, die Tränen in die Augen, die ihn demütigen. Jo fürchtet die Rückkehr aufs Internat, denn ihm ist klar, dass alle über die Trennung seiner Eltern Bescheid wissen und er oft nicht in der Lage ist, diese verräterischen Gefühle zu verbergen. Er lässt den Kopf hängen für den Fall, dass jemand hereinkommt. Jo streichelt Rex' weiche Ohren und versucht, mit der bitteren Erkenntnis fertigzuwerden, dass seine Mutter ihn nicht liebt. Rex legt sich zufrieden zurecht und genießt die Aufmerksamkeit.

Jolyon fühlt sich durch die mechanische Tätigkeit des Streichelns und die anspruchslose Gesellschaft seines alten Freundes beruhigt und ruft sich ins Gedächtnis, dass Mum Rex auch nicht besonders gut leiden konnte. Sie hat ihn angeschrien und in der Garage eingesperrt, und er, Jo, hatte nicht die Macht, ihn zu verteidigen. Auch Dad hatte er nicht schützen können, und sich selbst im Übrigen auch nicht. Dad und er haben sich große Mühe gegeben, damit es funktioniert, das weiß er, doch es war nicht genug. Die schmerzliche Wahrheit ist, dass Mum einfach keinen von ihnen liebt. Nicht so, wie sie Ed und Adam Wishart liebt.

Er setzt sich dicht neben Rex und krümmt sich unter dem Schmerz in seinem Herzen zusammen. Es ist dumm und mädchenhaft, sich so zu benehmen, aber er kann einfach nicht anders. Er liebt sie so sehr, und sie macht sich einfach nichts aus ihm. So sehr er es auch versucht, er begreift nicht, warum sie in der Lage ist, Ed zu lieben, Dad und ihn jedoch nicht. Dad ist einfach großartig und viel, viel netter als dieser langweilige Adam Wishart, der aussieht, als rutschte ihm das Haar nach hinten vom Kopf herunter wie eine Tagesdecke von einem Bett.

»Ich mag ihn nicht so gern wie Daddy«, hat Ed zugegeben, als er zu Ostern für ein paar Tage herunter nach The Keep kam. »Natürlich nicht. Aber was soll ich machen?«

Die Sache ist die, er weiß auch wirklich nicht, was Ed machen sollte. Doch die Art, wie Ed so nett zu Mummy und Adam ist, hat etwas ... nun ja, etwas fast Treuloses. Und er hat sich hier auf The Keep während der Osterferien wirklich unbehaglich gefühlt. Das war nicht zu übersehen.

»Ich gehöre nicht so hierher wie du«, hatte er schließlich erklärt. »Mein Zuhause ist jetzt in Salisbury, bei meinen Freunden und meiner Schule. Auf The Keep fühle ich mich fehl am Platz.«

Jo weiß, dass Dad wirklich ärgerlich über Eds Verhalten war, und als er ihn zurück nach Salisbury fuhr, bestand Jo darauf, die beiden zu begleiten. Da hat er gesehen, wie nett Ed zu Adam war. Es gab einen schrecklichen Moment, in dem Mum, Adam und Ed zusammenstanden wie eine richtige Familie und Dad anstarrten, als wäre er ein unerwünschter Fremder, und er, Jo, stand neben Dad und hielt seine Hand. Dad drückte seine Finger schrecklich fest, aber er war entschlossen, sich nicht anmerken zu lassen, dass es wehtat. Adams Haus gefiel ihm nicht, und er wusste, dass Mum wütend war, weil Dad ihr altes Haus verkaufte. Er hatte ein Gespräch zwischen ihnen mitgehört, als er zu Ostern ein paar seiner Sachen eingepackt hatte. Mum hatte Dad unterstellt, missgünstig zu sein.

»Du hast diesen Riesenkasten unten in Devon«, sagte sie, »doch du missgönnst mir dieses Haus.«

»Ich habe dir dieses Haus nie missgönnt«, gab Dad zurück. »Aber schlägst du ernsthaft vor, dass ich nicht nur zusehe, wie Adam Wishart mir meine Frau und meinen Sohn wegnimmt, sondern dass ich ihm auch noch mein Haus überlasse? Er hat ein eigenes. Du bist dort eingezogen, schon vergessen?«

»Es ist aber viel kleiner als dieses«, sagte sie mit einer quengeligen Stimme.

»Dann heul doch!«, fuhr Dad sie in einem wirklich Furcht einflößenden Ton an, und Jo war eilig ins Zimmer gelaufen, damit sie sich nicht stritten.

Da hatte sie ihn umarmt, und er hätte ihre Umarmung am

liebsten erwidert, obwohl er das Gefühl hatte, sich Dad gegenüber treulos zu verhalten. Mum hatte getan, als hätte er ein Zuhause bei ihr und Adam und Ed, obwohl sie kein Zimmer für ihn hatten. Sie sagte, wenn Dad das Haus nicht hätte verkaufen wollen, hätte er dort bleiben können, in seinem alten Zimmer, und ließ alles klingen, als wäre es Dads Schuld. Doch der Gedanke, Adam könnte dort einziehen und Dads Platz einnehmen, bestürzte ihn schrecklich, und er sagte, er hätte nichts dagegen, wenn alle seine Sachen nach The Keep kämen.

»Du kannst ja auf einem Klappbett in Eds Zimmer schlafen«, meinte sie. Weil er sah, dass Dad sich gerade eben noch beherrschte, erklärte Jo, dass er das gern tun würde, nur um den Frieden zu wahren.

»Ich habe dich enttäuscht, Junge«, bemerkte Dad später, als sie nach Devon hinunterfuhren. »Es tut mir leid, Sohn. Es liegt nicht daran, dass Mum dich nicht genauso liebt wie Ed, aber er muss wegen der Schule bei ihr wohnen.«

»Das macht nichts«, sagte er schnell. »Ich bin sowieso lieber auf The Keep. Dort ist mehr Platz, und jetzt bist du ja auch da.«

»Natürlich«, antwortete er. »In jeder freien Minute.«

Das machte Dad auch wahr. Natürlich musste er die meiste Zeit in Hampshire sein, weil er dort die Marineschule leitete, und als Jo ihn in den Herbstferien besuchte, zeigte Dad ihm den Raum, in dem der D-Day geplant worden war, und die Karte für die Landung in der Normandie, und das war wirklich toll. In den Stallungen der Schule hatte Dad ihm auch Reitstunden gebucht, und nachher ging er mit ihm im *Chairmakers Pub* essen, obwohl Jo noch nicht alt genug war, um zum Essen ein Glas Bier zu trinken. Dann fuhr Dad ihn für zwei Tage nach Salisbury, und es war wirklich schön, Ed zu sehen, obwohl er auf dem Klappbett schlafen musste. Aber Mum klebte ständig an Adam, als wollte sie ihm, Jo, beweisen, wie glücklich sie war.

Es war, als gäbe sie die ganze Zeit damit an, und Adam machte auch viel Aufhebens um Ed, als wollte er zeigen, dass Mum und Ed bei ihm glücklicher waren, als sie es bei Dad gewesen waren. *Ihn* brauchten sie zu ihrem Glück jedenfalls nicht. Am Morgen seiner Abreise hatte Jo Mum fest umarmt.

»Sei nicht so dumm«, sagte sie lachend, aber auch ungeduldig. »Und du darfst nicht eifersüchtig auf Ed sein. Vergiss nicht, dass er noch ein kleiner Junge ist. Versuch, dich nicht so kindisch zu benehmen ...«

Das Wasser kocht. Jolyon reibt sich mit den Handgelenken über die Wangen, steht auf und holt sich eine Tasse. Plötzlich öffnet sich die Tür, und Caroline stürzt herein.

»Ich habe mein Portemonnaie verloren«, erklärt sie. »Nein, da liegt es ja auf der Kommode. Ich fahre schnell nach Totnes, Jolyon. Ist bei dir alles in Ordnung, oder möchtest du mitkommen?«

»Nein, ich mache gleich im Obstgarten weiter«, sagt er, beschäftigt sich mit seiner Tasse und einem Glas löslichem Kaffee und achtet darauf, ihr den Rücken zuzudrehen. »Bis später.«

Die Tür schließt sich hinter Caroline, und er stößt einen Seufzer der Erleichterung aus. Er kann das inzwischen ganz gut: seine Stimme munter und fröhlich klingen lassen, obwohl das Herz in seiner Brust eine harte kleine Kugel aus Schmerz ist. Jo hatte diese törichte Hoffnung gehegt, Mum würde feststellen, dass sie Adam doch nicht so gern mochte und dass diesen Sommer vielleicht zwischen ihr und Dad alles wieder in Ordnung kommen würde. Aber jetzt erkennt er, dass das nur Wunschdenken ist. Er rührt seinen Kaffee um, setzt sich an den Küchentisch und sieht sich in dem vertrauten Raum um. Schimmerndes Porzellan steht auf den Regalböden des Küchenbüfetts; die Patchwork-Vorhänge passen zu den Kissen auf dem Fenstersitz. Auf den abgetretenen Bodenplatten liegen bunte Läufer, und auf dem tiefen Fensterbrett stehen Geranien. Er ist gern hier, hört Rex beim Schnarchen zu und tut so, als könnten jeden Moment Ellen oder Fox hereinkommen. Fox würde im Obstgarten Holz gehackt haben, genau wie er selbst vorhin. »Sitzt hier und trinkt um diese Tageszeit Kaffee«, würde Ellen vielleicht sagen. »So weit ist es schon gekommen.« Ellen ist vor seiner Geburt gestorben, aber an Fox kann Jo sich noch schwach erinnern. Doch Jolyon hat das Gefühl, die beiden wirklich zu kennen, weil Fliss ihm so viel über sie erzählt hat.

Fox hat sich um The Keep gekümmert und dafür gesorgt, dass es bestens instand gehalten wurde und alles richtig funktionierte. Es musste ein gutes Gefühl gewesen sein, sich umzusehen und zu wissen, dass durch seine harte Arbeit alles reibungslos lief. Ellen musste genauso empfunden haben, denn sie versorgte alle Menschen, die auf The Keep lebten, kochte köstliche Mahlzeiten für sie und machte sie glücklich.

Einen Moment lang hat Jo das Gefühl, dass sie hier in der stillen Küche bei ihm sind – Ellen, die sich mit ihrer Arbeit beschäftigt, und Fox, der sich in dem Schaukelstuhl am Aga-Herd ausruht –, und er gehört zu ihnen, ist ein Teil einer langen Kette von Menschen; ein weiterer Chadwick, der sein Zuhause und die Menschen, die darin leben, beschützt …

Die Tür öffnete sich, und Fliss kam herein. »Kurze Pause?«, fragte sie und lächelte ihm zu.

»Ich habe Geister gesehen«, antwortete er. »Mich, als ich jung war. Caroline. Ellen. Fox.«

»Ich sehe sie auch oft.« Fliss nahm eine große Kasserolle aus dem Küchenbüfett und begann, auf einem Hackbrett die Zutaten für ihr geplantes Mittagessen zusammenzutragen. »The Keep ist voller Geister, doch sie sind harmlos, findest du nicht?«

»Oh ja. Aber manchmal aufwühlend.«

Fliss begann, Gemüse und Kräuter zu hacken; sie schnitt Fleisch und nahm ein Glas mit Brühe aus dem Kühlschrank.

»Kommen wir denn je über die Vergangenheit hinweg?«, fragte Jo plötzlich zornig. »Man denkt, man hat es geschafft, und dann kehrt alles wie aus dem Nichts zurück, und es ist ... frustrierend. Und enttäuschend. Man fühlt sich so beschränkt, als hätte man sich nicht weiterentwickelt.«

»*Wer kann sich selbst von seiner Kleinlichkeit und seinen Beschränkungen befreien* ...«, murmelte Fliss, die ihm immer noch den Rücken zudrehte und hackte und schnitt.

»Wie bitte?«, wollte er stirnrunzelnd wissen.

»Nichts«, sagte sie. »Nur ein Zitat aus einem Gebet. Die Sache ist die, dass die Vergangenheit einen unerwartet einholt und vor Probleme stellt, von denen man denkt, man hätte sie gelöst. Man wird davon überrumpelt.«

»Ich weiß nicht einmal, wie ich sie anreden soll«, erklärte er unglücklich.

Fliss tat nicht so, als hätte sie nicht verstanden. »Es gibt nichts Unangenehmeres«, pflichtete sie ihm bei. »Am Ende versucht man, es überhaupt zu vermeiden, aber es ist so anstrengend. Vor Jahren kannte ich eine Frau, deren Schwiegermutter darauf bestand, dass sie sie ›Mutter‹ nannte. Und meine Freundin brachte das einfach nicht fertig. ›Sie ist nicht meine Mutter‹, pflegte sie zu sagen. ›Ich habe eine eigene Mutter. Das ist einfach nicht richtig.‹ Bei mir war das einfacher. Ich habe das ›Tante‹ weggelassen und habe das ›Prue‹ beibehalten.«

»Es ist so schwierig zu tun, als wäre nichts passiert«, bemerkte Jolyon. »Als sie vor ein paar Monaten hier war, da war es nicht zu übel, weil sie noch durch Adams Tod unter Schock zu stehen schien. Sie war sehr gedämpft, sehr still; überhaupt haben alle wenig gesprochen. Aber jetzt klingt sie, als wollte sie einen

Neuanfang machen, und ich kann mir nicht vorstellen, wie das gehen soll. Nicht, nachdem so viel Porzellan zerschlagen worden ist.«

Fliss gab alle Zutaten in die Form, schob sie in den Ofen und drehte sich um, um Jo anzusehen.

»Ich empfinde ebenso«, erklärte sie. »Ich fühle mich deswegen genauso negativ und ärgerlich wie du.«

Verblüfft, aber getröstet starrte er sie an. »Wirklich? Dad scheint das alles so ... nun ja, so locker zu nehmen. Daneben fühle ich mich richtig kleinlich. Schließlich hat er genauso viel gelitten wie wir alle.«

Fliss lehnte sich mit dem Rücken an die Handtuchstange des Aga-Herds und verschränkte die Arme vor der Brust. »Hal hat ganz allgemein eine unkomplizierte Herangehensweise an das Leben«, meinte sie nachdenklich. »In diesem Fall hat er anscheinend alles emotional verarbeitet und abgehakt, und vielleicht kann er es sich deswegen leisten, großzügig zu sein.«

»Er hatte dich«, sagte Jo ziemlich bitter. »Wahrscheinlich war das der Unterschied. Glaubst *du* denn, es könnte funktionieren?«

»Vielleicht. Kommt darauf an, wie sehr Maria es sich wünscht. Auch wenn viel Schaden angerichtet worden ist, ist es möglich, noch etwas Gutes herauszuholen.« Sie lächelte ihm zu. »Erinnerst du dich an den Ingwertopf?«

Er erwiderte das Lächeln, wenn auch zögerlich, und sie setzte sich ihm gegenüber.

»Ich hatte eine Idee«, sagte sie vorsichtig. »Als ich erfahren habe, dass Maria kommt, habe ich Cordelia eingeladen. Wir haben noch nicht genau abgemacht, für welchen Tag, doch ich dachte, es wäre vielleicht eine gute Idee, die Familiensituation durch jemanden von außen sozusagen zu ›entschärfen‹. Wie wäre es denn, wenn Cordelia und Henrietta zusammen kämen?

Das würde ganz natürlich wirken – sie sind schließlich alte Freunde von uns –, und es würde dir für den Anfang ein wenig den Druck nehmen. Wir können ja behaupten, Henrietta und Lizzie seien auch alte Freundinnen. Ich weiß, dass Henrietta ein paar Jahre jünger ist als Lizzie, aber darauf braucht es nicht anzukommen. Was meinst du, wäre das eine Idee?«

Jolyon schwieg, starrte in seinen Kaffeebecher und drehte ihn unablässig in den Händen. Er schüttelte den Kopf. »Ich weiß es einfach nicht«, meinte er schließlich. »Jemand könnte etwas Peinliches sagen. Granny zum Beispiel. Ich glaube, Henrietta will sich zu nichts drängen lassen. Und ich auch nicht.«

»Ein Risiko ist es schon«, räumte Fliss ein, »doch Granny weiß, was auf dem Spiel steht, und sie ist nicht dumm. Wir stehen auf deiner Seite, Jo. Du kannst darauf vertrauen, dass wir taktvoll sind. Letzten Sonntag war es doch in Ordnung, oder?«

Er nickte. »Ich könnte Henrietta fragen. Hören, was sie davon hält.«

»Mach das. Wenn Maria unbedingt wieder Teil unseres Lebens werden will, können wir ebenso gut so anfangen, uns darauf einzustellen.«

19. Kapitel

Langsam stieg Cordelia die Treppe, die vom Strand nach oben führte, hinauf und blieb stehen, um über die Schulter zu sehen. McGregor folgte ihr auf dem Fuß. Der Horizont war in weichen Dunstwolken verschwunden, die über die schimmernde graue Meeresoberfläche trieben und die Sonne dämpften, sodass sie wie eine blasse Silberscheibe wirkte. Die leichte Brise war feucht und kalt, und Cordelia erschauerte. In der einen Hand hielt sie ihre kleinen Fundstücke – eine vollkommene blauschwarze Muschelschale und ein Stück glatt geschliffenes grünes Glas. Die andere Hand hatte sie tief in ihrer Tasche vergraben, um sie zu wärmen. Am oberen Ende der Granittreppe blieb Cordelia einen Moment stehen, um zu Atem zu kommen. Zwei Wanderer gingen über den oberen Weg, und ein dritter war ein Stück hinter ihnen zurückgeblieben und sah in die Richtung zurück, aus der sie gekommen waren.

Cordelia öffnete das kleine Tor, das auf den breiten Steinbalkon führte, und legte ihre Schätze auf den verwitterten Teakholztisch, während McGregor zu seinem Napf lief und durstig trank. Eine steinerne Vertiefung verlief über eine Ecke des Balkons, und hier bewahrte sie das Treibgut auf, das sie fand: eigenartig gemusterte Steine, unbeschädigte Muschelschalen, kleine Glasflaschen.

Sie war beschwingt von ihrer Kletterpartie und einem neuen, wunderbaren Gefühl der Erleichterung. Gestern hatte sie einen so schönen Tag mit Henrietta verbracht – ein köstliches Mittagessen in *Pulhams Mill* und nachher ein kleiner Einkaufsbummel durch den angeschlossenen Barn Shop, der Kunsthandwerk anbot. Sie hatte locker und ungezwungen über Angus und die Party gesprochen, und Henrietta hatte nicht ein einziges Mal sarkastisch oder abwertend reagiert. Sie hatte zugehört, ganz beiläufig ein paar Fragen gestellt und gemeint, sie würde Julia und Pete sehr gern wiedersehen.

Offensichtlich war ein kleines Wunder geschehen, und Henriettas aufkeimende Liebe zu Jolyon machte sie menschlicher, weicher. Tatsächlich hatte sie sich offenbar mehr Gedanken darüber gemacht, dass Maria nach The Keep kommen würde, und darüber, wie Jo damit fertigwürde, als über Cordelias Beziehung zu Angus. Immer noch gab es gefährliche Bereiche, was Untreue, Betrug und Scheidung anging und die anzusprechen sich Cordelia fürchtete: Susan – und daher auch Maggie und Roger – stellte eines dieser Minenfelder dar, bei denen sie es klüger fand, sie zu umgehen.

Trotzdem war es ein Anfang. An diesem Abend hatte sie mit Angus gesprochen. Sie war so glücklich, dass sie ein ganz schlechtes Gewissen hatte, weil sie ihm am Abend der Party so über den Mund gefahren war, doch er erwähnte es nicht. Er klang nur erfreut darüber, dass Henrietta akzeptiert hatte, dass er wieder auf der Bildfläche erschienen war und Cordelia den ersten wichtigen Schritt dazu getan hatte, ihre Beziehung wieder öffentlich zu machen.

»Das ist erst der Anfang«, hatte sie warnend gemeint, »und ich möchte sehr vorsichtig sein und sie nicht bedrängen. Aber es hat sich gut angelassen. Ich hatte recht. Dadurch, dass sie sich in Jo verliebt hat, ist sie weichherziger geworden.«

Sie waren so erleichtert, so glücklich – und sie hatten verabredet, dass Angus am Montag zum Abendessen kommen würde –, und doch dachte sie noch über diese unerwarteten Gefühle von Verletzung und Groll nach, die nach der Party in ihr aufgestiegen waren. Ein Teil von ihr war insgeheim erfreut darüber, dass es immer noch einen sehr guten Grund dafür gab, noch eine Zeit lang wachsam zu sein.

Cordelia öffnete die Glastür und trat in die Küche; sie hatte großen Hunger. Es war später, als sie gedacht hatte, und sie fragte sich, was sie sich zum Mittagessen zubereiten sollte. Von der tiefen steinernen Fensterbank aus zwinkerte ihr das rote Auge des Anrufbeantworters zu. Während sie begann, ihre Jacke auszuziehen, beugte sie sich darüber, um festzustellen, ob jemand eine Nachricht hinterlassen hatte. Der kleine Bildschirm blinkte; sie drückte auf die Knöpfe, und dann erfüllte Fliss' klare Stimme den Raum.

»Hi, Cordelia, hier ist Fliss. Könnten Sie mich anrufen, wenn Sie einen Moment Zeit haben? Danke.«

Cordelia wandte sich vom Fenster ab und zögerte verwirrt; etwas stimmte nicht. Sie konnte den Grund für ihr Unbehagen nicht sofort definieren, doch als sie sich umsah, wurde sie sich merkwürdiger Veränderungen bewusst. Zum Beispiel hatten ein Foto von Henrietta und ein Topf Geranien, die auf dem kleinen Regal standen, die Plätze getauscht. Der schwere Windsor-Stuhl stand jetzt seitwärts zum Tisch, und auf seiner breiten Sitzfläche lag ein verblichenes, mit kariertem Stoff bezogenes Kissen von einem der anderen Stühle. Auf dem kleinen hölzernen Lesepult, das auf dem Tisch stand, damit sie beim Essen lesen konnte, lagen jetzt zwei Bücher, die sie seit Jahren nicht mehr zur Hand genommen hatte. Sie waren geschlossen und standen nebeneinander. Beide waren Taschenbücher von Georgette Heyer; eines war *Simon, der Kaltherzige* und das andere *Die widerspenstige Witwe*.

Einen Arm noch in der Jacke, starrte Cordelia sie an. Panik lief ihr wie ein Schauder das Rückgrat hinunter, und sie erzitterte, holte tief Luft und zwang sich mit bloßer Willenskraft zur Ruhe. Möglich, dass jemand hereingekommen war – dummerweise hatte sie die Hintertür wieder nicht abgeschlossen. Aber warum hätte dieser Jemand ihre Besitztümer bewegen sollen? Die plötzliche Erkenntnis, dass der Eindringling sich noch im Haus befinden könnte, erfüllte sie mit Entsetzen. Sie rief McGregor und stand dann reglos da und horchte angestrengt, doch bis auf die übliche Geräuschkulisse des Meeres hörte sie nichts.

Der Hund kam hereingetappt und schnüffelte an dem Windsor-Stuhl, zeigte aber keine Spur von Misstrauen. Cordelia bewegte sich leise, öffnete die Tür zur Diele und lauschte wieder, doch alles war still, und ein deutliches, instinktives Gefühl sagte ihr, dass sie allein im Haus war.

Ganz plötzlich löste sich ihre Angst. Sie ging in ihr Arbeitszimmer und blickte sich rasch um. Alles schien an seinem Platz zu sein, der Computerschirm war leer, und ihr Laptop stand genauso da, wie sie ihn auf dem Schreibtisch zurückgelassen hatte.

Sie rannte durch den Flur in das kleine Wohnzimmer. Auch hier war nichts verändert; an den Wänden fehlten keine Bilder, und keine Gegenstände waren von dem kleinen Glastisch genommen worden. Oben war alles so, wie sie es verlassen hatte. Weder Schmuck noch Ziergegenstände waren weggenommen worden; und ihre Tasche, in der Geldbörse und Inhalt nicht angerührt waren, lag auf der Frisierkommode. Cordelia ging zurück in die Küche und sah in die kleine Wedgwood-Schale, in die sie ihr Kleingeld für den Parkautomaten warf. Sie war mehr als halb voll mit Ein- und Zwei-Pfund-Münzen und Fünfzig- und Zwanzig-Cent-Stücken, und auch der Zehn-Pfund-Schein, den sie für den Fensterputzer bereitgelegt hatte, steckte noch unter der Ecke der Käseplatte.

Verwirrt und besorgt setzte sich Cordelia an den Tisch. Ein Dieb, der die Gelegenheit nutzte, würde doch wohl kaum Zeit damit verschwenden, Möbel und Bücher zu bewegen, und dabei einen teuren Laptop und offen herumliegendes Geld ignorieren, oder? Das war verrückt. Sie sah schon ein paar Sekunden auf den verschnörkelten schmiedeeisernen Kerzenständer vor ihr, als sie den Koala bemerkte. Er war sorgfältig auf einen seiner Arme gesetzt worden, damit es so aussah, als kletterte er zwischen den hübsch bemalten metallenen Blumen hoch. Seine schwarzen Lederpfoten umklammerten den eleganten schwarzen Stängel, und seine schwarzen Knopfaugen sahen sie aus dem Laub heraus an. Sie erwiderte den Blick ängstlich und ungläubig.

Aber du hast den Bären doch in die Schublade gelegt, sagte sie sich.

Sie stand auf, trat schnell an die Kommode, zog die mittlere obere Schublade auf und sah hinein. Das weiche graue Spielzeug lag auf der Seite, und seine leeren schwarzen Lederpfoten waren nach vorn gestreckt und halb geschlossen, als wollten sie nach etwas greifen. Cordelia knallte die Schublade zu; jetzt hatte sie richtig Angst. Das hier war schlimmer als ein kleiner Diebstahl, Furcht einflößender, als Opfer eines Einbrechers zu sein, der heimlich in ihr Haus eingedrungen war.

In ihrer Jackentasche tastete sie nach dem Handy, entsperrte es – und zögerte dann. Sie wusste, Angus würde darauf bestehen, dass sie die Polizei einschaltete, aber was sollte sie den Beamten sagen? Dass keine Wertgegenstände fehlten, dass einige Möbel und Gegenstände bewegt worden waren und jemand einen Plüsch-Koala in das Blattwerk an ihrem Kerzenständer gesetzt hatte. Cordelia schüttelte den Kopf. Sie würden sie für verrückt halten. Außerdem würde Angus böse auf sie sein. Er hatte sie schon oft ausgeschimpft, weil sie so nachlässig mit dem Abschließen der Küchentür war.

»Ich war doch nur zehn Minuten unterwegs«, pflegte sie dann zu sagen. »Bin nur kurz mit McGregor zum Strand hinuntergeschlendert. Meine Güte, hier oben kommen bloß Wanderer vorbei, und die Straße dürfen nur Anwohner befahren. Und das Tor hinter dem Haus ist vom Pfad aus nicht zu sehen. Hör auf, so ein Theater zu machen.«

Trotzdem wünschte sie, er wäre jetzt bei ihr, böse oder nicht. Wenn Angus da wäre, würde sie sich sicher fühlen. Sie trat an den Tisch und sah auf die beiden Taschenbücher hinunter. Sie hatte die Titelseiten sofort erkannt, aber warum sollte jemand gerade diese zwei Bücher aus ihrer großen Bibliothek aussuchen? Ihr kam eine Idee, und sie ging in ihr Arbeitszimmer. Ihre Bücher waren in alphabetischer Reihenfolge geordnet, und sie brauchte nur ein paar Sekunden, um festzustellen, dass diese beiden Heyer-Romane fehlten.

Ihr Handy begann zu klingeln, und sie rannte in die Küche und griff danach. Es war Henrietta.

»Hallo, Schatz.« Cordelia zwang sich, einen fröhlichen Ton anzuschlagen; Henrietta durfte nicht ahnen, dass etwas nicht stimmte. »Wie geht's dir?«

»Prima. Hör mal, Jo hat gerade angerufen. Du weißt ja, dass seine Mutter jede Minute auf The Keep erwartet wird, und du sagtest doch, dass du vielleicht am Wochenende hinfährst?«

»Ja.« Mühsam konzentrierte sich Cordelia. »Ja, das stimmt. Und als ich vor ein paar Minuten hereinkam, hatte Fliss auf den Anrufbeantworter gesprochen, wahrscheinlich um etwas zu verabreden.«

»Also, Jo hatte überlegt, ob wir beide nicht zusammen fahren könnten. Wir wollen seiner Mutter nicht den Eindruck vermitteln, dass etwas Besonderes vorgeht, und das wäre vielleicht eine Art, unauffällig vorzugehen. Alte Freunde der Familie und so. Was meinst du?«

Ja, was meinte sie? Vor einer Stunde wäre sie hocherfreut gewesen und froh darüber, dass Henrietta das Gefühl hatte, ihr in einer Sache, die für sie so bedeutend war, vertrauen zu können.

Im Moment allerdings fühlte sie sich verwirrt, verängstigt und nicht in der Lage, rational zu denken.

»Bist du noch da, Mum? Geht's dir gut?«

»Jaja, natürlich. Das klingt nach einer sehr guten Idee, so machen wir es. Soll ich mit Fliss reden, um herauszufinden, was für sie ein guter Zeitpunkt wäre? Oder hat Jo mit dir darüber geredet?«

»Nein. Wir hatten uns nur darüber unterhalten, ob wir das schaffen, ohne etwas zu verraten.«

»Schön. Gut, dann rufe ich Fliss an und melde mich nachher bei dir. Ist das in Ordnung?«

»Toll. Danke, Mum.«

Cordelia tat einen tiefen Atemzug und versuchte, ihren Herzschlag zu beruhigen. Sie bekam kaum Luft. Sie hatte Angst, eines der Bücher aufzunehmen, den Koala zu verstecken oder das Foto und die Geranie und den Windsor-Stuhl wieder an den richtigen Platz zu stellen. Zum einen lag das daran, dass sie einfach keinen der Gegenstände, die bewegt worden waren, berühren wollte. Zum anderen dachte sie, dass sie es lieber lassen sollte für den Fall, dass sie dabei Spuren zerstörte, Fingerabdrücke zum Beispiel.

Ein paar Sekunden stand sie schweigend da, und dann hörte sie ein Auto den Weg heraufkommen. Rasch huschte sie in ihr Arbeitszimmer und blieb ein Stück vom Fenster entfernt stehen. Sie sah, wie der Wagen vor der am weitesten entfernten der drei Garagen anhielt. Das junge Paar, das in Nummer eins wohnte, stieg aus. Cordelia entspannte sich. Sie beobachtete, wie sie Taschen und das Baby aus dem Auto hoben und zusammen auf ihr Tor zugingen. Ihre Zuversicht kehrte zurück, und ohne darüber nachzudenken, trat sie in die Diele, zog die Handschuhe aus ihrer Manteltasche und ging wieder in die Küche. Schnell stellte sie alles, was bewegt worden war, an seinen ursprünglichen Platz zurück. Behutsam zog sie den Koala aus seinem Versteck zwischen den Blättern und Blüten und legte ihn zu dem anderen in die Schublade.

Während sie auf die beiden Romane auf ihrem Lesepult hinuntersah, klingelte ihr Handy; es war wieder Henrietta.

»Mum, Jo und ich hatten eine andere Idee. Wie wäre es, wenn ich dich über das Wochenende besuche? Das würde alles ein wenig einfacher machen und etwas ... nun ja, echter wirken lassen.«

Cordelia schwieg einen Moment. Sie fühlte sich zwischen Angst und Freude hin- und hergerissen. »Das ist eine großartige Idee«, sagte sie. »Aber was fängst du mit den Hunden an? Oder bringst du sie auch mit? Das wäre kein Problem. Doch was ist mit den Ponys? Ich fürchte, mit denen werde ich nicht fertig.«

»Im Dorf wohnt ein Mädchen, Jackie, das gern am Wochenende einspringt. Jackie hilft oft aus, und Maggie hat das mit ihr geklärt für den Fall, dass ich einen freien Tag brauche. Sie ist bereit, später noch vorbeizukommen und bis Sonntagabend zu bleiben. Aber bist du dir sicher?«

»Natürlich bin ich mir sicher«, antwortete Cordelia mit klopfendem Herzen. »Doch ich habe noch nicht mit Fliss gesprochen. Ich dachte, sie sitzen vielleicht noch beim Mittagessen. Also, soll ich dich abholen?«

»Nein, ich komme selbst mit dem Wagen. Ich nehme Maggies Polo. Damit komme ich klar. Ich weiß noch nicht ganz genau, um wie viel Uhr ich bei dir bin, aber ich schreibe dir von unterwegs eine SMS. Toll, Mum. Danke. Bis später. Bye.«

Cordelia verabschiedete sich und legte das Handy auf den Tisch. Und was mache ich, wenn dieser Irre auftaucht, während Henrietta hier ist? Was dann?, fragte sie sich.

Wieder betrachtete sie die Titel der beiden Taschenbücher, und eine vage Idee nahm in ihrem Kopf Gestalt an. Sie erinnerte sich an die hochgewachsene Gestalt mit dem Fernglas oben auf der Klippe, an dem Morgen, an dem Fliss zum Kaffee vorbeigekommen war, und daran, dass sie später auf dem Computer einen Teil ihrer Arbeit verloren hatte. Cordelia erinnerte sich daran, wie ihr im Delikatessenladen jemand scharf auf die Schulter getippt hatte und ein Mann aus dem Geschäft geeilt war, als sie sich herumgedreht hatte. Und dann fiel ihr das Foto ein, das unter dem Scheibenwischer gesteckt hatte.

Das Telefon klingelte, und Cordelia zuckte zusammen. Es war Fliss.

»Sie sind jetzt auf dem Rückweg vom Bahnhof«, erklärte sie. »Hat Henrietta Ihnen von unserem raffinierten Plan erzählt?«

»Ich finde, das ist ein sehr guter Plan«, sagte Cordelia, »und Henrietta kommt heute Nachmittag mit dem Auto herüber. Wann sollen wir denn bei Ihnen sein?«

»Wir dachten, morgen am späten Vormittag, und dann könnten Sie zum Mittagessen bleiben. Wie wäre das?«

»Wunderbar. Ich finde auch, dass es auf diese Art natürlicher aussehen wird.« Kurz fragte sich Cordelia, ob sie Fliss von ihrem eigenartigen Erlebnis erzählen sollte, aber sie entschied sich dagegen. Das wäre nicht fair. Nicht gerade jetzt, da Maria jede Minute eintreffen würde. »Dann bis morgen«, sagte sie munter. »Viel Glück.«

Sie überzeugte sich davon, dass beide Türen abgeschlossen und die Fenster fest geschlossen waren, und dann ging sie nach oben, um das Bett für Henrietta zu beziehen.

20. Kapitel

Maria ließ ihre Tasche aufs Bett fallen und sah sich mit einem zufriedenen Seufzer um; alles war gut. Zuerst der liebe Hal, der mit großen Schritten den Bahnsteig entlanggeeilt war, um sie zu begrüßen, und die Erleichterung, sich rückhaltlos in seine feste Umarmung sinken zu lassen, ohne sich Fliss' fragenden Blickes bewusst zu sein, der alles verdorben hätte. Und dann hatte Prue draußen im Auto gewartet. Prue zu sehen war ein ziemlicher Schock gewesen, denn vorher hatte Maria sich genüsslich die Fahrt nach The Keep ausgemalt, nur Hal und sie, niemand sonst. Und natürlich hatte die liebe Prue den Beifahrersitz mit Beschlag belegt, was es viel schwieriger machte, sich zu unterhalten. Aber trotzdem war es nett von ihr, dass sie mitgekommen war. Schließlich hätte man es auch verstehen können, wenn Prue als ihre Ex-Schwiegermutter ihr gegenüber Vorbehalte gehabt hätte.

Als sie auf The Keep angekommen waren, war Fliss herausgekommen und ihr entgegengegangen, und Maria hatte es fertiggebracht, das kurze, instinktive Aufflackern von Nervosität und Feindseligkeit zu unterdrücken und war auf Fliss zugeeilt und hatte sie umarmt. Nun ja, eine richtige Umarmung war das nicht gewesen – Fliss war kein Mensch, den man herzhaft in den Arm nehmen konnte. Dazu war sie zu steif und dünn, viel zu dünn. Es fiel Maria immer schwer, knochige Menschen zu umarmen. Jedenfalls hatte Fliss sie freundlich aufgenommen, das war das Großartige. Sie hatte ein köstliches Mittagessen gekocht, das, wie sie gesagt hatte, auf Maria wartete. »Ich hoffe, du hast Hunger mitgebracht«, hatte Fliss hinzugefügt. Und dann war Jolyon in die Halle getreten, als sie gerade alle hineingegangen waren, und er hatte so attraktiv, fit und stark ausgesehen, dass Maria ganz überwältigt gewesen war. Er sah dem jungen Hal unglaublich ähnlich; und er war lieb gewesen, wenn auch ein wenig kühl und reserviert.

Maria berührte den hübschen Bettbezug aus bestickter weißer Baumwolle, warf einen beifälligen Blick auf den Stapel flauschiger weißer Handtücher und ließ die Schlösser an ihrem Koffer aufschnappen. Es war wohl zu viel verlangt, auf dem guten alten The Keep auf ein eigenes Bad zu hoffen, aber wenigstens würde das Wasser heiß sein. Sie legte ihre Kleidungsstücke in die Schubladen einer antiken Kommode mit gewölbter Front und hängte zwei Röcke und ihren Mantel in den riesigen, nach Zedernholz duftenden Kleiderschrank. Einbauschränke gab es auch keine. The Keep war ganz und gar nicht modern; doch irgendwie kam es nicht darauf an. Und – oh! – wie froh sie war, hier zu sein und festzustellen, wie wenig das Leben sich verändert hatte!

Sie spürte einen unangenehmen Stich, als sie sich ehrlich eingestehen musste, dass sich an diesem Haus vieles verändert hätte, wenn sie hätte entscheiden können. Genau diese Atmosphäre, die sie jetzt so beruhigend fand, wäre restlos zerstört worden. Merkwürdig, wie sich die eigenen Werte veränderten, wenn man älter wurde. Materielle Dinge wurden weniger wichtig, während Menschen, Freunde … Die Hände noch voller Unterwäsche, ließ Maria sich unvermittelt aufs Bett sinken und weinte. Es war schrecklich, wie diese Anstürme von Trauer sie aus dem Nichts überfielen und sich nicht beherrschen ließen. Plötzlich erschien es ihr vollkommen undenkbar, dass sie hier auf The Keep war, während Adam …

Sie krümmte sich zusammen, verbarg das Gesicht in der frisch duftenden Unterwäsche, um ihr krampfhaftes Schluchzen zu dämpfen. Jetzt wünschte sie, sie wäre netter zu ihrer Mutter gewesen, als Dad gestorben war. Aber ihre Mutter hatte so gefasst gewirkt; ihre typisch britische Haltung war nicht ein einziges Mal ins Wanken geraten. Maria richtete sich auf und kam sich unzulänglich vor; dann zuckte sie mit den Schultern. Na, das war nichts Neues – ihre Mutter hatte immer die Macht besessen, ihr klarzumachen, dass sie auf die eine oder andere Art unzulänglich war. Schließlich hatte ihre Mutter ihre Heirat mit Hal gefördert und dann ebenso geschickt dazu beigetragen, dass sie sich von ihm löste, als klar wurde, dass es ihrer Tochter nicht bestimmt war, die Schlossherrin von The Keep zu werden.

Ihre Eltern hatten solche Angst davor gehabt, dass ihr ganzes Geld in den Schatztruhen der Chadwicks verschwinden würde. Sie hatten die Aussicht gehasst, die Kontrolle über den Besitz, die Tochter und die Enkel zu verlieren, besonders über Ed. Die beiden waren so stolz auf ihn gewesen, als er das Stipendium für die Chorschule bekommen hatte. Jolyon allerdings war Hal zu ähnlich gewesen – und zu loyal ihm gegenüber, als es hart auf hart kam –, um die gleiche Zuneigung auf sich zu ziehen. Welche Ironie des Schicksals, dass Ed derjenige sein sollte, der das Haus verlor, das ihre Eltern ihr hinterlassen hatten!

Maria wischte sich die Wangen mit einem weichen Baumwollslip ab und stand auf. Als sie fast mit dem Auspacken fertig war, klopfte es an der Tür, und Lizzie steckte den Kopf ins Zimmer. »Alles in Ordnung?«

»Wunderbar. Ganz wie in alten Zeiten. Es ist so schön, hier zu sein.« Maria wünschte sich, dass Lizzie sie akzeptierte und auf ihrer Seite stand. Sie brauchte Beifall; er wärmte sie. »Und es fühlt sich so behaglich an. In letzter Zeit ist mir oft schrecklich kalt. Ich glaube, ich stehe immer noch unter einer Art Schock. Das ist alles so plötzlich gekommen.« Mitleid heischend lächelte sie der Jüngeren zu und wartete auf den kurzen, mitfühlenden Blick, der sie trösten und aufrichten würde.

Lizzie nickte verständnisvoll. »Wenn das so ist, hätten Sie vielleicht gern eine Tasse Tee. Fliss sorgt gerade dafür. Kommen Sie doch in die Halle, wenn Sie so weit sind.«

Lizzie verschwand, und Maria blieb verstimmt zurück. Einem Teil von ihr gefiel die Vorstellung, wie ein besonderer Gast behandelt zu werden, aber ein anderer Teil hatte das Bedürfnis, als Familienmitglied akzeptiert zu werden und nach Belieben zu kommen und zu gehen. Leicht verärgert runzelte sie die Stirn. Wahrscheinlich waren sie davon ausgegangen, dass ihr klar war, dass sie in der Halle Tee trinken würden. Selbst wenn für halb fünf Uhr am Nachmittag der Weltuntergang angekündigt wäre und die ganze Welt Bescheid wüsste, würde in der Halle auf The Keep ein Chadwick sitzen und Tee trinken …

Maria rief sich scharf zur Ordnung und setzte ein Lächeln auf. Dann nahm sie ihr Kaschmirjäckchen und ging hinaus, hinunter in die Halle.

Jolyon trat hinter seiner Mutter ein, beobachtete, wie sie sich an den Kamin neben Prue setzte, und sah, wie die Ältere ihr herzlich zulächelte.

Er fragte sich, wie alle es fertigbrachten, auf ganz natürliche Art fröhlich auszusehen. Sogar Fliss verhielt sich, als wäre Maria eine liebe alte Freundin. Er selbst konnte den Zorn kaum bezähmen, der in ihm aufstieg, wenn Maria ihn unterhakte oder ihn kurz umarmte oder wenn sie in einem mütterlichen Versuch, ihre besondere Beziehung zu demonstrieren, seine Hand tätschelte. Dann musste er den heftigen Drang niederringen, sie abzuschütteln und zu schreien: »Es ist zu spät.« Es war ihm unmöglich, ihre zärtlichen Blicke zu erwidern oder sie »Mum« zu nennen. Das konnte er einfach nicht.

Er hörte, wie Fliss aus der Küche kam, und drehte sich um.

Froh darüber, etwas zu tun zu haben, nahm er ihr das Tablett ab. Ihre Blicke trafen sich, und er sah, dass ihre Miene sehr ernst war, fast finster, und ihm wurde klar, dass sie nicht so unbeschwert war, wie sie vorgab. Jo zog die Augenbrauen hoch, um ihr sein Verständnis zu signalisieren, und sie lächelte dankbar. Gemeinsam gingen sie hinein, und als er das Tablett absetzte, gelang es ihm, auf der gegenüberliegenden Seite des niedrigen Tisches Stellung zu beziehen, sodass ein kleiner Abstand zwischen ihm und Maria entstehen würde, wenn er sich setzte.

»Wir haben gerade darüber gesprochen«, sagte sie zu ihm, »wie sehr du deinem Vater ähnelst, als er in deinem Alter war. Das ist fast schon unheimlich.«

Auf eine alberne, theatralische Art legte sie die Hand aufs Herz, als wäre die Erinnerung irgendwie tief bewegend, und er brachte es gerade noch fertig, vage zu lächeln. Aber er konnte nicht antworten, weil der Zorn ihn erneut ergriffen hatte.

»Du meinst, du erinnerst dich an die Zeit, als Dad in meinem Alter war«, hätte er am liebsten geschrien, »und unser Leben nur aus Streitigkeiten, Geschrei und Schmollen bestand? Und du hast dich mit diesem verdammten Keith Graves herumgetrieben, Rex geschlagen, wenn er mit schmutzigen Pfoten aus dem Garten kam, und Dad deswegen jedes Mal, wenn er von der Basis heimkehrte, Vorwürfe gemacht.«

Er schenkte Tee ein, biss sich auf die Lippen und war sich bewusst, dass neben ihm Fliss die Tassen aufstellte und ihn vor Marias Blick abschirmte. Jo sah, wie sie ihm einen besorgten Seitenblick zuwarf.

»Habe die Milch vergessen«, murmelte sie und eilte hinaus. Er sah, dass ein Milchkännchen auf dem Tablett stand, doch es war zu spät, um sie zurückzurufen, und dann kam Lizzie herein.

»Jo«, sagte sie, »tut mir leid, dass ich die Party stören muss, aber du hast einen wichtigen Anruf. Könntest du ins Büro kommen?«

Er richtete sich auf, konnte seine Erleichterung kaum verbergen und lächelte den beiden Frauen unbestimmt zu.

»Bedaure«, meinte er und ignorierte Marias enttäuschte Miene. »Wahrscheinlich dauert es nicht lange.«

»Jetzt haben wir alles.« Fliss war wieder da und brachte ein weiteres Kännchen Milch mit. »Jo, ihr könnt euren Tee später trinken, Lizzie und du.«

Er folgte Lizzie nach draußen.

Als sie in der Küche standen, streckte sie die Hand nach ihm aus. »Es gibt keinen Anruf, Jo. Fliss dachte nur, du könntest eine Auszeit gebrauchen.«

Kurz schloss er die Augen und schüttelte den Kopf. »War das so offensichtlich? Ich weiß ehrlich nicht, was mit mir los ist. Ich glaube, ich gehe trotzdem hinüber ins Büro. Ich hoffe, Henrietta ist inzwischen auf dem Weg hierher – möglicherweise ist sie ja schon bei Cordelia. Ich rufe sie an. Vielleicht beruhigt mich das.«

»Mach das. Schick Hal hinüber, um Fliss zu unterstützen. Ich gehe mit den Hunden auf den Hügel. Wir versuchen, sie so weit wie möglich aus dem Weg zu halten, solange Maria hier ist.«

Er nickte. »Sie ist kein Hundemensch. Danke, Lizzie.«

Er ging hinaus, überquerte den Hof und betrat die ausgebaute Scheune. Sein Vater blickte von seinem Schreibtisch auf.

»Alles in Ordnung?«

Jo zuckte mit den Schultern. »Ich weiß nicht«, gab er kühl zurück. »Ich habe das Gefühl, für die Rolle des verlorenen Sohnes besetzt worden zu sein, obwohl ich nicht darum gebeten habe und sie nicht besonders mag.«

Hal stützte die Ellbogen auf den Schreibtisch und legte das Kinn in die Hände. »Tut mir leid, Sohn. Als Adam starb und

Maria bat, uns besuchen zu dürfen, dachte ich wirklich, das wäre eine Gelegenheit für uns, endlich darüber hinwegzukommen. Vielleicht habe ich mich ja geirrt. Es ist einfach so, dass ich böses Blut, schlechte Nachrede und verbotene Themen hasse, und ich hatte gehofft, die richtige Zeit wäre gekommen, um das alles in Ordnung zu bringen.«

Jo setzte sich an seinen Schreibtisch und starrte seinen Computer an. »Ich habe nicht vor, mich schuldig zu fühlen«, erklärte er ärgerlich.

Sein Vater wirkte verblüfft. »Warum solltest du auch?«, fragte er. »Niemand kann dir etwas vorwerfen. *Du* warst schließlich der Leidtragende. *Du* bist doch zwischen die Fronten geraten. Mein Gott, Jo! Warum zum Teufel solltest *du* dich schuldig fühlen?«

»Weil ich ihr nicht verzeihen kann«, rief er aufgebracht. »Ich will nicht, dass sie plötzlich hier auftaucht und die liebende Mutter spielt. Ich dachte, ich wäre darüber hinweg, hätte es verarbeitet. Und jetzt hat sie das alles wieder aufgerührt. Ich erinnere mich wieder an all den verdammten Schmerz, und das kann ich gerade jetzt nicht gebrauchen.«

»Es tut mir leid.« Hal stand neben ihm und legte ihm die Hand auf die Schulter. »Es tut mir so leid, Jo. Fliss hatte recht. Ich habe das Ganze vollkommen falsch eingeschätzt. Und was du sagst, stimmt: Das alles wird wieder aufgerührt. Als ich Maria vorhin am Bahnhof gesehen habe, da war es fast so, als sähe ich ihre Mutter an, vor all den Jahren. Wirklich seltsam.«

Jo wollte keine Vertraulichkeiten hören, wollte nicht, dass sein Vater ihm sein Herz über die Vergangenheit ausschüttete. »Na ja, wir müssen eben damit umgehen«, murmelte er. »Aber Fliss braucht vielleicht Hilfe. Sie trinken gerade Tee, und ich will jemanden anrufen. Das Gespräch könnte eine Weile dauern.«

Sein Vater ging hinaus, und Jo wartete einen Moment und

zog dann sein Handy hervor. Henrietta meldete sich nach ein paar Mal Klingeln.

»Hallo«, sagte sie. Ihre Liebe ließ ihre Stimme warm klingen, und er spürte, wie das Herz in seiner Brust einen Satz machte. »Wie kommst du zurecht? Ist sie schon da?«

»Ja. Wir haben zu Mittag gegessen, sie hat ausgepackt, und jetzt trinken die anderen Tee. Wo steckst du?«

»Ich bin gerade in eine Haltebucht gefahren, nicht weit von der M5.«

»Ich wünschte, ich könnte dich sehen«, sagte er. Ihm kam ein Gedanke, und er setzte sich gerade auf. »Hör mal, ich habe eine geniale Idee. Wenn ich dir erkläre, wie du fahren musst, könnten wir uns in ungefähr einer halben Stunde an der A38 treffen. Was meinst du?«

»Großartig«, antwortete sie gelassen. »Aber du musst es mir ganz genau erklären. Von hier aus bin ich erst einmal zu Mum gefahren. Doch ich würde mich sehr freuen, dich zu sehen.«

Seine Stimmung hellte sich abrupt auf. »Hör zu«, sagte er. »Ich bleibe die ganze Zeit am Telefon, und ich fahre jetzt los. Du machst Folgendes ...«

Hal überquerte den Hof. Jos Ausbruch hatte ihn bestürzt, und er machte sich Sorgen. Er fragte sich, wie in aller Welt er die Situation so falsch hatte beurteilen können, dass Marias Besuch sich jetzt zu einer Katastrophe auswachsen könnte, statt einen Heilungsprozess einzuleiten. Keine Frage, er hatte unterschätzt, wie tief Jolyon verletzt worden war. Er konnte verstehen, dass Jo die Zurückweisung durch Maria nicht vergessen hatte, aber trotzdem hatte ihn die Verbitterung in Jos Stimme schockiert. Er hätte sich selbst treten können, weil er auf Marias Wünsche eingegangen war. Fliss war von Anfang an dagegen gewesen, und er hätte auf sie hören sollen. Das Problem war, dass er sich aus den verschiedensten Gründen schuldig fühlte. Schuldig, weil er sich damals nicht gegen seine Mutter und Großmutter aufgelehnt und nicht darauf beharrt hatte, dass Fliss und er zusammen sein durften; schuldig, weil er Maria von Fliss erzählt und ihr schwaches Selbstbewusstsein untergraben hatte; schuldig, weil Jo die Hauptlast getragen hatte, als die Beziehung zwischen ihm und Maria gescheitert war.

Aber es war verdammt komisch, wie der Blick in Marias Gesicht ihn an ihre Mutter und an eine unangenehme Szene erinnert hatte, bei der sie ihm vorgeworfen hatte, sie über sein Erbe in die Irre geführt zu haben. Als Maria gesehen hatte, dass Ma auf dem Bahnhofsparkplatz im Auto saß, hatte ihre Miene, die Ärger und Empörung ausdrückte, mit einem scharfen Ruck die Vergangenheit wieder heraufbeschworen, wenn auch nur für einen kurzen Moment. Hal zuckte mit den Schultern; jetzt mussten sie die Sache durchstehen. Durch die Spülküche trat er in die Küche, holte tief Luft und wappnete sich.

Als er in die Halle kam, blickte Fliss auf, und er sah ihr angespanntes Gesicht, lächelte ihr zu und deutete ein Zwinkern an.

»Jo braucht noch eine Weile«, erklärte er. »Das kommt davon, wenn man zwei Jobs auf einmal ausübt, aber er ist glücklich dabei. Das ist das Großartige.«

»Allerdings«, pflichtete Prue ihm geruhsam bei und machte sich über ihr Kuchenstück her. »Ich habe Maria gerade erzählt, dass du neue Fotos von Ed und ihrer Wohnung hast. So praktisch, diese Methode, Fotos per Computer zu schicken. Maria hat keinen Computer, mein Lieber. Deswegen habe ich gesagt, du würdest sie ihr zeigen.«

Fliss nickte ermunternd und warf ihm einen schnellen Blick zu. »Bitte. Das wird die nächste halbe Stunde füllen«, schien er zu besagen.

»Ich würde sie sehr gern sehen«, erklärte Maria. »Ich fürchte, Ed und Rebecca sind keine großen Briefeschreiber. Und Anrufe ...«

Sie wirkte betreten, als sie so den fehlenden Kontakt zu den jungen Leuten beklagte und eine mitfühlende Reaktion herausforderte, und Hal lachte leise.

»Ich fürchte, Ed schlägt mir nach«, gab er fröhlich zurück. »Zum Glück machen E-Mails und das Internet es viel beschäftigten Menschen ein wenig leichter. Ich gehe die Bilder holen.«

21. Kapitel

Jo brachte es fertig, Marias Führung durch das Torhaus bis nach dem Frühstück hinauszuschieben. Als er am vergangenen Abend von seinem Treffen mit Henrietta zurückgekommen war, war es fast dunkel gewesen, und trotz der sanften Beteuerungen seiner Mutter, sie könne es kaum erwarten, seine Wohnung zu sehen, hatte er es geschafft, standhaft zu bleiben. Es überraschte ihn selbst, dass er in der Lage war, sich ihrer Forderung zu widersetzen, und wusste, dass sein Treffen mit Henrietta ihm den Mut gegeben hatte, sich zu weigern.

»Ich habe keine Ahnung, was in mich gefahren ist«, hatte er gesagt, als sie in ihrem Auto gesessen und sich an den Händen gehalten hatten. »Ich bin so zornig. Normalerweise werde ich nicht leicht wütend, und deswegen verstehe ich das nicht.«

Sie hatten sich seitwärts gewandt, damit sie einander anschauen konnten, und er hatte in diese Augen gesehen, die diese seltsame Topas-Farbe hatten, und gewusst, dass hier jemand war, der ihn vollkommen verstand.

»Ich schon«, hatte sie leise gesagt. »Unsere Eltern haben unseren Glauben an die Liebe untergraben, ohne es zu wollen. Unser Zuhause und unsere Familien wurden auseinandergerissen, und das können wir ihnen nie ganz verzeihen. Und wir können niemals wirklich darauf vertrauen, dass es uns nicht genauso ergehen könnte. Dass wir vielleicht etwas in uns tragen, ein ähnliches Gen, das es möglich macht, dass wir das Gleiche tun. Wir können der Liebe, ihnen – oder uns selbst – nicht wirklich vertrauen. Oder ihnen ihren Verrat verzeihen.«

Jo hatte genickt. »Ganz genau, so ist es. Aber was können wir dagegen tun? Bis ich dir begegnet bin, wollte ich mich nie auf das Risiko einer ernsten Beziehung einlassen.«

Sie umfasste seine Hände fester. »Ich auch nicht. Deswegen bin ich Kindermädchen geworden. Ich hatte beschlossen, niemals zu heiraten und eigene Kinder zu bekommen, also war es das Nächstbeste.«

»Und jetzt?«

»Jetzt denke ich – das *glaube* ich jedenfalls –, dass ich das Risiko vielleicht eingehen möchte.«

Da ließ er ihre Hände los und umarmte sie. Ewig saßen sie so da und hielten einander fest. »Trotzdem weiß ich immer noch nicht, wie du mit Maria fertigwerden sollst«, sagte sie. »Bei mir ist das einfach. Mum war immer da, obwohl ich manchmal ziemlich schrecklich zu ihr war. Dad war derjenige, der gegangen ist. Trotzdem war ich stets auf seiner Seite. Verrückt, was?«

Er hatte ihr zugestimmt. »Fliss hat einmal zu mir gesagt, Kinder erwarteten von ihren Eltern, vollkommen zu sein, einfach weil sie erwachsen sind. Aber das sei eine unrealistische Erwartung, weil niemand frei von Fehlern und Schwächen ist. Ich weiß nur, dass ich dich liebe. Ich werde dich immer lieben. So sieht es jetzt für mich aus.«

»Ich liebe dich auch. Aber ich möchte trotzdem nichts überstürzen.«

Sein Herz war fast vor Freude geplatzt. Er hatte sie fest umarmt und das Gesicht in ihrem weichen, schimmernden schildpattfarbenen Haar vergraben. »Das werden wir nicht. Wenn wir uns morgen treffen, werde ich mich dir gegenüber einfach freundlich und locker verhalten. So wie Lizzie gegenüber. Aber ich werde es hassen.«

Sie hatte ihn von sich weggedrückt und ihn gemustert. »Versprich, dass du nicht schummelst. Nicht eine Minute.«

»Nicht eine Minute«, hatte er gelobt. »Du kannst mir vertrauen.«

»Ja«, hatte sie gesagt und tief durchgeatmet. »Ich glaube, das kann ich.«

Als er jetzt beobachtete, wie sich Maria in seinem kleinen Wohnzimmer umsah, spürte er einen Hauch von Mitleid mit ihr.

»Besonders groß ist es ja nicht, oder?«, sagte er, denn er ging davon aus, dass sie Kritik üben würde, und nahm sie vorweg. »Aber ich mag es hier. Dadurch bin ich unabhängig, obwohl es gut zu wissen ist, dass ich auf der anderen Seite des Hofes Gesellschaft haben kann, wenn ich möchte. Das Beste aus beiden Welten sozusagen.«

»Ein perfektes Arrangement«, pflichtete sie ihm mit nachdenklicher Miene bei. »So langsam wird mir klar, dass ich wirklich schlecht allein sein kann. Ich hasse es.«

Jo erstarrte und wehrte die gefährliche Versuchung ab, wie früher auf ihre emotionalen Erpressungsversuche zu reagieren. »Es wird zwangsläufig eine Weile dauern, sich daran zu gewöhnen«, meinte er ruhig. »Du stehst ja noch ganz am Anfang. Aber du hast doch jede Menge Freunde in Salisbury, oder?«

Maria sah ihn beinahe vorwurfsvoll an, doch er blickte ihr direkt in die Augen; er hatte nicht vor, sich schuldig oder verantwortlich zu fühlen. Sie wandte sich ab, inspizierte seine CD-Sammlung und seine Bücherregale, musterte die zwei Gemälde, die beide von David Stead stammten, und hielt dann inne, um den Ingwertopf zu betrachten.

»Wie hübsch«, bemerkte sie. »Er sieht wertvoll aus. Ist er das?«

Er zögerte. »Für mich schon«, sagte er schließlich. »Fliss hat ihn mir vor Jahren geschenkt.«

»Wirklich?« Ihr Interesse war geweckt. »Ich frage mich, wo sie ihn herhatte.«

»Sie hat ihn aus Hongkong mitgebracht. Er war ein Geschenk der Amah der Zwillinge, als Zeichen für die Liebe und Freundschaft, die zwischen ihnen existiert hatte. Als Fliss einmal mit Miles umgezogen ist, hat sie ihn in dem Haus in Dartmouth zurückgelassen, und ihre Mieter haben ihn zerbrochen. Sie haben ihn kleben lassen, aber Fliss konnte sich nie verzeihen, dass sie so achtlos mit etwas umgegangen war, das so viel bedeutete. Sie hat ihn mir als Symbol geschenkt.«

»Ein Symbol wofür?«

Wieder zögerte er; er mochte ihr nicht allzu viel enthüllen. »Für Loyalität und Freundschaft. Sie sagte, selbst wenn eine Beziehung Schaden genommen habe, heiße das nicht unbedingt, dass sie unwiederbringlich zerstört sei. Manchmal könne sie dadurch sogar zu etwas ganz Besonderem werden.« Er ärgerte sich, weil er zu viel gesagt hatte, weil er etwas verraten hatte, das Fliss ihm im Vertrauen erzählt hatte. »So etwas in der Art jedenfalls.«

Jo hatte Angst, Maria könnte ihn ins Kreuzverhör nehmen, doch sie sah ihn nicht an. Mit gesenktem Kopf berührte sie sanft den Ingwertopf und zog die Risse nach.

»Er ist wunderschön«, sagte sie schließlich.

Sie drehte sich um, und er bemerkte, dass ihr Gesicht ernst war. Ausnahmsweise unternahm sie keinen Versuch, sich darzustellen, und plötzlich sah sie trotz ihres Make-ups und des sorgfältig gefärbten Haares so alt aus, wie sie war. Wieder durchfuhr ihn ein vertrauter, verräterischer Anflug von Mitleid, obwohl er ihm widerstand.

»Willst du noch nach oben gehen?«, fragte er und versuchte, nicht widerwillig zu klingen.

Aber sie schüttelte den Kopf. »Dieses Zimmer ist genug«, erklärte sie. »Es hat mir alles verraten, was ich wissen musste. Danke, Jolyon.«

Vor ihm trat sie auf den Hof hinaus, und er folgte ihr überrascht und erleichtert.

Als Cordelia und Henrietta eine Stunde später auf den Hof fuhren, war es Fliss, die sie begrüßte.

»Haben Sie bis jetzt überlebt?«, flüsterte Cordelia ihr ins Ohr, als sie einander umarmten.

»So gerade eben«, schnaubte Fliss frustriert und ließ sie dann los. Über das Autodach hinweg winkte sie Henrietta zu, die sehr schön und ein wenig einschüchternd aussah. Fliss lächelte in sich hinein; sie wusste nur zu gut, wie sie selbst ausschaute, wenn sie Angst hatte. Miles hatte es einmal zusammengefasst. »Ein klarer, kühler Blick, der es fertigbringt, einen verlegen zu machen. Man fühlt sich wie ein Schuljunge und fragt sich, ob man sich die Haare schneiden lassen sollte oder ob man saubere Schuhe hat. Dieser Blick sorgt dafür, dass man bei der Stange bleibt, aber er hält einen auch gleichzeitig eine Armeslänge auf Abstand und teilt einem mit, dass man für mangelhaft befunden worden ist.«

Fliss wusste und bedauerte das, doch ihr war klar, dass hinter diesem Blick das Bedürfnis stand, sich selbst zu schützen. Nur wenige Menschen wussten, wie schüchtern und unsicher sie sein konnte. Ihr kühler Blick war eine wunderbare Verteidigung, und genau diesen Trick wandte Henrietta jetzt an.

»Es ist so schön, Sie zu sehen«, sagte sie herzlich. »Ist dieses Wetter nicht abscheulich? Ich hasse diesen Nebel, der vom Meer heranzieht. Susanna und Gus kommen später zum Tee. Treten Sie ein und trinken Sie etwas.«

Jo war nirgendwo zu sehen, aber Hal beschäftigte sich mit dem Getränke-Tablett. Prue stand neben ihm. Maria saß auf einem der langen Sofas und wirkte nachdenklich. Fliss stellte alle vor, und Maria und Cordelia schüttelten einander die Hand, während Henrietta hinter dem anderen Sofa stehen blieb. »Hallo«, sagte sie zu Jos Mutter. »Ist Lizzie da?«, fragte sie Hal.

Gerade in diesem Moment kamen Lizzie und Jo gemeinsam herein, und Fliss bemerkte, dass Jo lächelte und Henrietta und Cordelia zuwinkte. Letztere bewegte die Lippen und wünschte ihm lautlos »Alles Gute zum Geburtstag«. Dann ging er zu seinem Vater und seiner Großmutter. Inzwischen waren Cordelia und Maria tief in ein Gespräch versunken. Fliss dankte im Stillen Prue, deren Idee es gewesen war, Maria den Artikel zu zeigen, den Cordelia über The Keep geschrieben hatte. Diese spezielle Ausgabe von *Country Life* wurde im Gästezimmer aufbewahrt, und Prue hatte Marias Aufmerksamkeit darauf und auf zwei von Cordelias Büchern gelenkt.

Maria war angemessen beeindruckt und ziemlich aufgeregt über die Aussicht gewesen, eine Schriftstellerin kennenzulernen. Fliss beobachtete sie und vermutete, dass sie das gründlich von jeglicher Spekulation über die Beziehung zwischen Jo und Henrietta abgelenkt hatte.

»Sie bringt ihre Tochter mit«, hatte Fliss Maria erklärt, als sie über Cordelia gesprochen hatten. »Henrietta besucht sie für ein paar Tage. Lizzie und sie sind enge Freundinnen, obwohl Henrietta in London lebt. Wir kennen die beiden natürlich ewig, aber ich bin mir nicht sicher, ob du Cordelia schon begegnet bist. Jedenfalls weiß ich, dass du die beiden mögen wirst.«

Offensichtlich konnte Maria eine bekannte Journalistin und ihre Tochter viel leichter als Mittagsgäste auf Jos Geburtstag akzeptieren, als das bei alten Marine-Freunden der Fall gewesen wäre, und jetzt warf Fliss Prue einen Blick zu, um festzustellen, ob sie bemerkte, wie gut ihr Plan funktionierte. Die alte Dame lächelte ihr strahlend zu und hob ihr Glas, und Fliss konnte das Lachen, das perlend in ihr aufstieg, nicht unterdrücken.

Lizzie und Henrietta plauderten angeregt – als wären sie tatsächlich alte Freudinnen –, und Jo saß lässig neben den beiden, nahm gelegentlich an ihrem Gespräch teil, redete aber größtenteils mit seinem Vater über Rugby. Alles war gut. Fliss ließ sich von Hal ihr Glas Wein geben, und er schenkte ihr ein so eigenartiges Lächeln, dass sie von ihrer Zuneigung zu ihm überwältigt wurde. Sie trat vor und hob ihr Glas.

»Lasst uns auf Jo trinken und es hinter uns bringen!«, sagte sie. »Und dann kann er sich bis zum Tee, wenn er seine Geschenke bekommt, entspannen.«

Jolyon grinste ihr zu, und alle drehten sich um, hoben die Gläser und riefen: »Alles Gute zum Geburtstag!«, und der heikle Moment war vorüber.

Als Henrietta und Cordelia nach dem Tee nach Hause fuhren, herrschte dichter, kalter Nebel. Cordelia spürte, dass ihre Tochter starr vor aufgestauten Emotionen war, und suchte nach den richtigen Worten, um ihr beim Entspannen zu helfen.

»Wir haben das sehr gut überstanden«, erklärte sie schließlich. »Findest du nicht auch? Ich mag Susanna und Gus wirklich gern, und Jolyon war großartig.«

Henrietta holte tief Luft und entspannte sich sichtlich; ihre Schultern sanken herab, und ihre verkrampften Hände lösten sich. »Er war sehr überzeugend«, gestand sie. Merkwürdig, obwohl er ihr hatte versprechen müssen, nichts zu verraten, hatte es sie erstaunt, wie gut er seine Gefühle für sie verborgen hatte. Zu keinem Zeitpunkt hätte jemand ahnen können, dass sie etwas anderes als alte Freunde waren, genau, wie sie es sich von ihm gewünscht hatte. Da war es eigenartig und auch dumm, dass sie sich beinahe verletzt fühlte. Es war furchtbar gewesen, ihn ohne ein beruhigendes Wort oder ein Lächeln zu verlassen.

»Und wie kam dir Maria vor?«, fragte Cordelia gerade.

Henrietta dachte darüber nach. »Sie war gar nicht so übel«, sagte sie schließlich. »Eigentlich recht nett. Doch sie stellt sich immer ein wenig in den Vordergrund, oder?«

»Nur ein wenig.« Cordelia bremste ab und spähte nach vorn. »Ich hasse es, in einem solchen Nebel zu fahren. Komisch, aber alles sieht ganz anders aus.«

»Du hast dich übrigens auch gut geschlagen«, meinte Henrietta. »Du hast Marias Aufmerksamkeit wunderbar von uns abgelenkt.«

»Mein Artikel über The Keep und meine Bücher haben sie sehr beeindruckt«, räumte Cordelia ein, die sich über die Anerkennung ihrer Tochter freute. »Das hat ein wenig dazu beigetragen, sie abzulenken. Sie denkt, dass ich vielleicht einen Artikel über sie schreibe.«

»Du machst wohl Witze! Oder wohnt sie in einem ganz besonderen Haus?«

»Ich glaube nicht. Sie gehört nur zu diesen Menschen, die gern beachtet werden wollen. Ich habe ihr ein bisschen etwas vorgemacht und über die unterschiedlichen Auswirkungen eines Trauerfalls geredet, um ihre Aufmerksamkeit weiterhin zu fesseln.«

Henrietta schmunzelte und verzog dann das Gesicht. »Jo hat sich so gut geschlagen, dass du dir die Mühe vielleicht nicht hättest machen müssen«, meinte sie leise.

Cordelia verbarg ein Lächeln. »Ich dachte, das wolltest du so.«

»Ja«, gestand Henrietta. »Aber ich bin ziemlich schockiert darüber, dass ihm das so gut gelungen ist. Dumm, nicht wahr?«

Sie lachten beide und fuhren dann in freundschaftlichem Schweigen weiter.

Ich schreibe ihm eine SMS, wenn wir da sind, dachte Henrietta. Er hätte doch herauskommen und sich verabschieden können, statt einfach nur von der Treppe aus zu winken. Aber Mum hat recht. Genau so habe ich es gewollt.

Ich bin froh, dass Henrietta heute Abend bei mir ist, dachte Cordelia. Dieser Nebel am Meer kann ein bisschen unheimlich sein. Ich hoffe, dass wir nichts Ungewöhnliches vorfinden, wenn wir nach Hause kommen. Gott sei Dank ist McGregor da. Er wird jeden vertreiben, der versucht, ins Haus zu kommen.

Sie bremste ab und lenkte den Wagen auf die schmale Straße, die zur Küste führte.

»Gott sei Dank ist es vorbei«, meinte Fliss später zu Hal, als sie sich bettfertig machten. »Jo hat sich großartig geschlagen, nicht wahr?«

Hal zog seinen Pullover aus und knöpfte sein Hemd auf. »Ich muss zugeben, wenn ich es nicht besser wüsste, hätte ich gesagt, dass Henrietta und er einander von Kindheit an kennen und er nicht mehr Interesse an ihr hat als an Lizzie. Die beiden waren großartig. Fast schon furchterregend. Ich hatte ja keine Ahnung, dass Jolyon so ein guter Schauspieler ist. Es ist sehr schwierig, fünf oder sechs Stunden lang durchgehend so zu tun, als wäre man nicht in jemanden verliebt.«

Ein kurzes Schweigen trat ein.

»Ach, ich weiß nicht«, sagte Fliss nicht ohne Bitterkeit, während sie ihre Ohrringe ablegte. »Wir haben das fünfundzwanzig Jahre lang ganz gut hinbekommen.«

Einen Moment lang stand Hal mit schockierter Miene da, und dann trat er zu ihr. Sie saß am Frisiertisch, und er schlang die Arme um sie und zog sie hoch.

»Ach, Fliss«, sagte er reumütig. »Wir haben es aber nicht immer geschafft, oder?«

An seiner Brust schüttelte sie den Kopf. »Nicht immer.«

Sie blieben eng umschlungen stehen und dachten an die Vergangenheit zurück.

»Erinnerst du dich noch an diesen Abend, an dem ich Rex hergebracht habe?«, murmelte er an ihrem Haar.

»Oh, Hal«, sagte sie betrübt. »Ich erinnere mich an alles. Wie hätte ich das vergessen können? Ich hätte allerdings nicht gedacht, dass du es noch weißt.«

»In letzter Zeit«, antwortete er und hielt sie immer noch fest umarmt, »erinnere ich mich wieder an gewisse Gelegenheiten. Doch diese werde ich nie vergessen.«

»Ich war mit den Zwillingen hier, und Großmutter lag im Sterben«, sagte Fliss.

»Es hatte zu schneien begonnen.« Hal hielt Fliss immer noch in den Armen und schmiegte die Wange an ihr Haar. Traurigkeit stieg in ihm auf. »Ich hätte Maria nicht kommen lassen dürfen«, murmelte er. »Ich habe das nicht richtig durchdacht. Das war ein wenig selbstherrlich von mir, nicht wahr?«

Sie machte sich los und sah ernst zu ihm auf. »Das ist, als öffnete man die Büchse der Pandora. Niemand von uns weiß, was herauskommen könnte. Es ist ein großes Risiko.«

»Wirklich?« Er sah auf sie hinunter. »Glaubst du das wirklich, Fliss?«

Sie wandte sich ab und setzte sich wieder an den Frisiertisch. »Möglich wäre das. Auf jeden Fall für Jolyon, der im Moment sehr emotional ist ...«

»Und für uns?«

»Wie du schon sagtest, holt es Erinnerungen zurück. Ich bin mir nicht sicher, ob das immer eine gute Idee ist.«

»Am Boden der Büchse der Pandora war etwas zurückgeblieben«, sagte Hal und zog sein Hemd aus. »Was war das noch?«

Im Spiegel beobachtete Fliss ihn einen Moment lang. »Die Hoffnung«, antwortete sie.

22. Kapitel

Am Montagmorgen fuhr Fliss Maria zum Bahnhof.

»Ich möchte eigentlich gar nicht fort«, sagte Maria und drehte sich um, um durch den Bogengang des Torhauses zu Prue zurückzusehen, die auf der Treppe stand und winkte. »Töricht, nicht wahr? Ich bin halt eine Närrin. Das weißt du ja.«

Sie wandte sich wieder um. Fliss war verwirrt und fragte sich, was sie darauf sagen sollte.

»Es ist schlimm für dich«, begann sie vorsichtig, »dass du damit fertigwerden musst, allein zu sein. Aber um ehrlich zu sein, hatte ich irgendwie nie den Eindruck, dass das Leben in einer größeren Gruppe etwas für dich ist.«

»Absolut nicht«, pflichtete Maria ihr bereitwillig bei. »Das ist ja gerade das Verrückte daran. Als ich jung war, fand ich zugegebenermaßen das Leben hier grauenvoll. Jetzt finde ich den Gedanken sehr reizvoll.«

Fliss war verblüfft über diese Aufrichtigkeit – und leicht nervös. »Ich kann mir vorstellen, dass es sich sicher anfühlt. Allein zu sein ist schrecklich, nicht wahr?«

»Für mich schon. In letzter Zeit habe ich viel darüber nachgedacht und erkannt, dass immer jemand da war, der mein Leben kontrolliert hat. Zuerst meine Eltern, dann Hal und schließlich Adam. Ich war es gewohnt, dass jemand mir sagte, was ich zu tun hatte und wie. Als Einzelkind wurde ich verwöhnt, und alles war perfekt geordnet. Sogar jetzt noch suche ich immer nach jemandem, der die Verantwortung trägt. Bei dir war das anders, nachdem du so früh Waise geworden warst.« Mitfühlend sah sie Fliss an. »Wie in aller Welt hast du das durchgestanden?«

»Unter Schwierigkeiten.« Über die kurvenreichen Straßen fuhr Fliss in Richtung Staverton und erinnerte sich daran, wie verängstigt sie gewesen war. »Ich durfte mir wegen Mole und Susanna nichts anmerken lassen. Ich weiß noch, wie eine abscheuliche Frau zu mir sagte, ich müsse ihnen jetzt eine kleine Mutter sein, und ich erinnere mich, wie empört und zornig ich tief in meinem Inneren war, weil ich keine kleine Mutter sein wollte. Ich hatte das Gefühl, mir sei das Recht auf Trauer genommen worden, einfach nur, weil ich älter als die beiden war. Da war es so eine Erleichterung, zurück nach The Keep und zu Großmutter zu kommen und einen Teil der Last abzulegen.«

»Du hast mir immer das Gefühl vermittelt, so unreif zu sein«, erklärte Maria nachdenklich. »Na, da war ich ja auch. Aber es war nicht gerade eine Hilfe zu wissen, dass Hal dich liebte.« Sie sah, wie Fliss instinktiv eine Bewegung machte, die Verlegenheit und Abwehr ausdrückte, und lächelte. »Tut mir leid. Ich weiß, du hasst diese Dramen und alles, doch es stimmt ja. Bist du nicht immer noch wütend darüber, wie die Erwachsenen in unseren Familien unser Leben zerstört haben? Ich hätte bei Adam bleiben sollen, aber meine Eltern waren so hingerissen von Hal – ich auch natürlich. Er war so selbstbewusst und reif. Doch ohne den Druck von Mum und Dad wäre ich, glaube ich, mit Adam zusammengeblieben. Und das mit dir und Hal, das war eigentlich verrückt, oder? All dieses Gerede darüber, dass ihr Cousin und Cousine ersten Grades seid. Selbst wenn eure Väter eineiige Zwillinge waren, kann ich nicht begreifen, warum so viel Aufhebens darum gemacht wurde.«

»Ich glaube schon, dass wir zu leicht nachgegeben haben«, erklärte Fliss. »Aber wir vergessen, dass das alles viele Jahre zurückliegt. Damals war es schwierig, sich gegen die Wünsche der Älteren aufzulehnen, und wir waren alle so jung.«

Sie fuhren über die Shinner's Bridge, am Mühlrad vorbei, und Maria sah in den schimmernden, glitzernden Fluss hinunter.

»Es war ein Fiasko«, meinte sie betrübt, »und ich war eine solche Närrin. Ich kann dir gar nicht sagen, wie viel ich bereue. Danke, dass ich kommen durfte; es war mir sehr wichtig.«

»Du bist immer willkommen«, gab Fliss mühsam zurück. Sie wunderte sich immer noch über Marias einfache, ungekünstelte Worte und konnte sich nicht schlüssig darüber werden, ob das wieder eine neue Rolle war, die Maria sich ausgedacht hatte – vielleicht die der bußfertigen verlorenen Tochter?

»Wirklich?« Maria sah sie zweifelnd an. »Ich bin mir nicht sicher, ob Jolyon das auch so sieht. Oder du, wenn du ganz ehrlich bist. Hal macht sich so oder so nichts daraus. Warum sollte er auch?«

»Ich glaube, Jo muss viel Vertrauen neu aufbauen.« Fliss beschloss, dass sie das Ehrlichkeits-Spiel beide spielen konnten. »Das gelingt nicht an einem Wochenende.«

Maria biss sich auf die Lippen. »Nein, das verstehe ich ja. Ich weiß, wie es für ihn aussieht, für euch alle. Adam ist tot, Ed ist fortgegangen. An wen soll ich mich jetzt halten? Ich kann es nicht abstreiten. Aber Adams Tod war ein furchtbarer Schock und hat mir manches klargemacht. Vielleicht ist es zu spät, um Wiedergutmachung zu leisten, doch ich muss es versuchen, besonders bei Jolyon. Ist das denn verkehrt?«

Sie fuhren auf den Bahnhofsvorplatz, und Fliss hielt neben dem Zaun an und saß einen Moment bei laufendem Motor da.

»Nein«, sagte sie schließlich, »natürlich nicht. Doch du musst bedenken, dass Menschen nicht einfach auf Befehl vergeben und vergessen können. Vielleicht hattest *du* ja eine Offenbarung, aber *er* hatte keine.«

Maria schaute Fliss an. »Du siehst immer alles so klar«, meinte sie wehmütig. »Ich habe dich stets um deine Scharfsicht beneidet. In meinem Leben scheint immer solch ein Durcheinander zu herrschen. Danke fürs Fahren. Geh nicht mit auf den Bahnsteig. Ich komme zurecht.«

»Natürlich begleite ich dich«, erklärte Fliss. »Ich würde mir sonst Sorgen machen, der Zug könnte nicht kommen oder du müsstest ewig warten. Hör mal, steig doch aus, damit ich näher am Zaun parken kann, und dann holen wir deinen Koffer heraus.«

»Und nach alldem«, erzählte Fliss Prue später, »habe ich sie zu Hals Geburtstag eingeladen, und dann bin ich nach Hause gefahren, habe es bereut und war ziemlich ärgerlich auf mich selbst. Als hätte ich mich manipulieren lassen.«

»Nein, nein.« Prue legte ihr Buch zur Seite und schüttelte den Kopf. »Das war ganz richtig von dir. Die arme Maria. Offensichtlich hat der Schock über Adams Tod ihr in vielerlei Hinsicht die Augen geöffnet, und das kann so schmerzhaft sein. Das war freundlich von dir, Fliss.«

»Ich habe mich aber nicht freundlich gefühlt. Ein Teil von mir findet, dass sie zu billig davonkommt. Ein bisschen wie in der Geschichte vom verlorenen Sohn, nicht wahr? Er benimmt sich abscheulich, und dann kommt er einfach hereinspaziert, sagt: ›Tut mir leid‹, und alle sollen sich vor Freude überschlagen.«

Prue lachte. »Weißt du noch, wie du das zum lieben Theo gesagt hast, als du klein warst? Es hat dich schrecklich bestürzt, dass der ältere Sohn so wenig gewürdigt wurde, und Theo musste versuchen, dir zu erklären, dass beide Seiten Fehler gemacht hatten.«

»Hat er das?« Fliss runzelte die Stirn. »Daran kann ich mich nicht erinnern.«

»Ich nehme an, dazu warst du noch ein wenig zu klein. Der

Hauptpunkt war, soweit ich mich erinnere, dass der jüngere Sohn zwar unbeherrscht und gedankenlos gewesen war, aber der ältere Sohn war missgünstig und zornig. In seiner Selbstgerechtigkeit zeigte sich ein Mangel an Großmut, der auf seine Art genauso schädlich war wie die Verschwendungssucht seines jüngeren Bruders. Zumindest hat Theo das so gesehen.«

Fliss schwieg und runzelte immer noch die Stirn, und bald griff Prue wieder zu ihrem Buch und überließ sie ihren Gedanken.

Im Zug saß Maria wie berauscht vor Verblüffung und Freude auf ihrem Platz.

»Warum kommt du nicht zu Hals Geburtstag wieder?«, hatte Fliss in dem Moment, als der Zug um die Kurve gekommen war, gesagt. »Denk darüber nach und gib mir Bescheid.« Dann hatten sie eilig nach dem richtigen Wagen suchen und sich verabschieden müssen, und jetzt konnte Maria ihr Glück kaum fassen.

Nicht notwendig, darüber nachzudenken. Die Antwort lautete »ja, bitte«. Aber sie war sehr erleichtert, weil sie sich jämmerlich gierig auf die Einladung gestürzt hatte. Jetzt hatte sie etwas, worauf sie sich freuen konnte und für das sie in den leeren Tagen, die vor ihr lagen, Pläne schmieden konnte. Plötzlich wurde Maria bei der Aussicht auf den winzigen Anbau, die nicht enden wollende Stille und die sinnlosen Mahlzeiten für eine Person von einem schwindelerregenden Elend überfallen, das ihr den Magen umdrehte. Kein Adam, der über seine Pläne für den Garten oder einen Angelausflug sprach oder mit Theaterkarten nach Hause kam. Kein Adam in dem großen kalten Bett oder mit der Zeitung am Küchentisch.

Entschlossen starrte sie vor sich hin, damit ihre Tränen nicht rollten, und dachte über die Wärme und Kameradschaft auf The Keep nach und darüber, wie sie sie einst gehasst hatte.

»Ich hatte irgendwie nie den Eindruck, dass das Leben in einer größeren Gruppe etwas für dich ist«, hatte Fliss gesagt – und wie recht sie gehabt hatte.

Die Aussicht auf dieses Zusammenleben mit der Familie, dachte Maria, war damals der Anfang vom Ende. Das war mein erster richtiger Schritt weg von Hal und zurück zu Adam. Ich bedaure nicht, zu Adam zurückgekehrt zu sein, aber ich wünschte, ich hätte dabei weniger Schaden angerichtet. Wie egoistisch ich doch war!

Mit einem kleinen schmerzhaften Stich im Herzen dachte sie an Jolyon; er war der Leidtragende gewesen. Hal hatte Fliss und sie hatte Adam und Ed gehabt – aber der arme Jolyon hatte die volle Wucht des Bruchs zwischen ihnen abbekommen. Er hatte die Streitigkeiten und Szenen ertragen und war dann aufs Internat geschickt worden, während Ed geliebt und gehätschelt zu Hause geblieben und jeden Tag in die Chorschule gegangen war. Als sie schließlich zu Adam gezogen war, hatten sie in diesem ersten kleinen Haus in Salisbury nicht einmal ein Zimmer für Jolyon gehabt. Er hatte auf einem Klappbett in Eds Zimmer geschlafen, und sie hatte ihn ausdrücklich ermuntert, seine Ferien auf The Keep zu verbringen, ob Hal Landurlaub hatte oder nicht. Jos unerschütterliche Liebe zu ihr – und die Art, wie er Hal so ähnlich sah – hatten in ihr Schuldgefühle und Groll hervorgerufen.

Als Maria jetzt daran zurückdachte, empfand sie glühende Scham. Sie fragte sich, ob Jo ihr je würde verzeihen können. Ihr war aufgefallen, dass er sich nicht dazu überwinden konnte, sie »Mum« zu nennen, und in ihrer Anwesenheit nie wirklich ungezwungen war. Aber wenn sie sich weiter bemühte, könnte sie vielleicht die Mauer zwischen ihnen niederreißen.

»Vielleicht hattest du ja eine Offenbarung«, hatte Fliss gesagt, »aber er hatte keine.«

Sie dachte über Fliss nach. Wie stark sie war, wie aufrecht; dieser kühle, klare Blick, der wie ein Lichtstrahl gnadenlos die Mängel anderer beleuchtete. Beschämt schauderte Maria vor den Erinnerungen, vor dem Durcheinander und dem Chaos der Vergangenheit zurück. Plötzlich fiel ihr wieder ein, was Jolyon über den Ingwertopf gesagt hatte: dass er ein Symbol für Loyalität und Freundschaft sei. »... selbst wenn eine Beziehung Schaden genommen habe, heiße das nicht unbedingt, dass sie unwiederbringlich zerstört sei. Manchmal könne sie dadurch sogar zu etwas ganz Besonderem werden.«

Das waren Fliss' Worte gewesen, und Maria fragte sich, warum Fliss Jolyon den Ingwertopf ursprünglich geschenkt hatte. Wie wunderbar, wenn diese Worte irgendwann in der Zukunft die Beziehung zwischen ihr und ihrem Sohn beschreiben könnten.

23. Kapitel

Sie hatten am Robin Upright's Hill geparkt und entfernten sich jetzt Arm in Arm vom Auto, während Juno und Pan zwischen den rostroten Farnwedeln herumrannten und Tacker fröhlich durch die von der roten Erde gefärbten Pfützen auf dem tief ausgefahrenen Weg platschte.

»Ich verstehe das nicht«, sagte Jolyon düster. »Wirklich nicht. Es war so ein Schock, als ich erkannt habe, wie verbittert ich ihr gegenüber immer noch bin.«

Aufmunternd drückte Henrietta seinen Arm. »Ich kann dir das nachfühlen. Na, du weißt ja, wie ich für Mum empfinde.«

»Das ist aber etwas anderes, oder? Du nimmst Cordelia übel, dass sie einen Fehler begangen und damit eure Familie zerstört hat. Aber eigentlich war es doch dein Vater, der euch verlassen hat. Wie würdest du dich fühlen, wenn er plötzlich wieder Teil deines Lebens werden wollte?«

Henrietta versuchte, sich das vorzustellen. Allerdings konnte sie in diesem Moment nur an Jo denken, seinen Arm halten und sich ihm nahe fühlen.

»Das hinge davon ab, wie er sich geben würde«, erklärte sie schließlich. »Ich kann mir nicht denken, wie er sich herausreden könnte, nachdem er mich so heftig zurückgewiesen hat. Ich weiß schon, dass er böse auf Mum war und ihr wehtun wollte, doch dass er zehn Jahre später jeden Kontakt zu mir abgebrochen hat ...« Sie schüttelte den Kopf. »Wie soll man über so etwas hinwegkommen?«

Eine Weile gingen sie schweigend dahin. Die Hunde waren weit vorausgelaufen, aber Tacker schnüffelte immer noch am

Wegesrand herum. Dicke schwarze Wolken mit goldfarbenen Rändern verdeckten die Sonne, und zwischen den Hügeln hindurch konnten sie bis zur Küste, weit über die sonnenbeschienene Landschaft von Somerset hinwegschauen. Aus dem silbrig schimmernden Meer erhob sich die Insel Steep Holm wie ein Buckelwal, der in dem von Dunstschleiern durchzogenen Sonnenschein döste.

»Vielleicht müssen wir als Erstes uns selbst davon überzeugen, dass es ihr Problem ist und nicht unseres«, meinte Jolyon nachdenklich. »Wir geben immer uns selbst die Schuld, nicht wahr? Sagen uns, dass bei uns etwas nicht stimmen kann, weil sie uns nicht lieben konnten. Obwohl wir uns einzureden versuchen, dass mit *ihnen* etwas nicht stimmt, nehmen wir es uns nicht ganz ab. Ich sage mir, dass es meine Schuld sein muss, dass sie *mich* nicht geliebt hat. Schließlich hat sie Ed ja lieben können. Das gibt mir das Gefühl, unzulänglich zu sein. Fliss hat vor Jahren, als sie mir den Ingwertopf geschenkt hat, versucht, mir das zu erklären. Sie sagte, es gebe jede Menge Menschen, die mich liebten und wertschätzten, und dass es destruktiv sei, sich auf die einzige Person zu konzentrieren, die es nicht täte. Sie versuchte, mir aufzuzeigen, dass das Problem bei meiner Mutter liegen könnte, und ich hatte geglaubt, mich damit abgefunden zu haben. Was mich wirklich erschüttert hat, ist das Gefühl, seitdem überhaupt keine Fortschritte gemacht zu haben.«

»Ich finde, es ist eine Sache, sich damit abzufinden, wenn die betreffende Person nicht Teil deines Lebens ist, doch eine ganz andere, wenn man von dir verlangt, sie mit offenen Armen aufzunehmen und zu tun, als wäre das alles nie passiert. Das ist eine ganz andere Art von Umorientierung. Du brauchst Zeit. Inzwischen finde ich, dass ich Mum gegenüber ein wenig zu hart gewesen bin. Ich war ihr böse, weil sie den eigentlichen Grund für die Trennung geliefert hat. Aber ich glaube, ich habe ihr einfach die Schuld dafür gegeben, dass Dad fortgegangen ist, weil sie da war. Ich habe meinen Zorn und meinen Schmerz auf sie statt auf ihn projiziert.«

»Warum hat er sich so lange Zeit gelassen?«, fragte Jolyon. »Ich meine, zehn Jahre später, das erscheint schon merkwürdig.«

»Das war es auch. Meine Mum und Angus Radcliff waren ein Liebespaar, als sie jung waren, doch er wollte sich nicht binden und ging zu einem zweijährigen Austausch mit der dortigen Marine nach Australien. Mum hat meinen Vater geheiratet, und dann begegneten Angus und sie sich fünf Jahre später wieder, als Dad und er auf der *Dolphin* stationiert waren. Mum und Angus hatten einen schwachen Moment, und Dad hat es herausgefunden und uns verlassen. Als ich fünfzehn war, hat er mir geschrieben und mir alle Einzelheiten mitgeteilt. Anscheinend hatte Mum ein Telefon in ihrem Arbeitszimmer, und Angus hat sie am Tag nach ihrem Fehltritt angerufen. Dad hatte den Verdacht, sie könnten sich wieder anfreunden, hat am anderen Apparat abgenommen und das Gespräch mitgehört. Mutter war gerade dabei, Angus zu erklären, sie dürften das nie wieder tun, und sie würde mich und Dad niemals verlassen. So etwas in der Art.«

»Er konnte wahrscheinlich einfach nicht damit fertigwerden, dass sie ihm untreu gewesen war. Hat er euch deswegen verlassen?«

Henrietta zuckte mit den Schultern. »Wahrscheinlich. Das Merkwürdige war, dass er fast ein Jahr gewartet hat, bis er sie zur Rede gestellt hat. Bis dahin war Angus verheiratet.«

»Ein *Jahr*?« Jolyon war schockiert.

»Ich weiß. Wahrscheinlich wollte er sicherstellen, dass Mum und Angus nicht heiraten konnten.«

»Das ... das ist wirklich unheimlich! Und die ganze Zeit hatte sie keine Ahnung, dass er Bescheid wusste?«

»Nein. Mum hat gesagt, seine Gefühle gingen sehr tief. Er empfand alles sehr intensiv.«

»Und er war berechnend, so wie es klingt. Du meinst, er hat ein Jahr gewartet, bis er sie zur Rede stellte, und dann noch einmal zehn Jahre, bis er dir mitgeteilt hat, dass er endgültig keinen Anteil mehr an deinem Leben haben wollte?«

»Er sagte, er hätte in Australien jemanden kennengelernt und wolle ganz neu anfangen.«

Jolyon verzog das Gesicht. »Um ehrlich zu sein, klingt er ziemlich kalt, oder?«

Henrietta nickte mit ernster Miene. Sie umfasste seinen Arm fester. »Ich glaube nicht, dass ich ihn wieder in meinem Leben haben möchte. Nicht jetzt. Um dir die Wahrheit zu sagen, habe ich inzwischen ein schlechtes Gewissen, weil ich mich Mum gegenüber so blöd verhalten habe.«

Er streichelte über ihre Wange. »Kann ich aber verstehen. Wahrscheinlich überreagiere ich auch. Vielleicht muss ich die Geister der Vergangenheit endgültig ruhen lassen. Ich weiß nur einfach nicht, wie ich das anfangen soll.«

Sie standen zusammen und lauschten dem Pfiff der Lokomotive, der aus Stogumber über die Hügel herangetragen wurde.

»Angus Radcliff ist nach Dartmouth gezogen. Seine Frau ist gestorben, und er ist wieder allein«, erklärte Henrietta. Die Sonne verschwand hinter den dicken Wolkenbänken, und sie erschauerte ein wenig. »Mum war letzte Woche bei seiner Einweihungsparty.«

Jo sah auf sie hinunter. »Ist das ein Problem?«

Sie zog eine kleine Grimasse. »Keine Ahnung. Ich versuche, mir schlüssig darüber zu werden, wie ich das empfinde.«

»Kommt es denn nach der langen Zeit darauf an?«

»Ich *will* nicht, dass es etwas ausmacht«, erklärte sie beinahe ärgerlich, »aber es fällt mir einfach ein wenig schwer, mir vorzustellen, wie ich reagieren soll, falls die beiden wieder zusammenkommen und ich ihm begegnen muss. Auf gewisse Weise ist es ähnlich wie bei dir und Maria. Er tritt wieder in mein Leben, und ich muss herausfinden, wie ich es fertigbringe, ihm gegenüber nicht nachtragend zu sein.«

»Komisch, nicht wahr?«, meinte Jolyon nachdenklich. »Deine Mum und meine und Fliss. Sie haben sich alle in einen Mann verliebt und dann einen anderen geheiratet.«

»Beängstigend«, gab Henrietta zurück. »Ich meine, woher weiß man das? Wie kann man sich wirklich sicher sein?«

Sie sahen einander an. Ihre Hand glitt in seine, und er umfasste sie fester. Schwere Regentropfen fielen vom Himmel, klatschen in die Pfützen und auf die weiche rote Erde, und Jo und Henrietta rannten mit Tacker auf den Fersen über den Weg zurück und riefen nach Pan und Juno, die aus dem Farn gelaufen kamen. Sie öffneten die Heckklappe, damit die Hunde hineinspringen konnten, und hoben den Welpen hinein. Dann ließen sie sich keuchend und außer Atem ins Auto fallen, lachten einander zu und wischten sich den Regen von den Wangen.

Henrietta nahm den Hut ab und schüttelte den Kopf, sodass ihr ungezähmtes schildpattfarbenes Haar um ihr kaltes Gesicht flog. Jo streckte die Arme aus, legte ihr die Hände um die Schultern und lächelte.

»Willst du meine Frau werden?«, fragte er – und zu seiner Überraschung fühlte er sich vollkommen frei von Angst und Zweifel und konnte voll freudiger Gewissheit ihre Antwort abwarten.

Sie strahlte ihn an. »Ja, sehr gern«, sagte sie und küsste ihn.

Lizzie streifte die Stiefel ab, gab Pooter und Perks je einen Hundekuchen und ging in die Küche. Prue rührte in einem Suppentopf.

»Ist Fliss schon vom Bahnhof zurück?«, fragte Lizzie. »Ich komme vor Hunger um.«

»Ja, sie ist wieder da. Stell dir vor, sie hat Maria zu Hals Geburtstag eingeladen!.«

»*Tatsächlich?*« Lizzie nahm eine Olive von dem Teller auf dem Tisch, steckte sie sich in den Mund und kaute genüsslich. »Ich glaube, ich bin überrascht.«

»Das ist Fliss auch«, erklärte Prue fröhlich. »Nichts erstaunt uns mehr als eine wahrhaft großzügige Geste. Ist Ihnen das schon aufgefallen? Darauf folgt eine große Verwirrung. Zuerst fühlen wir uns ziemlich erhaben angesichts unserer Großherzigkeit, und dann sind wir wütend, weil wir darauf hereingefallen sind. Finden Sie nicht auch?«

Lizzie schmunzelte. »Ich glaube, darüber habe ich noch nie nachgedacht«, meinte sie. »Und wie fühlt sich Fliss jetzt gerade?«

»Ich habe den Eindruck, bis sie wieder zu Hause war, hatte sie die Phase der Selbstzufriedenheit schon hinter sich gelassen, und jetzt ist sie schrecklich empört über das, was sie als ihre Schwäche betrachtet. Sie sitzt im Salon und spielt Klavier. Etwas ziemlich Düsteres von Brahms.«

»Finden Sie, es war eine Schwäche?«, fragte Lizzie amüsiert.

»Nein. Ich bin der Meinung, man sollte eine wahrhaft großzügige Handlung nie bereuen, aber die arme Fliss fürchtet, sie könnte manipuliert worden sein.«

»Na, möglich ist das schon. Maria versteht sich ziemlich gut darauf, oder?«

»Ja«, seufzte Prue. »Ihr fällt es schwer, sich zu entspannen. Sie hat Angst, weil sie unsicher ist, und deswegen muss sie immer das Gefühl haben, die Kontrolle zu haben. Sehr traurig.«

»Ich hatte damit gerechnet, dass Maria sich launischer aufführen würde. Sie wissen schon, spitze Bemerkungen machen und Unruhe stiften. Als sie im Frühjahr hier war, da war sie sehr verhalten, doch das habe ich auf ihren Verlust zurückgeführt und erwartet, dass sie dieses Mal für mehr Aufregung sorgen würde.«

Prue stellte Brot und Käse und eine Schüssel Salat auf den Tisch. »Adams Tod war ein schwerer Schlag für sie«, meinte sie. »Maria war schon immer unreif, hat ihre eigenen Bedürfnisse über die ihrer Kinder gestellt und sich auf Hal und später auf Adam verlassen, um schwierige Entscheidungen zu treffen und für sie zu sorgen. Sie hat nie verstanden, dass jeder von uns für sich selbst verantwortlich ist, und jetzt steht sie plötzlich vollkommen allein da. Ich glaube, letztendlich hat sie Adam wirklich geliebt, und sein Tod hat ihr die Augen geöffnet. Sie hat lange gebraucht, um erwachsen zu werden, aber vielleicht nicht zu lange. Wir müssen hoffen, dass es nicht zu spät ist.«

»Und was ist mit Jo?«

»Ach ja. Nun, von ihm wurde erwartet, zu schnell erwachsen zu werden. Maria hat ihm das aufgezwungen, und vielleicht fällt es ihm schwer, Mitgefühl für sie zu entwickeln, nachdem sie jetzt an der Reihe ist.«

»Sie finden, er sollte ihr verzeihen?«, fragte Lizzie vorsichtig.

»Aber ja«, sagte Prue sofort. »Um seiner selbst willen, wenn schon nicht ihretwegen. Zorn und Groll sind so schlecht für die Seele, nicht wahr? So destruktiv. Vielleicht kann er es sich ja gerade jetzt leisten, großmütig zu sein.«

»Warum gerade jetzt?«

»Henrietta«, gab Prue kurz und bündig zurück. »Das Wunderbare an der Liebe ist, dass sie allumfassend ist. Vielleicht stellt er ja fest, dass er noch ein wenig davon für Maria übrig hat.«

Cordelia trat aus dem Harbour-Buchladen, blieb einen Moment stehen und legte ihr Päckchen in den Korb. Eine hochgewachsene Frau, deren Gesicht ihr bekannt vorkam, verließ hinter ihr den Laden, und Cordelia machte einen Schritt zur Seite, um sie vorbeizulassen.

»Ich glaube, Sie haben das hier im Buchladen fallen gelassen.« Die Frau lächelte ihr zu und hielt ihr einen hübschen Seidenschal entgegen. »Man hat mich gebeten, ihn Ihnen zu geben. Er gehört doch Ihnen, oder?«

»Ja. Ganz herzlichen Dank.« Cordelia wollte gerade noch eine freundliche Bemerkung machen, als ihr Handy zu läuten begann. Sie verdrehte die Augen und zuckte mit den Schultern, und die Frau lachte und ging davon.

Es war Henrietta. Cordelia lief eilig über die Straße und zum Parkplatz am Hafen und hielt sich dabei das Telefon ans Ohr.

»Hallo, Liebes«, sagte sie. »Wie geht es dir?«

»Prima. Wirklich gut. Und ich habe Neuigkeiten für dich. Jolyon und ich haben uns verlobt.«

Cordelia stand ganz still und schloss die Augen. »Oh, Liebling«, hauchte sie. »Was für eine fantastische Nachricht! Das ist wundervoll. Ich freue mich so.«

»Das wusste ich.« Henriettas Stimme klang überschäumend glücklich, und Cordelia hatte das Gefühl, vor Freude weinen zu müssen. »Hör mal, Jo ist hier und möchte dich sprechen.«

Jolyon sprach, bevor Cordelia sich zusammennehmen konnte, und sie drückte das Telefon noch fester ans Ohr und lauschte eifrig seiner Stimme.

»Hallo, Cordelia. Henrietta sagt, dass Sie sich freuen. Ist das nicht fantastisch? Ich weiß, ich hätte zuerst Sie um Erlaubnis bitten müssen, doch das kam alles ziemlich spontan, und ich hoffe, Sie sehen darüber hinweg ...«

»Ach, liebster Jo, das ist die wunderbarste Nachricht, und

ich könnte nicht glücklicher sein. Am liebsten möchte ich vor Freude schreien, aber ich stehe in Kingsbridge auf dem Parkplatz. Wo sind Sie?«

»Ich bin bei Henrietta, im Cottage. Hören Sie, ich habe noch mit niemandem auf The Keep gesprochen. Sollten Sie also vor uns mit Fliss oder Dad reden, wäre ich dankbar, wenn Sie es nicht erwähnen würden.«

»Natürlich, verstehe. Sagen Sie mir Bescheid, wenn Sie mit Ihnen gesprochen haben.«

»Ich möchte sie jetzt gleich anrufen, aber Henrietta hat sich gewünscht, dass Sie es als Erste erfahren. Hier ist sie wieder.«

»Hi, Mum. Hör mal, wir wollen es im Moment nur den engsten Familienangehörigen sagen. Niemandem sonst. Ich möchte nicht, dass Susan es von jemand anders als mir erfährt. Ich melde mich später noch einmal bei dir. Okay?«

»Absolut. Und ich verrate es keiner Menschenseele. Natürlich nicht. Oh, Liebes, ich freue mich einfach so für dich!«

Einen Moment stand sie neben ihrem Auto und war vollkommen außerstande, einzusteigen und davonzufahren. Sie war zu glücklich, um etwas anderes zu tun, als sich in ihrer Freude zu aalen. »*Henrietta hat sich gewünscht, dass Sie es als Erste erfahren ...*« Was für wunderbare Worte! Cordelia legte die Hände aufs Herz und schluckte die Tränen hinunter.

»Geht es Ihnen gut?« Es war wieder die hochgewachsene Frau, die nun in der Reihe gegenüber ihr Auto aufschloss und sie freundlich und besorgt ansah.

»Ja.« Cordelia gab sich Mühe, sich normal zu verhalten. »Ja, danke, alles in Ordnung. Ich habe nur gerade eine ganz wunderbare Nachricht von meiner Tochter bekommen, das ist alles.«

»Das ist schön.«

»Oh ja. Ich bin so glücklich.«

»Das sehe ich.« Die Frau nickte lächelnd. »Fahren Sie vorsichtig.«

»Danke. Wird gemacht.« Einen Moment lang sehnte sich Cordelia danach, ihre gute Neuigkeit mit dieser netten Frau zu teilen, doch dann fiel ihr wieder ein, was Henrietta ihr eingeschärft hatte, und sie schwieg und hob nur die Hand zu einem Abschiedsgruß, als die Frau davonfuhr. Cordelia schloss das Auto auf und stieg ein. Sie wollte nach Hause. Wenn sie Glück hatte, würde Fliss bald anrufen, und sie konnte ihre Freude mit ihr teilen. Trotzdem hielt sie sich noch lange genug auf, um Angus' Nummer zu wählen.

»Es ist fast vier Uhr«, sagte sie, »ich bin jetzt auf dem Heimweg, und du kannst vorbeikommen, wann du willst.«

»Großartig«, antwortete er. »Ich kann es kaum erwarten zu hören, wie das Wochenende verlaufen ist und wie Maria war. Ich bin spätestens in einer Stunde bei dir.«

24. Kapitel

Hal nahm den Anruf entgegen. Er sprach zuerst mit Jolyon, dann mit Henrietta und dann wieder mit Jo. Nach dem Gespräch mit den beiden nahm er das Telefon mit in das kleine Arbeitszimmer, suchte Cordelias Nummer heraus und wählte sie.

»Ich vermute, Sie haben die frohe Botschaft schon vernommen?«, erkundigte er sich. »Ist das nicht wunderbar? ... *Natürlich* freue ich mich. ... Also, Fliss weiß es noch nicht. Nein, hören Sie, Jo und ich haben einen Plan. Er übernachtet heute bei Henrietta, stellt morgen in der Gegend von Appledore und Bideford Recherchen an und ist am späten Nachmittag wieder hier. Wenn er zurück ist, wollen wir eine kleine Party veranstalten, aber bis dahin möchten wir es geheim halten. Ich finde, es wäre nett für Fliss, meine alte Ma und Lizzie, wenn Jolyon es ihnen selbst sagt. Was meinen Sie? ... Fantastisch! Dann sind Sie auch dabei? Kommen Sie früher und trinken Sie Tee mit uns. *Natürlich* möchten wir Sie hierhaben. Sie gehören doch jetzt zur Familie ... Wir brauchen Sie hier. Es ist nur schade, dass Henrietta nicht auch hier sein kann, aber die Logistik ist ein wenig knifflig. Ich habe mit ihr darüber geredet, das Ganze am Sonntag zu wiederholen, wenn Jo sie über Tag abholen kann, also halten Sie sich auch das Mittagessen am Sonntag frei. ... Oh ja. Guter Gedanke. Hören Sie, ich erzähle Fliss, Sie hätten angerufen und plaudern wollen, und ich hätte vorgeschlagen, dass Sie morgen zum Tee vorbeikommen. Okay? ... Großartig. Und denken Sie daran: kein Wort zu niemandem. Bis morgen.«

Er kam aus dem Arbeitszimmer und stand Fliss gegenüber.

»Ich dachte, ich hätte das Telefon gehört«, bemerkte sie. »Ich hatte mich gefragt ...«

Sie verstummte, und trotz seiner Aufregung sah er die Anzeichen von Anspannung in ihrem Gesicht, die kleinen Linien zwischen ihren Augenbrauen, und wurde von Besorgnis ergriffen.

»Was ist, Liebes?«, fragte er. Er nahm ihre schmalen, kalten Hände und zog sie in die warme Küche. »Das war Cordelia. Sie ist morgen in der Nähe, und ich habe sie zum Tee eingeladen. Das ist doch in Ordnung, oder? Meine Güte, bist du kalt. Ich zünde das Feuer in der Halle an, und wir trinken Tee. Was hast du, Fliss? Du machst dir doch nicht immer noch Gedanken wegen Maria?«

»Nicht wirklich.« Sie wich seinem Blick aus. »Obwohl ich nach wie vor wünschte, ich hätte sie nicht zu deinem Geburtstag eingeladen. Ich mache mir Sorgen darüber, was Jo sagen wird, wenn er das erfährt.«

Hal wandte sich ab, um den Wasserkessel auf die Herdplatte zu schieben, und wünschte sich, ihr sagen zu können, dass Jo so überglücklich war, dass es ihm wahrscheinlich nichts ausmachen würde. Aber das durfte er nicht.

»Was ist es dann?« Ein Hauch einer Erinnerung, ein Déjà-vu-Gefühl, kam in ihm auf, als hätten sie beide dieses Gespräch schon einmal geführt, und er drehte sich wieder zu ihr um. »Findest du immer noch, dass wir ein Risiko eingehen? Dass ich die Büchse der Pandora geöffnet habe und wir möglicherweise die Folgen zu spüren bekommen?«

Sie setzte sich an den Tisch. »Ich weiß es einfach nicht. Wie wir schon sagten, hat es Erinnerungen geweckt.«

Er setzte sich ebenfalls und drehte seinen Stuhl zu ihr hin.

»Das stimmt. Mir ist plötzlich klar geworden, dass ich wegen vieler Dinge, von denen ich dachte, ich hätte sie vergessen, ein schlechtes Gewissen habe. Zum einen, weil ich nicht energischer für uns gekämpft habe, als wir jung waren. Und zum anderen hätte ich Maria nicht von meinen Gefühlen für dich erzählen dürfen. Im Rückblick verstehe ich, dass sie viel zu unsicher war, um mit so etwas umzugehen. Und ich fühle mich dem guten Jo gegenüber schuldig. Er war der Leidtragende, und jetzt habe ich ihm eine unhaltbare Position aufgezwungen. Ich hätte auf dich hören sollen, Fliss.«

Sie versuchte zu lächeln. »Ich glaube, das Problem liegt wirklich bei mir«, räumte sie ein. »Zumindest sieht es nun, da wir auf deine Art vorgehen, aus, als wäre es möglich, etwas zu kitten. Es ist nur so, dass ich so konfus bin. Ja, es hat alle möglichen Gefühle geweckt, über die ich mir nicht im Klaren war. Verbitterung, weil wir damals, vor all den Jahren, so leicht nachgegeben haben; und Zorn auf Maria, weil sie glaubt, sich nur entschuldigen zu müssen, und dann würden wir ihr vergeben; und ein schlechtes Gefühl, weil ich nicht großmütiger mit alldem umgehen kann.«

Er konnte nicht anders und lachte, nur ein klein wenig. »Armer Schatz«, meinte er mitfühlend. »Das ist ja ziemlich umfassend.«

Hal sah ihr an, wie ein spontaner Anflug von Zorn in ihr aufstieg und dann zögernder Belustigung wich.

»Da sieht mir Onkel Theo über die Schulter«, bemerkte sie. »Weißt du noch, was er zu sagen pflegte? ›Wir sind so groß oder so klein wie die Gegenstände unserer Liebe.‹ Ich fühle mich gerade ziemlich klein. Aber es ist kompliziert, nicht wahr? Kann ich Maria vergeben, was sie Jo angetan hat?« Sie zuckte mit den Schultern. »Jedenfalls geht es nicht nur um Jo, wenn ich ehrlich bin. Nicht einmal um Maria. Es geht um mich. Marias Wiederauftauchen hat mir das klarer vor Augen geführt. Ja, mit einem Mal erkenne ich, dass ich dir *wirklich* böse bin, weil du in unserer Jugend nicht um mich gekämpft hast. Und weil du nach

Miles' Tod so lange gebraucht hast, um mir einen Antrag zu machen. Verrückt, nicht wahr? Das ist acht Jahre her, um Himmels willen, aber plötzlich sind all diese Gefühle aus dem Nichts aufgetaucht.«

»Die Büchse der Pandora«, murmelte er traurig. »Ich habe keine Ahnung, was ich dazu sagen soll. Natürlich kann ich die alten abgedroschenen Phrasen wiederholen, die es erklären: Beim ersten Mal war ich zu jung, um zu wissen, was ich wollte und was ich tat; und beim zweiten Mal waren wir in eine Art Trott geraten. Aber das klingt alles nach Ausreden, nicht wahr?«

»Ich benehme mich albern«, sagte sie. »Ich weiß doch, wie es damals war. Natürlich weiß ich das. Eigentlich sind es viele Dinge. Wir werden alle älter und fühlen uns verletzlich …«

»Aber es steckt mehr dahinter, nicht wahr?« Nervös suchte er ihren Blick. »Was ist es wirklich, Fliss?«

Sie schaute auf ihre ineinander verkrampften Hände hinunter, und er spürte echte Angst. Plötzlich sah sie zu ihm auf.

»Mir fehlen die Kinder«, erklärte sie betrübt. »Mir fehlen Bess und Matt und Paula und der kleine Timmy. Es war schlimm genug, als sie in London wohnten. Doch jetzt, nachdem sie in Boston leben, sind sie so weit weg, und mir tut das Herz weh, und ich sehne mich danach, sie zu sehen. Das ist so schwer. Ich weiß, du wirst sagen, dass es nicht so schlimm ist und wir hinfliegen können, wann wir wollen, und all das, aber es ist nicht das Gleiche. Und jetzt ist Jamie nach Kairo versetzt worden …«

Sie unterbrach sich, biss sich auf die Lippen und sah wieder in ihren Schoß. Hals Herz zog sich vor Schmerz um sie zusammen. Er legte seine warmen Hände auf ihre kalten.

»Mir fehlt es, dass sie alle am Wochenende oder in den Ferien herunterkommen«, fügte sie hinzu. »Der ganze Lärm und der Spaß und zuzusehen, wie die Babys groß werden. Und ich sage mir, dass ich mich zusammennehmen muss. Ich denke daran, wie Großmutter sich gefühlt haben muss, als meine Eltern nach Kenia gingen, als ich klein war. Und damals war das Reisen so viel schwieriger. Und ich mache mir Sorgen um Jamie ...«

Hal schwieg; es war sinnlos, ihr zu versichern, dass ihr Sohn in keinerlei Gefahr schwebte, obwohl er für den Geheimdienst MI5 arbeitete. Sie wussten alle, welche Risiken damit verbunden waren.

Die Tür wurde geöffnet, und Prue trat in die Küche. Über Fliss' gebeugten Kopf hinweg sah sie Hal in die Augen.

»Das Wasser kocht. Ich gieße Tee auf, ja?«, fragte Prue. »Warum zündest du nicht das Feuer in der Halle an, Hal?«

Er nickte, drückte noch einmal Fliss' Hände und ging hinaus in die Halle. Hal wünschte, er könnte die Nachricht von Jolyons Verlobung verkünden. Das würde Fliss aufheitern und sie wieder glücklich machen. Doch er musste bis morgen schweigen; er hatte es Jo versprochen. Während er Anzündholz aufschichtete, das Feuer anzündete und dann hinausging, um Holz zu holen, beschäftigte er sich in Gedanken mit diesem kleinen Erinnerungsfetzen, diesem Déjà-vu-Gefühl, und plötzlich erinnerte er sich an eine andere insgeheim vorbereitete Feier vor acht Jahren. Es war der fünfundsiebzigste Geburtstag seiner Mutter gewesen und der Tag, an dem er beschlossen hatte, Fliss einen Heiratsantrag zu machen. Seine Schwester Kit war aus London heruntergekommen und hatte ihm klargemacht, wie dumm von ihm es war, alles treiben zu lassen.

Frühjahr 1998

Hal und Kit lassen Fliss und Caroline in der Küche zurück und schlendern zusammen in den Garten. Die Luft ist herrlich und kalt, und im Obstgarten singt eine Drossel. Der Regen ist endlich weitergezogen und hat einen zart blaugrünen Himmel hinterlassen, und über den Hügeln im Westen liegt leuchtend goldenes Licht. Als Kit einen Zweig Gold-Johannisbeere abbricht und den Duft der gelben Blüten einsaugt, werden ihre Hände von glitzernden Regentropfen übersät.

»Ma hat keine Ahnung«, erklärt sie. »Ich habe ihr Massen von Freesien gekauft und sie in Fliss' Bad geschmuggelt. Ich finde übrigens, dass Fliss ein wenig gestresst aussieht. Mir fällt auf, kleiner Bruder, dass ihr beide immer noch nicht Nägel mit Köpfen gemacht habt.«

Er runzelt die Stirn, ohne sie anzusehen, und sie wirft ihm einen scharfen Blick zu.

»Sag mir nicht, dass ihr zwei immer noch ›nur gute Freunde‹ spielt. Oh, das glaube ich jetzt nicht! Ehrlich, Hal. Ich will ja nicht kaltschnäuzig klingen, aber Miles ist fast ein Jahr tot. Worauf zur Hölle wartet ihr beide jetzt noch? Auf eine göttliche Intervention? Einen Dispens vom Papst?«

»Ach, sei still!«, erwidert er ärgerlich. »Das ist nicht komisch. Und auch nicht so verdammt einfach.«

Mit hochgezogenen Augenbrauen sieht sie ihn an und streicht sich mit dem Johannisbeerzweig über die Lippen.

»Tut mir leid«, sagt er sofort. »Es ist nur … über so etwas scherzt man nicht.«

»Nein«, antwortet sie. »Nein, das sehe ich. Ihr beide jedenfalls nicht. Aber es wird langsam albern, Hal. Fliss sieht aus wie immer, wenn sie am Ende ihrer Kraft ist. Diese kleine Stirnfalte ist wieder da, und ihr Kiefer wirkt ganz verkrampft. Außerdem ist sie zu dünn. Was ist los?«

»Anscheinend sind wir nicht in der Lage, den Schritt zu tun«, sagt er langsam. »Ich weiß, es sieht aus, als müsste das einfacher sein. Wir lieben einander schon unser ganzes Leben lang und leben seit Jahren unter demselben Dach. Doch nachdem wir jetzt endlich beide frei sind, scheinen wir uns nicht durchringen zu können. Ich glaube aufrichtig nicht, dass jemand aus der Familie sich darum scheren würde. Schließlich werden wir keine Kinder mehr bekommen, sodass die alten Ängste keine Bedeutung haben, aber trotzdem ...«

»Es ist der Sex«, meint Kit fröhlich. »Erstaunlich, dass es immer wieder darauf hinausläuft, oder? Das blockiert euch. Na, jetzt kann euch doch nichts mehr aufhalten, nicht wahr? Um Himmels willen, bringt es endlich hinter euch!«

»Wie du es sagst, klingt es so einfach«, gibt er gereizt zurück. »Denk doch nur: Die ganze Familie hat sich inzwischen an unsere Situation gewöhnt. Für sie ist das selbstverständlich. Wie viel Leidenschaft würdest du denn entwickeln, wenn du wüsstest, dass Ma jederzeit um Mitternacht in dein Schlafzimmer kommen könnte, weil sie nicht schlafen kann? Oder dass Jolyon mit einer brillanten neuen Idee für seinen Gemüsegarten hereinplatzt? Oder sollen wir subtil mit zärtlichen Gesten und Berührungen andeuten, dass der Rubikon überschritten wurde und wir jetzt praktisch verlobt sind? Ich bin mir sicher, du würdest das großartig hinbekommen, aber Fliss und ich sind sehr konventionelle Menschen, und wir haben nicht oft Gelegenheit, allein miteinander zu sein, um das Problem auszubügeln. Die andere Sache ist die, dass sie nicht richtig über Miles Tod hinweggekommen ist. Ich dachte, sie hätte sich damit abgefunden, doch gerade in letzter Zeit verhält sie sich etwas merkwürdig.«

»Ich weiß, das war ein Albtraum für sie.« Kit sieht betroffen drein. »Genau wie damals der Tod ihrer Eltern und Jamies Tod. Das war schrecklich, abscheulich, aber ich dachte, sie wäre mehr oder weniger darüber hinweg. Vielleicht hat dieses neue Friedensabkommen alles wieder aufgerührt. Ein ziemlich bitterer Gedanke, dass solche Leute in ein paar Monaten vielleicht frei herumlaufen, oder?«

»Ich glaube nicht, dass es daran liegt.« Hal schüttelt den Kopf. »Ich kann es nicht beschreiben, doch sie ist ... ach, ich weiß nicht. Geistesabwesend. Nicht ganz bei mir.«

Kit hält abrupt an, sodass Hal ebenfalls stehen bleiben muss. Er sieht sie an und ist erstaunt über ihre ernste Miene.

»Du musst etwas tun«, erklärt sie eindringlich. »Das geht schon zu lange so, Hal, und bald wird es zu spät sein. Du kannst nicht erwarten, dass Fliss den ersten Schritt tut. Wie du schon sagtest, ist sie dazu zu konventionell und vielleicht nervös wegen der Reaktion der Familie. Besonders wegen der von Ma und Jo. Tu es einfach, Hal. Nein, ich meine keine große Verführungsszene. Ich finde auch, dass ihr beide ein wenig zu alt seid, um nachts über den Flur zu schleichen oder übers Wochenende zu entwischen. Das ist albern und würdelos. Du musst es ihnen einfach sagen. Frag Fliss nicht einmal. Manchmal muss ein Mann von sich aus die Initiative ergreifen, ganz gleich, wie emanzipiert wir Frauen sind oder wie bewusst wir uns unserer gesellschaftlichen Rolle fühlen.«

Er starrt sie an. »Aber wie soll das gehen, Fliss nichts zu sagen? Das wird sie mir übel nehmen.«

»Natürlich nicht«, gibt Kit ungeduldig zurück. »Sie wird vielleicht verlegen, nervös, verblüfft sein, doch sie wird nicht böse werden. Das kannst du mir glauben. Sie wird vor Erleichterung überwältigt sein. Die liebe, arme Fliss hatte ganz schlechte Karten. Sie liebt dich schon ihr Leben lang, Hal, aber wenn du nicht aufpasst, wird ihre Liebe ihr Verfallsdatum überschreiten und schlecht werden, und am Ende ist sie verbittert und unglücklich. Vertrau mir einfach und tu es. Verkünde der Familie, dass ihr heiratet, und leg ein Datum fest. Und danach fahrt ihr ein paar Tage zusammen weg. Dann kommt ihr nach Hause und lebt wie ein Ehepaar zusammen. Ich schwöre dir, das wird ganz einfach, wenn du es nur tust. Beim ersten Mal hast du es ihr gesagt. Du hast die Verantwortung übernommen und schlussendlich die Entscheidung getroffen. Jetzt musst du das noch einmal tun.«

»Du hast recht.« Er sieht an ihr vorbei, und sie weiß, dass er an einen gewissen Frühlingstag vor so vielen Jahren denkt. »Du hast vollkommen recht.«

»Noch etwas«, sagt Kit zu ihm. »Du hast meinen Rat damals angenommen, also beherzige ihn auch heute. Es ist derselbe Rat, aber aus unterschiedlichen Gründen. Wenn du es ihnen gesagt hast, bleib nicht da. Das wäre peinlich und sentimental, und es würde euch beiden schwerfallen, damit umzugehen. Sag deinen Spruch auf, und zwar laut und deutlich. Verkünde das Datum, sag Fliss, dass du sie liebst, und dann verschwinde. Ma und Caroline werden glücklich sein, und Fliss wird genug um die Ohren haben, ohne dass du dich herumdrückst wie ein schmachtender Liebhaber.«

»Ich bin so verdammt dumm gewesen«, erwidert er. »Gott segne dich, Kit! Du hast so recht, und ich konnte es einfach nicht sehen.«

»Du bist zu nahe daran«, erklärt sie ihm, »und es geht schon so lange. Fliss hat Miles all die Jahre gepflegt, und jetzt ist er tot, und sie ist zum ersten Mal frei. Sie weiß nicht, wie sie damit umgehen soll. Sie hat die Orientierung verloren, und ich vermute, tief in ihrem Inneren hat sie schreckliche Angst. Das arme Mädchen weiß nicht mehr weiter ...«

Er grinst, und in seinem Blick stehen Erleichterung und Aufregung. »Jetzt muss ich mir nur noch überlegen, wie genau ich es anstelle.«

»Ach, sei still.« Kit tut, als wollte sie ihn schlagen, und lässt dabei ihren Johannisbeerzweig fallen.

»Was führt ihr beiden denn im Schilde?« Fliss kommt über die Wiese. »Das Abendessen ist fast fertig, und ich hatte mich gefragt, ob ihr etwas trinken möchtet.«

»Eine überflüssige Frage, Cousinchen.« Kit findet den Zweig und hebt ihn auf. »Geh einfach voraus. Ich hatte Hal gerade von Mas Freesien erzählt, und er wollte unbedingt, dass ich behaupte, sie seien auch von ihm. Wie üblich hat er vergessen, etwas zu besorgen.«

»Ich habe ihr an ihrem Geburtstag ein Geschenk gemacht«, sagt er, unbeeindruckt von den Unterstellungen seiner Schwester. Er legt Fliss einen Arm um die Schultern und drückt sie, und sie lächelt zu ihm auf. Bei dem Gedanken an Kits Worte spürt er einen Schauer von Furcht. Wie schrecklich, wenn er sie jetzt verlieren würde, weil er die Sache vor sich her schiebt. »Spielst du etwas für uns?«, fragt er. »Spiel für uns, bis das Essen fertig ist.« Und sie gehen zusammen über den Rasen und treten durch die Glastüren in den Salon.

Während der letzten paar Tage seines Landurlaubs wartet er ständig auf eine Gelegenheit, Kits Rat zu befolgen. Er sieht Fliss mit neuen Augen, bemerkt die angespannten Linien um ihren Mund, die winzige Falte zwischen ihren zarten Brauen. Sie strahlt etwas Verkrampftes, Spannungsgeladenes aus, als wartete sie, gespannt wie eine Sprungfeder. Beklemmung und Furcht überkommen ihn. Was, wenn sie aufgehört hat, ihn zu lieben? Er weiß, dass sie ihm zutiefst zugetan war, keine Frage, aber angenommen, ihre Liebe zu ihm ist schon dabei, sich zu verändern, und sie fürchtet die Frage, von der sie erwartet, dass er sie stellen wird? Das würde ihre Ausflüchte erklären, ihr Zögern, über die Zukunft zu sprechen.

Sobald er seine Angst dingfest gemacht hat, handelt er und unternimmt mit ihr einen Ausflug ins Moor. Während er durch Buckfast in Richtung Holne fährt, sieht er, wie sie die schmalen Hände, die auf ihren Knien liegen, öffnet und schließt, und bemerkt, dass sie in sich gekehrt ist. Er nimmt sich vor, dafür zu sorgen, dass sie sich entspannt. Hal plaudert fröhlich und weist sie auf kleine Zeichen dafür hin, dass der Frühling kommt: ein Zilpzalp, der auf dem wippenden Ast eines knospenden Holzapfels sitzt; ein Büschel lila blühendes Knabenkraut, das auf einer grasbewachsenen Böschung steht; zwei Distelfalter, die über einer Stelle flattern, an der Veilchen aus einem Spalt in einer Steinmauer sprießen. Das Moor zeigt ein friedliches, lächelndes Gesicht. In der Ferne erstreckt sich eine bläulich schimmernde Hügelkette nach der anderen, glatter grauer Stein und bewaldete Täler, die von zartem neuem Grün überhaucht sind. Der Venford-Stausee bildet eine glitzernde Wasserfläche, die so blau ist wie der Himmel, der sich über ihm wölbt; ein geheimes, glitzerndes Juwel tief zwischen den ihn umgebenden pechschwarzen Nadelwäldern.

Sie spazieren zum Bench-Tor-Felsmassiv, wo sie zusammen dastehen und nach White Wood hinuntersehen. Durch die Äste der Bäume hindurch, die sich an die steilen Talwände klammern, schauen sie auf das glitzernde Wasser tief unten hinunter und lauschen dem Fluss, der durch die schmale Felsschlucht donnert. Schafe klettern sicheren Fußes auf dem Granithügel herum und mustern sie aus schmalen gelblichen Augen, während auf den tieferen Hängen Ponys friedlich grasen.

Der Ruf eines Kuckucks hallt über das Tal, und plötzlich sehen sie ihn, denn mit seinen spitzen Flügeln und den langen Schwanzfedern ist er unverkennbar. Sie sehen zu, wie er niedriger fliegt, in Richtung Meltor Wood, und dann dem Blick entschwindet. Vor Freude lachen sie und umarmen einander.

»Seltsam, nicht wahr?«, meint Fliss. »Ein solcher Schurke, und trotzdem lieben wir ihn.«

Hal sieht auf sie hinunter und stellt fest, dass die Spuren der Anspannung verschwunden sind und ihre Miene so sorglos wie die eines Kindes wirkt. Er schiebt die blonden Haarsträhnen zurück, die ihr Gesicht umwehen, und beugt sich hinunter, um sie zu küssen. Sie schlingt die Arme fester um ihn, und ihre Reaktion sagt ihm alles, was er wissen muss. In seiner Erleichterung drückt er sie fest an sich, aber bevor er zu sprechen beginnen kann, hören sie Gekläff und eilige Schritte. Ein Hund, vor dem Schafe davonstieben, taucht auf dem Fels auf, und hinter ihm läuft ein junger Mann her, der ihm laut schreiend droht, mit einer Leine wedelt und nach Luft ringt.

»Tut mir leid«, ruft er, als er die beiden sieht. »Er ist eigentlich noch ein Welpe, doch ich hätte ihn an der Leine behalten müssen. Ein Schaf ist direkt vor ihm losgerannt ...«

Sie würdigen sein Dilemma, zeigen sich mitfühlend und pflichten ihm bei, dass der Welpe im Zaum gehalten werden muss. Aber als die Aufregung vorüber ist, ist auch der richtige Moment vorbei. Ein- oder zweimal versucht Hal auf der Heimfahrt, die richtigen Worte zu finden, doch jedes Mal, wenn er den Mund öffnet, sagt Fliss etwas, und er kommt nicht zum Zuge. Trotzdem zweifelt er nicht mehr daran, dass Kits Rat richtig ist. Es ist einfach eine Frage des Timings, den richtigen Moment zu finden.

Der kommt am Sonntagnachmittag, nur Stunden, bevor Hal zum Bahnhof aufbrechen muss. Er war mit Jolyon unten im Hof, bei den Ställen, und als er mit Jo im Schlepptau wieder in die Halle kommt, sitzen sie am Kamin: Caroline und seine Mutter, Fliss und Susanna. Sie trinken Tee und lachen. Fliss dreht sich um und sieht ihn an, und er bemerkt, dass ihre alte Miene wieder da ist; eine Art geduldiger Resignation und Welten von dem fröhlichen Gesicht entfernt, das auf dem Bench Tor im warmen Frühlingssonnenschein zu ihm aufgelacht hat. Er steckt die Hände in die Taschen und tritt in den Kreis aus Feuerschein und Wärme. Jetzt sehen sie ihn alle an, und er lächelt ihnen zu und schluckt ein albernes Aufwallen von Angst hinunter.

»Ich möchte etwas sagen«, erklärt er. »Das ist jetzt vielleicht ein Schock, obwohl es das nicht sein sollte, nicht nach all der Zeit.« Sie sind alle verstummt und beobachten ihn. »Fliss und ich werden heiraten. Ihr wisst alle, dass wir einander lieben, seit wir Kinder waren, und jetzt kann uns nichts mehr daran hindern, richtig zusammen zu sein. Ich finde, das Beste ist, wenn wir so bald wie möglich standesamtlich heiraten, und dann fahren Fliss und ich ein paar Tage lang irgendwohin. Wir wollen nicht viel Aufhebens machen ...«

Das verblüffte Schweigen, das auf seine Worte folgt, geht in einem lauten Tumult aus Stimmen und Gelächter unter. Prue ist in Tränen aufgelöst, Caroline umarmt Fliss, und Susanna sitzt da und sperrt vor Verblüffung den Mund auf. Hal steht reglos auf der Stelle, fühlt sich beinahe töricht, weil er nicht weiß, was er als Nächstes tun soll. Er versucht, Fliss' Reaktion einzuschätzen. Jolyon eilt zu seiner Rettung herbei. Hal spürt, wie er mit kräftigem Druck seinen Arm ergreift, und dann umarmt ihn sein Sohn, klopft ihm mit der freien Hand auf den Rücken, gratuliert ihm. Hal hat kaum Zeit, ihm dankbar zu sein, da lässt Jo ihn schon los, dreht sich zu Fliss um und breitet die Arme weit aus. Endlich schaut sie Hal in die Augen, und in dem kurzen Moment, bevor sie in Jolyons Umarmung gezogen wird, sieht er, dass ihre Augen vor reiner Freude strahlen und unsagbare Erleichterung aus ihnen leuchtet.

25. Kapitel

Als Jolyon am Montagmorgen nach Bristol fuhr, legte er ganze Abschnitte der vertrauten Strecke zurück, ohne sie richtig wahrzunehmen. Ihm standen immer noch andere frohe Bilder vor Augen. Von Zeit zu Zeit rief er sich ins Gedächtnis, dass er sich auf die Fahrt konzentrieren musste, doch dann lenkte ihn erneut eine andere glückliche Erinnerung ab, und er ergab sich diesem wenig vertrauten Freudenrausch. Sogar seine Verwandlung vom Bio-Gemüsebauern zum beliebten Fernsehmoderator hatte ihn nicht so glücklich gemacht.

Er wurde geliebt, begehrt und gewollt, und zwar um seiner selbst willen, nicht als Sohn oder Bruder oder Cousin, sondern einfach, weil er er selbst war. Und von einem so hinreißenden, wunderbaren Mädchen! Ein BMW fuhr dicht auf und blinkte ihn an, und Jolyon schüttelte den Kopf und lenkte den Wagen auf die linke Spur. Als der BMW vorbeizog, beugte sich der Fahrer zur Seite, um ihm einen bösen Blick zuzuwerfen, und reckte beleidigend einen Finger. Jolyon lachte ihn strahlend an und hob selbst die Hand zu einer Art Segen. Verblüfft und um seinen Triumph betrogen, raste der BMW-Fahrer vorbei, und Jolyon fühlte sich von gütigem Mitgefühl für alle armen Kerle erfüllt, die ein so eingeschränktes Leben führten, dass solche Aktionen ihnen Freude bereiteten. Offensichtlich gab es in ihrem Leben keine Henrietta; und sie wussten nicht, wie es war, überschwänglich zu lieben. Und das galt nicht nur für ihn; die ganze Familie war überglücklich.

Er war ziemlich früh am Abend nach The Keep zurückgekehrt und hatte sie alle – Fliss, Granny, Lizzie und Cordelia – umgeben von den Resten ihres Tees am Kamin sitzend vorgefunden, genau wie Dad und er es geplant hatten. Sie hatten ihn wie üblich begrüßt, obwohl Cordelia kaum gewagt hatte, ihm in die Augen zu sehen, damit sie das Geheimnis nicht verriet. Und dann war Dad aufgetaucht und hatte irgendetwas Lustiges gesagt. Granny hatte Jo Tee angeboten.

»Wartet einen Moment«, hatte Dad da gemeint, »ich glaube, Jo will uns etwas sagen.« Und alle – bis auf Cordelia – hatten sich ihm verwirrt zugewandt.

Er war nervös gewesen und war sich ein wenig dumm vorgekommen, doch er fühlte sich immer noch so beschwingt, dass er in der Lage war, in die kleine Gruppe hineinzutreten und mit dem Rücken zum Kamin stehen zu bleiben, sodass er sie alle sehen konnte.

»Ja, so ist es«, begann er. »So überraschend kommt das jetzt wahrscheinlich nicht. Ich habe Henrietta gebeten, meine Frau zu werden, und sie hat Ja gesagt …« Der Rest seiner kleinen Ansprache ging in den Freudenbekundungen seiner Familie unter.

»Wie schön!« Cordelia strahlte ihn mit Tränen in den Augen an.

»Wow!«, rief Lizzie, »Toll! Mensch, das hast du schlau gemacht.«

Granny saß ganz still und mit ineinander verschlungenen Händen da. »Lieber Jo«, sagte sie. »Oh, wie wundervoll.«

Wie durch Zauberei war Dad mit einem Tablett voll Gläser aufgetaucht und öffnete jetzt eine Champagnerflasche, aber Fliss sprang auf und kam mit weit ausgebreiteten Armen und vor Freude leuchtenden Augen auf ihn zu. Sie umarmten einander ganz fest, und dann stand Dad mit einem Glas in der einen Hand da, ergriff mit der anderen seine – Jos – freie Hand und schüttelte sie kräftig und gratulierte ihm.

Noch nie war er so glücklich gewesen, und er hatte sich sehnlichst gewünscht, Henrietta hätte bei ihm sein können. Gleichzeitig jedoch war dieser kurze Moment mit den Menschen, die ihm die liebsten waren, die ihn so viele Jahre lang unterstützt und ermutigt hatten, etwas ganz Besonderes gewesen. Außerdem hatten sie das Ganze am Sonntag noch einmal wiederholt, mit Henrietta. Er war zu ihr gefahren und hatte sie und die Hunde abgeholt, und sie hatten noch einmal gefeiert. »Das können wir auf The Keep am besten«, hatte Dad zu ihr gemeint. »Wir lieben es zu feiern« – und sie hatte so glücklich und entspannt ausgesehen, und Jo war schrecklich stolz gewesen ...

Und jetzt hatte er seine Abfahrt fast verpasst. Jo lachte laut auf. Er warf einen Blick auf sein Handy, das auf dem Beifahrersitz neben ihm lag. Sobald er irgendwo halten konnte, würde er Henrietta eine SMS schicken, denn sie hatte ihn gebeten, sich zu melden, sobald er sicher in Bristol angekommen war. Wie seltsam das war, jemand Besonderen zu haben, der auf eine Nachricht von ihm wartete und sich Gedanken darüber machte, wo er sich befand und was er fühlte. Er fragte sich, was sie wohl gerade tat.

Henrietta kniete auf dem Boden und wischte eine Lache Erbrochenes von den Steinfliesen in der Küche auf.

»So etwas passiert«, sagte sie streng zu dem schuldbewussten Tacker, »wenn du böse Sachen frisst, obwohl ich es dir verboten habe.«

Tacker wedelte schwach mit dem Schwanz und beobachtete sie mit angelegten Ohren. Sie knüllte das Zeitungspapier zusammen, wischte noch einmal mit einem sauberen Stück Papier über den Boden und stand dann auf, um Eimer und Wischmopp zu holen. Juno und Pan sahen von ihren Körben aus zu und signalisierten, dass sie über solches Benehmen erhaben waren.

»Und es nützt gar nichts«, warnte Henrietta sie, »jetzt so selbstgerecht dreinzuschauen. Ihr seid genauso schlimm wie er.«

Sie stellten die Ohren auf und sahen sie, verletzt durch diese Unterstellung, vorwurfsvoll an.

Henrietta wischte den Boden kräftig auf, während Tacker, der schon wieder munter wurde, vorsichtig den hin und her fegenden Mopp attackierte. Sie tat so, als wollte sie ihn damit jagen, und er ergriff aufgeregt kläffend die Flucht, drehte dann aber um und stürzte sich erneut darauf. Henrietta lachte und trug den Eimer nach draußen, um ihn in eines der Blumenbeete zu leeren. Mit einem Blick auf die Armbanduhr fragte sie sich, wann sie von Jo hören würde; jetzt war es noch zu früh. Dieses aufregende neue Glück ließ ihr Herz schneller schlagen, und sie wünschte, sie wäre nicht allein und hätte jemanden, mit dem sie die Neuigkeit teilen könnte. Eine ihrer Freundinnen aus London würde für ein paar Tage zu Besuch kommen – und das war großartig –, aber sie wagte nicht, Jilly davon zu erzählen, solange Susan es noch nicht wusste.

»Ich muss es Susan selbst sagen«, hatte sie Jo erklärt. »Das wird ein weiterer Schock für sie, und ich will sie nicht im Stich lassen. Wenn sie nach Hause kommt, muss ich mit ihr zurück nach London gehen, bis sie ein neues Kindermädchen gefunden hat.«

Das hatte er verstanden, aber sie hatten beschlossen, über Weihnachten wegzufahren, nur sie beide. Henrietta hatte sich immer gewünscht, Weihnachten und Silvester in Schottland zu verbringen, und Jo kannte ein Hotel – eine alte Burg –, wo sie zusammen sein konnten.

»Und vielleicht eine Hochzeit zu Ostern«, hatte sie gesagt, »wenn wir das schnell organisiert bekommen. Wo sollen wir heiraten?«

Ziemlich unsicher hatte er The Keep und die Kirche am Ort

vorgeschlagen und gehofft, dass er sich nicht aufdrängte, aber Henrietta war begeistert von der Idee gewesen: The Keep sei absolut perfekt – und schließlich wäre es etwas zu viel von ihrer Mum verlangt, die Feier im Cottage auszurichten.

Sie hatten eng aneinandergeschmiegt vor dem Kamin gesessen, geredet, Pläne geschmiedet, sich geliebt ...

»Wir könnten in Bristol leben«, hatte er vorsichtig vorgeschlagen. »Für den Anfang, verstehst du? Bis wir wissen, wie sich alles entwickelt.«

»Wäre es denn nicht einfacher für dich, auf The Keep zu wohnen?«, hatte sie gefragt. »Für deine Arbeit beim Fernsehen musst zu ziemlich viel herumreisen, aber du musst doch oft im Büro sein, oder?«

»Na ja, einfacher wäre das schon«, hatte er zustimmend gemeint, »und wir würden natürlich im Torhaus wohnen. Doch ich weiß nicht, wie es dir damit ergehen würde, von der ganzen Familie umgeben zu sein. Da spricht mehr für Bristol; deine Freunde aus London könnten dich leicht besuchen. Ich könnte nach The Keep pendeln.«

»Aber ich habe dir doch gesagt, dass ich gern Menschen um mich habe«, hatte sie protestiert. »Und ich möchte, dass wir so viel wie möglich zusammen sind. Wir könnten es zumindest versuchen. Vielleicht könnte ich ja bei Keep Organics aushelfen, solange ich mich neu orientiere. Wenn wir verheiratet sind, möchte ich nicht mehr als Kindermädchen arbeiten. Wir wollen doch eigene Kinder, oder, Jo?«

Sie hatte zu ihm aufgesehen und seinen Arm enger um ihre Schultern gezogen und seine Hand genommen, und da hatte sie einen eigenartigen Ausdruck in seinem Gesicht gesehen: Schock, Staunen und beinahe Ungläubigkeit ob einer solchen Aussicht.

»Ja«, hatte er schließlich gemurmelt. »Ja, natürlich«, und er hatte den Kopf gebeugt und sie geküsst ...

Die Hunde sahen sie erwartungsvoll an, und sie stieß einen tief empfundenen Seufzer aus.

»Okay«, entschied sie. »Zeit, euch auszuführen. Wohin sollen wir gehen? Irgendwohin, wo wir Tacker spielen lassen können und ihr Auslauf habt. Dann kommt!«

Ihr Handy klingelte, und sie griff danach. »Hi. Wo bist du?«

»Fast da«, sagte Jo. »Obwohl ich beinahe meine Ausfahrt verpasst habe, weil ich an dich gedacht habe. Wie sieht's bei dir aus?«

»Das Übliche. Ich gehe gleich mit den Hunden. Dann will ich noch für Jillys Besuch einkaufen. Es wird die Hölle sein, ihr nichts erzählen zu können. Ich überlege, was für einen Ring ich mir wünsche.«

Er lachte. »Bei deinem Haar und deinen Augen sollte es ein Topas sein. Ich muss mich beeilen, sonst komme ich zu spät. Ich liebe dich.«

»Ich dich auch«, sagte sie ziemlich schüchtern.

Die Hunde standen an der Tür und sahen sie an, und Henrietta steckte das Handy in die Tasche und schnappte sich ihren Mantel.

»Ich liebe ihn«, erklärte sie ihnen fröhlich. »Gut, was?«

Maria sah fern: *Big Cat Diary* mit dem Tierfilmer Simon King. Noch nie im Leben hatte sie so viel ferngesehen, aber andererseits hatte sie auch niemals geahnt, wie lang ein Tag war, wenn man niemanden hatte, mit dem man ihn teilen konnte. Penelope und Philip waren wunderbar, einfach wunderbar, doch sie hatte auch ihren Stolz und durfte sich nicht ständig darauf verlassen, dass sie ihr Gesellschaft leisteten – und außerdem waren sie heute Abend ausgegangen.

Sie nippte noch einmal an ihrem Gin Tonic. Die Löwin sah zu, wie ihre vier Jungen in dem hohen Gras spielten. Wie niedlich sie waren! Sie sahen aus wie Golden-Retriever-Welpen, genau wie Rex, als er ein paar Monate alt gewesen war. Maria runzelte die Stirn. Die Erinnerung ärgerte sie; dieses elende Tier hatte so viele Probleme verursacht. Man musste ehrlich sein, sie war einfach kein Hundemensch. Matsch auf dem Boden und Haare überall, und Hunde mussten ständig ausgeführt oder gefüttert werden. Nein, sie kam sehr gut ohne all diese Ansprüche aus, danke der Nachfrage. Sie hatte Hal die Schuld an Rex' Vergehen gegeben, und nach einem monumentalen Streit war der Hund nach The Keep verbannt worden. Das hatte dem armen Jolyon das Herz gebrochen ...

Jetzt sah die Löwenmutter sich um und witterte Gefahr, und da kam sie in Gestalt eines großen Männchens. Simon – was für ein Netter Simon war! – erklärte, dass das Männchen die Jungen töten würde, wenn er ihnen nahe genug kam. Mit ihrem Glas in der Hand erschauerte Maria. Das Löwenmännchen würde die Kleinen einfach umbringen, weil sie nicht von ihm waren; einfach so, verdammt typisch. Manchmal fragte sie sich, warum sie sich diese Naturfilme ansah. Sie waren immer geprägt von Tod und Vernichtung; eine Art fraß die andere, winzige, hilflose Wesen wurden von größeren, brutalen Tieren verschlungen, und verstörte Mütter sahen ohnmächtig zu. Alles ziemlich deprimierend. ... Sie trank noch einen Schluck Gin.

Simon war aufrichtig bestürzt; es machte ihm wirklich etwas aus. Jo übte die gleiche Wirkung aus wie Simon; er zog einen in seinen Bann, sodass man unbedingt zusehen wollte. Jos Moderation strahlte etwas Vertrauliches aus – und natürlich war es hilfreich, dass er gut aussah, ganz wie Hal. Und, oh Gott, jetzt kam der Löwe näher, die Jungen waren panisch auseinandergestoben, und er brüllte und sprang herum. Doch mit einem Mal griff die Löwin ihn heftig an, so wild, dass er tatsächlich Fersengeld gab und flüchtete, und sie lief ihm nach, um ihn endgültig zu vertreiben. Maria war überglücklich. »Ja, Mädchen, zeig's ihm!«, schrie sie und wedelte halb lachend und halb weinend mit ihrem Glas.

Sie stand auf, um sich noch einen Drink einzugießen – war das ihr zweiter oder ihr dritter? –, und fühlte sich ein wenig unsicher auf den Beinen. Einmal, vor Ewigkeiten, hatte sie ein leichtes Alkoholproblem gehabt. Verständlich, Hal war damals wochenlang auf See gewesen, und sie hatte sich einsam gefühlt. Der liebe, gute Jo hatte sich Sorgen gemacht, ihr Tee gekocht, ihr ein Bad eingelassen. Da konnte er höchstens sieben gewesen sein. Einmal hatte er beim Teekochen den Zuckertopf zerbrochen, und sie hatte ihn ausgeschimpft ...

Maria hielt sich an der Arbeitsplatte in der Küche fest. Sie musste einfach mit diesen sinnlosen Grübeleien über die Vergangenheit aufhören. So etwas tat niemandem gut. Sie schüttete etwas Gin ins Glas, goss Tonic Water nach und ging zu ihrem Sessel zurück. Simon erklärte gerade, dass nur ein Junges gerettet worden war. Zwei mussten tot sein, und das vierte war so schwer verletzt, dass es jetzt einfach auf dem Boden lag und sich weigerte, sich zu bewegen. Die Mutter stand über ihm, leckte es und versuchte, ihm neues Leben einzuhauchen, während das andere Junge zusah und Maria Tränen über die Wangen rannen.

Sie rief sich ins Gedächtnis, was das Problem war: Sie war einfach so weichherzig, so sensibel, immer schon. Die liebe, gute Pen, die stets so unerschütterlich und gemeinschaftsorientiert war, versuchte ständig, sie dazu zu überreden, ehrenamtlich in einem Hospiz oder mit Senioren zu arbeiten. Für Pen war das schon in Ordnung, sie war zäh wie Schuhleder. Pen und sie waren zusammen zur Schule gegangen und vom ersten Tag an beste Freundinnen gewesen, und schon damals war sie so gewesen: Pfadfinderin und später Gruppenleiterin, immer aktiv, und hatte im Stillen Gutes getan. Pen war ihr Fels in der Brandung gewesen und hatte stets auf ihre schüchternere, sanftere beste Freundin aufgepasst.

Maria stillte einen weiteren Ansturm von Tränen und starrte auf den Bildschirm. Die Löwenmutter gab nicht auf, erklärte Simon den Zuschauern. Sie war mit dem letzten Jungen zu ihrem Bau gelaufen und stand jetzt in dem niedergetretenen Gras und rief nach ihren Jungen. Ja, natürlich, sie war schließlich eine Mutter, oder? Aber wie hätten sie diesen tödlichen Angriff überleben können? Ehrlich, es war einfach zu herzzerreißend, und jeden Moment würde dieser riesige Macho von einem Löwen zurückkommen und die beiden erledigen.

»Lauft weg!«, hätte Maria am liebsten gerufen. »Lauft weg!«

Aber Moment mal, jetzt bewegte sich das Gras, und da war ein unverletztes Junges, das zu seiner Mutter kam, und die Stimme des lieben, guten Simon schwankte, und nun tapste noch ein Junges – du meine Güte, das war so fantastisch – aus seinem Versteck, und die drei Jungen und ihre Mutter waren wieder vereint. Maria nahm noch einen großen Schluck Gin und weinte, und Simon weinte ebenfalls – nun ja, zumindest standen dem Guten die Tränen in den Augen. Bis sie sich die Nase geputzt hatte und wieder hinsah, ging es in dem Bericht um Erdmännchen. Aber sie hatte für einen Abend genug Aufregung erlebt und war sich vollkommen sicher, dass weitere Dramen folgen würden. Ein Raubtier, das Appetit auf rohe Erdmännchen hatte, würde irgendwo in der Nähe lauern, und alles würde wieder von vorn beginnen.

Maria zappte noch ein paar Minuten durch die Kanäle und schaltete den Fernseher dann aus. Die Löwin hatte sie dazu gebracht, über Familie nachzudenken, über Jo. Familie war wichtig, wichtiger als alles andere. Schön, sie hatte in der Vergangenheit einige Fehler begangen, aber es gab absolut keinen Grund, warum sie nicht in Ordnung gebracht werden konnten.

Sie könnte ein kleines Cottage oder eine Wohnung in Staverton oder Totnes kaufen, nicht allzu weit entfernt von The Keep, doch auch nicht direkt nebenan, und einen Neuanfang starten. Vielleicht würde Hal ja vorschlagen, dass sie auf The Keep unterkam, während sie nach dieser bescheidenen Wohnung suchte. Das wäre so schön und würde allen reichlich Gelegenheit bieten, Brücken zu schlagen.

Natürlich würde Pen sich auf die Hinterbeine stellen. Sie hatte schon gesagt, für Maria sei es das Beste, unter ihren Freunden in Salisbury zu sein, wo sie fast ihr ganzes Leben verbracht hatte. Das würde Pen doch sagen, oder? Keine Frage, dass sie es genoss, dass ihre alte Freundin gleich nebenan wohnte – und sie hatten gute Zeiten zusammen erlebt, kein Zweifel. Um ehrlich zu sein, hatte sie sich ein- oder zweimal gefragt, ob sie überhaupt etwas Besseres finden konnte als diesen außerordentlich behaglichen kleinen Anbau, wo sie den Garten nutzen konnte, ohne Arbeit damit zu haben, und wo ein paar sehr gute Freunde gleich nebenan lebten. Schließlich hatten sie eine Menge gemeinsamer Freunde, und der gute Phil war genau die Art alter Rechthaber, der nur zu gern alles organisierte und Probleme löste. Maria brauchte bloß eine bestimmte Miene aufzusetzen – die Andeutung eines Stirnrunzelns, und sich dabei auf die Unterlippe zu beißen –, und der gute Phil würde ihr tröstend einen Arm um die Schultern legen und ihr helfen wollen. Natürlich war es in den heutigen emanzipierten Zeiten ein absolutes Gottesgeschenk, dass ein altmodischer Bursche wie Philip in der Lage war, eine hilflose Frau zu beschützen. Pen wollte nichts von solchem herablassenden Unsinn wissen, nein danke, daher wusste Maria, dass Phil ihre eigene zarte Hilflosigkeit zu schätzen wusste. Adam war genauso gewesen, und es war ein Kinderspiel gewesen, beide dazu zu bringen, ihr aus der Hand zu fressen. Natürlich musste sie vorsichtig sein. Sie wollte die liebe Pen nicht verärgern. Nur nicht die Gans schlachten, die goldene Eier legte.

Maria trank ihren Drink aus. Trotzdem waren Pen und Philip nicht ihre Familie. Sie würde ihnen das ganz taktvoll erklären und von ihrem neuen Plan erzählen. Hatte Pen nicht davon gesprochen, bald in ihr Cottage in Salcombe hinunterzufahren? Das wäre ein ausgezeichneter Anfang: Sie könnte die beiden begleiten, den Immobilienmarkt erkunden und Hal und Jo besuchen ...

Ihre Stimmung verbesserte sich abrupt, und sie fühlte sich aufgeregt, zum Kichern aufgelegt und glücklich. Vor sich hin summend, stand Maria auf, hielt sich kurz an der Sessellehne fest, um ihr Gleichgewicht zu wahren, und ging sich etwas zum Abendessen kochen.

26. Kapitel

Cordelia stellte den Wagen in die Garage, holte ihre Einkäufe heraus und fand den Haustürschlüssel. Heftige, mit Salzwasser gesättigte Böen wehten über die Landzunge, ließen das Haar um ihr Gesicht fliegen und zerrten an den Papiertüten in ihrem Korb. Das glasklare, transparente Meer spiegelte die Wolkenlandschaft mit ihren cremefarbenen, goldenen und weißen Farbnuancen. Einen Moment lang stand sie da, genoss dieses neue Glücksgefühl und erinnerte sich an winzige, besondere Augenblicke, die sich in der vergangenen Woche immer wieder ereignet hatten. Henrietta war so lieb, so herzlich gewesen, dass es ihr vorkam, als wäre eine ganz neue Seite an ihrer Tochter enthüllt worden.

Sie schloss auf, nahm die Briefe, die auf der Fußmatte lagen, und trug sie in die Küche. McGregor kam angelaufen, um sie zu begrüßen, und ein rascher Blick versicherte ihr, dass alles in Ordnung war, doch ihre Nervosität blieb. Sie hatte Angst vor einem weiteren unheimlichen Besuch, einer neuen Entwicklung in dem Rätsel, das die Ereignisse der letzten paar Wochen umgab.

Mehrmals hatte sie sich versucht gefühlt, sich Angus anzuvertrauen, obwohl sie genau wusste, was er sagen würde: Geh zur Polizei. Eine vernünftige Idee, doch etwas hinderte sie daran, obwohl sie nicht genau wusste, was. Ein Instinkt sagte ihr, dass sie in keiner echten Gefahr schwebte, sondern eher dazu gezwungen war, wider Willen eine Rolle in einem Drama zu spielen, das bis zu Ende aufgeführt werden musste. Angus würde sie eine Närrin schimpfen und sie ermahnen, dass sie ein großes Risiko einging. Vielleicht stimmte das ja; aber was hätte sie der Polizei wirklich Hilfreiches erzählen können? Sie hatte sich eine lückenhafte Chronologie der Ereignisse zusammengesetzt: ein Foto, das unter ihrem Scheibenwischer gesteckt hatte; eine hochgewachsene Gestalt oben auf der Klippe, die sie mit einem Fernglas beobachtete; ein Teil ihrer Arbeit gelöscht, während sie mit Fliss auf dem Balkon saß; wie ihr jemand scharf auf die Schulter getippt hatte und dann der Mann aus dem Delikatessenladen geeilt war. Und dem Ganzen war die Entdeckung des Koalas in ihrem Einkaufskorb gefolgt; der Besucher, der einen weiteren Koala hinterlassen und ihre Bücher bewegt hatte, während sie unten am Strand war. Das ergab überhaupt keinen Sinn. Bestimmt würde die Polizei zu dem Schluss kommen, dass ihr einfach jemand einen Streich spielte, und sie fühlte sich geneigt, dem zuzustimmen. Doch wer mochte das sein? Sie hatte endlos darüber nachgedacht, und soweit sie sehen konnte, passte die Beschreibung nur auf eine einzige Person. Aber ihr Verdacht erschien so absurd, dass sie ihn zuerst kaum sich selbst eingestehen konnte, und auf keinen Fall wäre sie in der Lage, auch nur Angus davon zu erzählen.

Müßig sah Cordelia ihre Briefe durch: zwei Rechnungen, drei Kataloge und zwei Umschläge – einer war von Hand, der andere maschinell adressiert. Sie ließ die Rechnungen und Kataloge auf den Küchentisch fallen und öffnete zuerst den handgeschriebenen Umschlag: Es war eine Karte von einer alten Freundin, die fragte, ob Cordelia es schaffen würde, zu ihrem Hochzeitstag nach Oxfordshire zu kommen.

... dreißig Jahre!, hatte Janey geschrieben. *Ist das zu glauben? Dabei scheint es erst ein paar Minuten her zu sein, seit wir alle im Smuggler's Way in Faslane gewohnt haben. Erinnerst du dich noch an den Trockenplatz und daran, wie wir mit den Windeln all diese Treppen hinauf- und hinuntergekeucht sind?!?*

Cordelia schmunzelte bei der Erinnerung – *erst ein paar Minuten her* – und lächelte immer noch, als sie den zweiten Umschlag öffnete. Ein Foto fiel ihr in die Hand, und als sie es betrachtete, wich ihr Lächeln einer fassungslosen Miene. Die junge Cordelia strahlte sie an. Neben ihr stand Simon in seinem Navy-Pullover mit den Streifen eines Korvettenkapitäns auf den Schultern. Er hatte beide Hände um eine kleine lachende Henrietta gelegt; eine glückliche kleine Familie, die zusammen auf einem Rasenstück kniete.

Schnell drehte sie das Foto um und sah die drei flauschigen schwarzen Klebestellen, an denen es von der schwarzen Seite eines Albums abgerissen worden war. Sofort sah sie das Fotoalbum vor ihrem inneren Auge: ein ziemlich teurer schwarzer Lederband mit Goldprägungen, in dem sie die besten Fotos gesammelt hatte, die von Henriettas erstem Geburtstag bis zu dem Zeitpunkt, an dem Simon sie verlassen hatte, reichten. Sie hatte auch andere Fotos gehabt, die sie in große braune Umschläge gestopft oder zu gerahmten Collagen arrangiert hatte, doch dieses Album war für diese Aufnahmen von ganz besonderen Momenten bestimmt.

Cornelia nahm dem Umschlag und schüttelte ihn aus, aber es befand sich nichts anderes darin. Sie musterte die ausgedruckte Adresse, doch die lieferte keinen Hinweis. Der Briefumschlag war durch die Frankiermaschine gegangen. Dennoch hatte der Postbote sie dann mit Kugelschreiber entwertet. Daher waren Datum und Poststempel nicht mehr lesbar. Cordelia kam eine Idee, die sie erleichterte: Das Foto stammte von Janey. Vielleicht hatte sie es in den Brief stecken wollen, es vergessen und mit einem anderen Umschlag geschickt. Das Foto der kleinen Szene mit der ziemlich hässlichen Betonmauer als Hintergrund könnte gut im Smuggler's Way aufgenommen worden sein, wahrscheinlich von Janey selbst, die es dann aus ihrem eigenen Album genommen hatte. Das würde auch zu dem Brief passen. Cordelia stellte sich die Szene vor: Janey, wie sie vom Briefkasten zurückkehrte und feststellte, dass das Foto noch auf dem Tisch lag.

»Ach, Richard«, hatte sie vielleicht ärgerlich gesagt. »Ich habe vergessen, das Foto hineinzustecken.«

»Keine Sorge, Schatz«, hätte Richard geantwortet. »Ich drucke dir die Adresse noch einmal am Computer auf einen Umschlag.«

Cordelia versuchte, sich mit diesem Szenario zu beruhigen, aber ihre Erleichterung währte nicht lange. Äußerst unwahrscheinlich, dass Janey so taktlos sein würde, ihr ein Foto mit Simon zu schicken; Janey wusste, wie schmerzhaft diese Zeit und alles, was danach passiert war, für ihre Freundin gewesen war. Bestimmt würde sie ihr niemals aus heiterem Himmel etwas schicken, das sie daran erinnerte. Natürlich redeten sie auch über die Vergangenheit, und bei einer solchen Gelegenheit mochte ganz natürlich Simons Name fallen, doch ihr ein Foto zu schicken ... Nein, nein. Es war einfach ein außerordentlicher Zufall, dass die beiden Briefe gleichzeitig angekommen waren.

Sie legte das Foto auf den Tisch und ging in ihr Arbeitszimmer. Die große Palisanderkommode begleitete sie seit Jahren; sie hatte ihrer Großmutter gehört. Cordelia wusste genau, wo das Album lag. Hinten in der untersten Schublade, unter all den Ordnern und Umschlägen mit Fotos, die sich im Lauf der Jahre angesammelt hatten. Sie hatte es Henrietta vor Jahren angeboten, nachdem Simons Brief gekommen war, aber Henrietta hatte es nicht angenommen.

»Danke, ich habe mein eigenes Album«, hatte sie hart und anklagend gesagt. Allerdings, das hatte sie: ein großes unhandliches Buch, in das die Fotos alle planlos eingeklebt waren, mit krummen und schiefen und mit bunter Tinte geschriebenen Anmerkungen darunter. *Daddy und ich in Salcombe, Daddy und ich am Hafen.* Sie hatte Cordelia demonstrativ gezeigt, dass es sehr wenige Bilder von *Mummy und mir* enthielt. Später waren die Einträge erwachsener, bestanden einfach aus Datum und Ort, doch immer noch gab es sehr wenige Bilder von Henrietta mit ihrer Mutter.

Und warum auch?, dachte Cordelia abwehrend. Schließlich war ich während dieser ganzen Zeit bei ihr. Da brauchte sie keine Fotos von mir.

Sie kniete nieder und zog die schwere Schublade heraus. Behutsam nahm sie Ordner heraus, die drohten, ihren Inhalt über den Boden zu ergießen, und dahinten lag das Album. Beinahe ängstlich hob sie es heraus und strich erst einmal nur mit den Fingern über den Umschlag. Und dann blieb ihr fast das Herz stehen. Mehrere Fotos fehlten. Schnell blätterte sie die dicken schwarzen Seiten um, die voller Erinnerungen steckten.

Die Fotos waren sorgfältig entfernt worden; auf dieser Seite fehlten zwei, auf jener nur eines, und von anderen waren gar keine weggenommen worden. Cordelia setzte sich auf die Fersen und rang ein zunehmend ungutes Gefühl nieder. Am wahrscheinlichsten war, dass Henrietta sie genommen hatte – aber warum sollte sie? Und warum heimlich, ohne etwas davon zu sagen? Vielleicht hatte sie es ja gar nicht heimlich getan; vielleicht hatte sie einfach eines Tages beschlossen, ein paar Bilder herauszunehmen. Dazu hätte sie nicht um Erlaubnis zu bitten brauchen.

Noch eine andere Person hätte sie nehmen können – und das bestätigte Cordelias Verdacht. Simon. Simon, der Kaltherzige. So hatte sie ihn genannt, nachdem er Henrietta diesen grausamen Brief geschrieben hatte, in dem er ihr genau erklärt hatte, warum er sie verlassen hatte und dass in seinem neuen Leben in Australien kein Platz für seine Tochter sei. Cordelia hatte ihm geschrieben, ihn als »Simon, den Kaltherzigen« angesprochen und ihm menschenverachtendes Verhalten vorgeworfen. Das war auch der Originaltitel des einen Buchs, das auf ihrem Lesepult gelegen hatte, obwohl der Titel des anderen Romans – *Die widerspenstige Witwe* – weniger passend war. Cordelia vermutete, dass es die größtmögliche Annäherung an seinen jetzigen Familienstand war: Seine Frau musste gestorben sein, und er war zurück nach England gekommen, um eine Art Rache zu üben. Aber warum? Vielleicht hatte die Trauer ihn ja aus dem Gleichgewicht gebracht.

Simon war schon immer ein Mensch mit sehr heftigen Gefühlen gewesen. Sie erinnerte sich daran, wie entschlossen er ihr den Hof gemacht hatte, nachdem Angus nach Australien gegangen war. Simon hatte ihr witzige Nachrichten, Blumen, die im Volksglauben eine Bedeutung hatten, und gelegentlich sogar kleine eigenartige Geschenke geschickt. Cordelia war so unglücklich über Angus' Verrat gewesen, und da hatten Simons beharrliche Liebesbeteuerungen sie gerührt, und sie hatte sich durch seine Hartnäckigkeit geschmeichelt gefühlt.

Angus hatte Simon und sie ursprünglich einander vorgestellt, und sie hatten sich beide darüber amüsiert, wie vollkommen vernarrt der jüngere Mann in Cordelia gewesen war. Manchmal nahmen sie ihn mit, hielten ihn bei Laune und neckten ihn wie ein Kind oder ein Haustier. Sie vertrauten so sehr auf ihre Macht und ihr Glück, dass sie ihm großzügig erlaubten, die Brosamen aus dem Füllhorn ihrer Liebe aufzupicken.

»Ich glaube, wenn er könnte, würde er mich umbringen«, hatte Angus einmal lachend zu ihr gemeint. »Er ist vollkommen besessen von dir. Der gute Si ist schon ein komischer Kerl. Sehr zielstrebig.«

Jetzt lief Cordelia ein Schauer über den Rücken. Sie fragte sich, ob Simon dort draußen auf der Klippe gewesen war und sie mit dem Fernglas beobachtet hatte, wenn Angus bei ihr war. Urplötzlich fiel ihr auch das Foto ein, das unter dem Scheibenwischer geklemmt hatte. Hatte es Angus und sie gezeigt? »*Ich glaube, wenn er könnte, würde er mich umbringen.*« Sie schloss die Schublade, stand auf und ging zurück in die Küche. Dort griff sie zu ihrem Handy, scrollte bis zu Angus' Nummer und wählte.

»Dilly.« Seine Stimme klang herzlich. »Wie geht es dir?«

»Ich mache mir Sorgen«, erklärte sie knapp. »Ich muss mit dir über etwas reden. Könntest du vorbeikommen?«

»Ja, selbstverständlich.« Jetzt klang er nervös und verwirrt. »Ich bin in einer halben Stunde bei dir.«

Typisch für ihn, dass er keine Fragen stellte, und dafür war sie dankbar, aber während sie wartete, überlegte sie, ob sie nicht stattdessen zu ihm hätte fahren sollen. Falls Simon da draußen war und sie beobachtete, könnte Angus' Anwesenheit ihn noch weiter reizen. Diese seltsamen Vorkommnisse hatten kurz, nachdem Angus nach Dartmouth gezogen war, begonnen. Cordelia stellte sich vor, wie Simon sie beide beobachtete, ihr folgte, wenn sie einkaufen fuhr und sogar noch weiter, und all ihre Bewegungen und gewohnten Tätigkeiten registrierte. Vielleicht war er ja im *Mangetout* gewesen, als Angus und sie dort zusammen Kaffee getrunken hatten, und hatte den australischen Koala in ihrem Korb platziert, während sie an der Kasse gewartet hatte.

Sie begann, ihre Einkäufe wegzuräumen, sah ab und zu auf die Uhr und lauschte auf das Auto. Als sie den Motor hörte, huschte sie in ihr Arbeitszimmer und sah aus dem Fenster, aber auf dem Klippenpfad war niemand. Erleichtert öffnete sie die Haustür und winkte Angus eilig herein.

»Was ist los?«, fragte er und folgte ihr in die Küche. »Ist etwas mit Henrietta? Es ist doch alles in Ordnung, oder?«

»Nein«, gab Cordelia zurück, drehte sich um, um ihn anzusehen und verschränkte die Arme vor der Brust. »Es geht um mich. Das klingt verrückt, Angus, doch ich glaube, ich werde gestalkt.«

27. Kapitel

»Ich kann nicht glauben, dass du mir nicht früher davon erzählt hast«, erklärte Angus nun schon zum dritten Mal. »Und wenn ich daran denke, dass du hier ganz allein warst. Alles hätte passieren können. Um Gottes willen, Dilly!«

»Es kam mir so albern vor«, meinte sie müde. »Außerdem habe ich McGregor, vergiss das nicht. Ich dachte, du würdest wollen, dass ich zur Polizei gehe, und dazu kann ich mich einfach nicht überwinden. Das kann ich nicht, Angus.«

»Und was hast du dann vor?«, fragte er wütend. »Warten, bis ein Ziegelstein durch dein Fenster fliegt? Oder bis er dich an einem dunklen Abend überfällt, wenn du aus dem Auto steigst und McGregor nicht bei dir hast? Und was, wenn er Henrietta etwas antut?«

Ängstlich sah sie ihn an. »Aber warum sollte er? Sie hat er immer angebetet.«

»Dilly, das sind nicht die Handlungen eines geistig gesunden Menschen. Wenn du wirklich glaubst, es könnte Simon sein, musst du Vorsichtsmaßnahmen treffen.«

»Glaubst *du* denn, dass er es ist?«

Er sah in ihr kreidebleiches Gesicht, und seine Miene wurde weicher. »Mein armer Liebling, das ist sehr wahrscheinlich, oder? Auf wen sonst würde das alles passen? Der Koala steht für Australien, und die Buchtitel scheinen einen direkten Hinweis auf seinen Namen und seinen Familienstand zu geben. Und dann die Fotos …«

Er unterbrach sich, und sie nickte. »Siehst du? Nicht viel Konkretes, oder?«

»Aber wer sonst würde so etwas tun? Und warum?«

»Woher soll ich das wissen? Das ist so vollkommen bizarr.«

»Eins ist sicher. Du darfst hier nicht allein bleiben. Ehrlich, Dilly, bei dem Gedanken an die letzten paar Wochen ...«

»Ich weiß, doch wo soll ich denn hin?«

»Du kannst zu mir kommen. Oder wenn du das nicht willst, dann erzähl doch Fliss, was los ist, und frage, ob du auf The Keep unterkommen kannst.«

»Aber wie lange soll das gehen? Ich habe zu arbeiten. Und ich will mein Haus auch nicht leer und ungeschützt zurücklassen. Die Frage ist doch, wie man ein solches Problem lösen soll.«

Angus holte tief Luft und zuckte mit den Schultern. »Woher zum Teufel soll ich das wissen? Auf jeden Fall lasse ich dich nicht allein, Dilly, also denk nicht einmal dran. Und ich mache mir auch Sorgen um Henrietta, die ganz allein ist.«

Cordelia presste die Finger an ihre Lippen. »Was sollen wir tun? Ich hätte nie gedacht, dass Henrietta in Gefahr sein könnte. Mir kam das alles fast wie ein dummes Spiel vor.«

»Dumme Spiele können auch böse ausgehen«, meinte Angus finster, »und Simon war immer ein Mann, der alles bis zum Äußersten getrieben hat. Wir müssen mit den Chadwicks reden. Wenn nötig, muss Jo ein paar Tage zu Henrietta ziehen, während wir überlegen, was wir tun sollen. Ich glaube, wir werden zur Polizei gehen müssen, Dilly.«

»Mit zwei Koalas und ein paar Taschenbüchern als Grundlage?« Als sie seine Miene sah, hob sie beschwichtigend die Hand. »Okay, okay, tut mir leid. Doch es ist so dumm. Sie werden einfach sagen, dass es sich um einen Streich handelt. Und es wäre noch ein Minuspunkt für uns bei Henrietta, nicht wahr?«

»Besser ein Minuspunkt als etwas viel Schlimmeres. Tut mir leid, und ich weiß, du findest, dass ich überreagiere, aber mir gefällt das einfach nicht, Dilly.«

»Mir auch nicht«, meinte sie unglücklich. »Okay. Lass uns mit Fliss und Hal reden, hören, was sie davon halten, und dann weitersehen. Henrietta hat für ein paar Tage eine Freundin aus London zu Besuch, doch es wäre klug, Jo einzuweihen.«

Er musterte sie neugierig. »Ich bin erstaunt, dass du nicht mehr Angst hast.«

»Manchmal überfällt mich regelrecht das Grauen«, gestand sie, »aber ein Instinkt sagt mir, dass hier eher ein Nervenkrieg im Gang ist als etwas Ernsteres.« Sie zuckte mit den Schultern. »Ich weiß, das klingt verrückt, doch ich habe dieses Gefühl.«

»Aber was soll der Sinn sein?«, fragte Angus ratlos. »Was erhofft sich Simon davon?«

»Keine Ahnung.« Sie schüttelte den Kopf. »Ob er vielleicht hofft, damit irgendwie einen Keil zwischen uns zu treiben?«

»Wenn er das glaubt, ist er auf jeden Fall verrückt.«

Sie zögerte. »Wir waren wohl nicht sehr nett zu ihm, oder? Als wir jung waren, meine ich. Wir waren ein wenig arrogant und haben ihm ein paar Brosamen zugeworfen. Vielleicht will er uns bestrafen, weil wir ihn so gönnerhaft behandelt haben.«

Angus sah nachdenklich vor sich hin. »Am Ende hat er dich doch bekommen, oder?«

»Du wolltest mich ja nicht«, fuhr sie ihn an. »Du bist schließlich weggegangen.«

Einen Moment lang schwieg er. »Ich war ein unreifer Junge«, sagte er dann zögernd, »und wusste erst, was ich wollte, als es schon zu spät war. Aber es war Simons Entscheidung, euch zu verlassen, nicht wahr? Du hast ihn nicht hinausgeworfen. Er wusste, dass du bereit warst, an eurer Ehe festzuhalten.«

»Doch er wusste, dass ich dich liebe«, gab sie betrübt zurück.

»Es tut mir leid, Liebling. Vielleicht hast du recht, und das ist einfach eine dumme Vergeltung, weil wir ihn vor vielen Jahren verletzt und gedemütigt haben. Weißt du was, ruf doch auf The

Keep an und frage, ob wir irgendwann heute vorbeikommen können. Wenn du schon nicht zur Polizei gehen willst, dann können wir uns wenigstens eine andere Meinung einholen, obwohl ich schon ahne, was Hal sagen wird.«

»Ich auch«, meinte Cordelia düster. »Ich glaube, ich werde in der Minderheit sein.«

»Ich habe noch eine Idee. Wir könnten der Polizei einfach sagen, jemand sei im Haus gewesen. Nichts von Koalas und Büchern, aber gerade so viel, dass sie ein paar Beamte schicken und Simon abgeschreckt wird. Falls er es ist.«

»Das ist eine Möglichkeit.« Frustriert schlug Cordelia die Hände zusammen. »Es ist einfach das Timing, Angus. Ich möchte Henrietta nicht gerade jetzt aufregen. Es läuft alles so gut, und letztes Wochenende auf The Keep war sie so lieb … Wir waren alle so glücklich zusammen.«

Angus schüttelte den Kopf. »Tut mir leid, Liebes«, erwiderte er. »Aber wir dürfen kein Risiko eingehen. Nichts ist das wert. Das Ganze hat etwas Abgedrehtes, das mir nicht gefällt. Ich begreife es nicht.«

Cordelia seufzte. »Ich rufe Fliss an«, sagte sie resigniert. »Doch das wird ziemlich komisch klingen.«

Während Hal und Fliss mit Freunden im *The Sea Trout* in Silverton zu Mittag aßen, kamen zwei Anrufe. Prue nahm beide an und wartete dann nervös auf die Rückkehr ihres Sohnes und ihrer Schwiegertochter. Cordelia hatte ziemlich ruhig geklungen, obwohl es eindeutig nicht einfach ein freundschaftlicher Anruf gewesen war.

»Nein, nein«, hatte sie gesagt. »Es hat nichts mit Henrietta und Jo zu tun. Nein, ich wollte mir nur bei Fliss und Hal einen Rat einholen.« Eine kleine Pause war eingetreten, und Prue hatte eine andere Stimme, die eines Mannes, im Hintergrund gehört. »Könnten Sie Fliss bitten, mich zurückzurufen, Prue?«, hatte Cordelia gebeten. »Sobald sie wieder da ist? ... Großartig. Geht es Ihnen gut? ... Ja, mir auch. Bis dann.«

Der zweite Anruf war sogar noch beunruhigender gewesen. Dieses Mal war es Maria, die ebenfalls nach Fliss oder Hal gefragt hatte.

Nachdem Prue und sie Höflichkeiten ausgetauscht hatten, hatte sie erklärt: »Ich wollte nur erzählen, dass ich darüber nachdenke, mir vielleicht ein paar Immobilien in Devon anzusehen. Eine Freundin von mir fährt am Wochenende für ein paar Tage in ihr Ferienhaus in Salcombe und hat mir angeboten, mich mitzunehmen. Ich würde mich freuen, euch alle zu sehen, aber ich weiß noch nicht genau, wann das sein wird. Sobald ich vor Ort bin, rufe ich noch einmal an, um darüber zu sprechen, wann ich bei euch vorbeikomme. Vielleicht könntest du Hal und Fliss Bescheid geben? ... Danke. Bis bald also.«

Prue legte den Hörer auf und fühlte sich beklommen. Das konnte nur Ärger bedeuten. Sie verschlang die Hände ineinander, sah aus dem Fenster der Halle und wartete auf Hals Rückkehr. Vielleicht wäre es klüger, es ihm zuerst zu sagen und zu überlegen, wie sie es Fliss beibringen sollten. Prue schüttelte bedrückt den Kopf; Fliss war so glücklich über die Nachricht von Jos Verlobung gewesen. All diese kleinen Sorgenfältchen waren geglättet und ihre Ängste beschwichtigt worden.

»Das ist wunderbar, Prue«, hatte sie gesagt. »Oh, ich bin so glücklich, dass ich gar nicht weiß, was ich mit mir anfangen soll. Tief im Inneren hatte ich immer solche Angst, Jo würde niemals den letzten Schritt wagen. Ich war überzeugt davon, wir alle zusammen – Hal, Maria und ich – hätten dafür gesorgt, dass er emotional unfähig wäre, sich an jemanden zu binden. Er hatte stets Angst, er könnte nie in der Lage sein, eine Beziehung aufrechtzuerhalten, und dann würden das Chaos und das Durcheinander erneut ausbrechen. Und als ich erfuhr, dass Maria herkommt, dachte ich, sie würde sein Selbstbewusstsein von Neuem zerstören. Ist es nicht ein Wunder? Ich habe das Gefühl, dass er sich durch all seine Unsicherheiten hindurchgekämpft hat und jetzt in Sicherheit ist.« Sie lachte über sich selbst. »Ich weiß, das ist töricht, doch an diesem Vormittag, als Marias Brief kam, hatte ich solche Angst, etwas Schreckliches würde passieren.«

Prue setzte sich ans Feuer, das Hal noch angezündet hatte, bevor er mit Fliss ausgegangen war. Sie saß da, starrte in die Flammen, erinnerte sich an Fliss' Erleichterung und Freude und versuchte, darauf zu kommen, woran sie das erinnerte. So traf Lizzie sie an, als sie in die Halle kam. Die Hunde, die ihr gefolgt waren, ließen sich sofort vor dem Kamin nieder.

»Ich mache mir eine Tasse Tee«, erklärte Lizzie. »Jo hält im Büro die Stellung, aber ich brauche eine Pause. Möchten Sie auch eine?« Sie unterbrach sich, denn ihr war Prues reglose Haltung aufgefallen. »Alles in Ordnung mit Ihnen?«

»Maria hat angerufen«, gab Prue ohne lange Vorrede zurück. »Sie kommt dieses Wochenende wieder her und wohnt bei Freunden in Salcombe. Sie hat beschlossen, wieder hier in die Gegend zu ziehen.«

»Machen Sie Witze?« Lizzie kam näher und sah auf Prue hinunter. »Hierher? Wohin genau?«

Prue zuckte hilflos mit den Schultern. »Weiß ich nicht. Das hat sie nicht gesagt. Aber ich habe sie so verstanden, dass sie plötzlich findet, es wäre nett, näher bei uns zu leben.«

»Nett für wen?«, fragte Lizzie unverblümt. »Tut mir leid, doch Sie wissen, was ich meine. Hat sie sich das gut überlegt?«

»Das bezweifle ich«, antwortete Prue. »Ich nehme ihr schon ab, dass sie durch Adams Tod eine Art Offenbarung erlebt hat und nun den aufrichtigen Wunsch hegt, den Schaden, den sie angerichtet hat, wiedergutzumachen. Aber trotzdem ist Maria immer noch Maria. Sie handelt zuerst und überlegt später und ist dabei immer auf ihren eigenen Vorteil bedacht. Sie geht davon aus, wenn sie etwas will und das auch noch oberflächlich betrachtet gut für alle ist, braucht sie sich nur darauf zu versteifen, und es wird wahr.«

»Aber es ist eine Sache, nach und nach und aus der Entfernung wieder Brücken zu schlagen, und eine ganz andere, hierherzuziehen und praktisch vor unserer Haustür zu leben«, sagte Lizzie. »Fliss kriegt einen Anfall.«

»Ich weiß ja«, rief Prue aus. »Und dabei lief alles so gut. Seit Jos Verlobung war sie so viel entspannter. Gerade ist mir eingefallen, wann ich sie zuletzt so glücklich gesehen habe, und das war, als Hal uns mitgeteilt hat, die beiden würden heiraten. Ach, das war ein so wunderbarer Moment!«

»Und ich sehe noch ein Problem«, meinte Lizzie nachdenklich. »Maria wird es ein wenig merkwürdig finden, dass Jo und Henrietta verlobt sind, nachdem ihre Beziehung bei ihrem letzten Besuch so unverbindlich zu sein schien, oder? Jo hat gesagt, er habe vor, es ihr ganz langsam und nach und nach beizubringen, wobei er davon ausging, dass sie nicht oft herkommen würde. Ach, zum Teufel. Was meinen Sie, ob sie dieses Wochenende vorbeikommt?«

»Das schien der Zweck des Anrufs zu sein.« Prue seufzte bedrückt. »Und wir waren alle so froh.«

»Jemand muss ihr reinen Wein einschenken«, meinte Lizzie energisch. »Ihr muss klar sein, dass über Nacht keine Wunder geschehen und sie Jo etwas Freiraum lassen muss.«

Prue sah zu ihr auf. »Und was meinen Sie, wer ihr das sagen soll? Das müsste sehr taktvoll geschehen. Ob Hal das übernehmen würde, oder wäre Fliss vielleicht … freundlicher?«

Lizzie schüttelte den Kopf. »Ich finde, keiner der beiden sollte das tun. Jo sollte das übernehmen. Er ist jetzt ein großer Junge und sollte sich selbst damit auseinandersetzen. Und jetzt koche ich mir den Tee.«

Sie drehte sich um und stellte fest, dass Jo hinter ihr am anderen Ende des Sofas stand. Sie keuchte verblüfft auf, und Prue drehte sich schnell um, um zu sehen, wer hereingekommen war.

»Womit soll ich mich selbst auseinandersetzen?«, fragte Jo. Er hatte die Hände in die Hosentaschen gesteckt und wirkte argwöhnisch und finster. »Du hast ganz recht, Lizzie. Ich bin jetzt ein großer Junge. Was soll ich übernehmen?«

Beide Frauen starrten ihn an. Prues Herz klopfte zum Zerspringen. Jo sah Hal überwältigend ähnlich, und seine kühle, taxierende Miene machte ihr plötzlich klar, warum ihr Sohn beruflich so hoch aufgestiegen war. Sie fühlte sich eingeschüchtert, aber Lizzie war aus härterem Holz geschnitzt.

»Maria hat gerade angerufen«, erklärte sie. »Sie hat es sich auf einmal in den Kopf gesetzt, nach Devon zu ziehen. Sie kommt am Wochenende herunter, und Prue und ich hatten uns gerade Gedanken darüber gemacht, wie erstaunt sie über deine Verlobung mit Henrietta sein wird, wenn man bedenkt, wie ihr beide euch bei ihrem Besuch verhalten habt. Es ist großartig, dass sie Brücken schlagen will und all das, aber sie sollte dabei ein wenig intelligenter vorgehen und dir Freiraum lassen, finden wir. Und wir meinen, dass ihr das vielleicht jemand sagen müsste. Verstehst du? Es ihr unmissverständlich klarmachen. Und ich hatte gesagt, wenn überhaupt, solltest du das übernehmen.«

Prue fühlte sich ganz schwach vor Nervosität. Sie war noch nie jemand gewesen, der die Konfrontation suchte, und bewunderte immer jeden, der ein Problem direkt anging. Sie starrte Jolyon an und hoffte, dass er Verständnis für Lizzies Offenheit aufbringen würde.

»Ich glaube, du hast recht«, sagte er gelassen. Sein Argwohn war verflogen, und jetzt wirkte er einfach sehr ernst. »Seit Henrietta und ich verlobt sind, habe ich kein Problem mehr damit. Sie kann uns jetzt nichts mehr anhaben.«

Prue stieß einen unhörbaren Seufzer der Erleichterung aus. »Natürlich kann sie das nicht«, sagte sie herzlich. »Solche Macht hat sie nicht mehr. Doch sie muss erkennen, dass Wiedergutmachung Zeit braucht, und wenn sie gleich nebenan wohnt, könnte das alles schlimmer und nicht besser machen. Aber wie soll man ihr das sagen? Ich bin ehrlich davon überzeugt, dass sie ihr Verhalten aus der Vergangenheit wiedergutmachen will, meinst du nicht?«

Flehend sah sie ihren Enkel an, der ihr zulächelte. »Keine Sorge, Granny«, sagte er. »Ich will ihr die guten Absichten gar nicht absprechen, doch ich denke, es ist Zeit, dass wir richtig miteinander reden. Jetzt fühle ich mich in der Lage dazu. Sagtest du nicht, dass sie dieses Wochenende wieder herkommt?«

»Sie kommt bei Freunden in Salcombe unter«, warf Prue rasch ein. »Nicht hier. Aber sie hofft, uns besuchen zu können.«

Jolyon nickte. »Dagegen ist ja nichts einzuwenden. Es passt eigentlich sogar sehr gut. Henrietta hat bis nächsten Montag eine Freundin zu Besuch, deswegen werde ich sie nicht oft sehen. Es ist ein bisschen knifflig, es geheim zu halten, doch sie möchte es Susan selbst mitteilen und versucht, sich darüber schlüssig zu werden, ob sie ihr schreiben oder sie anrufen soll. Das wird ein Schock für sie sein, und Henrietta ist in diesem Punkt ein wenig empfindlich. Jedenfalls habe ich reichlich Zeit, um hier einiges zu klären. Ich war übrigens herübergekommen, um dir zu sagen, dass du im Büro gebraucht wirst, Lizzie.«

»Mist«, sagte Lizzie.

Sie ging hinaus, und Jo kam näher, um noch Holz aufs Feuer

zu legen, und trat dabei über Pooter und Perks hinweg, die leicht mit den Schwänzen wedelten.

»Weißt du noch, wie Hal und Fliss verkündet haben, dass sie heiraten würden?«, fragte Prue ihn. »Deine Verlobung hat mich daran erinnert. Wir waren alle so unendlich froh.«

Er richtete sich auf und sah auf sie hinunter. »Ja«, sagte er nach kurzem Schweigen. »Ich erinnere mich sehr gut.«

»Fliss freut sich so, dass du glücklich bist. Das bedeutet ihr sehr viel.«

»Ich weiß.« Er sah in die Flammen hinunter. »Ich verdanke ihr so viel. Einmal, vor Jahren, war sie mir gegenüber sehr ehrlich. Und sehr mutig. Ich habe das nie vergessen.«

»Bess und Jamie fehlen ihr stärker, als wir ahnen«, erklärte Prue. »Du bist ihr immer wie ein weiterer Sohn gewesen.«

Er nickte. »Ich bin zu dem Schluss gekommen, dass es nicht so viel mit Blutsverwandtschaft zu tun hat. Es kommt nicht unbedingt darauf an, ob jemand der eigene Sohn, Vater oder Onkel ist. Wichtig ist, jemanden auf seiner Seite zu haben. Und Fliss hat immer auf meiner Seite gestanden. Sie ist ein besonderer Mensch.«

Prue nickte zustimmend, da sie kein Wort herausbrachte. Jolyon berührte sie leicht an der Schulter und ging hinaus, und seine Großmutter blieb allein zurück.

28. Kapitel

Als Fliss in den Salon trat und sich neben ihm auf das Sofa setzte, legte Hal die Zeitung weg. Es wurde dunkel, und die Lichtkreise, die die Lampen warfen, schimmerten auf dem polierten Mahagoni und wurden von den dunklen Holzpaneelen und dem Kamingitter aus Messing zurückgeworfen. Lange verstorbene Chadwicks sahen von den Porträts an den Wänden auf sie herunter.

»Worum ging das alles?«, fragte er. »Hat Cordelia ein Problem?«

»Es ist alles sehr merkwürdig«, sagte sie, zog die Beine unter den Körper und wandte sich ihm zu. »Mir fiel es ehrlich gesagt auch schwer, das alles zu begreifen. Erinnerst du dich an Cordelias Exmann, Simon March? Er war bei der U-Boot-Flotte.«

Hal schüttelte den Kopf. »Der Name sagt mir nichts.«

»Was ist mit Angus Radcliff?«

»Aber ja. Angus kenne ich. Wir waren zusammen beim Verteidigungsministerium. Warum?«

Fliss seufzte. »Das ist eine etwas lange Geschichte. Cordelia hat mir einen Teil davon erzählt, doch es wurde ziemlich kompliziert, also musst du dich konzentrieren.«

Hal hörte interessiert zu, während sie ihm von Angus' und Cordelias Liebesbeziehung aus ihrer Jugend erzählte und schilderte, wie es gekommen war, dass Cordelia schließlich Simon geheiratet hatte. Sie erklärte, warum er Cordelia dann verlassen und was er Henrietta geschrieben hatte. Als Fliss jedoch zu der Geschichte um die Koalas und die Bücher überging, schlug Hals Interesse rasch zu Ungläubigkeit um, und er wurde ungeduldig.

»Das ist verrückt«, meinte er. »Ehrlich, Fliss. Das ist doch sicher nur ein Streich?«

»Trotzdem verstehst du doch sicher, wie schrecklich das für sie ist«, widersprach Fliss. »Selbst wenn es *wirklich* ein Streich ist, wer spielt ihn? Vergiss nicht, dass diese Person tatsächlich ins Haus eingedrungen ist. Cordelia gibt selbst zu, dass sie nicht immer gewissenhaft abschließt, aber denk doch darüber nach. Wer würde in jemandes Haus hineinspazieren, einen Koala auf einen Kerzenhalter setzen, zwei Bücher aus dem Arbeitszimmer holen und sie in die Küche legen? Und was ist mit dem Foto?«

Trotzdem mochte Hal die Sache nicht ernst nehmen. »Ist sie sich absolut sicher, dass sie die Bücher nicht selbst bewegt hat? Ich meine, es passiert leicht, dass man etwas tut und es dann vergisst.«

»Und was ist mit den Koalas? Und gleich zwei davon? Sie weiß, dass es nicht ihre sind.«

Hal zuckte mit den Schultern. »Ehrlich, Fliss. Das klingt lächerlich.« Ihm kam ein Gedanke. »Wahrscheinlich spielt nicht Henrietta diese Streiche. Davon können wir wohl ausgehen.«

»Natürlich!«, rief Fliss ungeduldig aus. »Das sieht Henrietta überhaupt nicht ähnlich. Und es ist kaum wahrscheinlich, dass sie Streiche zu einem Thema spielt, das immer noch ein wunder Punkt von ihr ist.«

»Also glauben die beiden, dass Simon zurückgekehrt ist, um Cordelia zu verfolgen?«

»Ich weiß, das klingt eigenartig«, gestand Fliss, »aber die Australien-Anspielungen durch die Bären und die Buchtitel scheinen darauf hinzuweisen. Und dann das Foto, das mit der Post kam. Wer sonst sollte wissen, wo er es findet, es aus dem Album nehmen und dann wieder verschicken?«

»Klingt nach einem Irren.«

»Genau. Deswegen macht sich Angus ja Sorgen, weil Cordelia dort draußen ganz allein ist. Er will, dass sie zur Polizei geht, doch nach deiner Reaktion zu urteilen, verspreche ich mir von der Polizei keine große Hilfe.«

»Komm schon, Liebes. Sie werden sie nur für verrückt halten. Und was *wollen* Cordelia und Angus nun unternehmen?«

»Genau deswegen hat sie ja angerufen. Ich glaube, Angus hofft, dass du dich auf seine Seite schlägst, damit sie die Sache ernster nimmt. Er macht sich Sorgen um sie und möchte sie nicht allein lassen.«

Hal sah sie mit hochgezogenen Augenbrauen an. »Haben die beiden eine Affäre?«

Fliss zuckte mit den Schultern. »Wahrscheinlich. Schließlich ist er Witwer, und Cordelia ist alleinstehend. Warum nicht?«

»Aus keinem besonderen Grund. Doch vielleicht ist Simon zurückgekehrt, und ihm gefällt die Vorstellung nicht, dass sie zusammen sind.«

»Genau. Darum geht es ja. Aber was sollen sie unternehmen?«

Hal saß schweigend da und sah ins Leere, während Fliss sich nervös auf die Lippen biss und eine Haarsträhne zwischen den Fingern zwirbelte.

»Ich weiß es nicht«, erklärte er schließlich. » Ich habe einfach keine Ahnung. Ich bin ehrlich davon überzeugt, dass die Polizei viel zu viel zu tun hat, um so etwas ernst zu nehmen. Gut möglich, dass sie Cordelias Anruf für einen Scherz halten werden. Obwohl sie vielleicht jemanden vorbeischicken, wenn sie einen Einbruch meldet. Natürlich, wenn dieser Kerl ein wenig instabil ist…«

Fliss verschränkte die Arme vor der Brust; ein Schauer überlief sie. »Es ist übel. Ich kann mir nicht vorstellen, dass Cordelia dort ganz allein gelebt hat, während das alles vor sich ging. Na ja, sie hat natürlich McGregor…«

»Hat sie denn keine Angst?«, fragte Hal neugierig. »So, wie du es erzählst, klingt es, als wäre Angus derjenige, der in Panik ist.«

»Sie sagt, dass es ihr manchmal kurz graut, aber tief im Inneren ist sie sich sicher, dass es einfach eine Art Nervenkrieg ist, nichts weiter.«

Hal zog die Augenbrauen hoch. »Weibliche Intuition?«

Fliss verzog das Gesicht. »Angus nimmt es auf jeden Fall viel ernster. Doch was soll er tun?«

»Na, ich an seiner Stelle würde zu ihr ziehen und abwarten. Ich sehe wirklich keine Alternative für die beiden. Sie sollten den Einbruch melden, selbst wenn dabei nichts herauskommt.«

»Das ist also dein Rat?«

»Wenn sie um einen bitten, ja. Fällt dir etwas Besseres ein?«

Fliss schüttelte den Kopf. »Sie könnte auch herkommen, aber sie möchte ihr Cottage nicht leer stehen lassen, und sie hat zu arbeiten. Es ist frustrierend.«

»Sag ihr, dass sie bei uns jederzeit willkommen ist. Was für eine leidige Angelegenheit, und ausgerechnet jetzt, da alle so glücklich sind!«

»Das ist ihre andere Befürchtung. Falls *tatsächlich* Simon dahintersteckt, könnte er sich auch Henrietta vornehmen. Und sie lebt ebenfalls ganz allein.«

»O mein Gott!« Hal wirkte besorgt. »Daran hatte ich gar nicht gedacht. Weiß Jo Bescheid?«

»Noch nicht. Aber ich werde ihm alles erzählen und hören, wie er darüber denkt. Wir wollen Henrietta keine Angst einjagen, und zumindest hat sie im Moment eine Freundin zu Besuch. Und natürlich sind die Hunde da, aber trotzdem ...«

»Trotzdem«, wiederholte Hal nachdenklich, »müssen wir darum beten, dass Cordelias Intuition richtig ist. Dann muss Jo einfach bei Henrietta einziehen, bis diese Angelegenheit geklärt ist.«

»Aber das ist ja die Sache«, sagte Fliss. »Wie klärt man so etwas? Es könnte monatelang so weitergehen. Wenn *wirklich* Simon dahintersteckt, sogar bis in alle Ewigkeit. Wenn wir nur sicher sein könnten!«

»Moment mal«, sagte Hal. »Ich kann bestimmt herausfinden, was aus ihm geworden ist. Jedenfalls bis zu einem gewissen Punkt. Wenn er zur australischen Marine gegangen ist, muss man ihn ja irgendwie überprüfen können. Lass mich darüber nachdenken.«

»Das wäre immerhin etwas«, meinte Fliss. »Ich rufe Cordelia an und erzähle ihr davon. Und übrigens, was hältst du von Marias Neuigkeiten?«

Hal stöhnte auf. »Nichts. Das ist vielleicht eine Katastrophe! Es tut mir leid, Liebling, wirklich.«

Er wirkte so reumütig, dass Fliss sich vorbeugte und ihn küsste. »Prue sagt, Jo will ein ernstes Gespräch mit ihr führen. Ich habe das Gefühl, dass das das Richtige ist. Dabei wird etwas Gutes herauskommen.«

In gespieltem Schrecken verzog er das Gesicht. »Nicht noch mehr weibliche Intuition.«

Sie grinste. »Gut möglich«, sagte sie. »Du solltest nicht darüber spotten.« Dann ging sie davon, um Cordelia anzurufen.

»Und, was hat er gesagt?«, fragte Angus. Unruhig und mit den Händen in den Hosentaschen ging er auf und ab, und Cordelia setzte sich in ihren Schaukelstuhl und wünschte, er würde sich beruhigen.

»Hal hatte eine ziemlich gute Idee«, erklärte sie ihm. »Er glaubt, die Polizei würde das Ganze nur für einen Scherz halten, doch er will versuchen, Simon über Marineverbindungen aufzuspüren. Er möchte herausfinden, was aus ihm geworden ist. Das könnte doch hilfreich sein, oder? Wäre er dazu in der Lage?«

»Wahrscheinlich. Er hat jede Menge Verbindungen – und die Idee ist sehr gut –, aber ich bedaure, dass er das Einschalten der Polizei nicht positiver sieht.«

»Er hat schon gesagt, wir sollten einen Einbruch melden, doch bei den Einzelheiten ist er nicht besonders optimistisch. Es ist so, wie ich sagte; es klingt alles recht albern.« Sie lächelte ihm zu, denn sie sah, dass er enttäuscht war. »Er findet aber, du solltest zu mir ziehen. In dem Punkt stimmt er mit dir überein.«

»Das ist auch nicht verhandelbar«, meinte Angus munterer. »War er ... waren die beiden erstaunt, als sie gehört haben, dass ich hier bin?«

Cordelia schüttelte den Kopf. »Nein.«

»Ist es denn in Ordnung für dich, wenn ich eine Weile bleibe? Zumindest, bis Hal so viel wie möglich über Simon herausgefunden hat?«

»Ich mache mir ein wenig Gedanken wegen Henrietta, aber ich finde, wir sollten jetzt abwarten. Zumindest hat sie Jilly bei sich. Hoffen wir, dass Hal etwas in Erfahrung bringt, das uns weiterhilft. Die Sache ist nur die, kannst du einfach alles auf Eis legen und bei mir einziehen?«

»Samstagvormittag muss ich nach Dartmouth. Das Boot wird für den Winter aus dem Wasser geholt. Und jetzt müsste ich zurückfahren und ein paar Sachen holen, aber ansonsten freue ich mich darauf. Es würde mir nichts ausmachen, Simon noch einmal gegenüberzutreten.«

»Danke«, sagte Cordelia.

Er lachte. »Tut mir leid, Dilly. Natürlich ist es auch eine besondere Zugabe, sozusagen ›dienstlich‹ Zeit mit dir zu verbringen.«

»Dienstlich?«

»Ach, du weißt schon, was ich meine. Da du so krampfhaft darauf aus bist, unsere Beziehung unter den Teppich zu kehren, ist mir jede Gelegenheit recht, mit dem Segen von Freunden und Familie bei dir zu sein. Klingt das jetzt besser?«

»Nein«, gab sie verärgert zurück.

»Okay. Wie wäre es, wenn wir zusammen nach Dartmouth fahren und ich mir etwas zum Anziehen hole?«

Er sah zu, wie sie das Foto in die Hand nahm und nachdenklich darauf hinuntersah.

»Wahrscheinlich könnte man es auf Fingerabdrücke untersuchen, oder?«, fragte sie – und stellte es dann ins Regal. »Ja, lass uns fahren und deine Sachen holen! Um die Wahrheit zu sagen, bin ich froh, dass du hierbleibst, Angus. So langsam wird das albern, oder? Zu Anfang, nach der Sache mit dem Koala und den Büchern, hatte ich mir vorgestellt, Simon würde plötzlich auftauchen. Irgendwo herausgesprungen kommen, um mich zu erschrecken, und das wäre alles. Ich habe wirklich geglaubt, dass er auf eine Art Aussöhnung hoffte und nur nicht wüsste, wie er damit anfangen soll. Aber jetzt sehe ich das nicht mehr so positiv. Es zieht sich in die Länge, und das mit dem Foto ist ein wenig seltsam. Und ich fange an, mir Sorgen um Henrietta zu machen. Ihr kann er keinen Vorwurf machen, ganz im Gegenteil, aber so langsam habe ich den Eindruck, er könnte ein wenig instabil sein – und das lässt alles in einem anderen Licht erscheinen.«

»Wenn etwas passieren würde, würden wir uns das nie verzeihen«, sagte Angus. »Ich finde auch, dass es bis jetzt ein kindischer Streich war, wie Simon ihn spielen würde, doch er treibt es allmählich zu weit.«

»Glaubst du, es lockt ihn vielleicht aus seinem Versteck, wenn er uns ständig zusammen sieht?«

Angus nickte. »Etwas in der Art.«

Sie sah ihn fragend an. »Klingt, als würdest du dich darauf freuen.«

Er erwiderte ihren Blick. »Ich muss zugeben, dass mir die Aussicht gefällt, Simon ins Gesicht zu boxen.«

29. Kapitel

Am Samstagmorgen schlenderte Fliss auf der Suche nach ein paar spät blühenden Blumen in den Garten und dachte über Jos bevorstehendes Treffen mit Maria nach. Während der letzten zwei Tage war er ziemlich still gewesen, und das bekümmerte sie. Sein Freudenrausch war jetzt gedämpft – obwohl das auch damit zu tun haben konnte, dass Henrietta ihre Freundin Jilly zu Besuch hatte. Jo wahrte unterdessen Abstand und bereitete sich auf die Unterredung mit seiner Mutter vor.

Fliss schnitt ein paar Bergastern und dachte an Cordelias Frage: *Sind wir die erste Generation, die das Bedürfnis hat, mit ihren Kindern befreundet zu sein?*

Fliss fand die Frage interessant. Da ihre Eltern gestorben waren, als sie erst neun gewesen war, hatte sie keinen Vergleich, an dem sie ihre Beziehung zu ihren eigenen Kindern hätte messen können; doch sie vermutete, dass sie *wirklich* mit ihnen befreundet sein wollte. Sie wollte Freud und Leid mit ihnen teilen, mit Bess am Telefon Mädchengespräche führen, von Jamie hören, was seine Vorstellungen waren und was er gerade dachte und las. Sie beugte sich vor, um einen mit Beeren besetzten Zweig von dem Geißblattbusch abzuschneiden, der an der alten Steinmauer hinter der Blumenrabatte emporkletterte.

Cordelia hatte gefragt: »Wir gefallen uns vielleicht bei dem Gedanken, dass wir alle Freunde sind, aber haben wir noch dieselbe Autorität wie unsere Eltern früher? Meine Mutter konnte mich bis zu ihrem Todestag mit einem einzigen Blick in die Schranken weisen; doch wir waren auch keine Freundinnen in diesem Sinn. Und wenn wir darauf bestehen, mit unseren

Kindern befreundet zu sein, berauben wir sie dann nicht eines sicheren Hafens, in dem sie Zuflucht suchen können, wenn sie echte Probleme haben?«

Auch hier hatte Fliss wieder keinen Maßstab, an dem sie ihre eigene Erfahrung messen konnte. Als sie über den Rasen ging und in den kleinen Raum hinter der Tür trat, um die Blumen in eine Vase zu stellen, wanderten ihre Gedanken zu ihrer Großmutter, dieser Respekt gebietenden Matriarchin. Ihre Autorität hatte nie infrage gestanden.

Doch wir haben uns bei ihr so sicher gefühlt, dachte Fliss. So behütet.

Hatte Cordelia recht? Wenn man ein zu freundschaftliches Verhältnis zu seinen Kindern pflegte, beraubte man sie dann eines Rückzugsortes, in dem sie sicher waren? Wie entscheidend die Autorität ihrer Großmutter gewesen war, als Mole, Susanna und sie aus Kenia zurückgekehrt waren; wie überaus wichtig es gewesen war, sich sicher zu fühlen und zu wissen, dass jemand die Verantwortung trug!

»Du erinnerst mich an die alte Mrs. Chadwick«, hatte Maria einmal zu ihr gesagt. »Du bist nicht so groß wie sie, doch du hast eine ähnliche Ausstrahlung ...«

Sie hatte ihre Worte in der Luft hängen lassen und das Thema gewechselt, aber Fliss ahnte, was sie gemeint hatte. Auch andere Menschen hatten schon Bemerkungen darüber gemacht. Und doch fühlte sie sich keineswegs so selbstbewusst und stark, wie ihre Großmutter es gewesen war. Und bestimmt besaß sie nicht ihre Autorität.

Fliss fand eine Vase, drehte den Kaltwasserhahn auf und sah sich um. Sie erinnerte sich daran, wie ihre Großmutter hier gearbeitet hatte und sie selbst als kleines Kind, das gerade aus Kenia zurückgekehrt war, sich auf dem alten Korbstuhl zusammengerollt und ihr zugesehen hatte. Unvermittelt überfiel sie die Erinnerung an die Angst und den Kummer dieser fernen Zeit – aber zusammen mit der Furcht spürte sie auch dieses allumfassende Gefühl von Sicherheit, das sie auf The Keep und in der Gegenwart ihrer Großmutter gefunden hatte.

»Alles in Ordnung?« Jolyon stand mit den Hunden im Schlepptau an der Tür, und Fliss fuhr ein wenig zusammen.

»Du hast mich erschreckt«, sagte sie. »Ich war weit weg und habe an damals gedacht, als wir vor vielen Jahren nach The Keep kamen. Damals erschien es mir wie eine Festung, ein Zufluchtsort. Ich war so erleichtert darüber, die Verantwortung für Mole und Susanna abzugeben, und Großmutter vermittelte einem so ein wunderbares Gefühl von Geborgenheit.« Nachdenklich sah sie ihn an und bemerkte die Anspannung um seinen Mund. »Du erinnerst dich nicht an sie, oder? Sie ist gestorben, als du noch ganz klein warst, doch sie wäre so stolz auf dich, Jo. Oh ja. Ihr größter Wunsch war, dass The Keep eine Art Zuflucht für die ganze Familie sein sollte, nicht nur für eine oder zwei Personen oder denjenigen, der es sich leisten konnte, sondern für uns alle, die ganze Familie. Sie wäre begeistert davon, wie du Keep Organics aufgebaut hast, und davon, dass die Firma maßgeblich dazu beiträgt, The Keep zu unterhalten. Ich weiß, du wirst einwenden, dass wir unsere China-Clay-Aktien haben und Hals Pension auch in den großen Topf einfließt, aber ohne dich, Jo, wäre The Keep inzwischen wahrscheinlich in ein Dutzend Wohnungen aufgeteilt oder in ein Hotel verwandelt worden. Du hast dich absolut brillant geschlagen, und wir sind alle stolz auf dich.«

Er wirkte verlegen und ein wenig peinlich berührt, doch auch erfreut. »Danke«, murmelte er. »Mir erschien das nur natürlich. Ich wollte dafür sorgen, dass der Besitz autark ist, dass er sich finanziell selbst trägt.«

»Ja, aber *du* warst derjenige, der auf die Idee gekommen ist. Niemand anders ist das eingefallen.«

Er nickte. »Das stimmt wohl. Ich fand es immer so traurig, dass ein großer Teil des Grundbesitzes ungenutzt blieb. Ich weiß noch, dass ich mit Onkel Theo darüber gesprochen habe, und er hat gemeint, vielleicht könnten wir ja das Land hinter den Stallungen erschließen, und er würde mit Dad darüber reden. Das hat mir den Anstoß gegeben.«

Sie grinste ihm zu. »Und Miles hat dir zum achtzehnten Geburtstag das Leichtbau-Gewächshaus geschenkt – vergiss das nicht.«

Er lachte. »Als könnte ich das vergessen. Das war ein wichtiger Wendepunkt. Miles war brillant. Er hat mir meinen Businessplan geschrieben.« Seine Miene wurde traurig. »Nachdem er den Schlaganfall gehabt hatte, saß ich abends oft mit ihm zusammen und habe ihm von all meinen Ideen erzählt. Er war so begeistert, und er hat immer auf diesem Block geschrieben, weil er nicht mehr richtig sprechen konnte, weißt du noch?«

Als er die Tränen in ihren Augen sah, brach er ab, trat auf sie zu und schlang die Arme um sie.

»Tut mir leid«, murmelte er. »Tut mir leid, das war taktlos.«

»Nein«, sagte Fliss, sah zu ihm auf und versuchte zu lächeln. »Nicht taktlos. Du hast nur Erinnerungen wachgerufen, was gut ist. Miles wäre auch stolz auf dich, nicht wahr? Was hast du mir noch erzählt? Eineinhalb Millionen Umsatz in diesem Jahr, vierzehn Prozent Reingewinn und sieben Lieferwagen auf der Straße. Und jetzt bist du noch dazu ein berühmter Fernsehmoderator. Du bist ein wahrer Chadwick und ein würdiger Hüter von The Keep, Jolyon.«

Er lief hochrot an, und sie wandte sich wieder ihren Blumen zu, um ihm über die Verlegenheit hinwegzuhelfen.

»Ich treffe mich gleich mit ...« Er zögerte, und Fliss kam ihm zu Hilfe.

»Du triffst dich im *White Hart* mit Maria, stimmt's? Das ist eine gute Wahl. Dann könnt ihr nachher im Park spazieren gehen und über alles reden. Es ist ganz recht, dass du offen und ehrlich sein willst, Jo. In Bezug auf Henrietta und diesen geplanten Umzug nach Devon. Ich glaube schon, dass Maria den Bruch zwischen euch aufrichtig kitten will, doch sie muss dir auch Zeit und Freiraum lassen. Du wirst schon die richtigen Worte finden.«

»Das hoffe ich«, sagte er, und seine Miene wirkte wieder freudlos. »Ich gehe mich umziehen. Wir sehen uns dann später.«

Fliss sah ihm nach, als er mit den Hunden davonging, und nahm die Vase. In der Halle traf sie auf Hal, der mit den Händen in den Hosentaschen dastand und besorgt wirkte. Fliss stellte die Vase auf den Tisch und zog die Augenbrauen hoch.

»Probleme?«

»Vielleicht«, antwortete er. »Alan hat angerufen. Er hat mir Rückmeldung wegen Simon March gegeben.«

»Oh, du meine Güte!« Seine düstere Miene ängstigte sie. »Was ist? Ist er wieder in England?«

»Nein«, sagte er. »Simon ist im April an Krebs gestorben.«

Entsetzt starrte Fliss ihn an. »Das ist ja schrecklich«, murmelte sie. »Ich meine, es ist schrecklich, dass er gestorben ist, aber es ist auch auf andere Art furchtbar. Denn wenn nicht Simon hinter alldem steckt, wer könnte es dann sein? Hat Alan mit seiner Frau gesprochen? Ich meine, seiner Witwe.«

»Das ist noch eigenartiger«, erklärte Hal. »Simon hat nie wieder geheiratet. Es gab und gibt keine Frau, keine Kinder, keine neue Familie.«

»Aber deswegen hat er doch den Kontakt zu Henrietta abgebrochen: damit er ganz für seine neue Familie da sein konnte.«

Hal zuckte mit den Schultern. »Trotzdem, das sind die Tatsachen.«

Sie starrte ihn beklommen an. »Was sollen wir tun?«

»Wir müssen es Cordelia und Angus sagen. Doch in gewisser Weise macht das die ganze Sache noch besorgniserregender, oder? Ich hatte das Gefühl, dass wir alle zusammen mit Simon fertigwerden könnten. Aber jetzt stellt sich alles in einem anderen Licht dar. Willst du anrufen, oder soll ich?«

Fliss biss sich auf die Lippen und überlegte. »Ruf du an«, antwortete sie schließlich, »und hoffen wir, dass Angus ans Telefon geht. Ich habe das Gefühl, dass es Cordelia sehr schwerfallen wird, damit umzugehen.«

Auf dem ganzen Weg nach Dartington probte Jolyon, was er seiner Mutter sagen würde. Fliss hatte ihm mehr Mut geschenkt, als sie ahnen konnte. Es war so unglaublich, dass sie über genau das gesprochen hatte, was seine Mutter einst so verächtlich abgetan hatte; und dabei war sein Wunsch, The Keep mit dem Einkommen aus den eigenen Ländereien zu unterhalten, nur der erste Schritt gewesen. Bei dem Gedanken an Fliss' Worte schwoll ihm das Herz vor Dankbarkeit und Stolz. *»Du bist ein wahrer Chadwick und ein würdiger Hüter von The Keep, Jolyon.«*

Und das stimmt ja *wirklich*, sagte er sich: Keinem anderen Familienmitglied wäre es gelungen, es als Privathaus ins einundzwanzigste Jahrhundert hinüberzuretten. Diese Gewissheit schenkte ihm Selbstbewusstsein, als er jetzt in Dartington parkte und in den Innenhof des großen mittelalterlichen Gebäudes trat. Sogleich erblickte er Maria, die zusammen mit einer anderen Frau vor dem *White Hart* stand. Sie hielt Ausschau nach ihm und winkte, als sie ihn sah, und er hob ebenfalls den Arm. Die Fremde musterte ihn neugierig und ziemlich aufgeregt, und er wusste genau, was sie sagen würde.

»Ich habe Sie im Fernsehen gesehen«, erklärte sie wie erwartet. »Maria hat versprochen, mir ein Autogramm von Ihnen zu besorgen. Wir finden alle, dass sie großes Glück hat, einen so berühmten Sohn zu haben.«

Ihre Begrüßung und die darauffolgende Vorstellungrunde machten es ihm leicht, die ernste Natur seines Treffens mit seiner Mutter zu überspielen. Er schüttelte Penelope lächelnd die Hand, machte höfliche Konversation und pflichtete ihr bei, dass sie sich später noch sehen würden. Ziemlich widerstrebend ging sie davon und lächelte ihm über die Schulter hinweg noch einmal zu.

»Sie hatte gehofft, wir würden sie einladen, mit uns Kaffee zu trinken«, sagte Maria selbstgefällig und genoss ihre privilegierte Stellung sichtlich, »aber das wollen wir nicht, oder?«

Er schüttelte den Kopf, hielt ihr die Tür in die Bar auf und suchte einen Tisch am Fenster aus. Das Kaminfeuer brannte, und die Atmosphäre war fröhlich und behaglich. Er ging an die Theke, um den Kaffee und Schokoladencroissants zu bestellen, und kehrte dann an den Tisch zurück. Sein Herz schlug unregelmäßig.

»So ist es schön«, sagte sie. »Danke, dass du gekommen bist, Jolyon. Es ist nett, zur Abwechslung einmal unter uns zu sein, nicht wahr?«

Die Frage klang unsicher, und als Jolyon seine Mutter ansah, nahm er ihren nervösen Blick und ihr ängstlich bemühtes Lächeln wahr. Merkwürdig, wie ihr sorgfältig gefärbtes Haar und das exakt aufgetragene Make-up, die leuchtend rot lackierten Nägel und die schicke Kleidung mitnichten die gewünschte Wirkung ausübten, sondern sie sogar leicht bemitleidenswert erscheinen ließen. Er erinnerte sich, wie hübsch sie einmal gewesen war, wie elegant, und spürte einen Anflug von Mitgefühl.

»Ja«, sagte er. »Ja, es ist nett. Und dringend notwendig. Ich muss mit dir reden.«

Wieder sah er hinter ihrem strahlenden Lächeln dieses kurze

Aufflackern von Nervosität. »Worüber? Doch hoffentlich keine Probleme?«

Ihr Kaffee und das Gebäck wurden gebracht, und Jo wartete mit seiner Antwort, bis sie wieder allein waren. Er nahm seinen Mut zusammen, dachte an Fliss' Anmerkungen und sprang ins kalte Wasser.

»Ich fürchte, ich bin dir gegenüber nicht ganz ehrlich gewesen«, erklärte er leise. »Als du zu Besuch bei uns warst, war ich mir noch nicht ganz sicher, wie die Zukunft aussehen würde, und habe dich in einer wichtigen Angelegenheit irregeführt.«

Es klang nicht ganz so wie geplant, sondern sehr gestelzt und ein wenig hochtrabend, aber er fand keinen natürlicheren Einstieg.

Sie sah ihn aus weit aufgerissenen Augen an und übertrieb dabei absichtlich; doch jetzt wusste er, dass sie genauso nervös war wie er, und das machte ihm Mut.

»Klingt ernst«, sagte sie. »Was in aller Welt mag das sein?«

»Ich bin verlobt und werde heiraten«, erklärte er und bemerkte, wie das Lächeln aus ihrem Gesicht wich und ihre Augen sich schockiert weiteten.

»Heiraten«, wiederholte sie matt. »Meine Güte. Aber wer …? Ist es Lizzie?«

»Nein.« Er trank von seinem Kaffee. »Erinnerst du dich an Henrietta March? Sie ist an meinem Geburtstag zum Mittagessen gekommen.«

»Ja, natürlich erinnere ich mich an sie.« Das Sprechen schien Maria Mühe zu bereiten; es war, als wären ihre Lippen steif geworden. »Aber warum hast du mir nicht davon erzählt? Ihr habt gewirkt, als wärt ihr einander vollkommen … gleichgültig, wäre wohl das richtige Wort. Darauf wäre ich keine Sekunde lang gekommen.«

»Das wollten wir auch nicht.« Das war brutal, doch er sah

keine andere Möglichkeit, es auszudrücken. »Zu dem Zeitpunkt waren wir noch nicht verlobt, und wir wollten beide nicht, dass du erfährst, dass wir ... eine Liebesbeziehung haben.«

Sie starrte ihn an. Kaffee und Kuchen waren vergessen. »Du meinst, alle anderen wussten Bescheid? Fliss und Hal ...? Und Cordelia?«

»Ja«, antwortete er zögerlich; er hasste das. »Ja, sie wussten Bescheid, doch sie hatten uns versprochen, nichts zu sagen. Nur die Familie war im Bilde.«

»Aber ich gehöre auch zur Familie«, erwiderte sie. Sie klang zornig. »Ich bin deine Mutter.«

Er schwieg und bedachte sie mit einem eindringlichen Blick, und rasch schlug sie die Augen nieder.

»Du meinst, ich hatte es nicht verdient, davon zu erfahren?«

Sie trank von ihrem Kaffee, und er versuchte, sich über seine Antwort schlüssig zu werden; alles andere als die Wahrheit wäre sinnlos gewesen.

»Ich konnte dir nicht trauen«, erklärte er. »In der Vergangenheit hast du nie gezögert, deutlich zum Ausdruck zu bringen, was du von mir und meiner Tätigkeit gehalten hast, und bei Henrietta konnte ich das nicht riskieren. Ich war mir nicht sicher, wie du reagieren würdest. Natürlich hat sich in letzter Zeit einiges verändert, das ist mir klar. Adam ist gestorben, und Ed ist in die Staaten gegangen ...« Er zögerte, denn er war nicht in der Lage hinzuzusetzen: »Und ich bin ein bekannter Fernsehstar geworden.«

Sie sprach es in ziemlich bitterem Ton aus. »Und du bist jetzt berühmt. Ja, ich wusste, dass du glauben würdest, das hätte etwas mit meinem Besuch zu tun gehabt.«

»Hatte es das nicht?«

Sie sah ihn an; ihr Zorn war verflogen, und sie wirkte geschlagen. »Ich glaube nicht, wirklich nicht. Es stimmt, es hat viel ausgemacht, dass ich ganz allein war, das kann ich nicht abstreiten. Als Adam starb, wurde mir plötzlich klar, wie leicht es fällt, einfach davon auszugehen, dass immer jemand für einen da ist. Ich erkannte, wie kostbar Liebe ist. Das war ein Schock. Und dann hat Ed beschlossen, so weit wegzuziehen – andererseits hatte ich ihn auch nicht mehr oft zu Gesicht bekommen, seit er mit Rebecca zusammengekommen ist –, und das war noch ein Schlag. Mir ist schon klar, dass das jetzt kein gutes Licht auf mich wirft, doch ich wollte versuchen, bei dir einen Neuanfang zu machen. Ich kann nicht behaupten, dass ich mich nicht darüber freuen würde, dass du berühmt bist, aber ich glaube, das war nicht der Grund, aus dem ich dich besuchen wollte.«

Sie seufzte. »Hal hatte mir nach Eds Abreise so einen netten Brief geschrieben. Es war, als hätte er Verständnis dafür, wie leer mein Leben sein musste, und mit einem Mal hatte ich das Bedürfnis, wieder Kontakt zu euch allen aufzunehmen. Nicht nur zu dir, sondern zu Hal und Prue und The Keep. Ich war eine Närrin, das weiß ich, und ich habe in der Vergangenheit ein paar wirklich schlimme Dinge zu dir gesagt und mich sehr schlecht benommen. Aber ich hoffte, wir könnten … nun ja, von vorn anfangen. Dann findest du also, dass es zu spät ist?«

Sie wirkte niedergeschmettert, und bei dem Gedanken daran, wie glücklich sie ihm zugewinkt hatte, an ihre erwartungsvolle Miene, drückte ihn das schlechte Gewissen. Er dachte an ihre Pläne, nach Devon zu ziehen, und an all das, was sie sich wahrscheinlich erhoffte. Er hatte ihre Zukunftspläne zerstört.

»Nein«, antwortete er vorsichtig. »Ich sage nicht, dass es zu spät ist, doch ich finde, dass du zu schnell zu viel erwartest.«

Eifrig, hoffnungsvoll beobachtete sie ihn jetzt, und er versuchte, sich an das zu erinnern, was er hatte sagen wollen.

»Ich mag Henrietta gern«, erklärte sie ihm beinahe flehend. »Sie ist ein ganz reizendes Mädchen. Ich kann mir gar nicht vorstellen, wie du auf die Idee gekommen bist, ich würde mich nicht freuen.«

»Hör mal.« Er konnte sich immer noch nicht überwinden, sie »Mum« zu nennen; für ihn war sie fast wie eine Fremde. »Ob du sie gern magst, ist aus meiner Sicht nicht die Frage. Die Sache ist die, dass du beschlossen hattest, mich mehr oder weniger aus *deinem* Leben zu streichen, als ich noch sehr jung war. Jetzt kannst du nicht einfach erwarten, zurück in *mein* Leben spazieren zu können, als hätte sich nichts verändert. Tut mir leid, wenn das brutal klingt, aber wenn wir von vorn anfangen wollen, müssen wir beide wissen, wo wir stehen. Ich bin froh, dass du ein Damaskus-Erlebnis hattest, eine Erleuchtung, falls das heißt, dass wir einen Neuanfang machen können, doch auf diesem Weg ist noch viel zu kitten. Wir können nicht einfach so tun, als wären wir die letzten fünfzehn Jahre eine eng verbundene, glückliche Familie gewesen – zumindest ich kann das nicht. Aber das heißt auch nicht, dass es nicht weitergeht.«

Sie nickte, trank von ihrem Kaffee und schwieg. Er lehnte sich auf seinem Stuhl zurück und sah sich um. Es schien Ewigkeiten her zu sein, seit sie hereingekommen waren, und das laute Stimmengewirr und Gelächter flutete plötzlich auf seine Ohren ein, als wäre er bis zu diesem Moment taub gewesen.

»Ich weiß, was du meinst.« Endlich sagte sie etwas, und er wandte sich ihr erneut zu. »Und du hast natürlich vollkommen recht. Ich hatte mich da verrannt. Ich habe meinen letzten Besuch auf The Keep und die Gelegenheit, euch alle zu sehen, so genossen, dass ich das Gefühl hatte, wir hätten echte Fortschritte gemacht.«

Er beobachtete sie argwöhnisch und weigerte sich, sich schuldig zu fühlen, und kurz darauf wandte sie den Blick von ihm ab.

»Keine Sorge«, sagte sie leichthin. »Ich werde nichts überstürzen, zum Beispiel ein Cottage in Staverton kaufen. Jetzt sehe ich ein, dass das eine verrückte Idee war.«

Ihm kam es vor, als hätte er sie geohrfeigt, aber er wusste, dass er keinen Rückzieher machen durfte. »Dazu ist es zu früh«, erklärte er behutsam. »Können wir nicht einen Schritt nach dem anderen tun? Du kommst doch zu Dads Geburtstag, nicht wahr? Das ist doch schon etwas, auf das du dich freuen kannst, und dann kannst du zusammen mit dem Rest der Familie unsere Verlobung feiern. Bis dahin wäre ich dir übrigens dankbar, wenn du mit niemand anders darüber reden würdest … Nicht einmal Kit weiß Bescheid«, setzte er als eine Art Trost hinzu.

»Das wird merkwürdig, Kit nach all den Jahren wiederzusehen«, meinte sie leise.

Er fühlte sich unbehaglich, doch erleichtert; er hatte seinen Standpunkt klargemacht, aber nicht alle Türen in die Zukunft zugeschlagen. Sie lächelte ihm jetzt zu, als könnte sie ihm seine Empfindungen nachfühlen.

»Penelope trifft sich gleich zum Mittagessen mit mir«, erklärte sie ihm, »und so, wie ich sie kenne, hat sie wahrscheinlich vor, dich zu beschwatzen, noch zu bleiben. Sie ist ein begeisterter Fan von dir, verstehst du? Ich frage mich, ob es nicht eine gute Idee wäre, wenn du flüchtest, solange du noch kannst.«

Zum ersten Mal seit Langem spürte er einen Anflug von echter Zuneigung zu ihr und nickte dankbar.

»Danke für die Warnung«, sagte er, »und wir freuen uns alle darauf, dich in ein paar Wochen zu sehen. Alle lassen dich herzlich grüßen.«

Sie nickte lächelnd und jetzt wieder ganz beherrscht, und er stand auf, zögerte und beugte sich dann vor, um sie kurz auf die Wange zu küssen.

»Danke für den Kaffee«, sagte sie, und er lächelte verlegen und eilte dann hinaus.

Fast im Laufschritt ging er zum Parkplatz, weil er fürchtete, auf Penelope zu treffen. Er fühlte sich erleichtert, weil die Begegnung vorüber war, und war nervös, da er fürchtete, alles verpatzt zu haben. Sobald er im Auto saß, zog er sein Handy hervor; er musste mit Henrietta reden.

30. Kapitel

Maria blieb noch sitzen und verzog die Lippen zu einem schwachen Lächeln, damit niemand den Eindruck hatte, dass etwas nicht stimmte. Mehrere Gäste hatten Jolyon erkannt, und sie war so froh darüber, dass er sie zum Abschied geküsst hatte, denn so würde niemand ahnen, was für schreckliche Dinge er gesagt hatte. »*Ich konnte dir nicht trauen* ... Und: *Ob du sie gern magst, ist aus meiner Sicht nicht die Frage.*« Es fiel ihr schwer, dieses verhaltene Lächeln zur Schau zu tragen, obwohl sie solchen Schmerz empfand, aber sie hätte es nicht ertragen, wenn einer dieser Menschen, von denen einige ihr immer noch ab und zu einen Blick zuwarfen, auch nur einen Moment geahnt hätten, dass zwischen Jolyon und ihr keine besondere Beziehung bestand.

Sie war so entzückt darüber gewesen, sich in der Öffentlichkeit mit ihm zu treffen. Penelope war grün vor Neid gewesen und hatte heftig mit dem Zaunpfahl gewinkt und erklärt, wie sehr sie sich freuen würde, Jo kennenzulernen. Es war rührend gewesen mitzuerleben, wie Jolyon sich nicht wirklich bewusst war, dass Menschen ihn anstarrten und sich gegenseitig anstießen. Und es hatte Spaß gemacht, dass die Leute sie ansahen und sich fragten, wer sie sein mochte. Aber sie hatte nicht damit gerechnet, dass er so verletzend werden würde. Er hatte Hal so ähnlich gesehen. Wie merkwürdig, dass der kleine Jolyon, der immer so darauf aus gewesen war, ihr Freude zu bereiten und ihre Liebe zu gewinnen, zu diesem harten, zielbewussten Mann herangewachsen war. Als kleiner Junge hatte er Streitigkeiten und wütende Stimmen gefürchtet und alles getan, um Frieden zu stiften. Er hatte sie so sehr geliebt – und sie hatte ihn so schwer verletzt.

Jetzt konnte sie unmöglich weiter lächeln, und sie öffnete ihre Tasche und tat, als sähe sie hinein. Der Rest ihres Kaffees war kalt geworden, aber sie brachte nicht die Willenskraft auf, an die Theke zu gehen und einen neuen zu bestellen. Außerdem brauchte sie einen Drink, einen ordentlichen. Sie fühlte sich schwach, als wäre sie geschlagen worden, was auf gewisse Weise auch zutraf. Und doch wusste ein Teil von ihr, dass Jolyon nichts gesagt hatte, was unwahr oder unfair gewesen wäre.

Wie üblich hatte sie alles von ihrem eigenen Standpunkt aus betrachtet und nicht richtig an alle anderen gedacht. Zum Beispiel war dieser Plan, nach Devon zu ziehen, eine spontane Idee gewesen. Sie hatte das Wochenende noch frisch im Gedächtnis gehabt, und da war ihr die Aussicht, in den Westen zu ziehen, als wunderbare Gelegenheit erschienen. Sie hatte es aufregend gefunden, Pläne schmieden zu können. Maria hatte alles weder richtig durchdacht noch überlegt, wie die Chadwicks und besonders Jolyon darauf reagieren würden. Aber im Rückblick musste sie auch eingestehen, dass sie sich noch nie besonders viele Gedanken darüber gemacht hatte, was Jolyon empfand. Sie hatte ihn ignoriert, ausgenutzt und zugunsten von Ed und Adam beiseitegeschoben. Und jetzt heiratete er, und es war ihm egal, ob sie seine zukünftige Braut mochte oder nicht. Nach all den Jahren, in denen Maria ihn zurückgewiesen hatte, waren ihre Gefühle ihm jetzt vollkommen gleichgültig.

Instinktiv, als könnte sie so dem quälenden Schmerz in ihrem Herzen entfliehen, schloss sie die Handtasche, stand auf und ging sich an der Theke ein Glas Wein holen. Während sie in der kurzen Schlange wartete, dachte sie über die Demütigung nach, die es bedeutete, dass sie das ganze Wochenende auf The Keep verbracht hatte und alle anderen über Jolyon und Henrietta Bescheid gewusst hatten. Vor Scham wurde ihr ganz heiß. Wie mussten sie hinter ihrem Rücken gelacht haben – und wie schwer würde es ihr jetzt fallen, zu Hals Geburtstag zu fahren! Wie sollte sie das durchstehen? Aber sie spürte vage, dass sie die Demütigung und den Schmerz geduldig annehmen und sich hindurcharbeiten musste, wenn es je zu einer Art Aussöhnung kommen sollte. Irgendwie hatte Jolyon auch seine eigenen Verletzungen und ihre Zurückweisung überwunden und war zu einem starken, erfolgreichen Mann herangewachsen, der von seiner Familie und einem bezaubernden, hübschen Mädchen geliebt wurde. Jetzt musste sie versuchen, wenigstens einen Teil der Zuneigung, die er einmal für sie empfunden hatte, zurückzugewinnen.

Bestürzt sah sie, dass Penelope hereingekommen war und sich mit strahlendem, erwartungsvollem Blick umsah. Sie war zu früh gekommen, weil sie hoffte, Jolyon noch anzutreffen. Verflixt! Maria winkte, bedeutete ihr mit einer Handbewegung, dass sie Drinks holte, und wies auf ihren Tisch. Sie holte tief Luft, nahm ihren Mut zusammen und bemühte sich, einen Anschein von Fröhlichkeit aufzusetzen. Penelope durfte auf keinen Fall ahnen, dass etwas nicht in Ordnung war.

Weder Angus noch Cordelia nahmen Hals Anruf an. Sie hatten das Cottage zur selben Zeit verlassen, waren in verschiedenen Autos losgefahren und wollten sich in Angus' Haus in Dartmouth zu einem späten Mittagessen treffen.

Als sie Kingsbridge erreichten und Cordelia mit McGregor in Richtung Parkplatz abbog, ließ Angus kurz seine Scheinwerfer aufleuchten und setzte die Fahrt nach Dartmouth fort. Als Cordelia auf den Parkplatz fuhr, spürte sie, wie ihr leichter ums Herz wurde. Obwohl sie Angus sehr zugetan war, war dieser kurze

Moment der Freiheit herrlich. Ihr war gar nicht klar gewesen, dass sie kaum noch daran gewöhnt war, ständig jemanden um sich zu haben, und sie fand es ein wenig einengend. Natürlich konnte sie zum Schreiben in ihrem Arbeitszimmer verschwinden – aber dann hatte sie jedes Mal ein schlechtes Gewissen, Angus könnte sich langweilen und keine Beschäftigung haben, und konnte sich nicht konzentrieren. Er bestand darauf, sie sogar zum Zeitung kaufen ins Dorf zu begleiten, und so langsam kam Cordelia zu dem Schluss, dass sie lieber Simons Auftauchen riskieren würde, als sich weiter wie eine Gefangene zu fühlen.

Ihre Gefühle schockierten sie, aber schließlich lebte sie seit zwanzig Jahren allein, und es fiel ihr schwer, ihre Single-Angewohnheiten über Nacht zu ändern. Trotzdem liebte sie Angus; sie hatte ihn immer geliebt.

Genug, um mit ihm zusammenzuleben?, fragte die kleine vertraute, muntere Stimme in ihrem Kopf.

»Sei still«, murmelte sie, stieg aus dem Auto und ging zum Parkautomaten. Während sie Geld einwarf und ihren Parkschein zog, fühlte sie sich deprimiert und nervös.

»Hallo, so sieht man sich wieder«, sagte jemand hinter ihr. Es war die hochgewachsene Frau, die ihr vor dem Buchladen den Schal zurückgegeben hatte, und Cordelia grüßte zurück und trat beiseite, damit die andere einen Parkschein ziehen konnte.

Die Frau lächelte und musterte sie dann genauer. »Alles in Ordnung? Heute Morgen sehen Sie ziemlich niedergeschlagen aus, und dabei waren Sie so glücklich, als wir uns das letzte Mal begegnet sind.«

Gerührt über die Nachfrage, setzte Cordelia ein Lächeln auf. »Mir geht's gut. Ein kleines Problem, nichts Besonderes.«

»Tut mir leid, das zu hören.« Die Frau zögerte. »Wäre eine Tasse Kaffee hilfreich? Ich bin gerade auf dem Weg zum *Mangetout*, um etwas zu trinken.«

»Danke«, sagte Cordelia überrascht. »Das wäre nett.« Sie wedelte mit ihrem Parkschein. »Ich lege den hier nur in den Wagen und bin sofort zurück. Wir treffen uns an der Ecke.«

Zusammen betraten sie den Delikatessenladen und setzten sich an einen Tisch im hinteren Teil des Cafés. Sie bestellten Kaffee, und Cordelia sah sich um. Hier hatte sie beim letzten Mal, als sie sich mit Angus getroffen hatte, gesessen, und mit einem Mal fiel ihr noch etwas anderes ein.

»Ich glaube, ich habe Sie hier vor ein paar Wochen gesehen«, rief sie aus. »Sie haben auf einem der Hocker gesessen. Wusste ich doch, dass ich Sie schon einmal gesehen hatte.« Sie lächelte. »Sollen wir uns vorstellen?«

»Oh, ich weiß, wer Sie sind«, sagte die Frau und sah sie aufmerksam an. »Sie sind Cordelia Lytton, die berühmte Journalistin.«

Cordelia zog die Augenbrauen hoch. »Berühmt wohl kaum, leider. Woher wussten Sie das? Ach, ich ahne es. Das war Pat Abrehart aus dem Buchladen, nicht wahr? Als Sie dort meinen Schal aufgehoben haben. Pat und ich sind alte Freundinnen.«

»Ach, ich wusste schon vorher alles über Sie«, gab sie zurück.

»Sagen Sie nicht, dass Sie eines meiner Bücher gelesen haben«, erwiderte Cordelia leichthin, aber verlegen – und war erleichtert, als der Kaffee gebracht wurde und sie das Thema wechseln konnte. »Sie haben mir Ihren Namen noch nicht verraten.«

Die Frau gab Zucker in ihren Kaffee und lächelte in sich hinein, als dächte sie über ihre Antwort nach. »Wie wäre es mit Elinor Rochdale?«, schlug sie vor.

Die Formulierung verwirrte Cordelia. »Kommt mir bekannt vor«, antwortete sie langsam und fühlte sich unsicher angesichts der amüsierten Miene ihres Gegenübers. Sie begann, sich unbehaglich zu fühlen. »Sind wir uns *doch* schon begegnet? Ich meine nicht, dass wir einander in der Stadt gesehen haben, doch vielleicht haben wir uns anderswo kennengelernt. Ich habe das Gefühl, dass ich gerade ein bisschen auf dem Schlauch stehe und Sie geduldig darauf warten, dass bei mir der Groschen fällt.«

»Wir sind uns noch nicht begegnet. Nicht offiziell. Aber ich weiß eine Menge über Sie.«

Ganz plötzlich fiel der Groschen *doch*, und Cordelia spürte, wie ein Anflug von Furcht sie überlief. Elinor Rochdale. Sie blickte sich um; alle Tische waren besetzt, und der Laden war belebt. Sie war vollkommen sicher, und es wäre töricht gewesen, in Panik zu geraten.

»Elinor Rochdale«, wiederholte sie. Sie schaute die Frau direkt an, denn sie war entschlossen, ganz ruhig zu wirken. »Sehr geschickt. Das gefällt mir. Dann sind Sie Simons Frau. Oder ...« Sie zögerte, denn in dieser Hinsicht war sie sich weniger sicher. »Angesichts des Namens eher seine Witwe?«

Die Frau erwiderte ihren eindringlichen Blick. »Weder noch«, erklärte sie. Sie trank von ihrem Kaffee und stellte die Tasse dann zurück auf den Untersetzer. »Ich war seine Geliebte.«

Cordelia schwieg. Sie mochte sich nicht dazu verleiten lassen, entweder Mitgefühl oder Neugierde zu zeigen. »Wenn das so ist, warum nennen Sie sich dann Elinor Rochdale?«, fragte sie gelassen. Sie fragte sich, ob ihre Hand zittern würde, wenn sie die Tasse nahm, und riskierte es trotzdem. »Das war doch der Name der Heldin aus *Die widerspenstige Witwe*, oder? Dem Buch, das Sie auf mein Lesepult gelegt haben. Zusammen mit *Simon, der Kaltherzige*. Was sollte das alles?«

Die Frau stützte die Ellbogen auf den Tisch und sah Cordelia aus hellgrauen Augen durchdringend an. »Er wollte mich nicht heiraten«, erklärte sie. »Ich war besessen von ihm, und er war besessen von Ihnen.«

Cordelias Fassung geriet ein wenig ins Wanken. »Sie meinen, er war überhaupt nicht verheiratet? Aber er hat uns geschrieben, dass er deswegen jeden Kontakt zu Henrietta abbrechen würde. Weil er nach Australien gehen würde, um mit einer neuen Familie ein neues Leben anzufangen.«

Ihr Gegenüber schüttelte den Kopf. »Keine Frau, keine Kinder. Nur ich. Er hat mir alles über Sie erzählt, bis ich das Gefühl hatte, Sie beinahe besser zu kennen als ihn. Er war besessen von Ihnen.«

»Aber er hat mich verlassen.« Cordelia beugte sich vor und sprach leise. »*Ich* wollte unsere Ehe nicht beenden. Er hat beschlossen zu gehen. Wenn er mich so sehr geliebt hat, warum hat er Henrietta und mich verlassen?«

Die Frau zog leicht die Augenbrauen hoch. »Wer hat denn von Liebe gesprochen?«, fragte sie leise. »Besessenheit ist keine Liebe. Wenn man von jemandem besessen ist, dann dreht sich alles um Unsicherheit und Bedürftigkeit und Besitzgier. Es macht einen wahnsinnig. Es hat Simon in den Wahnsinn getrieben. Manchmal hat er sich dafür verflucht, fortgegangen zu sein, obwohl er vorher noch dafür gesorgt hatte, Ihnen jede Chance auf Glück zu verderben. Als die Befriedigung darüber zu verblassen begann, beschloss er, Henriettas Leben zu ruinieren – und gleichzeitig bei Ihnen noch einmal nachzutreten. Er vermutete, es würde Sie genauso niederschmettern wie Ihre Tochter, wenn sie erfuhr, warum er Sie verlassen hatte. Außerdem hatte er zu diesem Zeitpunkt keine echten Gefühle mehr für sie.« Sie schüttelte den Kopf. »Armer Kerl. Und doch waren wir teilweise sehr glücklich, und ich habe wirklich geglaubt, er sei darüber hinweg. Aber immer wieder passierte etwas, und es ging von vorn los.«

Cordelia starrte in ihre Kaffeetasse. »Vermute ich richtig, dass ... er tot ist?«

»Ja. Er ist im April an Krebs gestorben. Meine Familie lebt noch in England, an der Grenze zu Schottland, daher habe ich beschlossen, nach Hause zurückzukehren. Ich hatte das Bedürfnis, Sie zu sehen. Genau herauszufinden, wer die Person ist, die Simons Leben zerstört hat. Und meines.«

»Deswegen haben Sie mich gestalkt?« Cordelia war wie vor den Kopf geschlagen. Simon war tot?

Die Frau schnaubte belustigt. »Es war so einfach«, meinte sie nachdenklich. »Natürlich war es ein Glücksfall, dass der Küstenpfad nur ein paar Meter von Ihrer Haustür entfernt verläuft. Ich konnte nach Belieben kommen und gehen und dabei aussehen, als wäre ich der Nachzügler einer Wandergruppe. Ich pflegte Sie mit dem Fernglas zu beobachten, wenn Sie draußen auf Ihrem Balkon waren. Ein paarmal bin ich Ihrem Auto gefolgt und habe Fotos gemacht. Und dann noch Ihre Angewohnheit, die Tür nicht abzuschließen. Nach einer Weile habe ich beschlossen, mich Ihnen etwas weiter zu nähern.«

Cordelia verschränkte die Hände im Schoß; sie war entschlossen, sich die kalte Furcht, die ihr das Rückgrat hinaufkroch und sich bis in ihre Haarwurzeln ausbreitete, nicht anmerken zu lassen. »Was haben Sie sich davon erhofft?«, fragte sie kühl. »Wollten Sie mir Angst einjagen?«

Die Frau dachte über die Frage nach. »Schon möglich«, erklärte sie schließlich. »Ich hatte einfach das Bedürfnis, Ihnen nahezukommen. Sie dürfen nicht vergessen, dass ich das Gefühl hatte, Sie schon zu kennen. Simon hat so oft von Ihnen gesprochen, dass ich manchmal meinte, in einer Beziehung zu dritt zu leben. Nach allem, was er mir von Ihnen erzählt hatte, war es sehr eigenartig, Ihnen physisch so nahe zu sein. Nach einer Weile war es nicht mehr so reizvoll, Ihnen zu folgen, und ich beschloss, das Risiko einzugehen und Ihr Cottage zu betreten – natürlich hatte ich Ausreden parat für den Fall, dass Sie mich in der Diele erwischen würden. ›Bedaure, ich habe an die Tür geklopft, aber Sie haben mich nicht gehört‹, etwas in der Art, doch ich war mir nicht sicher, ob ich damit durchkommen würde.

Das war natürlich ein Teil des Reizes. Zum ersten Mal habe ich es ausprobiert, als Sie Besuch hatten und Sie beide draußen auf dem Balkon saßen. Ich habe einfach die Tür geöffnet und mich hineingeschlichen. Ich wusste, welcher Raum Ihr Arbeitszimmer war, bin hineingegangen und habe Ihren Computer manipuliert. Ein paar Tage später bin ich Ihnen hierher gefolgt und habe den Koala in Ihren Korb gelegt.«

»Aber ich habe doch einen Mann hinausgehen sehen?« Cordelia war verwirrt. »Er hat mir auf die Schulter getippt.«

Angesichts ihrer Naivität schüttelte die Frau beinahe tadelnd den Kopf. »Das ist solch ein alter Trick. Sehen Sie, ich stehe neben Ihnen an der Theke, rechts von Ihnen. Ich greife um Sie herum und tippe Ihnen auf die linke Schulter. Sie drehen sich um und sehen einen Mann, der den Laden verlässt, und währenddessen lege ich den Koala in Ihren Korb. Ganz einfach.«

»Und der andere Plüschkoala und die Bücher? War das auch leicht?«

»Inzwischen war ich mutiger geworden. Ich sah, wie Sie die Treppe zum Strand hinuntergegangen sind, und wusste, dass ich reichlich Zeit hatte. Sicherheitshalber hatte ich Exemplare der Bücher mitgebracht. Doch Simon hatte mir erzählt, Sie seien ein großer Fan von Georgette Heyer und hätten all ihre Romane. Daher dachte ich, es wäre interessanter, Ihre eigenen zu benutzen. Er hat mir auch erzählt, dass Sie ihn ›Simon, den Kaltherzigen‹ genannt haben, und da dachte ich, *Die widerspenstige Witwe* sei der nächstliegende Hinweis, den ich Ihnen geben konnte.«

»Dann hatten Sie gehofft, ich würde Sie entdecken?«

Die Frau zuckte mit den Schultern. »Es wurde ein wenig langweilig«, räumte sie ein. »Ich wollte Ihnen nahekommen. Können Sie das verstehen? Wir hatten immer buchstäblich zu dritt im Bett gelegen, und ich wollte mehr, als Ihnen zu folgen und Ihnen ein wenig Angst einzujagen. Ich hatte das Bedürfnis, dass Sie mich sehen und dass wir miteinander kommunizieren. Ich habe vermutet, Sie würden langsam selbst auf die Wahrheit kommen, aber ich wollte es Ihnen nicht zu einfach machen. Sie haben es erraten, oder?«

»Ich dachte, Simon steckt dahinter«, erklärte Cordelia. »Ich vermutete, Sie – besser gesagt, seine Frau – sei gestorben, und er sei zurückgekehrt, weil er auf eine Versöhnung hoffte. Es wäre schon eine eigenartige Herangehensweise gewesen, hätte aber irgendwie zu Simon gepasst.«

Darüber wirkte die andere merkwürdig erfreut. »Das fand ich auch. Er hat das Leben immer ziemlich exzentrisch gesehen.«

»Und der Schal«, hakte Cordelia nach. »War das echt?«

»Ich suchte nach einer Gelegenheit, mit Ihnen zu sprechen, daher habe ich ihn einfach aus Ihrem Korb gezogen, während Sie mit der Frau im Buchladen gesprochen haben. Und als Sie hinausgegangen sind, habe ich ihn vom Boden aufgehoben und bin Ihnen nachgelaufen.« Stirnrunzelnd unterbrach sie sich.

»Und was war dann?«, fragte Cordelia neugierig.

»Das war merkwürdig«, sagte die andere bedächtig. »Als Sie mich angesehen und mit mir gesprochen haben, hat sich alles verändert. In diesem Moment wurde alles real, und plötzlich waren Sie nur noch eine ganz normale Frau. Der Bann war gebrochen. Und dann haben wir uns auf dem Parkplatz noch einmal unterhalten, und Sie haben so glücklich gewirkt, und irgendwie hat das Bild sich vollkommen verschoben. Sie waren in unserem Leben immer präsent gewesen und haben eine so außerordentlich starke Wirkung ausgeübt, dass es ein Schock war, Ihnen plötzlich so nahe zu sein, Ihnen von Angesicht zu Angesicht gegenüberzustehen ...«

»Und?«, fragte Cordelia nach.

Sie hob die Schultern. »Etwas hatte sich verändert. Es machte keinen Spaß mehr. Verstehen Sie, zum ersten Mal, seit ich Simon kannte, hatte *ich* die Oberhand. *Ich* hatte die Kontrolle. Doch als wir beide miteinander gesprochen haben, war das nicht mehr so. Es war, als wäre mit einem Mal alles wieder an den richtigen Platz gerückt, und mir wurde klar, dass ich damit nicht mehr weiterzumachen brauchte.«

»Aber das Foto haben Sie trotzdem abgeschickt?«

Die Frau schüttelte den Kopf. »Ich wünschte, das hätte ich nicht getan, doch es war schon in der Post. Ich konnte deswegen nichts mehr unternehmen. Glauben Sie mir, ich habe es bedauert. Das Ganze kam mir langsam ziemlich dumm vor, als ließe ich mich immer noch von Simon kontrollieren, indem ich Sie weiter strafte, indem ich versuchte, den Hass und die Besessenheit am Leben zu erhalten, und damit wollte ich nichts mehr zu tun haben. Ich beschloss, Sie zu treffen und Ihnen alles zu erklären. Und mich zu entschuldigen.«

»Aber woher soll ich wissen, ob das die Wahrheit ist? Es könnte ebenso gut ein weiterer geschickter Schachzug sein. Meine Freunde versuchen, mich zu überreden, damit zur Polizei zu gehen. Wie kann ich sicher sein, dass Sie mich nicht weiter verfolgen – oder mich von einer Klippe stoßen?«

Seufzend lehnte die Frau sich zurück und trank von ihrem Kaffee. »Das können Sie nicht«, erklärte sie. »Sie werden mein Wort dafür nehmen müssen. Es war ein Anflug von Wahn, aber jetzt ist der Bann gebrochen. Mir ist plötzlich klar geworden, dass mir das Gefühl nicht gefällt, aus dem Grab heraus manipuliert zu werden. Ich war Simon jahrelang sklavisch ergeben, und ich möchte die Macht, die er über mich hatte, brechen. Nachdem er jetzt tot ist und wir beide uns getroffen und dieses Gespräch geführt haben, habe ich das Gefühl, dass ich das schaffen kann. Ich habe schon genug Zeit vergeudet und habe jetzt vor, mein Leben weiterzuleben.« Sie seufzte noch einmal schwer, als atmete sie zum ersten Mal seit langer Zeit saubere, frische Luft ein. Ihre Miene wirkte ruhig, friedlich sogar. »Ich erwarte nicht, dass Sie mir glauben, doch ich versichere Ihnen, dass Sie vollkommen sicher sind.«

»Merkwürdigerweise«, sagte Cordelia, »war ich immer davon überzeugt. Andere Menschen haben sich Sorgen um mich gemacht. Ein- oder zweimal bin ich kurz erschrocken, aber tief im Inneren hatte ich nie wirklich Angst.«

Die Frau lächelte. »Das freut mich. Dann sind wir beide nach all den Jahren endlich frei. Und was haben Sie jetzt vor? Werden Sie wieder an Ihre Beziehung zu Angus Radcliff anknüpfen können, oder mussten Sie feststellen, dass Simon dafür gesorgt hat, dass er für Sie unerreichbar ist? Er hat Angus gehasst, doch er hatte das Gefühl, dass es ihm gelungen war, ihn ...«, sie unterbrach sich und suchte nach dem passenden Wort, »zu neutralisieren.«

»Warum war Simon sich da so sicher? Wir hätten doch weiter ein Verhältnis haben können.«

Sie schüttelte den Kopf. »Er sagte, dazu würde er Angus zu gut kennen. Simon meinte, Angus sei zu ehrenhaft und habe zu viel Angst, um seine Frau zu betrügen.«

Zum ersten Mal lächelte Cordelia aufrichtig belustigt. »Er hat nicht gesagt, *ich* wäre zu ehrenhaft, um ein Verhältnis mit dem Mann einer anderen Frau zu unterhalten?«

Die Frau erwiderte das Lächeln. »Soweit ich weiß war diese Frau eine Ihrer besten Freundinnen. Simon hatte das Gefühl, das sei für Sie Abschreckung genug.«

Cordelias Lächeln verblasste. »Er hat fast ein Jahr lang gewartet. Und die ganze Zeit bis zu Angus' Heirat muss er mich gehasst haben, jede einzelne Minute.«

»Für jemanden wie Simon war es nicht immer einfach, zwischen Hass und Liebe zu unterscheiden. Und was ist mit Angus?

Es *war* doch Angus, mit dem ich Sie gesehen habe, oder? Und ich weiß, dass er inzwischen verwitwet ist. Oh ja, Simon hat ihn ebenfalls im Auge behalten. Er war außer sich, als Angus bei der Marine seinen vierten Streifen bekommen hat.«

»Ist Simon denn nie auf die Idee gekommen, ich könnte wieder heiraten?«

Sie schüttelte den Kopf. »Merkwürdigerweise nicht. Er sagte, Sie seien eine Frau, die nur einmal liebt, und Sie hätten ihn nur geheiratet, weil er Ihnen keine Ruhe gelassen hatte und Sie überzeugt davon waren, Angus verloren zu haben.«

»Nun, da hatte er recht. Und dann kam Angus zurück, und wir hatten diesen kurzen, verrückten Moment, und alles fing wieder von vorn an. Nachdem Simon Henrietta und mich verlassen hatte, wusste ich, dass ich mich nie wieder mit dem Zweitbesten abfinden konnte, und ich hatte niemals den Wunsch, das noch einmal zu riskieren. Und für Angus und mich war es zu spät. Mein Gott, wie Sex uns doch alle zu Narren macht!«

»Wer hat noch gesagt, es sei, wie an einen Wahnsinnigen gekettet zu sein? Na, egal. Meine Ketten sind zerbrochen. Ich bin endlich frei.« Sie nahm ihre Tasche und wies mit einer Kopfbewegung auf die Kaffeetassen. »Die Rechnung übernehme ich«, erklärte sie. »Viel Glück, Cordelia!«

Cordelia sah der anderen nach, als sie zur Theke ging und den Kaffee bezahlte. Dann drehte sie sich noch einmal um, hob die Hand und war wenig später durch die Tür verschwunden.

31. Kapitel

»Die Frau ist verrückt«, sagte Hal zum dritten Mal. »Schleicht auf der Klippe herum, bricht in Ihr Haus ein und legt Bücher und Plüschtiere aus, schickt Ihnen Fotos. Tut mir leid, meine Liebe, aber das *ist* verrückt. Und Sie setzen sich mit ihr hin und trinken Kaffee.«

»Was hätten Sie denn getan?«, fragte Cordelia und versuchte zu lächeln.

Inzwischen wünschte sie sich, sie hätte nicht plötzlich beschlossen, auf dem Weg nach Dartmouth auf The Keep vorbeizuschauen. Aber sie hatte eine Art Beruhigung gebraucht, normale menschliche Gesellschaft. Sie hatte nicht allein sein wollen, bis sie sich viel später in Dartmouth mit Angus treffen würde.

»Hal hätte eine Bürgerverhaftung vorgenommen und die Frau bis zum Eintreffen der Polizei an ihren Stuhl gefesselt«, meinte Fliss fröhlich. Sie nahm die Anspannung in Cordelias Gesicht wahr, schüttelte den Kopf über Hal und wünschte, er würde sich beruhigen.

Hal sah ihre Kopfbewegung und fühlte sich gereizt. Die beiden mussten doch einsehen, wie gefährlich das werden könnte, oder?

»Ich habe immer schon gesagt, dass ich nie geglaubt habe, in Gefahr zu schweben«, versuchte Cordelia, ihn zu beschwichtigen. »Und nachdem ich sie jetzt getroffen habe, bin ich noch stärker davon überzeugt. Ich bin sicher, das war einfach eine Art grauenhafter Faszination ihrerseits. Also, ich kann das verstehen, Sie nicht?«

»Ich schon«, warf Fliss schnell ein, bevor Hal eine Antwort

geben konnte. »Man möchte doch sehen, wer die Rivalin ist, oder? Die Sache ist aus dem Ruder gelaufen, nichts weiter. Wie ein dummes Kinderspiel. Sie hat die Grenze zwischen Realität und Fantasie überschritten, aber indem sie real mit Cordelia gesprochen hat, hat sie die Sache wieder in den Griff bekommen. Arme Frau, sie tut mir eher leid.«

Hal starrte Fliss an, als wäre sie ebenfalls verrückt geworden, und sie unterdrückte den Drang, laut herauszulachen.

»Vielleicht ist das ja so eine Frauensache«, sagte sie beruhigend – aber Hal mochte sich nicht besänftigen lassen.

»Und Sie haben sich nicht einmal ihren Vor- und Zunamen geben lassen. Sich mit einem Namen aus einem Buch vorzustellen ist lächerlich. Ich glaube, das ist ein Trick, um Sie in einem falschen Gefühl von Sicherheit zu wiegen.«

»Es war ein dummes Spiel«, entgegnete Cordelia müde. »Nichts weiter, da bin ich mir sicher.«

»Nun, warten wir ab, was Angus dazu sagt.« Hal stand auf. »Ich gehe Holz hacken, bevor es zu regnen anfängt.«

Er küsste Cordelia freundschaftlich auf die Wange und trat in die Spülküche hinaus. Sie hörten, wie er seine Gummistiefel anzog und mit den Hunden redete, die ihm nach draußen folgten. Fliss sah Cordelia an und zog fragend die Augenbrauen hoch, und diese schnitt eine kleine Grimasse. Sie hörten, wie die Tür der Spülküche zufiel.

»Vielleicht bin ich ja eine Närrin«, meinte Cordelia seufzend, »obwohl ich das nicht glaube. Mein Bauchgefühl sagt mir, dass ich nicht in Gefahr schwebe. Sie haben recht. Es war wie ein Spiel, das ein wenig zu weit ging, aber jetzt ist es ja vorüber. Ich möchte es vergessen und zum Normalzustand zurückkehren.«

»Aber wird Angus das zulassen?«

»Wissen Sie, es hat mich gerade ein wenig irritiert, als Hal das meinte. ›Warten wir ab, was Angus dazu sagt.‹ Als stünde es

Angus zu, darüber zu befinden, wie ich jetzt weitermache. Ich habe es schließlich geschafft, den größten Teil meines Lebens ohne Angus auszukommen.«

Einen Moment lang saßen sie schweigend am Küchentisch zusammen.

»Das kann ich gut verstehen«, antwortete Fliss schließlich. »Aber Sie haben ihn ja eingeweiht, oder? Da wird er zwangsläufig das Gefühl haben, beteiligt zu sein.«

»Ja«, räumte Cordelia ärgerlich ein. »Ich weiß. Zu dem Zeitpunkt ging mir auf, dass der Stalker es auch auf Angus abgesehen haben könnte, und deswegen war es nur richtig, ihn zu warnen. Aber jetzt bin ich mir ziemlich sicher, dass alles vorbei ist, und ich möchte nicht ...«

Stirnrunzelnd unterbrach sie sich, und Fliss musterte sie nachdenklich.

»Sie mögen sich von Angus nicht auf Schritt und Tritt überwachen lassen?«, fragte sie.

Cordelia sah sie mit einer eigenartigen Miene an, auf der sich Schuldgefühle, Schock und Enttäuschung mischten. »Ich hätte mir nie vorgestellt, dass sich das so ... *klaustrophobisch* anfühlen würde«, erklärte sie defensiv. »Ich lebe schon so lange allein, verstehen Sie, doch andererseits sind Angus und ich ... Selbst wenn wir zusammen sind, dann sind wir nicht besonders häuslich.«

Fliss grinste. »Sie meinen, Sie verhalten sich immer noch wie frisch Verliebte. Sie sind höflich zueinander, und intime Momente sind immer noch aufregend. Sie zanken nicht um profane Dinge wie die Frage, wer die Autoschlüssel verlegt hat oder den Müll hinausbringen muss. Sie streiten nicht, weil einer vergessen hat, eine telefonische Nachricht weiterzugeben, oder darüber, wer mit dem Hund hinausgeht. Sie tragen noch sexy Unterwäsche, und Angus duscht und zieht ein sauberes Hemd an, bevor er zum Abendessen zu Ihnen kommt.«

Jetzt hatte sich Cordelia entspannt und lachte. »Ehrlich«, sagte sie. »Mir war nicht klar, wie langweilig es sein kann zusammenzuleben. Oder wie lästig. Ich bin es nicht gewohnt, das Bad mit jemandem zu teilen. Ich arbeite gern und zu ungewöhnlichen Uhrzeiten, wenn mich die richtige Stimmung überkommt, und ich esse sehr unregelmäßig. Angus ist ein absolut lieber Mensch, aber er ist sehr … pünktlich. Ab und zu hat es ihn ein wenig irritiert, wenn ich über die Mittagszeit durchgearbeitet habe oder plötzlich um halb vier nachmittags einen Gin Tonic brauchte, und ein- oder zweimal musste ich dem Drang widerstehen, ihn mit einem stumpfen Gegenstand zu schlagen. Es ist alles schön und gut, darüber zu lachen, Fliss, doch was *mache* ich denn jetzt nur?«

»Warum wollen Sie denn etwas tun? Warten Sie ab, bis diese dumme Geschichte im Sande verläuft. Kommen Sie Angus auf halbem Weg entgegen, wenn er Vorschläge zu Ihrem Schutz macht, und sehen Sie, was passiert. So wie Sie klingen, dürfte Angus in diesem Moment darüber nachdenken, wie angenehm es ist, allein in Dartmouth zu sein und sein Boot gleich unten am Fluss liegen zu haben. Tun Sie einfach nichts. Verhalten Sie sich, als hätte sich nichts verändert.«

»Ich hoffe, das ist möglich. Obwohl das komisch ist, oder? Es scheint, als lachte Simon doch zuletzt. Ich hasse die Vorstellung, dass er gewonnen hat.«

»Sehen Sie es doch umgekehrt. Vielleicht hat diese Sache Sie ja daran gehindert, einen schrecklichen Fehler zu begehen. Seien Sie dankbar dafür.«

Cordelia seufzte. »Bei Ihnen und Hal hat es doch auch funktioniert.«

»Ja, aber wir beide standen unser Leben lang in engem Kontakt. Wir waren verwandt und trafen ständig aufeinander. Als Miles zwei Jahre in Hongkong war, bin ich mit meinen Kindern wieder nach The Keep gezogen. Hal war damals in Devonport stationiert und lebte ebenfalls mit Jolyon hier. Oh, alles ging vollkommen anständig zu – mit so vielen Menschen um uns herum blieb uns nicht viel anderes übrig –, doch wir waren immer sehr eng befreundet. Aber komisch, dass Sie und ich und Maria eines gemeinsam haben, nicht wahr? Wir haben uns alle in einen Mann verliebt und einen anderen geheiratet. Die arme Maria! Sie ist über das Wochenende mit Freunden unten in Salcombe. Jo hat sich vorhin mit ihr getroffen und ihr unmissverständlich klargemacht, dass sie nicht einfach wieder in sein Leben spazieren kann, als wäre nie etwas gewesen. Sie hatte nämlich plötzlich beschlossen, dass sie gern nach Devon ziehen würde.«

»Oh nein.«

Fliss zuckte mit den Schultern. »Sie hat natürlich jedes Recht zu leben, wo sie will, aber die Sache ist die, dass sie seit vielen Jahren in Salisbury wohnt, und ich finde, es ist nach Adams Tod noch zu früh, so einen großen Schritt zu wagen. Ich vermute, sie würde sich dann in ihrem Bedürfnis nach Freundschaft und Unterhaltung sehr stark auf uns stützen, und ich glaube nicht, dass Jo dazu schon bereit ist. Es gefiel ihm gar nicht, so unverblümt mit Maria zu reden, und er sagte, sie sei offensichtlich verletzt gewesen, hätte es aber sehr tapfer aufgenommen. Ich kann mich nicht entscheiden, ob ich sie einladen soll oder ob das Jos gute Arbeit wieder unterminieren würde.«

»Weiß sie schon über ihn und Henrietta Bescheid?«

»Inzwischen ja. Er fand, es sei unfair, sie noch länger im Dunkeln tappen zu lassen. Doch Maria fühlte sich sichtlich gedemütigt, weil wir alle etwas vor ihr geheim gehalten haben, als sie hier war. Arme Maria. Sie tut mir so leid, aber ich habe auch Angst, mich einzumischen. Außerdem ist sie wahrscheinlich ohnehin nicht in der Stimmung, uns zu besuchen.«

»Und wenn *ich* sie anrufe?«, schlug Cordelia vor. »Sie zum Kaffee zu mir einlade oder so? Wie lange ist sie denn noch hier?«

»Ich glaube, bis Dienstag. Wäre Ihnen das nicht zu viel? Ich finde, das ist eine nette Idee. So eine Art Balsam für ihren Stolz. Ich bin mir sicher, sie wäre begeistert. Das einzige Problem ist, dass sie kein Auto hat, und die Frau, bei der sie wohnt, ist laut Jo ein wenig aufdringlich.«

»Ich hole sie ab«, erklärte Cordelia. »Haben Sie eine Telefonnummer für mich?«

»Irgendwo hier. Sie hat sie hinterlassen, damit Jo sie anrufen kann.« Fliss stand auf und begann, unter den Papieren auf der Kommode zu suchen. »Sind Sie sich sicher?«

»Absolut. Ich finde auch, dass es für Sie selbst schwierig wäre, aber ich glaube, es ist im Moment genau die richtige Geste. Das Löffelchen Zucker nach der bitteren Medizin.« Sie nahm den Zettel entgegen. »Ich erledige das gleich, was?« Fliss reichte ihr das tragbare Telefon, und Cordelia wählte die Nummer, wartete. »Oh, hallo. Ist Maria Wishart da? Kann ich mit ihr sprechen? Mein Name ist Cordelia Lytton.« Sie warf Fliss ein Grinsen zu und nickte. »Oh, hi, Maria. Wie geht's Ihnen? ... Ich hatte mich gerade mit Fliss unterhalten, und sie sagte, Sie wären in der Nähe. Ich nehme an, Sie haben die gute Nachricht schon gehört. Was für eine wunderbare Überraschung, nicht wahr? Ich konnte es kaum glauben. Hören Sie, wie wäre es, wenn ich Sie irgendwann an einem Vormittag zum Kaffee in mein Cottage einlade? Ich würde Sie abholen und zurückbringen. ... Wie wäre es mit Montag? ... Großartig! ... Nein, das ist kein Problem. Ich fahre ohnehin am Montagmorgen nach Kingsbridge hinein, da ist es gar kein Umweg, in Salcombe vorbeizufahren. So gegen Viertel vor elf? Gut. Geben Sie mir die Adresse. ... Schön. Bis dann. Bye.«

»Ich kann Ihnen gar nicht sagen, wie erleichtert ich bin«, erklärte Fliss. »Danke, Cordelia. Jo musste hart zu ihr sein, aber ich kann nicht umhin, Mitleid für sie zu empfinden. Sie hat sich ihm gegenüber sehr schlimm verhalten, doch wenn man richtig über so etwas nachdenkt, fällt es so schwer, alles nur schwarz oder weiß zu sehen, nicht wahr?«

Cordelia nickte. »Ich drehe mich in dieser Hinsicht bei Henrietta auch im Kreis und habe Schuldgefühle, weil ich mich frage, ob sich das alles auf sie ausgewirkt hat. War es Angus' Schuld, weil er mich damals verlassen hat? War es meine Schuld, weil ich mit ihm fremdgegangen bin, als er zurückkehrte? War es Simons Schuld, weil er mich verlassen und Henrietta im Stich gelassen hat? Wir waren alle daran beteiligt.«

»Zu dem Schluss bin ich auch gekommen«, meinte Fliss. »Früher dachte ich, alles sei Marias Schuld, weil sie Hal verlassen und Jo mehr oder weniger abgeschrieben hatte, daher konnte ich mich moralisch immer aufs hohe Ross setzen. Aber inzwischen sehe ich, dass das Problem viel früher begonnen hatte. Hal und ich hätten uns meiner Großmutter und Prue widersetzen sollen, als sie beschlossen, wir dürften nicht heiraten; und Hal hätte Maria nie erzählen dürfen, was wir füreinander empfanden. Hal und ich haben uns immer geliebt, doch weil wir Miles und Maria körperlich treu geblieben sind, hatten *wir* das Gefühl, edel und gut zu sein, und fanden das Verhalten *der beiden* unverzeihlich. Die Wahrheit ist, dass wir auf die eine oder andere Art alle dazu beigetragen haben, und Jo hat gelitten. Ich bin so froh, dass Henrietta und er zusammengekommen sind, Cordelia.«

»Ich auch. Henrietta ist so glücklich, dass es einem fast das Herz bricht. Ich habe schreckliche Angst, dass noch etwas schiefgeht. Und jetzt muss ich ihr sagen, dass Simon tot ist. Ich stehe selbst deswegen noch unter Schock. Ich weiß, ich hatte seit vielen Jahren nichts von ihm gesehen oder gehört, aber früher war er ein Teil meines Lebens. Und von Henriettas Leben.«

»Standen die beiden sich denn nahe?«

Cordelia schüttelte den Kopf. »Zu Anfang waren wir oft getrennt – sie kennen ja das Leben einer Marinefrau –, und dann hat er uns verlassen, als sie fünf war. Danach hat er ab und zu etwas mit ihr unternommen, wenn sein Urlaub und ihre Schulferien das erlaubten, aber zwischen den beiden bestand keine richtige Bindung. Er lebte im Offizierskasino, konnte also mit ihr nirgendwohin. Und als sie fünfzehn war, ging er nach Australien, und das war es. Aber sie ist deswegen verständlicherweise immer noch verbittert, und ich fürchte, dass dieser ganze Groll jetzt wieder hochkommt. Und dabei waren wir gerade so glücklich.«

»Sorgen Sie dafür, dass Jo von Simons Tod erfährt?«, sagte Fliss. »Hal und ich hatten beschlossen, ihm nichts zu erzählen, bevor wir nicht mit Ihnen darüber gesprochen hatten. Aber jetzt muss er darauf vorbereitet sein, Henrietta zu trösten und mit ihr über alles zu reden. Sie wird das Bedürfnis danach haben.«

Cordelia nickte. »Ja, Sie haben recht. Das fällt ihr mit ihm wahrscheinlich leichter als mit mir. Ist er denn da?«

Fliss schüttelte den Kopf. »Er ist nach Exeter zu einem Freund gefahren, und die beiden wollten ins Kino. Er kommt später zurück.«

Darüber dachte Cordelia nach. »Hm, meinen Sie, Sie könnten es ihm vielleicht sagen, wenn Sie ihn sehen? Schließlich kommt es nicht darauf an, wer Jo Bescheid gibt. So oder so betrifft es ihn nicht persönlich, oder? Und dann brauche ich mir keine Gedanken darüber zu machen, wann ich es Henrietta erzähle. Bei ihr muss ich immer den richtigen Moment erwischen. Aber schärfen Sie ihm ein, dass er ihr nicht sagt, dass er es von uns weiß. Ach, du meine Güte, finden Sie, es ist fair, ihn da hineinzuziehen?«

»Jo wird genau verstehen, warum wir es tun. Ich erzähle es

ihm heute Abend, und von da an wissen Sie, dass er sich bereithält.«

»Danke, Fliss. Ich muss fahren. Der arme McGregor wartet im Auto, und Angus bekommt sicher schon Panik und glaubt, jemand hätte mich von einer Klippe gestoßen. Ich halte Sie auf dem Laufenden.«

»Ja, bitte. Und danke, dass Sie das für Maria tun. Ich bin Ihnen wirklich sehr dankbar. Ich hätte ein schlechtes Gefühl dabei, wenn sie unglücklich nach Salisbury zurückfahren würde.«

Cordelia grinste. »Sie klingen wie Hal«, bemerkte sie. »Grüßen Sie ihn herzlich von mir und richten Sie ihm aus, ich werde alles beherzigen, was Angus sagt. Ich rufe Montag an, nachdem ich Maria zurück nach Salcombe gefahren habe.«

Fliss winkte ihr nach und ging dann zurück in die Halle. Hal stapelte Scheite in den Holzkorb, der in der Nische des mächtigen Granitkamins stand.

»Und fang bloß nicht an, mir etwas über verdammte weibliche Intuition zu erzählen«, sagte er verärgert und atmete noch schwer von der Anstrengung. »Erinnere dich, dass *du* dich wegen Cordelia aufgeregt hast. Und *ich* war derjenige, der meinte, das Ganze sei nur ein Streich.«

»Ich weiß«, erwiderte Fliss beschwichtigend. »Ich gebe zu, dass ich ein wenig in Panik geraten bin, und ich war ja dafür, dass du Simon überprüfst und so. Doch ich finde, wir müssen Cordelias ... Instinkten vertrauen. Nachdem sie diese Frau jetzt getroffen hat, meine ich. Es mag verrückt klingen, aber ich glaube ihr, wenn sie sagt, dass ihrer Meinung nach alles vorbei ist.«

»So lange, bis wir ihre Leiche am Fuß einer Klippe finden«, murrte er.

»Und sie hat Maria für Montag zum Kaffee eingeladen«, setzte Fliss hinzu, entschlossen, dem Gespräch eine positive Wendung zu geben. »Das ist gut, oder?«

»Also, das ist *wirklich* nett von ihr.« Hal richtete sich auf und klopfte sich den Staub von den Händen. »Wir sind aus dem Schneider, und trotzdem fühlt sich Maria als Teil der Familie.«

»Genau.« Sie warf einen Blick auf ihre Armbanduhr. »Prue und Lizzie müssten bald aus Totnes zurück sein. Wenn du den Kamin anzündest, koche ich Tee. Vielleicht sind uns ja sogar fünf Minuten nur für uns gegönnt.«

Da lächelte er ihr zu. »Macht es dir eigentlich etwas aus, in einer Kommune zu leben, Fliss? Hast du dich je gefragt, wie es gewesen wäre, ein normales Leben zu führen? Nur wir beide, zusammen?«

»Ich lebe schon so, seit ich neun war«, sagte sie. »Und damals, als ich mit Miles verheiratet war, war er so oft nicht da. Zuerst bei der Marine und dann in Hongkong. Bei dir war es genauso. Wir haben noch nie ›normal‹ gelebt, oder? Mir kommt das sehr gelegen.«

»Umso besser«, meinte er. »Hoffen wir, dass Henrietta das auch so sieht!«

32. Kapitel

Der Mond schien auf dem Hügelkamm zu balancieren. Sein Licht strömte auf bleiche Felder herab und warf harte Schatten unter die Dornenhecken. Er schien über den Gipfel zu rollen und hüpfte sanft über Anhöhen und durch Täler, bis er endlich aufstieg und sich von der Erde löste.

»Eines Nachts bei Vollmond«, hatte Jo gesagt, »fahren wir zum Crowcombe Park Gate und gehen auf dem Grat des Harenaps entlang. Er ist erstaunlich, wie viel man im Mondschein sehen kann. Das wird dir gefallen.«

Henrietta stand am Fenster und zog sich den warmen dunkelroten Pashmina-Schal enger um den Körper. Ihre Füße waren nackt, und sie wackelte mit den Zehen und grub sie in den weichen, dicken Teppich. Morgen würde Jilly abreisen, und sie würde Jo wiedersehen. Sie hatten sich fünf Tage nicht getroffen, obwohl sie einander mehrmals täglich SMS geschrieben hatten.

»Wir können das einfach nicht riskieren«, hatte sie ihm erklärt. »Jilly und Susan sind ganz alte Freundinnen, und Jilly würde schnurstracks nach London zurückfahren und allen davon erzählen. Es wäre ja nicht so schlimm, wenn du nicht so bekannt wärst, aber sie würde so aufgeregt sein. Ich weiß, es ist frustrierend, es geheim halten zu müssen, doch ich kann mich immer noch nicht entscheiden, wie ich Susan sagen soll, dass ich kündige. Das wird sie wirklich hart treffen. Zuerst verlässt sie Iain und dann ich. Ein Teil von mir ist in Versuchung zu warten, bis sie zurück ist, damit ich es ihr von Angesicht zu Angesicht sagen kann, und ein Teil von mir hat das Gefühl, es wäre nur fair, sie anzurufen, damit sie genug Zeit hat, um darüber nachzudenken.«

In dem hellen Mondschein überlief sie ein Schauer. Merkwürdig, dass der Mond umso kleiner zu werden schien, je höher er stieg. Henrietta setzte ein Knie auf den Fenstersitz und lehnte die Stirn an das kalte Glas. Das Problem war, dass sie nicht wusste, wie sie ein solches Gespräch eröffnen sollte. Sollte sie plaudern, als wäre nichts passiert, und es dann ins Gespräch einfließen lassen? Oder gleich mit ihrer Neuigkeit beginnen?

Maggie hatte angerufen, um sich davon zu überzeugen, dass alles gut lief, hatte Grüße von Susan ausgerichtet und erklärt, die Kinder vermissten sie. Henrietta hatte ganz beiläufig gesagt, alles sei bestens, und Jolyon Chadwick habe sich seine Bücher abgeholt. Sie hatte Ansichtskarten von Susan und den Kindern bekommen, aber ihr Inhalt hatte ausgesprochen touristisch geklungen und hatte ihr keine Ahnung davon vermittelt, wie Susan sich fühlen mochte. Es wäre gut gewesen, mit Jilly darüber zu reden, denn schließlich kannte sie Susan sehr gut, doch es wäre einfach nicht fair gewesen, sie ebenfalls zum Schweigen zu verpflichten.

»Ich möchte es meinen Freundinnen selbst sagen«, hatte sie zu Jo gemeint. »Ich möchte nicht, dass andere das an meiner Stelle tun. Außerdem ist es noch nicht offiziell, oder? Ich kann es kaum abwarten, mir den Ring auszusuchen.«

Nach seinem Treffen mit Maria in Dartington hatte Jo sie noch aus dem Auto heraus angerufen. Er hatte merkwürdig und ausdruckslos geklungen, als wären alle Emotionen aus seiner Stimme gesaugt worden, und Henrietta hatte gewünscht, sie wären zusammen. Sie war froh, dass Maria jetzt Bescheid wusste; dass Jo sich stark genug gefühlt hatte, um es ihr zu sagen. Inzwischen erschien es ihr fast unglaublich, dass sie sich einmal davor gefürchtet hatte, jemand könnte ahnen, dass zwischen Jo und ihr etwas war. Jetzt war sie so glücklich darüber, dass sie am liebsten jedem davon erzählt hätte.

Plötzlich fasste sie einen Entschluss. Morgen, sobald Jilly gefahren war, würde sie Susan anrufen und ihr die Wahrheit sagen. Es war töricht, sich weiter treiben zu lassen, alle zu zwingen, die Verlobung geheim zu halten, und sich davor zu fürchten, Jo in Gesellschaft von Freunden zu treffen. Sie würden zusammen nach Bath fahren und den Ring kaufen, und dann durften es alle wissen, und Jo und sie konnten frei und glücklich sein.

Nachdem sie sich nun entschieden hatte, erfüllte sie ein Hochgefühl. Henrietta holte tief Luft und wünschte sich den morgigen Tag herbei, weil sie Jo sehen würde. Sie versuchte, sich vorzustellen, wie sie im Torhaus zusammenleben würden.

»Sicher willst du vieles verändern«, hatte er gemeint. »Das ist eine typische Junggesellenbude. Wenn ich häuslichen Komfort brauchte, dann hatte ich ja immer The Keep auf der anderen Seite des Hofes. Wir wollen später unabhängiger sein.«

Sie fragte sich, wie sie damit zurechtkommen würde; ob ihr nach ihrer Hochzeit dieses Leben in einer Gemeinschaft gefallen würde. Eigentlich sah sie keinen Grund, aus dem es nicht funktionieren sollte. Schließlich hatte sie auch das Leben in London geliebt – außerdem hatte sie sich mit Lizzie darüber unterhalten, um ein Gefühl für das Zusammenleben auf The Keep zu bekommen.

»Man muss das richtige Temperament dazu haben«, hatte Lizzie gemeint. »Bevor ich herkam, habe ich mir mit drei Mitbewohnerinnen eine Wohnung geteilt und nie etwas anderes gekannt. Für mich ist das genau das Richtige. Ich habe meine eigene Unterkunft, aber die Chadwicks verstehen sich großartig darauf, einem das Gefühl zu geben, zur Familie zu gehören und gleichzeitig deine Privatsphäre zu respektieren. Die Sache ist halt die, dass sie ebenfalls seit jeher daran gewöhnt sind. Glücklicherweise haben wir jede Menge Platz und einen schönen Generationenquerschnitt. Vielleicht würde es nicht so gut klappen, wenn zum Beispiel zwei Familien mit kleinen Kindern versuchen würden, hier zusammenzuleben. Aber wir haben Sam mit seinen zwölf Jahren am einen Ende, Prue mit ihren dreiundachtzig am anderen und alle Altersgruppen dazwischen. Sam bringt seine Freunde in den Frühjahrs- oder Herbstferien mit, sein Onkel Charlie und meine zwei Brüder kommen auch zu Besuch und außerdem noch die anderen Chadwicks, also ist es großartig. Wenn man so etwas mag. Ich stamme aus einer Armee-Familie, daher bin ich an ständiges Kommen und Gehen gewöhnt.«

»Klingt, als sollte das Spaß machen«, hatte Henrietta gemeint.

Das war ihr ernst gewesen. Während der letzten Wochen war sie einsamer gewesen, als sie sich gern eingestand, und sie fragte sich, wie sie diese zwei Monate ohne Jo in ihrem Leben durchgestanden hätte. Sie freute sich wirklich darauf, wieder von Menschen umgeben zu sein und etwas zu tun zu haben. Zuerst war es vergnüglich gewesen, keine Verpflichtungen zu haben, außer mit den Hunden spazieren zu gehen, nach den zwei alten Ponys auf der Koppel zu sehen und in der warmen Herbstsonne zu sitzen und zu lesen. Aber so langsam fühlte sie sich unruhig. Die feuchten Tage schienen sich endlos hinzuziehen, und sie war bereit für etwas Neues.

Natürlich würde sie bei Susan bleiben, bis die Freundin ein neues Kindermädchen gefunden hatte – und eine Weile würde es Spaß machen, wieder in London zu wohnen –, doch jetzt hatte sich alles verändert, und sie konnte es nicht abwarten, mit Jo zusammen zu sein und ihr neues gemeinsames Leben zu beginnen.

»Also ist Simon tot.« Angus stand am Fenster und beobachtete, wie sich der Mond in dem schwarzen, bewegten Wasser des Flusses spiegelte. »Und diese Frau … Um ehrlich zu sein, begreife ich das nicht richtig. Und ihr habt einfach zusammengesessen und geredet wie alte Freundinnen?«

»Du klingst wie Hal«, meinte Cordelia schläfrig. »Ehrlich, Liebling, ich bin erschöpft. Meinst du nicht, wir könnten jetzt schlafen?«

Er drehte sich zu ihr um, kam zurück zum Bett und setzte sich auf die Kante. »Ich kann mich einfach nicht entspannen«, erklärte er. »Und es macht mich immer noch nervös, dass du allein bist, auch wenn McGregor bei dir ist.«

»Deswegen bin ich ja heute Abend hiergeblieben«, sagte sie. »Es kam mir dumm vor, wieder zurückzufahren, obwohl wir hier zusammen sein konnten. Und es war so angenehm, einen Abend im Pub zu verbringen und dann zu Fuß zurückzugehen, ohne sich Gedanken über Alkohol am Steuer machen zu müssen. Nach den Sorgen der letzten Wochen hat das Spaß gemacht. Oder bin ich herzlos? Ich meine, schließlich ist Simon tot.«

»Nein«, fiel Angus schnell ein. »Du bist nicht herzlos. Zwischen Simon und dir bestand doch schon so lange kein Kontakt mehr. Armer alter Si.«

»Aber traurig bin ich schon«, gestand sie. »Ein Teil von mir hat gehofft, dass *wirklich* Simon hinter diesem ganzen Unsinn steckt und dass er auf eine Versöhnung hinsteuert. Ich habe das Gefühl, eine Gelegenheit verpasst zu haben, und das bekümmert mich. Außerdem weiß ich wirklich nicht, wie Henrietta das aufnehmen wird. Ach, es tut mir leid, Angus, wirklich. Du musst es ja gründlich leid sein, dass ich ständig von Henrietta erzähle.«

»Ich fühle mich auch verantwortlich«, rief er ihr ins Gedächtnis. »Wir sind alle daran beteiligt.«

»Ich weiß.« Voller Zuneigung – und schlechtem Gewissen – sah sie ihn an. Nachdem Angus jetzt wieder in seinem eigenen Haus lebte, war ihre Liebe zu ihm erneut erstarkt. Er gehörte hierher, und sie war gern sein Gast. Die Ungezwungenheit zwischen ihnen war zurückgekehrt. Genauso gut funktionierte es, wenn er sie besuchte. Jeder Instinkt, den sie besaß, sagte ihr, dass das der richtige Weg für sie beide war. Als sie sich vorhin wiedergesehen hatten, da hatte Cordelia gleich vermutet, dass es ihm genauso erging. Ihre spezielle Art von Intimität war etwas ganz Besonderes. Vielleicht fehlte ihrer Beziehung die Tiefe und das gegenseitige Verständnis, die dreißig Jahre Höhen und Tiefen in einer Ehe und die Elternschaft mitbrachten, doch ihre Freundschaft funktionierte sehr gut. Warum sollten sie sie aufs Spiel setzen, indem sie nach mehr verlangten? Diese letzte gemeinsame Woche hatte beiden viel Stoff zum Nachdenken geliefert, doch keiner von ihnen war so dumm gewesen, diese Überlegungen in Worte zu fassen.

»Ich wünschte nur, ich könnte wirklich glauben, dass es vorbei ist«, sagte er gerade. »Was du mir erzählt hast, ist so vollkommen bizarr, dass ich Angst habe, es könnte nur ein weiterer Trick dieser Frau sein. Verstehst du?«

»Indem sie versucht, mir ein falsches Gefühl von Sicherheit vorzugaukeln?«, meinte Cordelia. »So langsam klingst du *wirklich* wie Hal. Wir haben das alles doch schon einmal durchgekaut, und es ist zu spät, um es noch einmal durchzugehen. Komm wieder ins Bett, Angus. Lass uns darüber schlafen.«

Er stand auf und zog die Vorhänge zu. Cordelia wollte schon protestieren – sie liebte es, wenn der Mondschein ins Zimmer fiel –, doch dann besann sie sich eines Besseren. Sein Haus, seine Regeln. Sie streckte die Arme aus, zog seinen kalten Körper an sich, umarmte ihn und wärmte ihn.

Während sie über die ländlichen Straßen in Richtung Küste fuhren, spürte Maria, wie ihre Lebensgeister erwachten. Cordelias Anruf so kurz nach dem Treffen mit Jolyon hatte viel dazu beigetragen, ihr Selbstbewusstsein wieder aufzubauen. Es hatte so gutgetan, beiläufig auf ihre Bekanntschaft hinzuweisen. »Ach ja, das war Cordelia Lytton, die Journalistin. Ihr habt bestimmt schon von ihr gehört.« Und Penelope und Philip hatten *wirklich* von ihr gehört – Pen hatte einige ihrer Bücher gelesen.

»Sehr unterhaltsam, Maria, aber auch informativ. Ich leihe dir eins«, hatte sie erklärt – und Maria hatte sich in dem Neid der beiden sonnen können. Wenn sie nur hätte sagen können, dass Jolyon mit Cordelias Tochter verlobt war! Doch sie hatte nicht gewagt, das Versprechen zu brechen, das sie Jolyon gegeben hatte. Außerdem konnte sie sich so auf die spätere Enthüllung freuen. Es war nur ein wenig peinlich gewesen, den beiden einzugestehen, dass die Chadwicks sie nicht zu sich eingeladen hatten und es nicht aussah, als würde sie Jolyon an diesem Wochenende noch einmal sehen.

»Würdest du ihn gern hierher einladen?«, hatte Penelope hoffnungsvoll gefragt. »Wir könnten eine kleine Cocktailparty geben.«

Maria hatte vorsichtig sein und andeuten müssen, dass Jolyon mit seiner neuen Fernsehsendung sehr beschäftigt sei und sie außerdem eigentlich nur hergekommen sei, um sich ein paar Häuser anzusehen. Und das wiederum war an und für sich schon demütigend, denn nach dem, was Jolyon gesagt hatte, war es offensichtlich sinnlos, sich in der Gegend Immobilien anzusehen. Dennoch hatte sie so tun müssen, als ob. Sie hatte sich begeistert und aufgeregt über die Cottages geäußert, die Philip im Internet gefunden hatte. Maria war sehr geschickt vorgegangen und hatte vorgegeben, noch unentschlossen zu sein. Sie hatte Penelope von einer ganz wunderbaren Wohnung in der Cathedral

Close in Salisbury erzählt. Aber dann hatte sich natürlich Philip, dieser alte Besserwisser, nach der Wohnung erkundigt und erklärt, er werde sie im Internet suchen, damit Penelope sie sich auch ansehen könne. Nicht dass es wirklich etwas ausgemacht hätte – schließlich war das nicht gelogen, und es existierte eine Wohnung im Sarum-St.-Michael-Komplex. Philip hatte die Beschreibung ausgedruckt.

Doch natürlich hatte Penelope darauf hingewiesen, dass es nur eine Einzimmerwohnung war, weil sie nicht ahnte, dass Maria sich nichts Größeres leisten konnte. »Wo sollen denn deine Söhne schlafen, wenn sie dich mal besuchen kommen?«, hatte sie wissen wollen, und es war ein wenig knifflig geworden. Und so hatte Maria hastig gesagt, da sei noch eine andere Wohnung im Century House in der Endless Street, die sie *wirklich* liebte, und auch die hatte Philip herausgesucht. Da hatte die gute Penelope angesichts des Preises wirklich gekeucht und die Augen aufgerissen, und sie, Maria, hatte sie darauf hinweisen müssen, dass es ein denkmalgeschütztes Haus aus georgianischer Zeit war und die Wohnung über zwei Zimmer, Küche, Diele und Bad sowie einen Stellplatz verfügte. »Ein seltenes Juwel, Pen, ich schwöre«, hatte Maria beteuert und viel Aufhebens darum gemacht, wie ihr ihre Freunde und der Bridge-Club fehlen würden, sollte sie nach Devon ziehen …

»Sehr schön«, bemerkte Cordelia gerade, »Freunde mit einem Ferienhaus in Salcombe zu haben.«

»Ist einmal etwas anderes als The Keep«, sagte Maria schnell, denn sie wollte den Eindruck erwecken, eine Auswahl zu haben. Plötzlich fühlte sie sich befangen und fragte sich, wie sie das Thema »Henrietta und Jolyon« anschneiden sollte. Noch immer war sie sich schmerzlich bewusst, dass man sie nicht in das Geheimnis eingeweiht hatte. Cordelia kam ihr zu Hilfe.

»Sind das nicht wundervolle Neuigkeiten?«, fragte sie ganz

natürlich und ungezwungen. »Die Verlobung war so eine Überraschung für uns alle. Und ist es nicht lästig, zur Geheimhaltung verpflichtet zu sein? Ehrlich, die jungen Leute setzen sich manchmal Dinge in den Kopf! Aber ich fürchte, in diesem Fall muss ich meiner Tochter die Schuld geben. Hat Jo Ihnen den Grund erklärt?«

»Nein«, antwortete Maria rasch. »Nein, nicht genau.«

Wie sollte sie sagen, dass Jolyon ihr nicht genug vertraut hatte, um ihr auch nur zu erzählen, dass Henrietta und er verliebt waren; dass er gefürchtet hatte, sie, Maria, würde seiner Liebsten gegenüber eine unfreundliche oder gar verletzende Bemerkung machen? Natürlich konnte sie das nicht aussprechen, und außerdem wusste Cordelia bestimmt schon Bescheid. Sie war an jenem Wochenende ja auf The Keep gewesen. Wieder fühlte Maria sich gedemütigt und schwach, und sie versuchte, sich darauf zu konzentrieren, was Cordelia ihr gerade erzählte. Doch es wollte ihr nicht so recht gelingen. Immerhin schien Henriettas Mutter nicht zu wissen, wie es zwischen ihr und Jolyon stand, und Maria seufzte erleichtert. Endlich konnte sie sich entspannen, sich umsehen und sich gestatten, glücklich zu sein. Als sie die Reihe der Küstenwachen-Häuschen sah, die am Rand der Klippe standen, stieß sie einen erfreuten Ausruf aus. Vielleicht übertrieb sie es mit der Begeisterung ein klein wenig, weil sie Cordelia dafür belohnen wollte, dass sie so freundlich zu ihr war.

Doch als sie hineintrat, hatte sie es nicht nötig, weiter Theater zu spielen. Sie betrat einen Raum, der von strahlendem, bebendem Licht erfüllt war. Meer und Himmel verschmolzen zu einem einzigen gewaltigen Glanz, sodass Maria aufkeuchte und wortlos und ehrfürchtig dastand. Sogar der große Windhund, der sich überaus majestätisch aus seinem Korb erhob, schien Teil dieser Pracht zu sein. Cordelia öffnete ihr die Glastüren, damit sie auf den großen Steinbalkon hinaustreten konnte, und Maria stand schweigend da, überwältigt von der glitzernden Weite des Wassers und einem eigenartigen aufwühlenden Gefühl von Unendlichkeit. Einen Moment lang überkam sie ein Gefühl vollkommenen Friedens, als hätte das Licht ihre Seele irgendwie mit ihrem reinigenden Glanz durchdrungen und all ihre Schwäche und Kleingeistigkeit davongespült. Es erschien ihr so ähnlich wie eine Taufe, die sie läuterte, sie über das törichte Trachten dieser Welt erhob und sie an einen anderen Ort versetzte. In tiefen Zügen sog sie die köstliche salzige Luft ein und bemerkte mit einem Mal, dass ihre Wangen tränennass waren.

Benommen drehte sie sich um, aber Cordelia war mit Kaffeekochen beschäftigt und hatte nichts bemerkt. Rasch wischte sie sich die Tränen ab, leckte sich den Salzgeschmack von den Lippen und sah stirnrunzelnd in das Leuchten hinaus, wobei sie sich an der Steinmauer festhielt.

»Ist es denn warm genug, um draußen Kaffee zu trinken?« Cordelia kam heraus, gefolgt von dem großen Hund, der sich neben der Mauer ausstreckte. »Ich sitze hier oft in Schals und Decken eingewickelt, einfach, weil ich diese Aussicht so liebe. Nach all den Jahren kann ich immer noch nicht genug davon bekommen. Ja, ich glaube, es ist warm genug. Es ist ja nicht windig, oder? Die Stühle werden allerdings feucht sein. Setzen Sie sich erst, wenn ich sie mit einem Lappen abgewischt habe.«

Das Trockenwischen der Stühle und das Decken des Kaffeetisches halfen Maria über ihre erste Ergriffenheit hinweg, obwohl ihr Blick immer wieder zu dieser Vision von Unendlichkeit jenseits der Steinmauer gezogen wurde. Cordelia schenkte den Kaffee ein und setzte sich. Auch Maria nahm Platz. Jedes Bedürfnis danach, wortreich zu schwärmen oder bewundernde Rufe auszustoßen, schien verschwunden zu sein. Es war, als hätten die nackten, steil abfallenden Klippen und die grell glitzernde Wasserfläche alle Emotionen auf eine einzige Bedingung reduziert: die Wahrheit.

»Es ist außerordentlich«, sagte sie und bemerkte, dass ihre Stimme beinahe ausdruckslos klang; kein schmeichelnder Unterton, keine aufgesetzte Fröhlichkeit, nicht einmal das vertraute Lamentieren vor Gereiztheit und Enttäuschung. »Gewöhnt man sich jemals daran?«

Cordelia schüttelte den Kopf. »Der Ausblick ist fast nie derselbe. Und er ist immer überwältigend. Wenn man das Meer zum Nachbarn hat, lehrt es einen, dass man niemals die Kontrolle hat, und nach einer Weile akzeptiert man das und entspannt sich. Das ist außerordentlich befreiend, wenn Sie verstehen, was ich meine.«

»Ja, ich glaube schon. Das Problem ist nur, dass eine solche Erkenntnis nicht von Dauer ist, oder? Nicht, wenn man nicht seine ganze Zeit hier verbringt.«

Cordelia betrachtete sie nachdenklich. »Nur so lange, wie dieses erhebende Gefühl anhält. Man muss sich Mühe geben, um sich an das Erlebnis zu erinnern und es ... nun, üben. Wie Meditation. Oder Kontemplation im Gebet. Man erlebt einen einzigen kurzen Moment herrlicher Klarheit, bevor man dann wieder in die unendlichen Ebenen von Zweifel und Angst hinabsteigt.«

Maria dachte an ihr Gespräch mit Jolyon zurück. »Wie Paulus an der Straße nach Damaskus?«, fragte sie. Sie nippte an ihrem Kaffee; der erste Schock war vorüber, und sie konnte sich normaler verhalten. Trotzdem spürte sie nicht wie sonst den Drang, einen Redeschwall loszulassen und an ihrem Image der charmanten, witzigen, einnehmenden Frau zu arbeiten, hinter dem sie instinktiv die Unsicherheiten und Unzulänglichkeiten verbarg, die ihre Person ausmachten. Es wirkte erstaunlich erholsam, nicht schauspielern, nichts vorspiegeln zu müssen.

»Das Problem ist«, erklärte sie und trank noch einmal von ihrem Kaffee, »dass ich in letzter Zeit ständig ein so schlechtes Gewissen habe.« Sie runzelte die Stirn, hätte die Worte am liebsten wieder zurückgenommen und fühlte sich ein wenig alarmiert, als hätte sie tatsächlich die Kontrolle verloren.

»Wem sagen Sie das?«, meinte Cordelia und lachte bitter auf. »Wir scheinen alle von Schuldgefühlen getrieben zu sein, oder? Ich frage mich, warum das so ist. Schuldgefühle scheinen doch auf keine Weise die Lebensqualität zu verbessern, sodass sie für das Überleben der Art notwendig wären, oder?«

»Es ist einfach so, dass Adams Tod mir die Augen für so vieles geöffnet hat, und ich gebe mir die Schuld an vielen Fehlern aus der Vergangenheit. Normalerweise schaffe ich es stets, anderen die Verantwortung zuzuschieben, doch das fällt mir immer schwerer. Ich schäme mich so. Ständig grüble ich über die Vergangenheit nach und zerfleische mich.« Sie seufzte betrübt. »Nun, wenigstens ist Demut gut für die Seele.«

Cordelia runzelte die Stirn. »Aber es ist nicht unbedingt Demut, wenn man sich selbst die Schuld gibt, oder? Oft ist es eine Art, sich selbst zurückzuweisen. Wahre Demut ist etwas ganz anderes. Ich finde es eher gefährlich, davon auszugehen, dass wir uns wirklich mit dem echten Problem beschäftigen, nur weil wir uns geißeln. Man kann sich deswegen sogar selbstzufrieden fühlen, statt sich zu fragen, *warum* man sich schuldig fühlt. Vielleicht erspart ein schlechtes Gewissen es uns, uns tatsächlich ehrlich zu betrachten und uns zu fragen, warum wir uns selbst zurückweisen, und dann etwas dagegen zu unternehmen.«

Maria fühlte sich verwirrt. Beklemmung nagte an ihrem neu gefundenen Frieden. »Wie meinen Sie das?«

Cordelia lächelte betreten. »Nehmen Sie keine Notiz von meinem Gerede. Das ist nur so eine Theorie, an der ich arbeite, während ich versuche, mich selbst von diesen lähmenden

Schuldgefühlen zu heilen. Wir machen alle Fehler, und andere Menschen leiden deswegen. Aber es muss doch sicherlich ein Moment kommen, in dem wir sie um Verzeihung bitten und loslassen können.«

Ein kurzes Schweigen trat ein.

»Und dann?«, fragte Maria vorsichtig.

Cordelia zuckte mit den Schultern und schürzte die Lippen. »Und anschließend lassen wir vielleicht allen Beteiligten viel Freiraum und praktizieren wahre Demut. Wir achten die anderen und uns selbst gleichermaßen und versuchen, gemeinsam für das Gute zu arbeiten – nicht nur zu *unserem*, sondern zu *ihrem* Nutzen, ohne davon auszugehen, dass wir selbstverständlich wissen, worin es besteht. Wie klingt das? Verwirrend? Anmaßend?«

»Es klingt ... gut«, meinte Maria vorsichtig.

Cordelia grinste. »Großartig«, meinte sie. »Ich glaube, ich schreibe einen Artikel darüber.«

Maria musste lachen. »So, wie Sie es sagen, klingt das schrecklich einfach.«

»Das Schreiben vielleicht, obwohl ich das bezweifle. Aber ob ich es schaffe, ihn in einer Zeitschrift unterzubringen, ist eine ganz andere Frage.«

Maria ließ sich noch Kaffee nachgießen und seufzte vor purem Vergnügen. Wie gut es war, hier mit dieser seltsamen, sympathischen Frau im herbstlichen Sonnenschein zu sitzen und weder Anspannung noch Stress zu empfinden!

»Ist es nicht merkwürdig«, bemerkte sie, »dass wir zusammen Schwiegermütter werden? Das hat so etwas ...« Sie zögerte und suchte nach dem richtigen Wort.

»Beliebiges?«, schlug Cordelia vor. »Zufälliges? Ganz meiner Meinung. Und ihre Kinder werden Anteil an unseren Genen haben. Das ist jetzt ein Furcht einflößender Gedanke.«

»Ich muss bald umziehen«, vertraute Maria ihr ganz ruhig an, »und ich weiß nicht, wohin. In Penelopes Anbau kann ich nicht ewig bleiben. Das ist noch so eine Sache der Beliebigkeit, oder? Ich könnte überallhin ziehen – und niemand würde mich davon abhalten.«

Cordelia warf ihr einen schnellen Blick zu, einen merkwürdigen, durchdringenden Blick voller Mitleid. Maria verzog ein wenig das Gesicht, als pflichtete sie etwas bei, das Cordelia laut ausgesprochen hätte.

»Ich weiß, das klingt armselig, doch ich bin es nicht gewohnt, Entscheidungen zu treffen«, erklärte sie. »Das haben mir immer andere abgenommen: meine Eltern, Hal, Adam. Ich habe Angst davor, dass ich es falsch anfange und es dann niemanden interessiert. Niemand würde mich wirklich davon abhalten, einen fatalen Fehler zu begehen. Das bereitet mir ziemliche Angst.«

»Müssen Sie denn schon umziehen?«, fragte Cordelia behutsam. »Vielleicht wird die Entscheidung klarer, wenn Sie sich Zeit lassen.«

»Es wird langsam ein wenig peinlich«, gab Maria zurück, »dort zu sitzen und von Penelope und Philip abhängig zu sein. Ich will nicht, dass Pen meiner überdrüssig wird, obwohl ich schon glaube, dass sie meine Gesellschaft schätzt. Aber ich möchte lieber springen, als gestoßen zu werden, wenn Sie verstehen, was ich meine. Und da ist noch etwas anderes. Mein jüngerer Sohn Ed hat geschäftlich einen schrecklichen Verlust erlitten, und ich hatte mit meinem Haus dafür gebürgt. Ich musste verkaufen. Niemand weiß davon. Nicht einmal Pen und Philip. Ich könnte die Demütigung und das Mitleid nicht ertragen. Ach, ich bin nicht mittellos, ich habe noch ein paar Wertpapiere und genug Ersparnisse, um etwas Kleineres zu kaufen, aber das war eine ziemlich erschreckende Erfahrung.«

Maria sah über das schimmernde Meer hinaus und war verblüfft über sich selbst, wegen dieses Eingeständnisses und weil sie sich nicht damit abgab, irgendeinen Schein aufrechtzuerhalten. Sie warf Cordelia einen Blick zu; die andere zeigte keinerlei Anzeichen von Mitleid oder Geringschätzung.

»Ist das Leben nicht die Hölle?«, murmelte Cordelia nur und trank nachdenklich ihren Kaffee.

Die Erleichterung darüber, endlich die Wahrheit gesagt zu haben, war so beglückend, dass Maria einen weiteren mutigen Schritt tat.

»Ich hatte plötzlich die Idee hierherzuziehen. Um Jolyon und den Chadwicks näher zu sein.« Sie verzog das Gesicht. »Jolyon war nicht besonders erpicht darauf – und das ist noch vorsichtig ausgedrückt.«

»Es ist zu früh«, erklärte Cordelia – und als Maria sich wieder umdrehte, um sie anzusehen, wurde ihr klar, dass auch sie nichts tat, um den Schein zu wahren. »Finden Sie nicht«, sprach Cordelia langsam weiter, als dächte sie laut, »dass das, was wir bei anderen Menschen als Zurückweisung empfinden, vielleicht einfach ihr Verlangen ist, sich vor unserer Bedürftigkeit zu schützen? Möglich, dass sie nicht in der Lage sind, uns alles zu geben, was wir uns von ihnen wünschen; und deswegen ziehen sie sich zurück, um sich etwas Freiraum zu schaffen. Und dann fühlen wir uns verletzt. Aber wir brauchen nicht uns selbst – oder ihnen – die Schuld zu geben; wir müssen nur akzeptieren, dass wir alle unsere Grenzen haben. Vielleicht braucht Jo im Moment Freiraum. Schließlich tritt er gerade in eine enorm wichtige neue Lebensphase ein. Ich glaube, diese Verlobung ist ein großer Schritt, für beide. Das ist Ihre Chance, Jo zu zeigen, wie sehr Sie ihn lieben, oder?«

»Indem ich mich aus dem Weg halte?«

»Indem Sie weder Druck ausüben noch ihn drängen«, verbesserte Cordelia. »Indem Sie ihm zeigen, dass Sie jetzt an ihn und seine Bedürfnisse denken und nicht an sich und das, was Sie wollen.«

Ein kurzes Schweigen trat ein.

»Das ist ein wenig deprimierend, oder?«, meinte Maria wehmütig. »Nichts zu tun, nur zu warten.«

»Aber während etwas brachliegt, kann Gewaltiges geschehen«, rief Cordelia aus. »Denken Sie nur daran, wie im Winter der Boden versiegelt und schweigend daliegt, unter der Oberfläche jedoch so viel Wachstum stattfindet. Und dann kommt der Frühling ...«

»Glauben Sie denn, er kommt?«

»Natürlich wird er kommen. Sie haben den ersten Schritt getan, was mutig war, ganz gleich, was Ihre Beweggründe waren, und eine Reaktion erhalten. Es hat begonnen, die Räder haben angefangen, sich zu drehen. Sie sind zu Hals Geburtstag und zur Verlobungsfeier für die Familie eingeladen.«

»Ja, das stimmt. Obwohl ich mich eher davor fürchte. Angesichts der geballten Macht des Chadwick-Clans und nach all diesen Jahren werde ich mir wie eine Außenseiterin vorkommen. Und ich habe mich in der Vergangenheit nicht gerade mit Ruhm bedeckt, oder? Vor Kit habe ich ziemliche Angst. Ich habe sie seit Ewigkeiten nicht gesehen, und wir waren noch nie gute Freundinnen. Egal.« Sie reckte die Schultern, als wappnete sie sich instinktiv für einen Kampf. »Das wird eine gute Übung für mich, wenn ich Jo zeigen will, dass ich mich wirklich ändern will. *En masse* können die Chadwicks ziemlich überwältigend wirken.«

»Ich kann mir vorstellen, dass es ein wenig einschüchternd wirkt«, räumte Cordelia ein. »Hören Sie, ich habe eine Idee. Würden Sie gern an diesem Wochenende bei mir wohnen? Dann können wir kommen und gehen, wie wir wollen, und wir laden Jo und Henrietta auf eine Tasse Tee oder so hierher ein. Wahrscheinlich werden die beiden ganz froh sein, sich zwischendurch zurückziehen zu können.«

Maria starrte sie staunend an. »Ist das wirklich Ihr Ernst? Aber das wäre wirklich wunderbar. Sind Sie sich sicher?«

»Klar bin ich mir sicher. Wir Schwiegermütter müssen zusammenhalten. Wir dürfen uns nicht von den Chadwicks erdrücken lassen, so reizend sie auch sein mögen.«

»Vielen, vielen Dank! Ich weiß ehrlich nicht, was ich sagen soll.«

»Sie brauchen gar nichts zu sagen.« Cordelia stand auf. »Wir nehmen einen Drink – ich nur einen ganz kleinen, denn ich muss später ja noch fahren. Und dann überlege ich mir, was es zum Mittagessen geben soll. Nein, stehen Sie nicht auf. Ich bringe uns den Drink nach draußen. Und danach mache ich mich gleich ans Kochen.«

Sie ging ins Cottage, und Maria saß vollkommen glücklich da. Ihre Gedanken verhielten ganz still und huschten nicht wie sonst rastlos umher in dem Versuch, die letzte halbe Stunde zu einer amüsanten kleinen Anekdote zu verarbeiten, die sie Philip und Penelope erzählen konnte. Sie fragte sich auch nicht, ob sie einen guten Eindruck gemacht hatte; sie empfand nur diesen wunderbaren Frieden.

Dritter Teil

33. Kapitel

Das Tal und die Hügel in der Ferne lagen unter dichtem grauem Nebel verborgen, der undurchdringlich wie eine Wand war. Nur die höchsten Wipfel der hohen Buchen waren zu sehen und erhoben sich scharf und klar aus den Wolken. Jeder ihrer nackten Äste leuchtete lebhaft. Jolyon stand auf dem Hügel unterhalb von The Keep und wünschte, er besäße das Talent, diese surrealistisch anmutende Szene zu malen. Er war froh, dass dieses lange erwartete Wochenende vorüber war. Er konnte sich nicht mehr genau erinnern, an welchem Punkt der Plan für die Geburtstagsfeier seines Vaters gekippt war und sich zu einem viel bedeutenderen Ereignis ausgewachsen hatte. Jo war nur erleichtert darüber, dass Henrietta gern mitgemacht hatte und ihre Verlobung der Grund für so viel Fröhlichkeit gewesen war.

Kit war aus London heruntergekommen, Sam hatte zwei Schulfreunde mit nach Hause gebracht – schließlich waren auch Herbstferien –, und der Rest der Familie hatte sich schon Tage vorher mit den Vorbereitungen beschäftigt. Sie hatten wieder Jackie aus dem Dorf engagiert, um auf Maggies und Rogers Haus und die Hunde und Ponys aufzupassen, und Jo hatte Henrietta am Samstagmorgen abgeholt, um sie nach The Keep zu fahren. Sie war blass und angespannt gewesen, und er hatte sich nervös und schuldbewusst gefühlt, weil seine Familie so ziemlich alles an sich gerissen hatte.

»Eigentlich ist es Dads Geburtstag«, hatte er gesagt, um ihre Nervosität zu lindern, »und Kits Geburtstag natürlich, da sie Zwillinge sind. Sam hat Herbstferien. Lizzie hat ihn gestern abgeholt. Er hat zwei Freunde mitgebracht, also herrscht das

Chaos, aber das ist um diese Zeit des Jahres immer so. So war es schon früher. Meine Urgroßmutter hatte auch zusammen mit Dad und Kit Geburtstag, und da der meist in die Herbstferien fiel, ist das Fest zur Institution geworden. Unsere Verlobung ist dabei ehrlich gesagt gar nicht so wichtig.«

Sie hatte ihn angegrinst. »Na, schönen Dank«, hatte sie gesagt.

»Du weißt, dass ich das nicht so gemeint habe«, hatte er protestiert. »Ich versuche nur, dir klarzumachen, dass wir aus einer ganzen Reihe von Anlässen feiern und du dich nicht allzu verlegen zu fühlen brauchst.« Sie hatte ihn umarmt, und sie hatten sich beide ein wenig entspannt.

»Es ist einfach nur ein wenig überwältigend«, hatte sie gestanden. »Es sind ziemlich viele, verstehst du? Fliss meint, dass auch ein Teil von Susannas Familie kommt. Als Einzelkind bin ich einfach nicht daran gewöhnt. Es gefällt mir aber, und wenn ich all diese neuen Menschen erst einmal kennengelernt habe, ist alles gut. Und es ist schön, dass sich alle so für uns freuen. Ich benehme mich albern, wirklich.«

Er wusste, ein Teil ihres Problems bestand darin, dass Susan die Neuigkeiten nicht gut aufgenommen hatte, und das hatte Henrietta bestürzt.

»Ich hatte schon halb damit gerechnet«, hatte sie ihm nach dem Anruf in Neuseeland erzählt, »und es wahrscheinlich deswegen vor mir her geschoben. Doch sie war so bitter. Es war nicht persönlich gegen dich gerichtet, denn sie sagt, sie mag dich sehr gern. Aber sie hat mich gefragt, ob ich mir wirklich sicher sei und so etwas. Nun ja, das Timing ist einfach schlecht, oder? Sie hat eine schreckliche Enttäuschung erlebt, da kann man wohl nicht erwarten, dass sie dem Ehestand besonders positiv gegenübersteht. Es war scheußlich, es ihr am Telefon zu erzählen, doch jetzt bin ich froh, dass es vorbei ist. Ich habe ihr erklärt, ich werde bei ihr bleiben, bis sie ein neues Kindermädchen gefunden hat, aber sie hat das Ganze sehr negativ aufgenommen und gemeint, sie hätte keine Ahnung, wie sie den Kindern beibringen soll, dass ich sie jetzt auch noch verlasse.«

Jo wandte dem wolkenerfüllten Tal den Rücken zu und begann, den Hügel zu erklimmen. Dabei rief er nach den Hunden, deren Kläffen irgendwo unter ihm durch die fast unheimliche Stille hallte. Susans Reaktion hatte auch ihn beeinflusst und seine alten Bindungsängste wieder aufsteigen lassen, und sowohl ihm als auch Henrietta war es schwergefallen, das Hochgefühl der ersten Wochen wiederzufinden.

Glücklicherweise hatte das Wochenende auf The Keep ihre Laune verbessert, und anders hätte es auch gar nicht sein können. Schlussendlich war es einfach gewesen – und ein Spaß. Die Anwesenheit von drei lebhaften Zwölfjährigen hatte von dem frisch verlobten Paar abgelenkt, und es war offensichtlich, dass Hal und Kit nicht vorhatten, sich gänzlich die Schau stehlen zu lassen. Es war eine Familienfeier gewesen, und sehr bald hatten Henrietta und er sich entspannen können.

Hilfreich war auch gewesen, dass seine Mutter bei Cordelia wohnte; das hatte ihm den Druck genommen. Jo war sich eines Anflugs von Bewunderung für Maria bewusst gewesen. Schließlich konnte es in Anbetracht der Vergangenheit nicht einfach gewesen sein, sich einer solchen Ansammlung von Chadwicks zu stellen, und sie hatte sich gut geschlagen und war ungewöhnlich still und zurückhaltend gewesen. Ihm war klar, dass Cordelia sie unauffällig unterstützte und ihr Selbstbewusstsein stärkte.

»Ich mag deine Mum wirklich gern«, hatte er gesagt, während er Henrietta am Sonntagnachmittag, nach einem Spaziergang auf der Klippe und Tee bei Cordelia und Maria im Küstenwachen-Häuschen, zurück nach Somerset gefahren hatte. »Sie ist einfach großartig.«

»Ich fand, deine hat alles ziemlich gut gemacht«, hatte sie zurückgegeben. »Dieses Mal wirkte sie entspannter und zufrieden damit, sich einfach im Hintergrund zu halten. Sie schien beherzigt zu haben, was du ihr im *White Hart* gesagt hast. Ich habe mich wirklich gut mit ihr verstanden.«

Beim Tee, nach ihrem Spaziergang auf der Klippe, hatte seine Mutter Henrietta ein hübsches Armband geschenkt; ein zartes Kettchen aus Silber und Korallen. »Meine Großmutter hat es mir geschenkt, als ich achtzehn war«, hatte sie erklärt. »Ich habe es immer geliebt, doch es muss an einem schmaleren Handgelenk getragen werden, als ich es heute habe. Ich würde mich sehr freuen, wenn es dir gefällt. Ich hoffe nur, dass es nicht politisch unkorrekt ist, Korallen zu tragen, weil sie eine gefährdete Art sind.«

Wie üblich hatte Jo die instinktive Nervosität ergriffen, die sich immer zeigte, wenn Henrietta und seine Mutter zusammen waren. All seine Beschützerinstinkte wurden wach für den Fall, dass Maria eine dieser leicht dahingesagten, verletzenden Bemerkungen machte, die Henrietta verwunden könnten, genau wie einst ihn. Aber zu seiner Erleichterung hatte Henrietta das Armband sofort übergestreift und seine Mutter geküsst, und Cordelia hatte ihre Teetasse gehoben und einen Toast auf »glückliche Familien« ausgebracht. Und *tatsächlich* hatte unter den vieren eine wirklich glückliche Atmosphäre geherrscht, ein echtes Familiengefühl. Der Umstand, dass Cordelia sich so gut mit ihr angefreundet hatte, stimmte Jo seiner Mutter gegenüber noch milder.

Die Hunde waren inzwischen mit feuchtem Fell aus dem wabernden Nebel aufgetaucht, stürmten an ihm vorbei und rannten hügelaufwärts zu der grünen Tür, die in die Mauer eingelassen war. Er hielt kurz inne, um anderen Hunden, die hier an der Mauer begraben waren, die Ehre zu erweisen, und dann öffnete er die Tür, und sie gingen alle hinein.

Hal kam gerade aus dem Büro, als Jolyon auftauchte.

»Ich muss ein paar Anrufe erledigen«, sagte er zu seinem Vater. »Bis später.«

Hal überließ ihn sich selbst und ging zurück ins Haus. Angesichts des Nebels, der überall hineinkroch, zog er die Schultern ein wenig hoch. Immer noch erfüllte die Erinnerung an das Geburtstagswochenende ihn mit Freude und Zufriedenheit, und er hatte vor, Ed eine E-Mail zu schicken und ihm alles darüber zu erzählen. Doch er spürte einen leisen Hauch von Unbehagen, etwas, über das er nicht unbedingt nachdenken wollte, das aber trotzdem an ihm nagte. Die Feier war ein großartiger Erfolg gewesen, sagte er sich, und alle hatten sich gut unterhalten. Sogar Maria hatte sich unglaublich gut benommen. Hal verzog das Gesicht; das klang ein wenig herablassend, doch sie waren alle ein wenig nervös gewesen und hatten sich gefragt, wie sich Marias Anwesenheit auswirken würde. Und da war wieder diese Erinnerung, die mit einem anderen wichtigen Anlass verknüpft war, obwohl Hal sich nicht darauf besinnen konnte, welcher das sein sollte. Sie hatten schon so viele Feste auf The Keep gefeiert.

In der Küche war niemand, und er ging in die Halle. Seine Mutter döste am Kamin, und die feuchten Hunde hatten sich vor dem Feuer ausgestreckt. Sie schlugen mit den Schwänzen leicht auf den Boden, um ihn zu begrüßen, aber seine Mutter regte sich nicht. Hal griff nach der Zeitung und fragte sich, wo Fliss stecken mochte.

Lizzie und sie hatten so schwer gearbeitet, um das Wochenende zu etwas ganz Besonderem zu machen, und sie brauchte ein wenig Zeit, um sich zu erholen. Aber sie war so glücklich gewesen, sobald die Vorbereitungen abgeschlossen und alles im Gange war. Doch so war sie immer, die liebe, gute Flissy: nervös und besorgt, bis der erste Gast eintraf, und dann zerstoben all ihre Ängste, und sie wurde wieder zum Kind und genoss jede Minute. Und sie hatte auch wirklich gut ausgesehen. Ein- oder zweimal hatte er sie zwischen all den Familienmitgliedern beobachtet, wie sie mit Kit und Susanna redete, mit dem jungen Sam und seinen Freunden scherzte oder mit freudestrahlendem Gesicht und einem Tablett Champagnergläser in die Halle trat.

Hal runzelte leicht die Stirn. Jetzt erinnerte er sich und sah alles ganz deutlich vor sich. Eine andere Wochenend-Party auf The Keep, in einem Sommer vor dreißig Jahren. Die Pläne dafür waren aus dem Ruder gelaufen, sodass nicht nur Familienmitglieder, sondern auch andere eingeladen gewesen waren. Maria und er mussten damals in der Dienstwohnung in der Compton Road in Plymouth gelebt haben. Oh, wie Maria dieses Quartier nach dem hübschen kleinen Cottage in Hampshire, das ihr erstes gemeinsames Zuhause gewesen war, gehasst hatte! Schon damals war Hal sich bewusst gewesen, wie beängstigend Maria diese großen Familientreffen fand, und er erinnerte sich daran, wie sie so verkrampft gewesen war, dass er seine Mutter angerufen und sie gebeten hatte, zu der Party zu kommen und Maria moralisch zu unterstützen.

Voller Zuneigung sah Hal zu seiner Mutter, die immer noch schlief und deren Kopf seitlich am Kissen lehnte. Damals, zu Anfang, war sie immer so nett zu Maria gewesen, so aufmunternd und geduldig.

»Bitte komm her, Ma«, hatte er gefleht. »Ich glaube, ohne dich schafft Maria das nicht. Sie ist im Moment empfindlich, weil Fliss schwanger ist – du weißt ja, wie sehr sie sich ein Baby wünscht –, und Kit neigt dazu, sie aufzuziehen. Alles nett gemeint, natürlich, doch Maria ist gerade etwas sensibel ...«

Er wusste noch, dass seine Mutter mit dem Zug aus Bristol gekommen war, und erinnerte sich daran, wie Maria und er sie in Plymouth abgeholt hatten und sie über das Wochenende bei ihnen geblieben war. Kit und eine Gruppe Freunde von ihr waren aus London nach The Keep gekommen und Fliss und Miles natürlich aus ihrem Haus in Dartmouth. Miles hatte über wenig anderes geredet als seine bevorstehende Versetzung nach Hongkong.

Und dann, während der Party, war er unerwartet mit Fliss zusammengestoßen, als diese ein Tablett mit Gläsern in den Garten trug, und seine Liebe zu ihr hatte ihn plötzlich zu überwältigen gedroht. Er wollte nicht, dass sie nach Hongkong ging, so weit fort von ihm. Hal hatte die Hände ausgestreckt und sie über ihre gelegt, sodass sie beide das Tablett festhielten – und Maria hatte sie gesehen, und später hatten sie deswegen einen furchtbaren Streit gehabt.

Hal erinnerte sich, wie er seine Liebe zu Fliss abgestritten und Maria Eifersucht vorgeworfen hatte. Er hatte ihr die Schuld zugeschoben und ihr ein schlechtes Gewissen eingeredet …

Prue fuhr aus dem Schlaf hoch. Ihr gegenüber saß Hal und starrte mit finsterer Miene ins Leere. Ängstlich beobachtete sie ihn einen Moment lang, denn ihr war klar, dass er über etwas nachdachte, was ihn sehr schmerzte. Sie blieb ganz still sitzen und überlegte hin und her, was ihm Sorgen bereiten könnte. Schließlich hatten sie eine so glückliche Zeit erlebt, und alle sonnten sich noch im Nachglanz des schönen Wochenendes. Fliss war so froh gewesen, obwohl sie gewünscht hätte, dass Bess und Jamie bei ihnen allen hätten sein können. Und der liebe Jo mit diesem netten Mädchen an seiner Seite; oh, wie attraktiv er ausgesehen hatte! Sogar Maria hatte sich ausgezeichnet benommen …

Prue setzte sich auf und störte Hal, dessen Miene immer noch ziemlich abweisend war, als nähme er sie nicht wirklich wahr.

»Das Grübeln über die Vergangenheit kann so verstörend sein«, begann sie unsicher, weil sie nicht wusste, was sie sagen sollte.

Hal sah nicht zu ihr auf. »Die Büchse der Pandora«, sagte er. »So hat Fliss das genannt, und sie hatte recht.«

»Doch manchmal«, meinte Prue, »kann es auch gut sein.«

»Ich sehe nicht, warum es besonders gut sein soll, wenn man alle Fehler erkennt, die man gemacht hat, es aber zu spät ist, um etwas dagegen zu unternehmen.«

»Wir haben alle schon Fehler gemacht«, gab Prue sanft zurück; sie tastete sich immer noch vor. »Keiner von uns ist frei von Schuld. Um gerecht zu sein, müssen wir versuchen, uns daran zu erinnern, wie es damals war.«

»Gerecht wem gegenüber?«, fragte er ziemlich bitter.

»Jedem gegenüber«, antwortete sie. »Ein schlechtes Gewissen wegen einer Person kann genauso viel schaden wie der ursprüngliche Fehler, den man gemacht hat. Es kann Druck auf eine Beziehung ausüben und sie aus dem Gleichgewicht bringen.«

»Ach, dann ist ja alles gut«, gab er schnippisch zu. »Wir können einfach alles vergessen.«

»Ich habe nicht gesagt, dass man nichts tun soll«, erwiderte sie. »Ich habe versucht, darauf hinzuweisen, dass Schuldgefühle für sich allein genommen eine außerordentlich destruktive Emotion sind. Heilung dagegen ist eine besondere Gnade.«

Er sah sie mit einer so eigenartigen Miene an – einer Mischung aus Unglauben und Hoffnung –, dass sie sich schrecklich bang und vollkommen unzulänglich fühlte. »Und wie erreicht man die?«, fragte er beinahe spöttisch.

Prue schüttelte hilflos den Kopf und dachte dann aus irgendeinem Grund an Theo. »Einfach, indem wir es uns mehr wünschen als alles andere«, antwortete sie.

Er legte die Zeitung beiseite. »Merkwürdig und ziemlich verstörend, wie diese Erinnerungsfetzen nach all den Jahren wieder an die Oberfläche drängen.«

Erleichtert sah sie, dass er nun wieder mehr wie er selbst wirkte. »Wir haben eine sehr emotionale Zeit hinter uns«, sagte sie. »Adam ist gestorben, und Maria ist wieder in unser Leben getreten. Jolyon und Henrietta haben sich kennengelernt und verliebt. Das muss zwangsläufig die Vergangenheit aufrühren. Ich glaube trotzdem, dass bei alldem etwas Gutes herauskommen wird.«

»Wenn du es sagst.« Er stand auf. »Ich glaube, ich brauche einen Drink.«

»Das«, sagte Prue herzlich, »ist eine sehr gute Idee. Und wenn du schon stehst, mein Lieber, dann könntest du noch Holz nachlegen.«

34. Kapitel

»Das Problem ist«, erklärte Cordelia, »dass ich es die ganze Zeit vor mir her geschoben habe, Henrietta zu sagen, dass Simon tot ist, und jetzt weiß ich einfach nicht, wie ich anfangen soll. Oder wo ich es tun soll. Ich weiß, ich bin lästig, Angus, aber du verstehst, was ich meine, oder? Zuerst einmal muss ich überlegen, *wo* ich es ihr sage. Ich möchte nämlich nicht, dass sie danach allein ist. Das Beste wäre, wenn sie danach hierbliebe. Dann müsste sie aber wieder das Mädchen aus dem Dorf bitten, das manchmal nach den Tieren sieht. Aber in dem Fall muss ich ihr einen Grund dafür nennen, warum sie bei mir übernachten soll. Natürlich könnte ich zu ihr fahren … Doch das würde sie auch ungewöhnlich finden. Meist treffen wir uns irgendwo zum Mittagessen, zum Beispiel in *Pulhams Mill*, aber dort, in der Öffentlichkeit, kann ich es ihr ja wohl nicht sagen, finde ich.

Und dann ist da das andere Problem. *Wie* soll ich es ihr sagen? Je mehr ich darüber nachdenke, desto mehr verlässt mich der Mut. Oh, ich wünschte, ich hätte es gleich hinter mich gebracht, aber zuerst war Jilly bei ihr, und sobald sie abgereist war, hat Henrietta beschlossen, Susan anzurufen und ihr zu sagen, dass sie sich verlobt hat. Danach war sie wirklich empfindlich, deswegen dachte ich, ich sollte noch abwarten, und dann kam natürlich das große Wochenende auf The Keep, und das wollte ich ihr nicht verderben. Inzwischen steht die Sache in keinem Verhältnis zur Realität mehr.

Seit ihrer Verlobung mit Jo verstehen wir uns so viel besser, ich bin so glücklich in letzter Zeit, und ich habe Angst, alles wieder zu verderben. Ich weiß einfach, dass das die Vergangenheit wieder aufrühren wird, und ich werde das Bedürfnis haben, mich zu rechtfertigen und all das ... Oh verdammt, mein Handy. Wer zum Teufel ist das?«

Hektisch griff Cordelia nach dem Telefon. »Aha. O mein Gott, es ist Henrietta.« Nach einem besorgten Blick auf Angus nahm sie das Gespräch an. »Hallo, Liebes. Wie geht's dir? ... Ach, ist er da? Wie schön. ... Oh, nur bis morgen früh, aber das ist trotzdem gut. Grüß ihn schön von mir. ... Nein. Ich meine, ja. Ja, ganz allein. ... Wie klinge ich? Na ja, ich bin *wirklich* etwas durcheinander, um ehrlich zu sein. Ich habe traurige Neuigkeiten, Liebes. Ich habe gerade gehört, dass dein Vater im Frühjahr an Krebs gestorben ist. ... Ja, ich weiß. Ein schrecklicher Schock. ... Eine gemeinsame Freundin hat es mir erzählt, und es tut mir so leid, Liebling. ... Ja, das stimmt natürlich. Ich kann mir vorstellen, dass du so empfindest. Schockiert, aber eher distanziert, schließlich hatten wir alle so lange keinen Kontakt. ... Ja, *natürlich* ist es schrecklich traurig, und ich bin so froh, dass Jo bei dir ist. ... Nein, nein, mir geht's gut. Mach dir meinetwegen keine Gedanken. ... Das ist lieb von dir, daran zu denken, doch ich bin schon in Ordnung, solange es dir gut geht. ... Ja, wir reden morgen noch einmal. Bye, Liebes ...«

Cordelia legte das Handy wieder zur Seite. »Du meine Güte. War das jetzt nicht merkwürdig, Angus? Sich vorzustellen, dass es einfach passiert ist. Nach all den Szenarien, die ich entworfen habe, geschieht es einfach so aus heiterem Himmel. Und sie kommt zurecht. Es war nicht zu schlimm für sie. Hat sich eher Sorgen um *mich* gemacht, weil ich allein bin. Und *sieh* mich *nicht* so an, Angus. Du musst zugeben, dass es nicht *ganz* der richtige Moment war, um zu sagen, dass ausgerechnet du kurz vor zehn Uhr abends hier bist, oder? Aber sie war ganz ruhig. Sie sagte, sie sei geschockt, doch sie habe ein distanziertes Gefühl. Gott sei Dank war Jo bei ihr. Endlich weiß sie Bescheid. Oh, die

Erleichterung. Sitz nicht nur da, Liebling, *sag* etwas. Nein, wenn ich recht überlege, schenk mir einfach einen Drink ein. Einen ganz großen.«

»Dad ist tot«, sagte Henrietta. »Ich fasse es noch gar nicht. Die gute alte Mum stand regelrecht unter Schock. Na, das ist ja auch zu erwarten, oder? Schließlich waren die beiden verheiratet, auch wenn das lange her ist und sie keinen Kontakt mehr hatten. Ein Schreck ist es trotzdem, nicht wahr? Oh ja, bitte, Jo, ich glaube, ich nehme noch eine Tasse Tee. Ich weiß, es ist ein bisschen spät dazu, aber ich fühle mich irgendwie … na ja, wie betäubt. Vielleicht wärmt der Tee mich etwas auf.«

Sie schwieg einen Moment und sah versonnen vor sich hin. »Um dir die Wahrheit zu sagen, kann ich es nicht glauben. Es war Krebs. O Gott, wie schrecklich. Und er war auch noch nicht besonders alt. Ach, zum Teufel, ich wünschte, er hätte noch von uns erfahren, und ich hätte ihn fragen können, warum er damals auf diese Art weggegangen ist. Und ich *weiß*, was du über ihn gesagt hast: dass er jemand war, für den alles entweder schwarz oder weiß war und der immer sehr heftig reagiert hat. Dass er einfach nicht mit Mums Seitensprung umgehen und sich nicht vorstellen konnte, eine Beziehung zu mir zu haben und gleichzeitig ein neues Leben für sich selbst anzufangen. Ich *weiß* das alles, aber trotzdem wünschte ich, wir hätten noch Frieden miteinander schließen können. Sieh mal, ich glaube wirklich, dass Maria und du eine Chance habt, jetzt diese Art Frieden zu schließen, und ich habe das Gefühl, darum betrogen worden zu sein. Na ja, so ist es eben …«

Henrietta lächelte, als Jo ihr eine Tasse dampfenden Tee brachte. »Oh, danke, Jolyon. Schöner heißer Tee. Komm, setz dich zu mir und nimm mich in den Arm, während ich ihn trinke.«

Lizzie aß ihren Porridge auf, blieb noch einen Moment sitzen und genoss die ungewohnte Stille in der Küche. Jo war schon nach Bristol gefahren, und Hal saß drüben im Büro und sah nach, ob über Nacht E-Mails gekommen waren. Sie hatten alle etwas davon, dass Hal durch die langen Jahre bei der Marine an das frühe Aufstehen gewöhnt war. Sobald er sich vergewissert hatte, dass alles unter Kontrolle war, würde er noch einen Kaffee trinken. Aber an den Tagen, an denen Jo unterwegs war, entlastete Hal Lizzie ein wenig, und dafür war sie dankbar.

Sie griff nach dem Toast und schnitt mit ihrem Buttermesser den ersten ihrer zwei Briefe auf. Es stammte von ihrer Mutter, und sie legte die Seiten neben ihrem Teller auf den Tisch, während sie Butter und Marmelade auf ihrem Toast verteilte. Es war ein fröhlicher Brief voller Neuigkeiten über die Familie und die Hunde. Sie erzählte, dass sie sich nicht entscheiden konnten, ob sie sich einen jungen Hund anschaffen sollten, und fragte, ob Lizzie zu Weihnachten nach Hause kommen würde …

Lizzie faltete den Brief zusammen und steckte ihn wieder in den Umschlag. Eigentlich hatte sie dieses Jahr Weihnachten bei ihren Eltern in Pin Mill verbringen wollen. Aber das war gewesen, bevor sie erfahren hatte, dass Jolyon sich verloben würde und Henrietta und er über Weihnachten und Neujahr nach Schottland fahren wollten. Ohne ihn würde es schon merkwürdig genug auf The Keep sein, doch Lizzie fragte sich, ob der junge Sam und die anderen ohne sie beide auskommen würden, wenn sie beschloss, ebenfalls zu verreisen. Fliss hatte recht gehabt, als sie gemeint hatte, sie, Lizzie, bilde die Brücke zwischen den älteren Familienmitgliedern und Sam. Aber Jo hatte sich auch als unverzichtbarer Teil dieser Brücke erwiesen. Natürlich würden die anderen ohne Jolyon und sie zurechtkommen, doch Lizzie ahnte, wie vollkommen anders das sein würde, und spürte den ersten Anflug von schlechtem Gewissen.

Sie stand auf und kochte Kaffee. Ein Teil ihrer Schuldgefühle stammte daher, dass sie sich bewusst war, dass auch Bess und ihre kleine Familie dieses Jahr nicht nach Hause kommen würden. Jamie hatte bereits deutlich zum Ausdruck gebracht, dass seine Pläne sehr ungewiss seien. Inzwischen sah es aus, als würde Weihnachten auf The Keep sehr still werden. Lizzie stellte die Kaffeekanne auf den Tisch, holte sich einen Becher aus dem Büfett und betrachtete nachdenklich den Brief, der an Admiral Sir Henry und Lady Chadwick adressiert war. Sie erkannte Marias Handschrift und überlegte, was darin stehen mochte.

Fliss kam herein, während Lizzie sich Kaffee eingoss, und sie fühlte einen Anflug von Besorgnis und erinnerte sich an diesen anderen Morgen vor zwei Monaten, als ein Brief von Maria für so viel Aufruhr gesorgt hatte.

»War es heute Nacht nicht kalt?«, sagte Fliss. »Heute Morgen haben wir ziemlich starken Frost.« Sie warf einen Blick auf den Brief – und dann noch einen genaueren –, zögerte aber einen Moment, ließ ihn dann liegen, wo er war, und ging sich stattdessen eine Tasse holen. Lizzie schenkte ihr Kaffee ein und fragte sich, ob sie von ihren Weihnachtsplänen sprechen sollte. Sie beschloss zu warten, um festzustellen, worum es in Marias Brief ging. Vielleicht war es nicht der richtige Moment, Fliss ihre eigenen Neuigkeiten mitzuteilen. Stattdessen aß sie weiter ihren Toast und beobachtete aus dem Augenwinkel, wie Fliss eine Rechnung öffnete, sie beiseitelegte, und einen Katalog auspackte. Prue kam herein, und Lizzie lächelte ihr entgegen und empfing voller Zuneigung ihren Kuss. Sie hing sehr an Prue.

»Ah«, sagte die alte Dame sofort, ohne zu zögern, wie Lizzie amüsiert bemerkte, »ist das ein Brief von Maria?«

Fliss nickte. »Ja, ich glaube schon.«

»Und an euch beide adressiert«, merkte Prue an, als wäre das etwas Besonderes.

Jetzt wartete Prue und musterte Fliss mit unverhohlener Spannung. Da ging Lizzie auf, dass Marias Briefe bisher immer nur an Hal adressiert gewesen waren. Sie stellte fest, dass sie genauso neugierig wie Prue darauf war, ob er eine besondere Mitteilung enthielt. Doch immer noch zögerte Fliss.

»Vielleicht will sie ja zu Weihnachten kommen«, meinte Prue munter, und dann schnappte Fliss sich ziemlich hastig den Umschlag und schnitt ihn auf. Prue strahlte Lizzie an und fragte, ob vielleicht noch Porridge da sei, und Lizzie stand auf, erwiderte ihr Lächeln und versuchte zu analysieren, was genau an Prue so entzückend war.

Sie war sehr gutmütig, was einen Teil davon ausmachte. Sam gegenüber konnte sie zwar erstaunlich energisch werden, wenn er den Bogen überspannte, aber – und das war vielleicht das wirklich Gute an Prues Charakter – sie war unvoreingenommen. Sie war weder sentimental noch geistlos, sondern betrachtete Menschen und Situationen von ihrem eigenen ausgewogenen, mitfühlenden und ziemlich exzentrischen Standpunkt aus.

Lizzie löffelte Porridge in eine Schale und stellte sie vor die alte Dame hin, die ihr dankte, aber den Blick nicht von Fliss' Gesicht nahm. Als diese ein leises »Oh!« ausstieß, saßen beide erwartungsvoll da und beobachteten sie.

»Maria hat beschlossen, über Weihnachten in Salisbury zu bleiben.« Fliss legte den Brief weg und griff nach ihrem Kaffeebecher. »Sie schreibt, Weihnachten werde ohne Adam sehr merkwürdig werden, doch sie ist am ersten Weihnachtstag nebenan eingeladen, und am zweiten gibt sie selbst eine Cocktailparty. Sie hat auch entschieden, noch eine Weile in dem Anbau wohnen zu bleiben. Ihre Freunde wünschen sich das, und sie ist zu dem Schluss gekommen, ihn offiziell für sechs Monate zu mieten und dann weiterzusehen.«

»Also, das ist eine Erleichterung«, meinte Prue freimütig, und

Lizzie hätte angesichts von Fliss' leicht erstaunter Miene am liebsten laut herausgelacht.

Sie trank ihren Kaffee aus und stand auf. »Ich schicke Hal zum Kaffeetrinken herüber«, erklärte sie. »Bis später.«

»Das war sehr taktvoll von Lizzie«, sagte Prue beifällig, nachdem sie gegangen war. »Sie weiß, dass es dir schwerfällt, vor ihr ganz offen über Maria zu reden.«

Fliss begann zu lachen. »Mir war gar nicht klar, dass ich offen sprechen sollte«, protestierte sie. »Ich hatte allerdings ein wenig Angst, Maria könnte kräftige Anspielungen auf Weihnachten machen. Hal hätte Mitleid mit ihr gehabt, und ich hätte mich dann schuldig gefühlt, wenn ich mein Veto eingelegt hätte. Aber um ehrlich zu sein, wäre es auch sinnlos, wenn sie herkäme, während Jolyon in Schottland ist. Wenn die beiden ihr Verhältnis in Ordnung bringen wollen, dann soll sie lieber im neuen Jahr kommen, wenn Jo zurück ist. Ich werde ihr schreiben, dass er mit Henrietta nach Schottland fährt, dann fühlt sie sich auf keinen Fall ausgeschlossen.«

Prue aß zufrieden ihren Porridge. »Ich glaube, dass alles großartig ausgehen wird«, meinte sie. »Obwohl es eigenartig sein wird, ohne Jolyon Weihnachten zu feiern.«

»Ja«, sagte Fliss leise. Bei dem Gedanken an Bess und Matt und die Kinder und ihren lieben Jamie, die zu Weihnachten so weit fort sein würden, spürte sie den inzwischen schon vertrauten, trostlosen leisen Schmerz im Herzen. Und dieses Jahr würde Jo nicht da sein, um mit Sam herumzualbern und sie alle zum Lachen zu bringen. Wenigstens würden Susanna und Gus kommen.

»Und bald feiert Henrietta auch mit uns«, sagte Prue sanft, »und dann bekommen Jolyon und sie Babys. Das wird ein Spaß, was? Und Bess hat davon gesprochen, dass sie zu Ostern zur Hochzeit kommen könnten. Vielleicht wird die kleine Paula ja die Kerze tragen. Du meine Güte! So viel zu planen, und so viel, auf das wir uns freuen können, nicht wahr?«

Fliss biss sich auf die Lippen und verhinderte mit purer Willenskraft, dass sie in Tränen ausbrach. Sie war wütend auf sich selbst; momentan war sie so emotional. Fliss versuchte, Prue zuzulächeln, und fragte sich, wie die Ältere es fertigbrachte, immer alles positiv zu sehen. Sie erinnerte sich daran, wie tapfer Prue gewesen war, nachdem Caroline gestorben war, ihre enge Freundin und Vertraute und die einzige andere Person aus ihrer eigenen Generation, die auf The Keep gelebt hatte. Mit einem Mal überlegte Fliss, wie schrecklich es wäre, falls Prue etwas zustoßen sollte. Seit den allerersten Tagen nach ihrer Rückkehr aus Kenia war sie immer da gewesen und hatte den drei kleinen Waisen ihre Wärme und Mütterlichkeit geschenkt.

Prue hatte ihren Porridge aufgegessen und nahm mit ihrer warmen Hand Fliss' kalte, und dann kam Hal herein.

»Mein Gott, es ist ziemlich frisch da draußen«, sagte er. »Ist Kaffee da? Morgen, Ma«, und Fliss brachte es fertig, Prues Hand zu drücken und ihr mit einem leisen Nicken mitzuteilen, dass es ihr gut ging, und der Moment war vorüber.

»Ich muss schon sagen«, meinte Hal später, als Fliss und er allein waren, »ich bin sehr froh darüber, dass Maria nicht vorgeschlagen hat, zu Weihnachten herzukommen. Und ich finde, es ist sehr klug von ihr, bei ihren Freunden zu bleiben, da sie sie gern bei sich haben.«

Seit er in die Küche gekommen war, hatte er eine Veränderung an Fliss bemerkt. Sie reagierte ganz anders als beim Eintreffen jenes anderen Briefs, als die Hölle losgebrochen war. Dieser Brief forderte keine Feindseligkeit heraus; Hal verspürte nicht wie sonst die Notwendigkeit, ihn herunterzuspielen oder Maria irgendwie zu verteidigen, und das war eine große Erleichterung. Fliss hatte ganz beiläufig, beinahe gleichgültig darüber gesprochen. Ein Blick auf sie verriet, dass der Stress und die Anspannung auf ihrem Gesicht sich geglättet hatten, und Hal vermutete, dass sie sich durch die verwitwete Maria jetzt nicht mehr bedroht fühlte.

Er stand auf und begann, das Frühstücksgeschirr zusammenzuräumen. Hal hatte die Veränderung schon an anderen Kleinigkeiten bemerkt: zuerst, als Maria hergekommen war und bei Cordelia gewohnt hatte, und dann wieder nach dem Geburtstagswochenende. Natürlich war Fliss emotional gewesen, weil ihr bei einem so großen Familienfest ihre Zwillinge fehlten – das konnte er verstehen. Doch diese schreckliche Verbitterung, von der er gefürchtet hatte, sie könnte ihre Beziehung ernsthaft schädigen, war nach und nach verschwunden. Keine Frage, ein Teil davon hatte damit zu tun, dass Jo sich mit seiner Mutter auseinandergesetzt und die Karten auf den Tisch gelegt hatte, sodass Maria ihn jetzt wahrscheinlich nicht mehr verletzen konnte. Aber ein Teil rührte auch daher, dass Fliss und er, Hal, in der Lage gewesen waren, miteinander über ihre Gefühle zu reden, und das war entscheidend gewesen. Er hatte ihr erklärt, er habe ein schlechtes Gewissen wegen der Ereignisse in der Vergangenheit und habe seinen Anteil an der Verantwortung angenommen. Irgendwie war das heilsam für sie beide gewesen. Merkwürdig, wie diese kleinen Szenen aus der Vergangenheit ihn während der letzten paar Wochen verfolgt hatten. Es sah ihm gar nicht ähnlich, so nach innen gerichtet zu sein. Er war nur froh, dass sie reinen Tisch gemacht hatten und jetzt alle in die Zukunft sehen konnten.

Natürlich würde die Hochzeit entscheidend dazu beitragen, sie alle von der Vergangenheit abzulenken. Die Frauen waren deswegen schon jetzt aufgeregt, obwohl es ein Jammer war, dass

Weihnachten wahrscheinlich so ungewöhnlich ruhig werden würde.

»Ich hatte eine Idee wegen Weihnachten«, sagte er jetzt zu Fliss, während er die Spülmaschine einräumte und sie am Tisch saß und ihren Kaffee trank. »Warum laden wir Cordelia nicht für den ersten Weihnachtstag ein? Sie versteht sich wirklich gut mit Susanna und Gus, und ich vermute, sie wird allein sein, oder?«

Fliss warf ihm einen ziemlich eigenartigen Blick zu, als hätte er etwas nicht begriffen.

Er zog die Augenbrauen hoch. »Was?«

»Weißt du nicht mehr, was ich dir von Angus erzählt habe?«

»Ja. Aber ... Oh, ich verstehe. Du meinst, sie sind wieder zusammen, offiziell?«

Fliss biss sich auf die Lippen und schüttelte den Kopf. »Na ja, wahrscheinlich nicht. Nicht offiziell. Ich glaube, Cordelia wird deswegen nicht viel unternehmen, bis Henrietta verheiratet ist, und vielleicht nicht einmal dann ... Sie lebt schon sehr lange allein.«

»Also, was meinst du?« All diese Leisetreterei war nicht seine Sache. »Lade sie doch *beide* am ersten Weihnachtstag zum Mittagessen ein. Schließlich ist Angus inzwischen allein, oder? Du meine Güte, wir sind schließlich alle erwachsen. Da haben wir es doch sicher nicht nötig, solche Spielchen zu treiben?«

»Nein«, sagte sie, »aber das liegt bei den beiden, oder? Ich würde lieber zuerst bei Cordelia nachfragen, was sie plant. Schließlich könnte Angus auch zu einem seiner Söhne fahren, oder vielleicht kommen sie herunter nach Dartmouth. Die Idee ist aber gut.«

»Nun denn. Ich sehe jetzt die E-Mails durch, um festzustellen, ob es etwas Neues von Ed gibt. Sein neuer Job gefällt ihm wirklich gut. Hoffen wir, dass der Zustand von Dauer ist!« Hals

Welt war wieder in Ordnung. Er fühlte sich rundherum zufrieden. Mit diesem ganzen Gefühlskram konnte er wirklich nichts anfangen, und er war erleichtert darüber, dass alles wieder zum Normalzustand zurückkehrte. Er ging ins Arbeitszimmer und schaltete den Computer ein.

35. Kapitel

Sie erkannte die Stimme sofort.

»Hi, Henrietta, wollte dir nur Bescheid geben, dass wir wieder zu Hause in der Tregunter Road sind. Uns geht's allen gut, wir sind nur nach dem langen Flug ziemlich erschöpft. Wir bleiben ein paar Tage hier, bis bei Susan und den Kindern alles wieder in geordneten Bahnen läuft, aber irgendwann am Donnerstag sind wir bei Ihnen. Alle lassen Sie herzlich grüßen.«

Henrietta schaltete den Anrufbeantworter aus. Am Donnerstag würden Roger und Maggie zurück sein, was hieß, dass sie in drei Tagen nach London zurückfahren würde. Es erschien ihr undenkbar, dass sie Jo erst vor acht Wochen kennengelernt hatte; seitdem war so viel passiert. Und wie merkwürdig es sein würde, wieder in London bei Susan und den Kindern zu sein und ihre alten Gewohnheiten wieder aufzunehmen! Sie würde dann so viel weiter von Jo entfernt sein.

Sie ging in die Küche und setzte sich an den Tisch. An diesem Morgen war es zu kalt, um draußen auf dem kleinen Hof zu sitzen, obwohl die Sonne durch das Fenster hereinschien und die Beeren an dem kleinen Weißdornbusch tiefrot aufleuchten ließ.

Juno setzte sich neben Henrietta und legte den Kopf auf ihr Knie, und zu ihren Füßen scharrte Tacker an seinem Gummiknochen, der an einem ausgefransten Strick hing, herum. Er schüttelte das Spielzeug heftig, schleuderte es weg, sprang dann wieder darauf und forderte Henrietta auf, es für ihn zu werfen. Sie trat es quer über den Boden, und er rannte hinterher und kletterte dabei über Pan, der auf dem Boden lag. Henrietta empfand eine durchdringende Traurigkeit; sie würde all das schrecklich vermissen: das kleine Cottage und die Hunde und die beiden alten Ponys; die Spaziergänge in den Quantock-Hügeln; Jo, der auf dem Rückweg von Bristol vorbeikam und den Holzofen anzündete. Es war so schön gewesen, bis spät in die Nacht mit ihm zusammenzusitzen, zu reden, zu planen und sich zu lieben. In diesen zwei Monaten waren sie beide in der Lage gewesen, die Welt hinter sich zu lassen, sich von allem abzuschotten und allein miteinander zu sein, nur mit den Hunden zur Gesellschaft.

Wie würde es in London sein, wo sie mit Jo nirgendwohin gehen konnte, um sich in Ruhe zu unterhalten? Es würde ihr schwerfallen, Gelegenheiten zu finden, außerhalb des Hauses in der Tregunter Road Zeit mit Jolyon zu verbringen. Und ohne Iain würde Susan sie sogar noch dringender brauchen, besonders an den Wochenenden, wenn die Kinder nicht im Kindergarten waren.

»Irgendwie schaffen wir das schon«, hatte Jo tröstend gemeint. »Schließlich ist es nicht deine Schuld, dass Susans Ehe zerbrochen ist, und sie kann einfach nicht von dir erwarten, den Kindern den Vater zu ersetzen. Ich weiß, das wird schwierig, und wir werden die wunderbaren Freiheiten vermissen, die wir hier hatten. Doch wir legen ein Hochzeitsdatum fest, und dann wird Susan schon einsehen, dass sie sich ein neues Kindermädchen suchen muss, sobald sie kann. Wir dürfen nicht lange fackeln, das wäre schlimm für alle, besonders für die Kinder. Sie müssen sich so schnell wie möglich an die neuen Verhältnisse gewöhnen.«

»Aber ich habe Susan versprochen, dass ich bleibe, bis sie eine neue Nanny findet«, hatte Henrietta nervös gesagt, denn sie fühlte sich zwischen Jos Entschlossenheit und Susans Bedürfnissen hin- und hergerissen. »Und jetzt weiß ich, dass sie das mit uns nicht billigt, und das macht es noch so viel schwieriger.«

»Susan ist nicht so dumm zu glauben, dass es bei dir nicht

funktionieren wird, nur weil es bei ihr nicht geklappt hat. Das Timing passt ihr bloß nicht – und ich muss zugeben, es ist nicht ideal. Aber wir können nicht ewig in der Warteschleife leben, und so etwas kann sich hinziehen, wenn man kein Datum festlegt. Außerdem wollen wir doch zu Ostern heiraten ... oder?«

Plötzlich hatte ein beklommener Ton in seiner Stimme gelegen, als fragte er sich, ob sie es sich anders überlegt hatte, und ihr Herz war vor Liebe zu ihm übergeflossen.

»*Natürlich* wollen wir das«, hatte sie vehement zurückgegeben. »Mum und Fliss haben schon zu planen begonnen. Oh, das wird fantastisch! Es ist nur ... ich habe Susan gegenüber ein schlechtes Gewissen, weil ich so glücklich bin, während es ihr so schlecht geht, das ist alles.«

Er hatte sie fest umarmt. »Ich weiß, wie du dich fühlst, doch wir müssen eben bis Ostern für sie tun, was wir können. Gott sei Dank haben wir den Weihnachtsurlaub schon gebucht, und sie macht deswegen kein Theater.«

In diesem Punkt hatte Maggie ihr unter die Arme gegriffen. Sie hatte erklärt, Roger und sie würden Weihnachten bei Susan und den Kindern in London verbringen, und diese Information hatte Henrietta den Mut geschenkt, Nägel mit Köpfen zu machen und das Hotel in Schottland zu buchen. Ganz plötzlich fiel ihr wieder ein, wie sie sich vor vielen Wochen gefragt hatte, wem wohl die Stimme auf dem Anrufbeantworter gehörte, und wie sie schnell noch in Bicknoller einen Kuchen gekauft hatte. Und dann, ein paar Stunden später, war Jo gekommen, und ihr ganzes Leben hatte sich verändert. Sogar ihr Vater war tot ...

Henrietta beugte sich herunter, um Tacker zu streicheln, und sank dann neben ihm auf den Boden und umarmte ihn. Es war so schwierig, sich mit dieser Gewissheit zu arrangieren. Ja, sie wusste, es war die Entscheidung ihres Vaters gewesen, fortzugehen und ihr keinen Platz in seinem Leben mehr einzuräumen – und sie war zu schockiert, zu verletzt und mit fünfzehn zu unerfahren gewesen, um sich dagegen zu wehren. Aber später wäre sie vielleicht in der Lage gewesen, ihn aufzuspüren und ihn zu zwingen, ihr zu erklären, warum *sie* für die Fehler und Unzulänglichkeiten ihrer Eltern hatte leiden müssen. Stattdessen war es einfacher und weniger schmerzhaft gewesen, ihrer Mutter die Schuld zu geben. Henrietta hatte sie auf tausend kleine Arten bestraft, manchmal unbewusst. Aber jetzt hatten sich ihre Gefühle verändert; sie hatte mehr Mitgefühl für sie und war sehr traurig.

Sie wünschte, sie hätte ihr Fotoalbum bei sich, damit sie sich die Fotos ansehen könnte, die sie alle zusammen als Familie zeigten, nur um sich zu vergewissern, dass sie auch glückliche Erinnerungen hatte.

»Vielleicht ist es ja ganz gut so, dass du es nicht hast«, hatte Jo gemeint. »Nicht, solange du so oft allein bist. So etwas kann aus dem Ruder laufen, und dann verlierst du die Beherrschung und kannst gar nicht mehr zu weinen aufhören. Es ist so schwierig, sich die Vergangenheit genau so in Erinnerung zu rufen, wie sie war. Manchmal fühlt man sich von Schuldgefühlen und Reue überwältigt. Man muss sehr ausgeglichen und zufrieden sein, um sich auf positive Art an glückliche Zeiten zu erinnern. Erinnerungen pflegt man am besten, wenn man von anderen Menschen umgeben ist.«

Es hatte merkwürdig geklungen, als er es gesagt hatte, doch sie wusste, was er ihr klarzumachen versuchte. Jo verstand, wie sie empfand, weil er all das schon selbst durchgemacht hatte. Seine Erfahrung hatte ihm eine Kraft und Stabilität geschenkt, mit der er sie stützte. Sie küsste Tackers weichen Kopf, stand auf, griff nach dem Handy und schrieb eine SMS.

Bis später. Liebe dich. X

Betrübt sah sie sich um; dies war die letzte Nacht, die sie zusammen im Cottage verbringen würden. Spontan nahm sie das Handy noch einmal in die Hand und wählte.

Zwei Anrufe, bevor sie überhaupt bis zu ihrem Schreibtisch kam. Cordelia hatte eine wichtige Telefonnummer verlegt, die des Herausgebers einer Zeitschrift, und ihr Kaffee war kalt geworden, aber sie war so glücklich, dass ihr das nichts ausmachte.

Zufrieden seufzte Cordelia und setzte sich, um auf ihren Computermonitor zu sehen. Aber sie konnte sich immer noch nicht konzentrieren. Der erste Anruf nicht lange nach dem Frühstück war von Henrietta gekommen.

»Jo ist gerade gefahren«, hatte sie wehmütig erklärt, »und heute ist der letzte Tag, den ich hier allein verbringe. Maggie und Roger kommen irgendwann morgen zurück, und ich fühle mich so ... so desorientiert. Es ist einfach richtig komisch. Um ehrlich zu sein, werde ich ein wenig panisch bei der Vorstellung, zurück nach London zu fahren und nach all dieser Zeit Susan und die Kinder wiederzusehen. Und die Hunde werden mir wirklich fehlen, besonders Tacker, und auch das Cottage. Mir kommt es vor, als hätte ich Ewigkeiten hier gelebt. Mum, hör mal, wahrscheinlich schaffst du es nicht, herüberzukommen und mit mir zu Mittag zu essen, oder? Bestimmt hast du zu arbeiten, aber wir könnten uns in *Pulhams Mill* treffen und nachher am Wimbleball-See spazieren gehen.«

»Natürlich kann ich kommen«, hatte sie sofort geantwortet. »Kein Problem. Sagen wir, ein Uhr? Das wird lustig. Du kannst dir im Laden in der Scheune gleich dein Weihnachtsgeschenk aussuchen ... Bis später. Bye, Liebes.«

Cordelia lächelte. *Sind wir die erste Generation, die das Bedürfnis hat, mit ihren Kindern befreundet zu sein?* Der Artikel war zusammen mit dem über den *soke* angenommen worden, und jetzt arbeitete sie an der Idee, über die sie mit Maria gesprochen hatte, an einem Artikel über den Unterschied zwischen Selbstzerfleischung und wahrer Demut. Das Thema war kompliziert, und wahrscheinlich würde sie daran scheitern, aber sie wollte es wirklich versuchen.

Der zweite Anruf, der von ihrer Agentin gekommen war, hatte sie auf andere Art glücklich gemacht. Cordelia hatte Dinah den Entwurf einer Idee für einen Roman gemailt und dann starr vor Angst auf ihr Urteil gewartet. Würde sie ihr sagen, er sei Schund? Zu Cordelias großem Erstaunen war Dinah ganz aufgeregt gewesen und hatte ihr erklärt, sie könne es kaum erwarten, die ersten drei Kapitel zu sehen.

»Horror und Humor!«, hatte sie gesagt. »Schwierig zu vereinen, aber mir gefällt die Idee. Ich bin gespannt, wie Sie das bewältigen. Haben Sie viel Erfahrung mit Stalking?« Sie hatte leise gekichert, weil diese Vorstellung so absurd war.

Cordelia hatte ebenfalls gelacht. »Sie würden sich wundern«, hatte sie leichthin erwidert.

In ihrem Kopf brodelten die Ideen: Charaktere, Gesprächsfragmente, Handlungsstränge, die entscheidende Frage, wo der Roman spielen sollte. Cordelia hatte bereits begonnen, eine Struktur festzulegen, weil sie genau wusste, wie er ausgehen würde, und jetzt musste sie sich ein paar Notizen machen, bevor sie zu ihrem Treffen mit Henrietta aufbrach. Als ihr Handy erneut klingelte, musste sie aufspringen und danach suchen; sie hatte es in der Küche liegen gelassen.

»Angus«, sagte sie außer Atem. »Tut mir leid, Liebling. Ich konnte das dumme Telefon nicht finden. Geht's dir gut?«

»Sehr gut. Steht unsere Verabredung für heute Abend noch, Dilly?«

»Auf jeden Fall. Hör mal, Henrietta hat mich gerade angerufen und mich gebeten, mich mit ihr zum Mittagessen zu treffen. Ist das nicht großartig? *Sie* hat *mich* eingeladen. Ich musste sie nicht erst auf die Idee bringen. Ein Wink mit dem Zaunpfahl war gar nicht nötig. Aber am späten Nachmittag bin ich zurück, also komm doch gegen sechs.«

»Klingt gut«, meinte er, »und du klingst auch gut. War es nur Henriettas Einladung, die für diesen Ton in deiner Stimme verantwortlich ist? Was ist sonst noch passiert?«

»Oh, Liebling«, sagte sie, »etwas ziemlich Gutes, doch ich möchte dir nicht am Telefon davon erzählen. Und es ist noch sehr früh ... Du erfährst es heute Abend. Versprochen. Aber es muss ein Geheimnis bleiben.«

»Ich kann es kaum erwarten. Solange es nichts mit dieser elenden Frau zu tun hat.«

»Nein, nein. Das ist alles vorbei. Ich habe dir doch gesagt, dass es da keinen Grund zur Sorge gibt.«

»Hm. Okay. Bis später dann, Dilly.«

Cordelia ging zurück in ihr Arbeitszimmer, stand einen Moment da und dachte über die letzten paar Wochen nach. Sie nahm eine Ansichtskarte in die Hand, die an der Uhr lehnte. Nachdenklich betrachtete sie das Bild einer dramatischen Küstenlandschaft in Nordengland, drehte die Postkarte dann um und las den Text auf der Rückseite.

Ich hatte vergessen, wie schön dieses Land ist. Ich habe beschlossen, einen Schlussstrich unter meine Vergangenheit zu ziehen und mich hier in der Nähe meiner Familie niederzulassen. Es war gut, Sie kennenzulernen. Viel Glück, und leben Sie wohl!

Unterzeichnet war der Text mit *Elinor Rochdale*. Cordelia stellte die Ansichtskarte wieder ins Regal. Auch sie lernte gerade, wie man die Vergangenheit wieder auf den Platz verwies, der ihr zustand. Bestimmt würden irgendwann noch einmal Schuldgefühle und Traurigkeit wie dunkle Wolken heranziehen, aber das hieß nicht, dass sie sich von ihnen einhüllen lassen musste. Sie konnte sich auch entscheiden, es nicht zu tun. Cordelia ging zurück an ihren Schreibtisch, und mit einem Seufzer voll genüsslicher Vorfreude machte sie sich an die Arbeit.

36. Kapitel

Ein paar Wochen später saß Prue in der Halle am Kamin und sah zu, wie Jolyon und Sam den Weihnachtsbaum aufstellten. Als Sam zum ersten Mal davon gehört hatte, war er bestürzt darüber gewesen, dass sowohl Jolyon als auch Lizzie über Weihnachten verreisen würden. Aber Jolyon hatte darauf bestanden, dass Sam und er noch bestimmte Arbeiten zusammen erledigten, bevor er wegfuhr: den Weihnachtsbaum aufstellen, das Weihnachtsscheit für den Kamin hereinholen und auf dem Hügel Stechpalmenzweige schneiden. Andere wichtige Aufträge erteilte Jolyon Sam für die Zeit seiner Abwesenheit. Der Junge war dann verantwortlich für die Hunde und ihr Wohlergehen und das Auffüllen der Holzkörbe in der Halle und im Salon.

Das war sehr geschickt von Jolyon. Die Vorstellung, dass Sam für bestimmte Aufgaben verantwortlich war und er damit eine unabdingbare Rolle im reibungslosen täglichen Ablauf spielte, hatte dem Jungen ein Gefühl von Bedeutsamkeit und Verantwortung vermittelt. Prue hatte den Eindruck, dass er sich beinahe wünschte, Jo und Lizzie wären schon fort, damit er die »Leitung« übernehmen konnte.

Ab und zu warf Sam Prue einen Blick zu, um sich zu vergewissern, dass sie seine heldenhaften Bemühungen verfolgte. Sie nickte dann beifällig und bewundernd, und er verdoppelte seine Anstrengungen, den gewaltigen Baum in eine senkrechte Stellung zu bringen. Jolyon zwinkerte ihr zu, und sie lächelte, denn sie war so stolz auf ihn – und so dankbar. Sie wusste ganz genau, welches Glück sie hatte, ein Teil dieser Familie zu sein, geliebt, umsorgt und wertgeschätzt.

Im Alter segnete sie ihre Schwiegermutter Freddy Chadwick dafür, dass sie sie eingeladen hatte, sich hier mit den Menschen, die sie am meisten liebte, ein Zuhause zu schaffen. Einen kurzen, schmerzhaften Moment lang erinnerte Prue sich an das Bittgebet für Heiligabend:

Wir denken an jene, die mit uns beten, jedoch an einem anderen Ufer und in einem strahlenderen Licht.

Inzwischen lebten sie alle nicht mehr, die Freunde aus der Zeit, als sie eine junge Frau gewesen war: Ellen und Fox, die so hart gearbeitet hatten, um The Keep zu einem Heim zu gestalten; Onkel Theo mit seiner großen Weisheit und seinem unerschütterlichen Rückhalt; die liebe Caroline, ihre älteste, beste Freundin, die ihr nach wie vor schrecklich fehlte; und natürlich Freddy selbst, diese gebieterische Frau. Freddy war es, die sie während dieser schwierigen Jahre, nachdem die drei Kleinen, Fliss, Mole und Susanna, aus Kenia zurückgekehrt waren, alle zusammengehalten hatte.

Während Prue Jolyon und Sam zusah, stellte sie fest, dass ihre Gedanken in die Vergangenheit schweiften, zu anderen Weihnachtsfesten. Manchmal sah Jo für sie wie sein Großvater aus, ihr lieber Johnny, kurz bevor er in den Krieg gezogen war, und manchmal ähnelte er Hal. Und Sam war seinem Vater so aus dem Gesicht geschnitten, dass sie fast hätte glauben können, es sei Mole, der mühsam den Baum aufrecht hielt, während Jolyon in dem gewaltigen Tontopf, in dem der Weihnachtsbaum stand, dicke Steine um den Stamm stapelte.

Fliss kam mit dem Karton mit dem Schmuck herein, den sie vom Dachboden geholt hatte, und lächelte den fleißigen Helfern zu. »Hier ist alles«, sagte sie. »Gut gemacht, Sam! Was für ein fantastischer Baum!«

Beide traten zurück, um das Ergebnis ihrer Mühen zu bewundern, und dann begann Sam, den Weihnachtsschmuck auszupacken. Jo schlenderte zum Kamin und betrachtete von dort weiter sein Werk.

»Es ist ein guter Baum«, sagte er. »Ich bin froh, wenn er aufgestellt und geschmückt ist, bevor ich fahre, obwohl es ein paar Tage früher ist als sonst.«

»Und, bist du bereit für den großen Treck in den Norden?«, fragte Fliss. »Ich bin froh, dass du unterwegs noch Maria besuchst. Sie muss überglücklich sein.«

Jo nickte. »Das ist sie auch. Mein Problem ist nur, dass ich immer noch kein Geschenk für sie habe.« Er runzelte die Stirn. »Eigentlich sollte es nicht so schwierig sein, doch wahrscheinlich bin ich in dem Punkt überempfindlich.«

»Ich glaube, ich weiß, was du meinst«, erklärte Prue. »Es ist wichtig, oder? Wenn man nach einem Bruch wieder zusammenkommt, ist das erste Geschenk sehr bedeutsam.«

Er sah sie dankbar an. »Genauso ist es. Schließlich hätte sie Weihnachten auch leicht zum Problem machen können, doch das hat sie nicht. Sie hat beherzigt, was ich ihr gesagt habe – dass sie uns allen Freiraum lassen soll –, und dafür achte ich sie. Es war meine Idee, auf dem Weg nach London, um Henrietta abzuholen, noch bei ihr hereinzuschauen. Sie hat mir nicht den geringsten Druck gemacht. Ich möchte ihr gern ein Zeichen dafür geben, dass wir eine Zukunft haben. Da kommt es mir ein bisschen mager vor, ihr einfach eine Schachtel Pralinen oder Seife zu kaufen. Auf jeden Fall muss ich mich schnell entscheiden. Ich dachte, ich fahre vielleicht heute Nachmittag nach Totnes und sehe mich um. Warte mal, Sam. Versuch nicht, zu hoch zu greifen, sonst fällt der ganze Baum um. Außerdem sollten wir zuerst die Lichterkette befestigen, bevor wir den Weihnachtsbaum schmücken. Einen Moment, ich gehe die kleine Trittleiter holen.«

Er verließ den Raum.

»Ist das nicht wunderbar?«, meinte Prue zufrieden. »Der liebe Junge scheint so viel glücklicher zu sein, nicht wahr? Und dass er seiner Mutter verzeihen kann, ist ein so wichtiger Teil davon. Schön für Maria, aber noch bedeutender für Jo. Wenn er ihr gegenüber Großmut zeigen kann, dann wird das auf *ihn* heilsam wirken und ihm neue Kraft und Zuversicht schenken. Alles wird gut, da bin ich mir sicher.«

»Ja. Ja, das glaube ich auch«, pflichtete Fliss ihr ziemlich geistesabwesend bei. »Du hast mich gerade auf eine Idee gebracht. Bin gleich wieder da.«

Sie folgte Jolyon aus der Halle, und Prue ließ sich wieder in ihrer Ecke nieder. Sie sah zu, wie sich Sam über den Karton beugte, die Teile umdrehte und lieb gewordene Gegenstände hervorholte: viktorianische Glaskugeln, kleine geschnitzte Holzfiguren, glitzernde Lamettaketten.

Prue erinnerte sich an andere Bäume und andere Weihnachten, insbesondere an eines vor vierzig Jahren. Hal und Kit waren zu Beginn der Schulferien nach Devon gekommen, und sie war direkt nach der Arbeit mit dem Zug aus Bristol angereist und am Heiligabend auf The Keep angekommen.

Fox hat sie vom Bahnhof abgeholt, und als Prue in die Halle tritt, warten alle auf sie. Der Baum, der bis zur Decke reicht, ist mit brennenden Kerzen geschmückt, dem einzigen Licht außer dem der lodernden Flammen in dem mächtigen Kamin aus Granit. Das Lametta und die Kugeln leuchten und glitzern, und an den kräftigeren Ästen hängen winzige, hübsch verpackte Päckchen. Die Halle ist mit Stechpalmen und Mistelzweigen geschmückt, die mit roten Bändern zusammengebunden sind; auf dem Tisch vor dem Kamin warten süße Weihnachtspasteten und Sherry. Prue bleibt reglos im Türrahmen stehen und betrachtet alles überglücklich, während die Familie angesichts ihrer Freude lächelt.

»Es ist perfekt«, sagt sie schließlich, und – als hätte sie einen Bann von ihnen genommen – stürzen alle auf sie zu, um sie zu begrüßen, umarmen und küssen sie und heißen sie willkommen.

Sie versammeln sich um das Feuer. Nur Susanna und Mole krabbeln um den Baum herum und betasten die Geschenke, die darunter aufgebaut sind. Während sich alle unterhalten und die meisten nichts bemerken, küsst Hal Fliss unter dem Mistelzweig, und Kit beobachtet die beiden lächelnd.

Später fahren Prue und Caroline mit den beiden großen Mädchen, Hal und Theo zur Mitternachtsmesse. Caroline fährt, und Hal sitzt hinten und hält Fliss auf dem Schoß, während Prue und Kit sich neben sie quetschen. Die alte graue Kirche ist von Kerzen taghell erleuchtet, und als sie herauskommen, steht ein kalter weißer Mond an einem mit Sternen übersäten Himmel. In der eiskalten Luft gefriert ihr Atem, und der gefrorene Boden knirscht unter ihren Füßen.

Als der Wagen in den Hof von The Keep fährt, öffnet sich die Haustür, und das Licht aus der Halle fällt über die Treppe und auf das Gras. Groß und schlank, in ihrer Bluse mit dem hohen Kragen und dem langen Samtrock, ein Umschlagtuch um die Schultern gelegt, steht Freddy da und erwartet sie.

»Die Kinder sind endlich im Bett, und die Weihnachtsstrümpfe hängen und warten auf den Weihnachtsmann«, erklärt sie. »Fox hat das Feuer geschürt, und Ellen hat gerade heißen Kaffee gekocht. Kommt herein und wärmt euch auf. Uns allen ein sehr glückliches Weihnachtsfest!«

Einen Moment lang stehen sie da, lauschen dem Weihnachtsläuten, das über die stille Landschaft klingt, und lächeln einander zu, und dann gehen sie alle hinein und schließen die Tür hinter sich.

»Ich kann kaum glauben, dass wir wirklich unterwegs sind«, meinte Henrietta, als sie auf die M1 auffuhren und den Weg nach Norden einschlugen. »Und der Verkehr ist gar nicht so schlimm, oder? Morgen, an Heiligabend, wäre es ärger geworden.«

»Susan kam mir ganz okay vor«, sagte Jo. »Nicht so schwierig, wie ich dachte. Sehr freundlich eigentlich. Obwohl Maggie und Roger da waren und ihr wahrscheinlich nichts anderes übrig blieb. Die beiden sind vollkommen begeistert über unsere Verlobung. Es war großartig, sie zu sehen.«

Henrietta zog eine kleine Grimasse. »Susan hat auch eine kleine Schwäche für dich, und sie kann eigentlich nicht wirklich etwas gegen dich haben, weil eure Familien einander schon so lange kennen. Aber sie ist manchmal immer noch sehr deprimiert, und wenn wir allein sind, hält sie mir diese langweiligen Predigten und erzählt mir, ich müsse mir wirklich sicher sein und so etwas. Das zieht mich ein wenig herunter, doch Gott sei Dank kann das neue Kindermädchen gleich nach Weihnachten anfangen. Sie ist so nett, und die Kinder mögen sie sehr. Ich bin überzeugt davon, dass alles gut werden wird.«

»Was für ein Glück für uns, dass Susan so schnell jemanden gefunden hat! Aber kann sie es sich leisten, in dem Haus wohnen zu bleiben?«

Henrietta zuckte mit den Schultern. »Es war die Rede davon, dass Maggie und Roger das Cottage verkaufen und in den ersten Stock ziehen könnten, damit sie Iain auszahlen können.«

Jo zog eine zweifelnde Miene. »Gehört habe ich das auch. Wäre das denn klug? Dem armen alten Roger würden seine Segelausflüge sicher fehlen, und was wird aus den Hunden und den Ponys?« Er warf Henrietta einen schnellen Blick zu, den sie aber nicht zu bemerken schien.

»Also, einfach wird das nicht, doch ich sage ja nur, dass sie darüber nachdenken. Um ehrlich zu sein, bin ich erleichtert, nichts mehr damit zu tun zu haben. Ich kann ja eh nichts tun, und unsere Verlobung hat irgendwie die Beziehung zwischen Susan und mir verändert, sodass ich das Gefühl habe, ihr kein großer Trost zu sein. Ich kann einfach nicht so weitermachen wie früher, und es gefällt mir nicht, so weit von dir entfernt zu sein. Es war wunderschön, das Cottage für uns zu haben. Außerdem fehlen mir die Hunde schrecklich, besonders Tacker. Er war so süß.«

»Schon merkwürdig, wie das Leben zyklisch verläuft, nicht wahr?«, erwiderte Jo. »Plötzlich, aus dem Nichts heraus, passiert etwas, und alles verändert sich.«

Sie nickte. »Ein wenig wie bei dir und deiner Mum, oder? Ich freue mich, dass der Besuch gut verlaufen ist.«

»Ich war ein wenig nervös«, gestand er. »Ich dachte, wenn wir wieder ganz allein wären, würde vielleicht ein Anflug des alten emotionalen Dramas aufkommen, doch alles war gut. Sie wirkt ausgeglichener, ruhiger. Ich bin so froh darüber, dass sie beschlossen hat, noch eine Weile bei Penelope und Philip wohnen zu bleiben. Sie sind so gute Freunde, und alle bekommen eine Atempause.«

»Und dein Geschenk für sie war eine wirklich brillante Idee.«

»Na ja, eigentlich war es Fliss' Idee, aber nachdem wir darüber geredet hatten, wusste ich, dass sie recht hatte. Ich hoffe nur, dass Maria die Bedeutung des Geschenks erkennt.«

»Natürlich wird sie das. Ich hatte das gleiche Problem mit meinem Weihnachtsgeschenk für meine Mum. Ich glaube, sie wird sich wirklich über das Handy freuen, meinst du nicht? Ihres ist so alt und überholt. Es war so lieb von Fliss und Hal, sie für den ersten Weihnachtstag einzuladen. Ich bin froh, dass sie nicht allein sein wird. Und, was hast du für mich besorgt?«

Jo fuhr auf die Überholspur, gab Gas und dachte an sein Gespräch mit Maggie vor einiger Zeit zurück.

»Es ist nur eine Überlegung, Jo«, hatte sie gesagt, »doch ich sehe große Veränderungen auf uns alle zukommen, und der arme Tacker vermisst Henrietta schrecklich. Ich weiß jemanden, der die Ponys nehmen würde, wenn es so weit kommt. Aber die Aussicht, mit drei Hunden nach London zu ziehen, ist ein wenig zu viel für mich. Was meinen Sie? Könnten Sie zu zweit in Ihrem Torhaus mit Tacker fertigwerden? Er könnte ein vorgezogenes Hochzeitsgeschenk sein.«

Jo hatte Ja gesagt und in die Wege geleitet, dass Tacker am Tag, nachdem Henrietta und er wieder auf The Keep sein würden, zu ihnen gebracht wurde.

Sie sah ihn jetzt aufmerksam an, und er lächelte.

»Ich habe ein kleines Zeichen meiner Wertschätzung für dich«, scherzte er, »doch dein richtiges Geschenk wartet auf dich, wenn wir nach Hause kommen.«

»Nach Hause«, sagte sie glücklich. »Ach, Jo, wird das nicht schön?«

»Das war eine SMS von Henrietta«, erklärte Cordelia, legte ihr Handy weg und griff nach ihrem Glas. »Sie sind heil in ihrem Hotel angekommen, und alles ist absolut wunderbar. Hoffentlich haben sie eine schöne Zeit.«

Angus legte den Arm um sie. »Es tut mir so leid, dass wir an Weihnachten nicht zusammen sein können«, erklärte er nicht zum ersten Mal, »doch die Jungs fanden die Idee so großartig, ein Haus in Cornwall zu mieten, damit die ganze Familie über die Feiertage zusammen sein kann. Ich hatte nicht das Herz, das abzulehnen.«

»Natürlich nicht«, gab sie schnell zurück, »und ich glaube, es ist wichtig für euch, alle zusammen zu sein. Wie ich dir schon sagte, bin ich ganz glücklich damit, den ersten Weihnachtstag auf The Keep zu verbringen. Und schließlich fahren wir zu Silvester zusammen nach Trescairn zu Pete und Julia. Das wird sicher lustig.«

Er nickte, und sie fühlte sich erleichtert. Es sah aus, als wären sie beide zu einer stillschweigenden Übereinkunft gelangt, ihre Beziehung genauso weiterzuführen, wie sie war. Cordelia hatte Angus von ihrer Idee für den neuen Roman erzählt und angedeutet, wie viel sie arbeiten würde. Angus hatte ihr von seinen Plänen berichtet, im Sommer zusammen mit Peter eine längere Segeltour im Mittelmeer zu unternehmen. Keiner von ihnen hatte etwas davon erwähnt, dass ihre aktuelle Wohnsituation sich ändern solle. Allerdings hatten sie beide deutlich zum Ausdruck gebracht, dass jeder äußerst glücklich in der Gesellschaft des anderen war.

»Ich habe Henrietta erzählt, dass wir zu Silvester zusammen nach Trescairn fahren«, berichtete sie, »was ziemlich mutig von mir war, und sie hat mir nur ›viel Spaß‹ gewünscht. Was für eine Erleichterung!«

»Das ist gut«, meinte er. »Ich verstehe ja, dass sie Zeit braucht, um sich an mich zu gewöhnen, aber es wird ein Wunder sein, wenn sie meine Existenz akzeptieren kann. Ich hoffe, ich werde zur Hochzeit eingeladen.«

»Natürlich wirst du das«, versicherte sie. »Und unterdessen improvisieren wir.«

Er schmunzelte und zog sie enger an sich. Dann hob er sein Glas. »Frohe Weihnachten, Dilly.«

Nach der Mitternachtsmesse fuhr Fliss allein nach Hause. Zumindest waren Susanna und Gus in der Kirche gewesen, und sie hatte sich so gefreut, sie zu sehen. Hal hatte im letzten Moment beschlossen, nicht mitzufahren, und erklärt, er werde am nächsten Morgen mit Prue und Sam den Gottesdienst besuchen, während Fliss und Susanna für das Mittagessen sorgten und auf Cordelias Eintreffen warteten. Fliss war erstaunt über seine Entscheidung gewesen, hatte aber keine Einwände erhoben. Hal hatte sich benommen, als hätte er etwas vor, und sie vermutete, dass es vielleicht mit ihrem Geschenk zu tun hatte. Möglich auch, dass Sam, Prue und Hal ihr ein gemeinsames Geschenk machen wollten und Zeit brauchten, um ihre Vorbereitungen zu treffen.

Als Fliss nun durch den Bogengang fuhr, fiel ihr auf, wie seltsam es war, das Torhaus im Dunkeln liegen zu sehen, obwohl die Fenster der Halle fröhlich leuchteten. Sie stellte das Auto weg, überquerte den Hof, stieg die Treppe hinauf und öffnete die Tür. Zur ihrer Überraschung war Prue noch wach und saß am Kamin, und Hal stand da, als wäre er gerade aufgestanden und wartete auf sie. Auch Sam war in der Halle; offenbar durfte er ausnahmsweise länger aufbleiben. Er strahlte ihr entgegen – und sah dabei auf herzzerreißende Art wie Mole aus. Fliss bemerkte, dass alle drei sie merkwürdig erwartungsvoll und mit einer Art unterdrückter Aufregung beobachteten. Verwirrt schloss sie die Tür und blickte in die Runde. Aus dem Augenwinkel sah sie, wie unmittelbar hinter ihr eine Gestalt aus den Schatten trat, und sie fuhr mit einem leisen, erschrockenen Aufschrei herum.

»Hi, Mum«, sagte Jamie. »Überraschung! Frohe Weihnachten!« Er streckte ihr die Arme entgegen.

Maria konnte nicht schlafen. Sie warf einen Blick auf ihren Wecker: zwanzig nach zwölf. Weihnachten, ihr erstes Weihnachtsfest ohne Adam. Rasch zog sie den Morgenmantel an, schlüpfte in die Lammfell-Hausschuhe und ging in die Küche. Auf der anderen Seite des Durchgangs, im Wohnzimmer, hatte sie auf einem kleinen stabilen Tisch einen winzigen hübschen Baum aufgestellt. Die bunten Lichter hatten sie an manchem dunklen Wintermorgen getröstet, und unter den geschmückten Zweigen hatte sie ihre Geschenke zu einem kleinen Stapel aufgehäuft. Sie war froh, hier zu sein; froh und dankbar. Später würde sie zusammen mit Pen und Philip und ein, zwei anderen Freunden das Weihnachtsessen einnehmen, und morgen, am zweiten Weihnachtstag, gab sie ihre eigene kleine Party, die erste seit Adams Tod. So viele erste Male ...

Seit sie Cordelia von der durch Ed verursachten Katastrophe erzählt hatte und davon, dass sie das Haus hatte verkaufen müssen, hatte das Thema seine albtraumhafte Dimension verloren. Maria hatte zu neuer Zuversicht und einem Gefühl der Erleichterung gefunden, sodass sie bald in der Lage sein würde, Pen die Wahrheit zu sagen ...

Während das Wasser kochte und sie sich Kamillentee aufgoss, sah sie durch den Bogengang zu dem Baum und den bunt verpackten Päckchen. Das von Ed war flach und länglich – wahrscheinlich ein Halstuch, dachte Maria betrübt, ausgesucht von Rebecca. Und Prue hatte sich mit ihrer großen Schachtel Pralinen gleich verraten, indem sie *Iss nicht alle auf einmal* auf das Kärtchen geschrieben hatte. Der Form des Päckchens nach zu urteilen war Hals und Fliss' Gabe alkoholischer Natur, obwohl noch ein kleineres Paket ihre Namen auf der Karte trug. Es war nett von ihnen, an sie zu denken, denn darauf kam es an. Aber dieses Jahr war nur ein Weihnachtsgeschenk für sie von Bedeutung: Jolyons großes kastenförmiges Geschenk.

»Sei vorsichtig damit«, hatte er sie gewarnt, als sie es unter den Baum gelegt hatten. »Es ist sehr zerbrechlich.« Dabei hatte er sie eindringlich und ernst angesehen, und über diesen Blick und seine Bedeutung dachte Maria immer noch nach. Sie hatte versprochen, gut darauf aufzupassen, und Jolyon hatte sie umarmt. Es war eine richtige Umarmung gewesen wie damals, als er ein Schuljunge gewesen war, und Maria hatte sie voller Freude und Dankbarkeit erwidert.

Mit ihrem Geschenk für ihn hatte sie sich große Mühe gegeben. Es hatte etwas Besonderes sein sollen, etwas, das ihm zeigte, dass sie versuchte, sich zu ändern, und bereute, wie sie ihn in der Vergangenheit behandelt hatte. Nichts schien diesem Anspruch gerecht zu werden. Und dann, eines Morgens, war ihr plötzlich klar geworden, was es sein musste.

Sie hatte in ihrer großen Schmuckschatulle nach dem kleinen Lederkästchen gesucht und es geöffnet. Darin befand sich ein Paar fein ziselierter goldener Manschettenknöpfe, alt und sehr wertvoll. Sie hatten ihrem Großvater, dem Vater ihrer Mutter, gehört, und einmal, vor vielen Jahren, hatten sich Ed und Jolyon darüber gestritten, wer sie bekommen würde.

»Ich bin der Ältere«, hatte Jolyon erklärt, »deswegen stehen sie mir zu«, und Ed hatte protestiert. Dann hatte Maria die Manschettenknöpfe genommen und weggeräumt und gemeint, sie seien beide noch zu jung, um Manschettenknöpfe zu tragen. Jolyon hatte sie mit verbitterter Miene angesehen. Ihm war klar gewesen, dass Ed ihr Lieblingskind war und sie sich insgeheim wünschte, sie Ed zu geben.

Maria hatte einfaches Goldpapier genommen, das kleine Lederkästchen mit den Manschettenknöpfen eingepackt und es Jolyon überreicht. Sie wünschte sich, dass er die Manschettenknöpfe in dem neuen Geist annahm, in dem sie sie ihm schenkte.

Jetzt trug sie ihre Teetasse zum Baum, stellte sie auf das niedrige Tischchen und kniete nieder, um das Paket anzusehen, das Jolyon ihr gegeben hatte. Sie wusste, was auf der Karte stand, denn sie hatte schon nachgesehen, weil sie sich so sehr wünschte, sie enthielte eine besondere Botschaft. *Frohe Weihnachten, Mum*, stand darauf, und darunter zwei *xx* für Küsse. Zumindest hatte er das Wort »Mum« geschrieben, und sie wusste, dass sogar das ein kleiner, aber entscheidender Schritt für ihn war.

Behutsam hob sie das Paket, das zwischen den anderen Geschenken stand, hoch. Es war der Morgen des ersten Weihnachtstages, und sie würde es jetzt öffnen. Ihr Herz schlug schneller. Würde es etwas Anspruchsloses sein, das schnell ausgesucht und hastig verpackt worden war? Oder hatte Jolyon richtig darüber nachgedacht, an *sie* gedacht?

Mit zitternden Fingern nahm sie die Karte ab und legte sie neben ihre Tasse auf den Tisch, dann löste sie das Papier. Darunter kam ein gewöhnlicher, unbedruckter, gebrauchter Karton zum Vorschein, der mit Klebeband verschlossen war. Maria zog das Band ab und hob den Deckel ab. Der Karton war mit Luftpolsterfolie ausgepolstert, und sie griff mit beiden Händen hinein, um den Inhalt behutsam herauszuheben. Es war ein fester, runder Gegenstand, wenn auch nicht besonders schwer, und sie setzte ihn auf den Teppich und zog noch eine Lage Folie weg, um das Geschenk zu enthüllen. Als die Verpackung zur Seite fiel, setzte Maria sich verblüfft auf die Fersen, betrachtete die hübschen Farben und strich mit den Fingern vorsichtig über die zarten Muster und Risse. Tränen rannen ihr über die Wangen, und ihr Herz floss vor Dankbarkeit und Freude über.

Es war der Ingwertopf.

Die Community für alle, die Bücher lieben

Das Gefühl, wenn man ein Buch in einer einzigen Nacht verschlingt – teile es mit der Community

In der Lesejury kannst du
- ★ Bücher lesen und rezensieren, die noch nicht erschienen sind
- ★ Gemeinsam mit anderen buchbegeisterten Menschen in Leserunden diskutieren
- ★ Autoren persönlich kennenlernen
- ★ An exklusiven Gewinnspielen und Aktionen teilnehmen
- ★ Bonuspunkte sammeln und diese gegen tolle Prämien eintauschen

Jetzt kostenlos registrieren: www.lesejury.de
Folge uns auf Facebook:
www.facebook.com/lesejury